2010 年南京信息工程大学科研基金，项目 SK20100111

2010 年江苏省社会科学基金"民国时期南京文学研究"，项目号 10ZWC011

2009 年江苏省高校哲学社会科学项目"民国南京文学社会生态研究"，项目号 SK20090048

文学南京

——论二十世纪二三十年代南京文学生态

张勇 ● 著

中国社会科学出版社

图书在版编目(CIP)数据

文学南京：论二十世纪二三十年代南京文学生态/张勇著．
北京：中国社会科学出版社，2013.3
ISBN 978 - 7 - 5161 - 2262 - 4

Ⅰ.①文… Ⅱ.①张… Ⅲ.①文学研究 - 南京市 - 20 世纪
Ⅳ.①I209.953.1

中国版本图书馆 CIP 数据核字 (2013) 第 055710 号

出 版 人	赵剑英	
责任编辑	曲弘梅	
责任校对	韩天炜	
责任印制	李　建	

出　　版	中国社会科学出版社	
社　　址	北京鼓楼西大街甲 158 号 （邮编 100720)	
网　　址	http：//www. csspw. cn	
	中文域名：中国社科网　　010 - 64070619	
发 行 部	010 - 84083685	
门 市 部	010 - 84029450	
经　　销	新华书店及其他书店	

印　　刷	北京奥隆印刷厂	
装　　订	北京市兴怀印刷厂	
版　　次	2013 年 3 月第 1 版	
印　　次	2013 年 3 月第 1 次印刷	

开　　本	710 × 1000　1/16	
印　　张	16	
插　　页	2	
字　　数	251 千字	
定　　价	45.00 元	

目　录

绪　　论

20 世纪 80 年代以来，中西方掀起了城市文学研究的热潮，这表明学者们试图超越"现代民族国家"的局限，寻找历史和文学更为生动具体的对象。中外学者以本民族当代或历史上的城市文学或文学中的城市为研究对象，探讨城市与文学的相互关系。Richard Lehan 在《文学中的城市》一书里（Richard Lehan, *The City in Literature: An Intellectual and Cultural Histroy*, University of California Press, 1998）明确提出："文学中的城市"这一概念，认为欧美城市不同发展阶段文学的表现方式，"对高度发展和机构复杂的城市的逃避和拒斥，构成了现代主义（印象主义、唯美主义、象征主义）的源泉。现代主义转而表现城市压力的主观印象和内心现实。"① 在"文学中的城市"这一命题的研究中，西方学者惯于联系作者的城市生活经验与文学文本中经过创作而构成的生活图景进行分析，在个人的城市经验转化为文本的过程中，作者的独特想象不可或缺。

以中国城市为研究对象的论著，早期从地域文化角度分类论述，90年代后往往以都市文化为着眼点，运用想象性城市叙述理论来进行评析。如美籍华裔学者张英进的《中国现代文学和电影中的城市：空间、时间和性别的结构》（Yingjing Zhang, *The city in Modern Chinese Literature and Film: Configurations of Space, Time, and Gender*, Stanford: Stanford UP, 1996）。赵稀方的《小说香港》（生活·读书·新知三联书店，2003）着重探索了文学与城市之间的互动关系，将香港的文学文本叙述分为三类：英国人的殖民叙述、大陆的国族叙述以及香港人的香港叙

---

① 参见季剑青《体例与方法——读〈文学中的城市〉》，陈平原主编：《现代中国》第 5辑，湖北教育出版社 2004 年版，第 227 页。

述。黎湘萍的《文学台湾——台湾知识者的文学叙事与理论想象》（人民文学出版社，2003）以知识者的视角，采取个案研究方式，梳理和探讨了台湾文学史上的若干重大问题。王德威的《如此繁华》（上海书店出版社，2006）则以北京、上海、香港、台北四座城市的历史脉络、城市与作家的紧密互动为主题，描述了文学中的都市背后所隐含的丰富想象。近年来国内城市文学的研究集中在香港、台北、北京和上海这四大城市①，尤以上海和北京为热点，已出版的专著如赵园的《北京：城与人》（上海人民出版社，1991），着力于给"文学中的北京"定位，认为北京是文人的精神故乡。该书集中分析"京味"风格的文学作品，保留着城市文学形态研究的痕迹。吴福辉的《都市漩流中的海派小说》（湖南教育出版社，1995）是区域文化丛书中的一种，试图描述上海洋场中的海派文学特征，书中上海作为文学产生的背景而存在，并没有深入探讨城市与文学之间的互动。许道明的《海派文学论》（复旦大学出版社，1999）和李今的《海派小说与现代都市文化》（安徽教育出版社，2000）则开始重视上海的都市文学的独特性。自李欧梵的《上海摩登——一种新都市文化在中国 1930—1945》（北京大学出版社，2001）出版后，我们看到了更加丰富的文学城市形象，既包括物质城市的变迁，又重视文学对城市变革的反映，以及文学自身伴随城市发展历程的不断演进。这本书运用了本尼迪克特·安德森关于"想象的共同体"的观念，引入"文化研究"和"新文化史"的方法，在"文化想象"的基础上建构了上海的特殊形态。李欧梵认定上海三四十年代的都市性正是中国国家现代性的一种，借用哈贝马斯"公共空间"理论，对印刷文化、媒介文化的生产、消费、传播以及再生产进行描述，并特别以刊物、电影、流行生活为主要表现领域，叙述城市对现代性的共同心理认同，从而剖析出上海城市现代性的特质。吴福辉先生近来的研究，如论文《小报世界中的日常上海》、《老中国土地上的新兴神话》也带有类似特征。叶中强的《从想象到现场：都市文化的社会生态研究》（学林出版社，2005）将上海的文学视为被政治化、格式化的文学，是市民文化的展现。陈惠芬的《想象上海的 N 种方法——20 世

---

① 参见罗岗《想象城市的方法》，江苏人民出版社 2006 年版，第 84 页。

90 年代"文学上海"与城市文化身份建构》（上海人民出版社，2006）从 90 年代对"文学上海"的四种想象模式入手，阐述上海城市文化身份的内涵，将文学中的上海与文化意义中的上海结合起来。陈平原最早有意识地以想象性理论研究北京文学。2005 年 10 月，北京大学 20 世纪中国文化研究中心、中文系与哥伦比亚大学东亚语言文化系联合主办"北京：都市想象与文化记忆"国际研讨会，会议论文结集为《北京：都市想象与文化记忆》（北京大学出版社，2005）。陈平原以"文学中的城市"为切入点，"谈论中国的'都市文学'，学界一般倾向于从 20 世纪说起，可假如着眼点是'文学中的都市'，则又当别论"。谈到"文学中的北京"这一概念时，陈平原用"想象"一词去表述。在《"五方杂处"说北京》一文中，陈平原说："略微了解北京作为都市研究的各个侧面，最后还是希望落实在'历史记忆'与'文学想象'上。……因此，阅读历代关于北京的诗文，乃是借文学想象建构都市历史的一种有效手段。"① 这表明文学与城市的关系，不仅包括经验，还应包括思潮、文体、传播与受众阅读等因素。城市的历史形态和城市文学文本之间便构成了非对应的极其复杂的关系，这种关系表现在对城市的不同表述中。从"文学中的城市"与"城市想象"角度研究北京与北京文学、上海及上海文学时，我们发现作为现代都市人，我们往往更注意当下城市所呈现的状态，而忽略城市历史。梳理城市与文学的关系，就是将历史内涵与当下状态结合起来分析，从而给文学一个完整的背景，为城市作一个完美的叙述。从文学的角度来探讨城市认同，能够给城市的文化认同和身份建构拓展出新的空间；而从城市文化身份建构的角度来研究文学，也是文学发展、创新的新契机。在想象城市的文学叙述中，南京似乎是被文学遗忘的角落，以民国时期的南京及南京文学为研究对象的论著至今还未看到。

南京是江南重要而特殊的城市。江南是清末城市化程度最高的区域之一，拥有一个完整的城市发展体系，许多原本只有百户人家的小市镇发展为拥有超过百万居民的大城市，如上海、苏州等。南京则不属此

---

① 陈平原：《作为文学想象的北京——"五方杂处"说北京之五》，《北京观察》2004 年第 5 期。

列，作为六朝古都，早在王朝国家时期南京就因其重要的地理位置而发展成为具有战略意义的城市，正如朱偰所说："其地居全国东南，当长江下游，北控中原，南制闽粤，西扼巴蜀，东临吴越；居长江流域之沃野，控沿海七省之腰膂；所谓'龙蟠虎踞'，'负山带江'是也。论者每谓金陵形势，偏于东南，都其地者，往往谓南北对峙之局，不足以控制全国，统一宇内。故三山驻师，终鼎足割据之势。五马渡江，开南朝偏安之局。实则金陵一隅，实中国民族思想之策源地。金陵之于中国，……虽未必尽为全国中心，然有事之秋，登高一呼，天下响应。"①在中国文化自古以来东移、南迁的历史过程中，南京作出了不可磨灭的贡献，从南朝文学理论的创建到唐诗的黄金时代，南京都参与其中。"中国很少有地方在文学掌故的深度上能超过南京。"② 明朝，南京作为初期都城，一方面进行了大规模的城市建设，形成了攻守兼备的城市形态；另一方面以集权中心的形式加强了自身的政治色彩，聚集了大量文化精英，使南京成为多职能的城市：行政中心、经济中心、军事要地。明代中晚期南京成为全国的文学中心。现当代文学中对于南京的描述偏向于城市文化、城市建筑和城市历史，缺乏对于南京文学的整体描述和"文学中的南京"的总结，没有构建出完整的"文学南京"。我们现在所能见到的关于南京城市文化、文学的文集和选集有：《南京史话》（蒋赞初，南京出版社，1995），《老南京》（叶兆言，江苏美术出版社，1998），《老南京写照》（王娟、张遇主编，安徽文艺出版社，1999），《江城子——名人笔下的老南京》（丁帆选编，北京出版社，1999），《斜阳旧影》（庄锡华，文化艺术出版社，1999），《家住六朝烟水间——南京》（薛冰，上海古籍出版社，2000），《黄裳说南京》（黄裳，四川文艺出版社，2001），《金陵十记》（杨心佛，古吴轩出版社，2003），《江苏旧影往事：杏花烟雨》（王晓华，山西人民出版社，2005），《民国南京1927—1949》（秦风主编，文汇出版社，2005），《风生白下——南京人文笔记》（诸荣会，南京师范大学出版社，

---

① 朱偰：《自序》，载《金陵古迹图考》，中华书局2006年版，第1页。
② 牟复礼：《元末明初时期南京的变迁》，载施坚雅主编《中华帝国晚期的城市》，时光庭等译，中华书局2002年版，第138页。

2005)，《旧时燕———座城市的传奇》（程章灿，凤凰出版社，2006）等。此外还有以现代南京城市文化为着眼点的文集，如《城市批评·南京卷》（王干主编，文化艺术出版社，2002），《读城记》（易中天，上海文艺出版社，2006）等。这些资料一部分是 90 年代以来怀旧风潮的产物，一部分是传统南京文献的重新整理。通过它们，我们大略可知民国时期的南京城市风貌，尤其是南京的传统风俗、历史遗迹和文化特质，但民国时期南京的文学没有得到完整展示和系统整理，其独特属性和文学价值尚有待进一步认识。

民国时期南京作为国民政府的首都，以政治中心的地位聚集了众多文化精英，形成文学上的繁荣局面。在文学与城市的关系中，"并不是所有的城市都能够备受文学家关注而形成一整套与之相关的文学话语。必须是那些具有政治文化意义的城市抓住了作家和人们的注意力，变成了文学中的形象，甚至深化。文学对他们的神话和话语化不断赋予实体城市以丰富的象征意义和文化内涵"①。对于因政治军事因素建城并一直占据重要政治地位的南京来说，政治文化意义促使南京成为古今文学中的主题，"尝以为中国古都，历史悠久，古迹众多，文物制度，照耀千古者，长安、洛阳而外，厥推金陵。北京虽为辽、金以来帝王之都，然史迹不过千年，非若金陵建都之远在南北朝以前也。他若汴京、临安，一开都于五代，继于北宋；一肇建于吴越，偏安于南宋，其为时较短，而历史遗迹，亦不若长安、洛阳、金陵、北京之众。而此四都之中，文学之昌盛，人物之俊彦，山川之灵秀，气象之宏伟，以及与民族患难相共、休戚相关之密切，尤为金陵为最"②。

20 世纪 20 年代初，南京的文学笼罩在文化保守主义的传统之下，以古典文学为基础，试图融合传统文学与西方文学的精粹，形成艺术价值较高的文学作品，驳斥新文学中浮泛虚夸的成分，树立与新文化阵营截然不同的温厚广博的文学规范。这一时期南京文学的主要社团和成员以大学校园为活动场所，新旧文学阵营共同进行文学活动。北伐战争以

---

① 陈晓兰：《文学中的巴黎与上海：以左拉和茅盾为例》，广西师范大学出版社 2006 年版，第 4 页。

② 朱偰：《自序》，载《金陵古迹图考》，中华书局 2006 年版，第 1 页。

后，中国的政治文化中心南移，1927 年 4 月国民党定都南京后，南京文学分化为三个部分：一部分弘扬文化保守主义传统，不断加强传统文化的传播和研究；一部分不完全赞同国民政府的政治主张，形成评论干预时事的公共领域；另一部分则将文学视为政治的宣传工具，作品在题材选择上具有强烈的政治倾向，还隐含着政治权力运作机制及政治行为，广泛涉及不同的党群利益和个人的政治意图。

南京的悠久历史促使其形成文化保守主义传统。中国文化保守主义思潮是在中西文化交融过程中，力图维护中国文化主体地位的一种社会思潮。南京的文化保守主义传统是在中西文化都出现了严重危机的背景下活跃起来的。它一方面在维护传统的基础上反省传统，一方面在批判西方的前提下学习西方，主张以中国传统文化为主体、为本位，融汇调和西方文化，重建中华民族的文化系统。这种传统带有强烈的民族主义色彩，"国粹派"、南社、国学研究会和"学衡派"都致力于恢复儒家学说在中国现代文化体系中的地位，体现在文学创作上则是对于传统文学观念和文学形式的继承与发展。在文化保守主义思潮中，中国文化传统与西方文化保守主义理念交融并进，形成了不成体系却有共同指向的文化观念。余英时曾指出："事实上，20 世纪中国思想史上几乎找不到一个严格意义的'保守主义者'，因为没有人建立一种理论，主张保守中国传统不变，并拒绝一切东西方的影响。从所谓中体西用论、中国文化本位论，到全盘西化论、马列主义，基本取向都是'变'，所不同的仅在'变'多少，怎样'变'以及'变'的速度而已。因此接近全变、速变、暴变一端的是所谓'激进派'，而接近渐变、缓变一端的则成了'保守派'。"① 这大致描摹出了中国文化保守主义者的思想心理趋向。"学衡派"是南京文化保守主义阵营中的重要团体，其成员构成比"国粹派"等团体复杂，既有传统文化的忠实卫士，如柳诒徵等；也有留学欧美，以中学为基础博采西方文化精粹的学者，如吴宓、梅光迪等。他们不满意新文化、新文学运动的理论主张和实践，从西方引进了"新人文主义"与之抗衡。

---

① 余英时：《钱穆与新儒家》，载《钱穆与中国文化》，上海远东图书馆 1994 年版，第 38 页。

　　近代体制下，大学与媒体是文化发展的两个重要方面，也是"孵化"文学的两个重要场域。随着科学技术的发展、工业革命的深入和民主政治的推行，社会发展迅速，旧知识体系远远落后于现代社会的发展。促进知识体系更新，"唯一可托的是大学。大学必须给思想家、科学家、发明家、教师和学生提供庇护并促进他们的发展，使他们免于现实俗务的纷扰，探索社会生活中的各种现象并努力理解其真谛"。① 中国传统的"政教合一"的理念导致学统、道统与政统在理论上一致起来，即教育与社会道德标准、官方政治哲学合而为一。辛亥革命以后知识分子纷纷进入大学，他们不仅担负着传承中国传统文化、吸纳西方先进文明的重任，在争取"学术独立"的基础上还致力于现代文化观念的传播。南京的大学作为民国时期备受偏爱的首都高等学府，教授及学生也往往以"学术权力"对抗"政治权力"，东南大学—中央大学的数次驱赶校长风潮，集中体现了知识与权力之间的对立。南京的公立大学、私立大学不仅在政治选择上与政府保持距离，在文学取向上与主流文化也不尽相同。通过大学这个相对独立的领域，他们集结同人、组成社团、出版刊物、发表言论，在现代传媒技术的支持下，弘扬自身的文学主张。1927 年国民政府建都南京后，对思想文化领域的控制加剧，对进步文人进行迫害，南京的大学文人社团由于缺乏经费和不堪政府的压制而逐渐消解。国家作为政治实体利用自身的垄断性的力量遏制一切具有离心倾向的力量，设法把它们加以分化、重构乃至消灭；同时国家还通过主流媒体的灌输传播建立起一个封闭的话语体系，并通过动员整个社会捍卫这个话语体系的合法性，通过对这个话语体系内部异己力量的排斥斗争，通过教育体制对这个话语体系的加强和再生产，不断加固自己的中央集权的垄断地位。在国家的强大控制力量下，大学虽是现代文明的传播地，也不免因政治的侵入而沦为官方控制下的教育机构，"学术独立、教育独立"的口号从民国初年提出，却一直没能实现。

　　现代传媒打破了封建正统文化的垄断地位，推动了现代文化的普及，突破了传统精英文化独霸的局面，使大众文化得以进入主流并形成

---

　　① Flexner·Abraham. *Universities*：*American*，*English*，*German*. 转引自刘宝存《大学理念的传承与变革》，教育科学出版社 2004 年版，第 46 页。

独立于官方之外的传媒话语权,改变了文化传播的形式,扩大了受众群体和社会层面,在一定程度上普及了接受传播的权利,拓展了人们的认知空间,促成了新的价值系统的形成;同时也为社会变革确立了有效的社会价值评判,改变了民众的集体行为方式,吸引了广大民众对先进势力倡导的变革运动给予关注并产生反响,形成文化集团对社会的制衡力量。在20世纪二三十年代南京的大学校园文化影响下出版的刊物为传媒先进性的代表。无论《学衡》还是《国风》都突破了新文学阵营建立的文学范式,在文化保守主义理念的指导下创立了新旧结合的文学形态。这些刊物不是国民政府的宣传工具,以相对独立的姿态发挥着自身的文化影响。二三十年代大众传媒中既有极力保持独立品格,尊重事实的政府异见群体;也有依附于政治势力之上为虎作伥,充当主流政治文化的传声筒,协助当权者散布流言、攻击进步团体、麻醉迷惑群众的媒体。这一时期南京文学内部的斗争是代表着保守政治集团和新兴政治势力各自利益的文学家之间的斗争,斗争的前提在于主流文化是双方共同默认的基本准则。这种默认乃是文学家生存的必要条件,也是当权政治集团为文学制定的基本规范。在前现代社会,文学被主流文化所控制,被改造为可利用的文化资本,诱使政治集团之外的文人自愿与政治力量合谋。这一现象集中体现在30年代的南京右翼文学团体中,团体成员多数为国民党党员,在政府中有固定职务,文学是他们用来阐发或攻击其他政治集团的工具,文学团体也就是他们与其他政治势力争夺文学话语权以传达自身政治意愿的媒介。为了与左翼文学阵营相抗衡,国民党大力创建"三民主义文学",发起民族主义文艺运动,组织"开展文艺社"、"矛盾社",国民党右翼党派社团如"中国文艺社"、"流露社"等,试图建立与政治方略相适应的文化统治。民族主义文学、右翼党派文学社团及媒体文学理念僵化,文学创作实绩缺乏,不符合时代潮流,对文学并没有构成深刻影响,充其量是30年代文坛上苍白空洞的话语。

以"文学南京"为题,一方面是由于20世纪二三十年代的南京是当时的政治文化中心,既没有发展成现代意义上的都市如上海,也摆脱了传统社会中以政治职能为主的首都形象如北京。南京文学展现出独特的风貌:一方面既不同于"京派"的精英化、官气,也不同于"海派"的商业化、世俗气;另一方面则由于南京文化是多种地域文化的融合体，既有江淮文化的大气，又有吴越文化的温婉。南京强大的文化包容力，促使南京文学形态多元化，新旧文化理念并存，成为南北文化之间的过渡。虽然民国时期政治分裂，首都南京的政治影响力局限在长江中下游，其发展完全依赖于政治地位，以至于被称为是"一个没有灵魂的城池"①。但作为文化中心的南京，既有传统文化的辉煌印记，又中和了新文化的积极开拓，从"昔日荒凉的古城"逐渐演变为"日渐繁华的都市"。② 这既是继承传统文化精髓的过程，也是吸纳西方文明的过程，是理性对待中西文化的过程。南京的文学不是"京派"那种建立在封建帝都基础上，与官方密切相连，带有精英文化色彩的文学形态，也不是"海派"那样带有殖民色彩的现代都市中发展出来的世俗的商业文学。南京文学兼具二者长处，而无二者的极端，既在文化保守主义传统的笼罩下坚持了文学自身独立的品格，如二三十年代的传统文学创作和研究，又因首都的政治中心地位而出现右翼党派文学；既有适应市场要求的文学调整，如南京的各类型媒体以读者的爱好为报刊编辑指向，又不流俗、不趋世，不放弃文学的独立价值，当读者的审美取向与编者的文学观完全不同时，他们舍市场效益而存文学理念，如《学衡》为了宣传自身的学术理念宁可惨淡维持。"文学南京"不仅是对南京的文学风貌的描述，也是对南京这座城市历史、传统文化的综合记述，是对民国时期都市文学研究的重要补充。文中的时间范围为 20 世纪二三十年代，实际起止时间应为1920—1937 年。自 1920 年起南京文学开始出现新旧并存、不断论争的局面，教育场域从传统书院发展为现代大学，知识分子在高校和媒体中的活动，彰显出南京文化保守主义传统的特质。1937 年 12 月 13 日南京沦陷于日寇，政治中心转移，文化力量向西部及海外分散。在日伪政权统治下，大学与传媒仍协助统治者麻痹群众，但这种单一形态和目的的文学是沦陷区具有的殖民地文学，与南京文学的独特性质无关，也与南京文学的历史和发展关联不大，因此不在本书研究的范围内。

----

　　① 袁昌英：《再游新都的感想》，载丁帆选编《江城子——名人笔下的南京》，北京出版社 1999 年版，第 93 页。

　　② 方令孺：《南京的骨董迷》，载丁帆选编《江城子——名人笔下的南京》，北京出版社 1999 年版，第 248 页。

第一章　民国时期南京文化
保守主义传统

　　保守主义是近代以来的重要社会思潮，激进主义者常将保守主义与传统主义相混淆，认为它违背社会发展规律，阻碍时代进步。实质上"根据曼海姆最初的解释，保守主义是作为一种思考'人与社会'的方法出现的，它重视某些被理性化毁坏了的精神的和物质的利益，但又通过一个有效性标准为新近才政治化和理性化的世界提供了实践的方向，因此，它显然和它的对手一样也属于新时代。"① 保守主义倾向于在文化的延续性中适应新时代。"传统主义行为大多只是反应性行为，而保守主义行为则是具有意义取向的行为，它总是以包含着不同时期、不同历史阶段、总是变化不居的不同客观内容的意义复合体为取向。"② 在西方，保守主义和它的对立面激进主义是同时并存的，而在中国，文化保守主义思潮则早在中国文化激进主义出现之前就存在了，它既是延续中国传统文化命脉、挽救传统文化危机的策略，也是对传入中国的西方文明的抵制和改造。这种思潮有利于传统文化的传承和民族精神的延续，避免了"全盘西化"或狭隘民族主义导致的全盘否定西方文化的两种极端趋势。正如汤一介先生所说："文化上的保守主义并非一味守旧，而是要维护传统，并在此基础上继往开来。"③

　　在中国，真正具有现代意义的保守主义思潮形成于20世纪初。最早具有近代意义的文化保守主义思潮应以辛亥革命时期的国粹主义为代

---

① ［德］卡尔·曼海姆：《保守主义》，李朝晖、牟建君译，译林出版社2002年版，第3页。

② 同上书，第60页。

③ 汤一介：《论转型时期的中国文化发展》，载湖北大学中国思想文化史研究所主编《中国文化的现代转型》，湖北教育出版社1995年版，第11页。

表。新文化运动期间，"国故派"、"学衡派"、"东方文化派"等纷纷聚集于文化保守主义旗下，为维护民族文化传统和反对"西化"提出了种种主张，并在哲学、文学、史学、教育等领域展开了一系列相关的学术活动。"在清朝最后十年中，'国粹'运动在社会各领域产生并发展，它是与革命紧密联系在一起的，目的在于维系汉族（相对于满族而言）的文化。章太炎把探寻国粹运动引导至学习和宣扬清朝以前的诸子哲学和魏晋文学及佛教上。"① 儒家伦理道德受到新文化阵营的激烈批判和西方文化的全面冲击，教育制度和选官制度的变迁也使之失去了重新普及的可能，导致民族文化危机出现。"由于文化危机所带来的迷茫和消沉而失去认同，不仅是一个民族垂危败落的征兆，而且孕育着国家危机。"② 同时西方第一次世界大战的爆发使得中国知识界开始思考西方文化是否存在缺失，"近者欧战发生，自相荼毒，残酷无比，益证……东方高尚之风化，优美之学识，固自有不可灭者"。③ 该如何借鉴经验教训发展中国文化，"默守旧文化呢，还是将欧洲文化之经过老文章抄一遍再说呢？"④ 保守主义对此提出了折中的考虑，他们强调文化变动首先应具备历史延续性，始终倾向以传统文化为基础或主体的近代文化建设路径，但却并不象传统主义一样在政治上盲目维护传统社会体制，抱残守缺，主张以理性的姿态看待和认同整个社会的近代化趋势。南京文化保守主义传统乃是这一时期保守主义理念的一部分，它试图保留下来的传统文化不仅是六朝古都往日辉煌的印记，更是在欧风美雨中保留民族精神的努力。无论是国粹派、"学衡派"还是"国学保存会"，都是趋向现代的文化保守主义群体，但他们对传统文化的维护具有一定的选择性，维护的是传统文化的精髓。他们对于传统文化不是一味偏袒，而是有所反思和批判，对自己所维护的那部分传统文化大多依照西方社

---

① ［美］魏定熙：《北京大学与中国政治文化（1898—1920）》，金安平、张毅译，北京大学出版社1998年版，第99页。

② 徐迅：《民族、民族国家和民族主义》，载李世涛主编《知识分子立场：民族主义与转型期中国的命运》，时代文艺出版社2000年版，第129页。

③ 《发起亚洲古学会之概况》，《时报》1917年3月5日，转引自姚奠中、董国炎《章太炎学术年谱》，山西古籍出版社1996年版，第273页。

④ 张君劢：《欧洲文化之危机及中国新文化之趋向》，《东方杂志》，第19卷第3号。

会科学学说做过新的附会或诠释，套用冯友兰的说法：他们是"接着"而非"照着"传统文化讲的，其思想内涵和关注指向都是背离封建意识的、建设性的近代文化建设意向。

就文化保守主义思潮演化的过程来看，文化保守主义者对传统文化的维护，呈现出逐渐减弱的趋势。"现代中国保守主义主要是'文化的保守主义'，根本上并不是墨守现行之社会政治现状的'社会政治的保守主义'。许多中国'文化的保守主义者'，多半很清楚那些是该保留下来的文化要素。"① "在传统文化与学术的总结继承方面，文化保守主义阵营中名家辈出，取得了极为丰硕的成果，拥有章太炎、刘师培、王国维、陈寅恪、柳诒徵、钱穆等一大批现代国学大师。毫不夸张地说，在民族文化遗产的研究，特别是推进其向现代形态的转化上，较之现代史上的大部分学术思想流派，文化保守主义显然做出了更多的实质性努力。尽管他们的探索未必都成功，他们的文化理论和实践也并不都可取，但对于今日的文化建设，依然是一份有益的启示和可观的思想资源。"② 文化保守主义者的另一文化指向是批判西方文化：他们认为西方近代文化是"物质文明"，而"精神不文明"，西方人虽然创造了巨大的物质进步，但精神世界痛苦甚深，西方近代文化在其演化过程中弊端丛生，物质生活与精神生活相互分离，物质文明与精神文明没有得到协调发展。这反映了其保守心态：他们不是为中华民族向西方学习提供有益的借鉴，而是要说明中国固有文化比西方近代文化优越。例如，国粹派对西方议会制度的弊端进行了揭露和批评，认为与西方的议会制度相比，中国古代的任仕制度要公正优越得多。与其学西方的议会制，还不如"复古"。他们对西方近代文化进行批判的同时，也没有将西方文化的优势完全抹杀。熊十力曾说："吾确信中国文化不可亡，但吾国人努力于文化之发扬，亦必吸收西洋现代文化，以增加新的原素，而有所

---

① ［美］史华慈：《论保守主义》，《中国近代思想人物论——保守主义》，时报文化出版事业有限公司1980年版，第33页。

② 胡逢祥：《社会变革与文化传统：中国近代保守主义思潮研究》，上海人民出版社2000年版，第20页。

改造，不可令成一种惰性，是则余之望也。"① 为重建以传统文化为主体的新文化体系而主张吸收西方文化的一些元素，可以说是中国文化保守主义者的基本共识，是他们区别于顽固守旧分子的重要特征。贺麟在《儒家思想的新开展》一文中明确表示："能够理解西洋文化，自能吸收、转化、利用、征服西洋文化以形成新的儒家思想，新的民族文化。儒家思想的新开展，不是建筑在排斥西洋文化上面，而是建筑在彻底把握西洋文化上面。""欲求儒家思想的新开展，在于融会吸收西洋文化的精华与长处。"② 无论是在维护的基础上反省传统，还是在批判的前提下学习西方，其目的都是为中国文化寻找出路。

文化保守主义与近现代民族救亡的时代主题密切相关，得到了广泛的社会认同，并且在民族矛盾激化的阶段如晚清和抗战期间都发挥了重要作用，但是在推动思想启蒙运动和社会体制变革方面，却显得步履沉重。文化保守主义偏重思想观念的中西交融，对于当时急需的富国强兵之策，基本上没有提出建设性的意见，不具备现实意义。这种与时代需求若即若离的状态，框定了文化保守主义在中国现代思想史上的基本格局。南京的文化保守主义传统正是兼具合理性和局限性的思想资源，它以传统文化为基本思路，吸纳西方观念，在民族文化保存和发展方面作出了不可磨灭的贡献，指示出中国文化相对谨慎的"现代化"进路，是二三十年代南京文学中一以贯之的指导思想。

第一节　南京文化保守主义的传统底蕴

中国保守主义思潮主要是指近代以来至五四前后，在强烈的民族生存危机刺激下，一部分以承续中国文化精神为使命的现代知识分子，力图恢复中国传统文化尤其是儒家传统的本体和主导地位，重建中国文化的伦理精神象征，并以此为基础来吸纳、融合西方文化，建构起一种继往开来、中体西用式的思想文化体系，以谋求中国文化和中国社会现实

---

① 熊十力：《中国历史讲话》，转引自李振霞主编《当代中国十哲》，华夏出版社1991年版，第283页。

② 贺麟：《儒家思想的新开展》，载《文化与人生》，商务印书馆1988年版，第10页。

出路的一种思想文化倾向。在中国新文学发展的历程中，文化保守主义一直是作为文化激进主义的反对力量而存在的。文化激进主义以19世纪末引入中国的进化论为哲学基础，激进主义者创造性地把进化论自然观运用到社会领域，发动文学改良或文学革命运动。几乎所有文学保守主义者都反对把进化观念强加于文学，认为文学传统尤其是中国文学传统具有永恒的价值，在长久的发展历程中形成了一套稳固又开放的体系，其内在的精神底蕴渗透到社会的各个层面，不因时代的变化而丧失。他们往往还强调中国古代某个时段的某种文体具有不可企及的风格，是现代文学应该竭力模仿的典范。从哲学基础看，文学保守主义似乎比激进主义有更健全合理的理由，但事实上这一问题牵涉到更为复杂的各个方面，诸如对中西文化、文学价值的评估、对文学本质的看法等，对它的评价必须还原到历史语境中细致分析。

南京的文化保守主义传统建立在悠久的城市历史之上，是这座城市从古至今潜在而自觉的思想指向，也是南京丰厚的文化、文学遗产给南京知识分子带来的自然的文化选择。20世纪二三十年代，南京与整个中国一样，政治、经济、文化上出现了巨大危机，文化保守主义传统作为维护社会稳定的力量，从约定俗成的潜规则转变成与新文化运动主张的文化激进主义传统相抗衡的思想。这种转变标志着文化保守主义传统优势地位的丧失，也是民族危机下政治与文化关系的重大变化。南京的文化保守主义观念首先表现在对传统文化的固守，如同清末民初士人一样，他们关于"国粹"、"国故"、"国学"的论说带有泛政治化的意识形态倾向，具有反清排满和抗衡西学的某种文化意图。这既是文化认同和对历史上早期民族—国家想象的体现，又是为现实的民族—社会寻求文化精神依托的需要。虽然新文化阵营也提出以科学方法"整理国故"，如北京大学研究所国学门将"国学"细化为文字学、文学、哲学、史学、考古学。在形式上似乎与文化保守主义有相近之处，但从基本的思想取向上看来，二者性质完全不同。胡适首先强调的是学术与政治思想之间没有关系，"不认中国学术与民族主义有密切的关系"，"若以民族主义或任何主义来研究学术，则必有夸大或忌讳的弊病。我们整理国故，只是研究历史而已，只是为学术而作功夫，所谓'实事求是'

是也，绝无'发扬民族精神'的感情作用"①。就这一点来看，南京的文化保守主义传统始终站在新文学思潮的对立面，并不断证实政治意识对文化形态、学术研究有深刻影响。其次南京文化保守主义还受到西方保守主义思想，尤其是白璧德"新人文主义"思想的影响，他们对于西学有选择地吸收利用，希望能够找到一条能够促进国家富强、保留传统文化精粹和西方文化精华的文化建设方案。南京的文化保守主义传统与民国时期政治的保守主义倾向虽然在表现形式上相近，但本质、指向和宗旨则完全不同。混淆二者的差别，是对文化保守主义理念的曲解，也是对南京文化保守主义传统独特价值的抹杀。

一　绵延的国粹思潮

中国最早的文化保守主义思潮是 20 世纪初到辛亥革命前兴起的"国粹主义"思潮。它是带有强烈政治色彩的学术文化思潮，其政治主张、文化理念以及学术成就在中国近代政治史、思想史和学术史上都有重大、深远的影响。甲午战争以来，尤其是 1900 年之后，中国的民族危机空前加剧，面对清廷的腐败和列强瓜分中国的野心，国内民族主义情绪普遍高涨。在探索救国道路的过程中，思想界分化为两种倾向：一种是"全盘欧化"的民族虚无主义思潮；另一种则是文化保守主义思潮，知识分子在吸纳西方先进文明的同时也注意到西方制度、文化的弊端，考虑如何在学习西方的同时避免重蹈西方的覆辙。他们重新评估传统文化的价值，倡导向传统文化复归。"国粹主义作为社会思潮的兴起，是民族危机的产物，更主要是文化危机的产物，是清末国粹派对民族危机背后的文化危机加以独特思考的结果。"② 20 世纪初倡导"国粹"最有力、影响最大的，是以邓实、黄节、刘师培为代表的""国学保存会""和以章太炎为首的日本东京国学讲习会。成员多是一些具有深厚传统学术根基的知识分子，主张从中国的历史与文化中汲取精华，以增强反清排满革命的力量；还强调效法西方政治体制必须立足于复兴中国固有文化。他们身兼二任："既是激烈的排满革命派，又是热衷于重新

①《胡适全集》第 23 卷，安徽教育出版社 2003 年版，第 606 页。
② 陈利权：《清末国粹主义思潮百年再认识》，《浙江学刊》2005 年第 4 期，第 105 页。

整理和研究传统学术、推动其近代化著名的国学大家。"① 国粹思潮始终贯注着强烈的民族主义情绪。他们指出："民族主义如布帛菽麦，不能一日绝于天壤。"② 特别是在民族竞争日趋激烈，列强瓜分中国的野心日渐彰显时，"放眼大陆，虎虎数强国磨牙吮爪，各行其殖民政策、工商业政策，张翼四出，机牙相应，以肆其侵略手段，乃以斩刈弱小、驱逐蛮民自科为白种之天职，非、澳两洲数十万土蛮如风卷败挥，如雨摧菱花，凄凉零落，其侵略主义复膨胀于吾亚矣"③。在民族危亡的紧急关头，"再不以民族主义提倡于吾中国，则吾中国乃真亡矣"④。他们一再强调，19 世纪为民族主义之时代，20 世纪为民族帝国主义之时代。帝国主义者通过武力强迫政府签订不平等条约，运用传教、筑路、办学等手段，逐渐侵蚀中国国土主权，掌握中国经济命脉，破坏传统文化和政治体系。在这种危急情势下想要保国保种，唯有亟起奋争，反抗侵略，"非以我国民族主义之雄风盛潮，必不能抗其民族帝国主义之横风逆潮也"⑤。由于国粹主义强调维护民族文化特性的主张，在中国这个历来极为重视自己传统的国家具有相当广泛的社会文化基础，使得聚集在"国粹"这一旗帜下的人员非常庞杂，对于许多问题的看法未能完全一致。代表机构""国学保存会""的全部会员至今尚无确切统计。""国学保存会""的会章规定："入会毋须捐金，惟须以著述，或自撰，或按求古人遗籍，或抄寄近人新著，见赠于本会者，即为会员。"⑥ 这种提法只是为了标榜他们"不存门户之见，不涉党派之私"⑦，事实上该组织对会员资格的认证非常严格，具有正式的入会手续，对会员的要求很高。据《国粹学报》第 25 期所载《会员姓氏录》可知 1906 年初其正式会员仅 19 人。至 1907 年 8 月，该会仍称其会员"不过二十一人"⑧。由此可见国粹派对成员进行了细致筛选，在这些慎重吸纳的成

① 郑师渠：《晚清国粹派：文化思想研究》，北京师范大学出版社 1997 年版，第 8 页。

② 《呜呼禹之谟》，《复报》第 7 号，1906 年。

③ 邓实：《论国家主义》，《政艺通报》第 1 号，1903 年。

④ 余一：《民族主义论》，《浙江潮》第 1 期，1903 年。

⑤ 邓实：《政治通论外篇·通论四帝国主义》，《政艺丛书》，1902 年。

⑥ 《"国学保存会"简章》，《国粹学报》第 1 期，1905 年。

⑦ 《国粹学报略例》，《国粹学报》第 1 期，1905 年。

⑧ 《"国学保存会"报告第 12 号》，《国粹学报》第 32 期，1907 年。

员中各人学养、理念的不同，对民主思想接受的程度也有所不同，因此国粹派从未形成统一、系统的民主思想，"反清排满"主张有大汉族主义倾向。当时中国知识分子的普遍心态是既不满于清政府的反动，又不愿起而革命，担心在推翻清廷的同时，也摧毁了自己安身立命的基础。《国粹学报》上的各种"保教存学"言论十分典型地反映了这种思想动向。国粹派之所以能产生巨大的影响，在很大程度上是迎合了这部分人的社会心理。在他们看来，数千年来中国社会虽屡经变乱，但文化上却始终一脉相承、从未遇到过强有力的对手，"故自三代以至今日，虽亡国者以十数而天下固未尝亡也。何也？以其学存也。而今则不然矣，举世汹汹风靡于外域之所传习，非第以其持之有故，言之成理也。观其所以施于用者，富强之效，彰彰如是，而内视吾国萎靡颓朽，不复振起，遂自疑其学为无用，而礼俗政教将一切舍之以从他人。循此以往，吾中国十年后学其复有存者乎？"①　更有甚者，一些人震惊于西洋的发达，竟"欲尽举祖宗相传以来美丽风华、光明正大之语言文字废之而不用，一惟东西之言文是依……而庸识知其自国之粹先已蹂躏而国将无与立欤！"②　近代以来，西方列强侵略毁灭某些弱小国家，首先采用武力，随后就是变乱其国学语言，从而灭绝其民族种性。强烈的民族文化整体危机感，激发了他们试图以保存和发扬传统文化，抵制西方列强的侵略，进而"保国保种"的文化保守意识。

国粹思潮在政治上尚嫌稚嫩粗糙，在学术上却贡献极大。1905 年初""国学保存会""在上海成立，大规模地从事古籍的校勘整理工作，先后编辑出版过《国粹丛书》、《国粹丛编》等著作，开办国学讲习会，发行各种讲义和教科书，建立藏书楼，而且举行一年一次集会、三年一次庆典的活动。这些活动在当时产生了一定的社会影响，使国粹主义成了清末民初很有影响的文化思潮。从学术渊源上说，国粹派承继清代以戴震为代表的"皖派"朴学的余绪，是以朴学为基础、以古文经学为中坚的学术派别，主要代表有扬州学派的刘师培、浙东学派的章太炎和岭南学派的邓实、黄节。国粹派大多是生活在江浙、两广一带，在学校

---

①　潘博：《国粹学报序》，《国粹学报》第 1 期，1905 年。

②　邓实：《鸡鸣风雨楼独立书》，《政艺通报》第 24 号，1903 年。

或报馆任职的中下层知识分子。他们出身于书香门第，从小饱受传统教育，国学根基深厚，近代西方文明涌入中国后又率先接触了不少西学书籍，受到近代思想不同程度的影响，在不同程度上都初步形成了以进化论和社会学为根底的新知识体系。他们对国粹的提倡，既带有维护传统的色彩，又具有推动传统学术近代化的现实意义。正如钱玄同所指出：最近五十年来，为中国"学术思想之革新时代，其中对于国故研究之新运动，进步最速，贡献最多，影响于社会政治思想文化者亦最巨"。①他们相当自觉和卓有成效地将传统学术提升到了近代学术层面。"国学保存会"成立不久，就创办了机关刊物《国粹学报》，办刊宗旨在于"发明国学，保存国粹"，"爱国保种，存学救世"②。该刊的内容分为两大部分：一是对经、史、子、集等国故（不仅仅局限于儒学）研究的结果，设有社说、政篇、经篇、文篇、子篇、谈丛等栏目；二是刊载传统的散文诗词，设有文苑、诗录、诗余等栏目，王国维的《人间词话》上卷，即发表于该刊。该刊除了发表过许多国故研究的论著之外，还刊载过明末一些遗民的著述，将反清情绪寄寓于对明朝的怀念中。鲁迅在《杂忆》一文中说，把明末遗民的作品发表出来是"希望使忘却的旧恨复活，助革命成功"③。该刊的撰稿人，多为在世的或者已经去世的著名国学专家、文学界名流以及"国学保存会"的会员，包括章太炎、刘师培、陈去病、高天梅、柳亚子、黄侃、邓实、罗振玉、郑孝胥、王闿运、陈三立、朱祖谋、况周颐、严复、王国维、缪荃孙、张之洞等。该刊提倡"国粹"，表现出复古主义的倾向，在这种复古主义的背后，隐藏着民族主义、爱国主义的思想感情和反清的革命精神，在当时具有某种积极的意义。因而鲁迅在《一是之学说》中对于《国粹学报》的评价是：它"谈学术而兼涉革命"，"多含革命精神"④。

　　国粹派作为长久影响着中国思想界的思潮，具有自成体系的文化主张：保存国粹，弘扬国学，陶铸国魂。有学者指出："就国粹派的文化

---

　　① 钱玄同：《钱玄同文集》，中国人民大学出版社1999年版，第240页。

　　② 《国粹学报发刊词》，《国粹学报》第1期，1905年。

　　③ 鲁迅：《杂忆》、《坟》，《莽原》周刊第9期，1925年6月19日。转引自《鲁迅全集》第1卷，人民文学出版社1981年版，第221页。

　　④ 鲁迅：《一是之学说》，《晨报·副镌》，1922年11月3日。

观及国粹思潮的总体水平来看，笔者认定其达到了晚清文化保守思潮的最高峰。导发的'国学热'曾延续到 20 世纪 40 年代，他们关于文化建设的设想则影响至今。"① 以复兴传统文化为己任的国粹派在传统文化的保存、研究上用力极勤，在经学、史地学、文字学等领域都有重大的学术成就。国粹派又非完全守旧，他们对传统文化采取一种批判继承的态度，主张以中国固有文化为主体，发展民族新文化，这是一种极具前瞻性的思路。但也由于其过分执着于传统文化，过于强调中学的重要性，才使其最终落在了时代的后面，成为退潮人物。国粹派认为：国粹、国学是中国或中华民族得以立足、得以生存的传统学术文化，是民族和国家的命脉所系，是决定民族、国家生存的东西。"国粹者，一国之精神所寄也。其为学，本之历史，因乎政俗，齐乎人心之所同，而实为立国之根本源泉也。是故国粹存，则其国存，国粹亡，则其国亡。"②"国学存则爱国之心有以附属，而神州或可再造。……虽亡而民心未死，终有复兴之日。"③ 中国近代面临的文化危机，不是传统文化落后所造成的，而是传统文化遭到破坏后的结果。一味否定传统文化，只能加深民族的文化危机，其结果将会导致"国未亡而学先亡"的困境。国粹派认为"欲谋保国，必先保学"，只有保存国粹，中国才能不亡。"国有学，则虽亡而复兴；国无学，则一亡而永亡。何者？盖国有学则国亡而学不亡，学不亡则国犹可再造；国无学则国亡而学亡，学亡而国之亡遂终古矣。"④ 因此，他们不仅提出了"保存国粹"、"复兴古学"⑤ 的文化主张，还走出书斋，积极开展以"研究国学、保存国粹"为宗旨的文化活动。现代文化保守主义者所认同的"中体"更注重于体现民族历史精神的文化传统，他们不但将中国文化的道统与传统政治体制分离出来，还极力赋予其非封建性甚至现代意义的诠释。国粹派对传统文化的继承，是有批判和取舍的继承发扬，尤其注重其中有关民族爱国主义、个人道德修养和民主思想等"真国学"的发掘，而对那些体现封

---

① 喻大华：《晚清文化保守思潮研究》，人民出版社 2001 年版，第 82 页。

② 《国粹学报》第 7 期，1905 年。

③ 邓实：《"国学保存会"小集叙》，《国粹学报》第 26 期，1907 年。

④ 许守微：《论国粹无阻于欧化》，《国粹学报》第 1 册第 7 期，1905 年。

⑤ 《拟设国粹学堂启》，《国粹学报》第 26 期，1907 年。

建专制文化的"君学"则摒弃。"'国粹'、'国学'、'国魂'是国粹派藉以文化运思最基本的概念。"① 章太炎在一次《我的生平与办事方法》的白话演讲中,对"国粹"有明确的所指和目的揭示。他说:"为什么提倡国粹?不是要人尊信孔教,只是要人爱惜我们汉种的历史。这个历史,是就广义说的。其中可以分为三项:一、语言文字。二、典章制度。三、人物事迹。"② 章太炎特别强调这样做是出于"感情"上需要,"是要用国粹,激动种性,增进爱国的热肠"。③ 这种观念带有反清排满的极端民族主义倾向,也是"国粹派"学术政治化的体现。国学是国粹的重要部分,是国粹的载体,既与西学相对立,又与君学相区别。邓实提出了这一区分的必要性在于:"近人于政治之界说,既知国家与朝廷之分矣,而言学术则不知有国学、君学之辨,以故混国学于君学之内,以事君即为爱国,以攻令利禄之学即为国学,其乌知乎国学之自有其真哉?"④ 邓实认为国学是先秦时代汉民族的学术,一则由于先秦时代尚未形成君主专制,因此,国学带有民主因素;二则国学是汉民族的学术,寓含着排斥"异族"的基本立场。自封建专制建立以来,士多被囊括进统治阶层,他们治学也多以统治者的好恶为准则,因而学术实为君学,国学与君学就这样尖锐地对立着。国粹派批判君学的主要目的之一是为了引起人们对国学的重视,以确立国学的地位。其重建国学的努力也是在吸纳西方文明的基础上重建中国文化的努力。

约以 1908 年为界,国粹派的思想发生了重大转折。前期国粹派的思想较激进,带有强烈的政治色彩;辛亥后,由于资产阶级共和国和"藉国粹激动种性"美妙理想的破灭,国粹派的革命色彩逐渐黯淡,专讲学术,不谈政治,思想日趋保守,思潮也随之衰落。主要成员中刘师培变节,邓实在上海"以金石书画自娱,厌倦文墨,无复当年豪兴";黄节虽曾出任广东高等学堂监督,但不久即去北大任教。国粹主义思潮暂时走向低谷,国粹派成员分散加入其他团体,刊物停办。国粹思潮这种近代化的学术倾向在日后影响巨大。国粹派的文化观念已具备了近代

---

① 郑师渠:《晚清国粹派:文化思想研究》,北京师范大学出版社 1997 年版,第 111 页。
② 章太炎:《章太炎的白话文》,贵州教育出版社 2001 年版,第 72 页。
③ 同上书,第 69 页。
④ 邓实:《国学真论》,《国粹学报》第 27 期,1907 年。

文化保守主义的基本特征：一方面，它在文化建设进路上的强调传统与现实联系，以及文化价值取向上的极力维护民族特性，与当时各种以"西化"为中国文化变革方向的主张形成了明显的对峙；另一方面，其在政治上的主张近代民主和反对封建专制倾向，与封建保守主义立场有别，从而成为晚清社会独标一格的思想文化流派。

二　南社的余绪

南社是中国近代人数最多、活动时间最长、影响最大、成就最高的文学团体。有人认为南社吸收了明代复社、几社的宗旨和组织结构，雅集形式多为成员宴饮，以传统诗词为乐，是缺乏现代意义的传统文人社团。但由南社成立的初衷及活动看来，笔者更倾向于认为南社是混杂了文学与政治理念的现代型社团，同时保留了传统文人社团的松散运作方式。

1907 年南社酝酿筹备，1909 年苏州正式成立，活动中心在上海，影响辐射到江浙。南社有组织条例，入社要有社员介绍，要填入社书，出版社刊《南社丛刻》，是中国第一个近代文学社团。其成员混杂，繁盛时期达到 1000 多人，因而无法形成统一的文学观念，20 年代南社活动渐渐减少，经过内部诗歌宗唐和宗宋派的斗争后，力量大幅度削弱，文学主张分裂后，社团活动也趋于消散。

南社是一个有着鲜明政治色彩的文学团体。"民族主义是南社的宗旨，统一他们的是政治纲领而非文学追求。"[①] 陈去病在《南社长沙雅集纪事》中指出南社的"南"的特殊含义在于："南者，对北而言，寓不向满清之意。"[②] 高旭则说："当胡虏猖獗时，不佞与友人柳亚子、陈去病于同盟会后倡设南社，固以文字革命为职志，而意实不在文字间也。陈、柳二子深知乎往时人士入同盟会者思想有余而学问不足，故借南社以为沟通之具，殆不得已之苦思欤。"[③] 另一位主要成员宁调元也说："钟仪操南音，不忘本也。"[④] 柳亚子更加直白地阐释："旧南社成

---

① 陈俐：《南社及其主导的"宗唐文学观"》，《淮北煤师院学报》2002 年第 4 期，第 63 页。

② 陈去病：《南社长沙雅集纪事》，《太平洋报》1912 年 10 月 10 日。

③ 高旭：《无尽庵遗集序》，《无尽庵遗集》，上海国光印刷所 1912 年版。

④ 宁调元：《南社诗序》，《南社诗集》，第 2 册。

立在中华民国纪元前三年，它的宗旨是反抗满清，它的名字叫南社，就是反对北庭的标志了。"① "一般半新不旧的书生们，挟着赵宋、朱明的夙恨，和满清好象不共戴天，所以最卖力的还是狭义的民族主义。"② 从创建到结束，南社与同盟会的关系一直非常密切。它的三位发起人陈去病、高旭和柳亚子皆为同盟会会员。柳亚子宣称："我们发起的南社，就是想和中国的同盟会做犄角的。"③ 因而"南社的成立，等于中国同盟会成立一个革命宣传部"。④ 1909 年南社在苏州虎丘的第一次雅集，出席者 17 人中有 14 人是同盟会员。辛亥革命前，会员有 200 多人；辛亥革命后，会员发展到 1180 多人，大多数是民主革命派或同情革命的知识分子。强烈的民族主义情绪来源于当时的民族危机和特殊时代的要求，"辛亥革命前后在思想领域的斗争，始终环绕着一个时代的主题，即保清、保君主、保封建，还是反清、废君主、建立民主共和国的问题，这也是用以划分当时各种政治团体和派别的分水岭，任何组织和派别在这个问题面前不作正面问答，都难以维持下去，即使维持下来，也会随着现实的如火如荼的政治斗争而烟消云散。因此，南社作为那个时代的产物，一开始就被打上时代、阶级的烙印，被赋予明显的政治倾向和政治目标。作为一个文学团体，它举起了'反清革命文学'的大旗，把推翻清王朝的封建专制统治和民族革命当作唯一使命，成为本国近代第一个把文学与推翻封建专制、建立民主共和国的政治斗争相结合的文学团体"。⑤ 南社奉行的宗旨是："研究文学，提倡气节，即以文学为武器，以民族主义相号召，提倡革命气节，致力于民族独立和民主共和，推翻清王朝的封建专制统治。"以文学创作反抗清朝专制统治，鼓吹资产阶级民主革命，亦成为南社的政治目标和文学主题。袁世凯窃取辛亥革命胜利果实后，近代工业革命兴起引起了社会的激变，南社成员逐渐

① 柳亚子：《新南社成立布告》，载柳无忌编《南社纪略》，上海人民出版社 1983 年版，第 100 页。

② 柳亚子：《柳亚子文集：自传·年谱·日记》，上海人民出版社 1986 年版，第 3 页。

③ 柳亚子：《新南社成立布告》，载柳无忌编《南社纪略》，上海人民出版社 1983 年版，第 100 页。

④ 徐蔚南：《南社在中国文学史上的地位》，《南社诗集》，第 1 册。

⑤ 熊罗生：《论南社在辛亥革命中的地位和作用》，《吴江文史资料》，第 2 页。

分化，"安福、政学靡不有吾社之败类"。在南社领导柳亚子看来，社员的分化有损于南社的声誉，"洪宪称帝，筹安劝进，很有旧南社的分子；可是在炙手可热的时候，大家都不敢开口，等到冰山倒了，却热烈地攻击起来。我以为'打落水狗'不是好汉，所以没有答应他们除名惩戒的要求，然而提倡气节的一句话，却有些说不响嘴了"。同时"因为发展团体起见，招呼的人太多了，不免鱼龙混杂。还有先前很好的人，一变就变坏了。后来差不多无论什么人都有，甚至意见分歧，内讧蜂起，势不得不出于停顿的一途"①。现实中遭遇的信念危机和组织松散导致 1923 年 10 月底南社完全解体。1923 年 10 月柳亚子、叶楚伧、胡朴安、余十眉、邵力子、陈望道、曹聚仁、陈德 8 人发起组织了新南社，致力于整理国学和思想介绍，"标志着南社这一极具传统与古典意味的文学社团，随着社会潮流的转变而跨出了历史性的一步"②。新南社摆脱了狭隘民族主义的局限，增进了社团宗旨的现代意义。"新南社的精神，是鼓吹三民主义的，提倡民众文学，而归结到社会主义的实行。"③ 新南社活动时间仅一年半，影响程度远不及旧南社，体现出部分南社社友文学观念和思想意识上的现代转变，试图与新文化运动步调一致的文学努力。

南社为了配合同盟会的革命斗争，积极创办各种报刊，主张以诗歌为武器鼓吹革命，推翻晚清，而他们所采用的文学形式与语言仍然是传统的古典诗词和文言文。热情讴歌民主革命，呼唤民主自由，鞭挞封建专制，表现出强烈的爱国主义和民主主义精神。"南社在成立时是一个传统的民间的文学社团，并带有相当浓重的地域色彩，其对革命的热情要远远高于对文学的热爱。"④ 它是以政治斗争为号召而结社的，而不仅是因艺术志趣相近，为互相探讨诗艺而聚集。1910 年 1 月他们创办

---

① 柳亚子：《我和南社的关系》，载柳无忌编《南社纪略》，上海人民出版社 1983 年版，第 101 页。

② 栾梅健：《文学常态与先锋性的融合——以南社为例》，《中国现代文学丛刊》2006 年第 6 期，第 288 页。

③ 柳亚子：《新南社成立布告》，载柳无忌编《南社纪略》，上海人民出版社 1983 年版，第 100 页。

④ 栾梅健：《民间的文人雅集：南社研究》，东方出版中心 2006 年版，第 60 页。

了文言年刊《南社丛刻》又名《南社》，直到 1923 年 12 月南社分裂才终刊，前后共出版过 22 期。该刊从《国粹学报》那里得到启发，其内容分为文选、诗选、词选，推举陈去病、高旭、庞树柏分任编辑，他们都是南社的重要诗人。第三集改由景耀月、宁调元、王无生分任诗选、文选、词选编辑。作品大都有感而发，"语长心重，本非无疾以呻吟；兴往情来，毕竟伤时而涕泣"，① 文学旨趣和"推翻鞑虏"的时代要求相契合。作者或是出于忧国伤时之情，或是抱着易代兴亡之感，或是思念革命同志，或是哀悼殉难故人。高旭的《愿无尽庐诗话》主张通过作品"鼓吹人权，排斥专制，唤起人民独立思想，增进人民种族观念"。他力图证明"诗界革命"和"复古"之间并没有矛盾，他说，"诗文贵乎复古，此固不刊之论也，然所谓复古者，在乎神似，不在乎形似"，"苟能探得古人之意境神髓，虽以至新之词采点缀之，亦不为背古，谓之真能复古可也。故诗界革命者，乃复古之美称"②。

南社内部对诗歌"尊唐"、"宗宋"颇有纷争。柳亚子等人坚决提倡盛唐之音，他们本身对于宋诗并无好恶，但将宗宋派视为满清文学的代表进行猛烈抨击。柳亚子回忆说："从满清末年到民国初年，江西诗派盛行，他们都以黄山谷为鼻祖，而推尊为现代宗师的，却是陈散原、郑海藏二位先生，高自标榜，称为同光体。我呢，对于宋诗本身，本来没有什么恩怨，我就是不满意于满清的一切，尤其是一般亡国大夫的遗老们。亡友陈勒生烈士曾经说过：'满清的亡国大夫，严格讲起来，没有一个是好的。因为他们倘然有才具，有学问，那末，满清也不至于亡国了。满清既亡，却偏要以遗老孤忠自命，这就觉得是进退失据了。'勒生烈士对于他们，是深恶痛绝的，而我便很同情于勒生。在南社第五集上替胡寄尘兄作诗集叙，已在痛骂同光体的元老了。"③ 他们将这两种不同艺术追求的诗歌对立起来："从晚清末年到现在，四五十年间的旧诗坛，是比较保守的同光体诗人和比较进步的南社派诗人争霸的时

① 陈去病：《南社诗文词选叙》，《民吁报》1909 年 10 月 28 日。

② 高旭：《愿无尽庐诗话》，载徐中玉主编《中国近代文学大系》第 1 卷，上海书店出版社 1994 年版，第 696 页。

③ 柳亚子：《我和朱鸳雏的公案》，载柳无忌编《南社纪略》，上海人民出版社 1983 年版，第 149—150 页。

代。"（《怀旧集·介绍一位现代的女诗人》）南社诗歌"鼓吹新学思潮，标榜爱国主义"①，高扬布衣之诗的旗帜。"余与同人倡南社，思振唐音以斥伧楚，而尤重布衣之士，以为不事王侯，高尚其志，非肉食者所敢望。"② 这些主张说明"宗唐派"就是要反同光体之道而行之，倡盛唐之音，以盛唐大气磅礴之声来扫除诗坛刻意雕琢炼字之习；思想上则极力鼓吹革命，文学上大多主张"诗唱唐音，文喜淡藻"，与桐城派、同光体诗人对抗，视其为敌对堡垒，称之为"文妖诗鬼"。当时柳亚子很自豪地作诗云："一代典型嗟已尽，百年坛坫为谁开？横流解语苏黄罪，大雅应推陈夏才。"（《时流论诗多骛两宋，巢南独尊唐风，与余相合，写诗一章，即用留别》）苏黄即指以苏东坡、黄庭坚为代表的宋诗派，暗指宗宋派所推崇的宋代诗人的诗歌并不足为典范，陈夏指的是明代的尊唐诗人陈子龙与夏完淳，他认为这两位的诗才和气魄，才应为南社诗歌的范本。他曾指斥"同光体"代表人物郑孝胥、陈三立、陈衍等人是"少长胡风，长污伪命，出处不臧，大本先拨。及夫沧桑更迭，陵谷改观，遂腼然以夏肆殷顽自命，发为歌咏，不胜觚棱京阙之思"（《习静斋诗话序》）。钱基博在孙颂陀的《箫心剑气楼诗存·序》中曾比较公允地指出这两派的各自缺点并指出救治之道："诵西江者，以生涩为奥峭，而不知弓燥固贵乎柔；言盛唐者，以庸肤为高亮，而不知大含尤薪细入，斯诚诗道之穷。莫若求以清新，清则不涩，新则不腐。"

唐宋之争矛盾不断激化以致南社分裂。柳亚子素来倡导唐音，吴虞在《民国日报》发表《与柳亚子书》公开支持宗唐。1917 年胡先骕在给柳亚子的信中公然赞美"同光体"。柳亚子以武断的口气坚决予以回击："诗派江西宁足道，妄持燕石诋琼琚。平生自有千秋在，不向群儿问毁誉。"胡认为柳狂妄自大，毫无学者风度，也完全无意探讨，也就不必反驳，从此不参与南社活动，开始与同光体诗人相来往。《学衡》杂志创办后胡先骕在《诗录》栏目中发表了许多同光体诗人的诗歌。成舍我其时掌管《民国日报》，在副刊上发表了许多宋诗，柳亚子提出

---

① 马君武：《马君武诗稿自序》，《马君武诗注》，广西民族出版社 1985 年版，第 1 页。

② 柳亚子：《胡寄尘诗序》，载杨天石、王学庄编著《南社史长编》，中国人民大学出版社 1991 年版，第 200 页。

抗议后，成舍我将宗宋派诗歌交给吴稚晖担任主笔的《中华新报》上发表，柳亚子极力阻挠。闻野鹤在《民国日报》上著文盛赞同光体的好处，柳亚子极为愤怒，6月28、29日连续发表《质野鹤》和《再质野鹤》一文，认为"欲中华民国之诗学有价值，非扫尽江西派不可"。他强调民国成立，应别创新声，写出"黄钟大吕，朗然有开国气象"的作品，决不能再让亡国士大夫作诗坛翘首："今既为民国时代矣，自宜有代表民国之诗，与陈、郑代兴，岂容许已死之灰而复燃之，使亡国之音重陈于廊庙哉！亚子虽无似，不敢望诗界之拿破仑、华盛顿，亦聊以陈涉、杨玄感自勉。"① 闻柳争论时，正值清廷复辟，溥仪发出诏书召集同光体诗人入京，沈曾植被任命为学部大臣，陈宝琛为帝傅。柳亚子据此发表《再质野鹤》，认为同光体实为封建帝制的帮凶，为祸甚大，必须铲除。闻野鹤偃旗息鼓后，朱鸳雏出面为同光体辩护，认为郑孝胥等人品质高洁，并非卖身求荣的小人，赞美其诗作"语意之间，莫不忧国如焚，警惕一切"②，指斥柳亚子是妄人。柳亚子反击，认为"鼓吹同光体者，乃欲强共和国民以学亡国士大夫之性情，宁非荒谬绝伦耶！"不经集体讨论，以南社主任身份将朱鸳雏开除出社，在《民国日报》上发表紧急启事。1917年成舍我联合蔡守、刘泽湘、周咏等人在上海成立南社临时通讯处，发表紧急通告，在《申报》上登广告："南社同仁公鉴：柳亚子因论诗与朱、闻不合，一论唐诗，二论宋诗，遂不准《民国日报》刊登，又不准《中华新报》登，如此一来，哪有新闻（言论）自由科研？南社是个完全平等的文学社团，柳亚子不过是个书记，不是社长，怎能驱逐他人出社？如此荒唐之人，怎能主持一个文学社团呢？请所有南社同仁主持公道，最好能一起驱逐柳亚子出社！"③ 柳亚子又宣布驱逐成舍我。两派分别以《民国日报》和《中华新报》为阵地，进行激烈辩论。南社内部分歧愈加扩大，形成对立局面。成舍我联合南社元老高吹万等提出"南社革命"，恢复南社旧章，打倒柳亚子。同年九月，南社田梓琴、叶楚伧、陈去病等237人在《民

---

① 柳亚子：《磨剑室拉杂话》，转引自《马君武集》，华中师范大学出版社1991年版，第11页。

② 《民国日报》，1917年7月9日。

③ 成舍我访谈：《南社因我而内讧》，《"中央"日报副刊·长河》1989年11月13日。

国日报》上发表启事，支持柳亚子，声明："驱除败类，所以维持风骚；抵制亚子，实为摧毁南社。"1917 年 10 月南社改选，柳亚子仍以多数当选主任。但柳亚子因种种刺激，多次提出辞职。从此南社元气大伤，逐渐分崩离析。由唐宋之争可见，南社的革命主张浮泛粗浅，缺乏学理层面的理智思考，论争的焦点是诗歌与革命的关系，远远偏离了文学旨归，有狭隘民族主义的迹象。

南社偏重传统文学，在古典诗词上颇有造诣且自视甚高。柳亚子曾评点："至于所谓正统派的诗人，老实说，都不在我的心上呢。国民党的诗人，于右任最高明，但篇章太少，是名家而不是大家；中共方面，毛润之一枝笔确是开天辟地的神手，可惜他劬劳国事，早把这劳什子置诸脑后了。这样，收束旧时代，清算旧体诗，也许我是当仁不让呢！"① 新文学阵营对南社诗歌评价不高，胡适多次提到他的"文学革命八事"是"对当时中国文艺状况"②，主要是南社的创作倾向而提出的。1916 年胡适给任鸿隽的信中称："适以为今日欲救旧文学之弊，须先从涤除'文胜'之弊入手。今日之诗（南社之诗即其一例），徒有铿锵之韵，貌似之辞耳，其中实无物可言。其病根在于重形式而去精神，在于以文胜质。"胡适在 1916 年 7 月 22 日与南社社员梅光迪的通信中曾写道："诸君莫笑白话诗，胜似南社一百集。"③在胡适的文学革命纲领中所提到的古典诗歌的滥用典、惯用陈言套语、善作无病呻吟等弊病全以南社成员创作的古典诗词为例，反复指出南社成员"志在'作古'"，不是诗人，而是诗匠。这种批评是极有根据的，南社借文学来鼓吹革命，二次革命后国事日非，志气颓唐，南社成员一贯标榜的气节也因为社中首脑参与筹安劝进，支持袁世凯做皇帝而沦为笑柄。传统的文学观念使得其诗歌创作成为诗人发牢骚、述心境的游戏之作。所作诗词大多为伤春悲秋、无病呻吟之作

① 江苏省吴江县档案局编：《柳亚子早期活动纪实》，档案出版社 1991 年版，第 263 页。

② 胡适：《新文学大系·建设理论集导言》，《什么是"国语的文学"，"文学的国语"》等文章中反复提及。

③ 胡适：《留学日记·卷十四》，载《胡适全集》第 28 卷，安徽教育出版社 2003 年版，第 415 页。

如柳亚子所说"抱着'妇人醇酒'消极的态度,做的作品,也多靡靡之间,所以就以'淫滥'两字,见病于当世了"①。

对南社的兴衰原因,1929 年鲁迅在燕京大学国文学会演讲时,曾提出一种说法:"希望革命的文人,革命一到,反而沉默下去的例子,在中国便曾有过的。即如清末的南社,便是鼓吹革命的文学团体,他们叹汉族的被压制,愤满人的凶横,渴望光复旧物。但民国成立以后,倒寂然无声了。我想,这是因为他们的理想,是在革命以后重见汉官威仪,峨冠博带,而事实并不这样,所以反而索然无味,不想执笔了。"②曹聚仁则着重从文学成就方面对南社进行了肯定:"南社首先揭出革命文学的旗帜,和同盟会的革命运动相呼应。……有一句话我们可以说:南社的诗文,活泼淋漓,有少壮朝气,在暗示中华民族的更生。……那时年青人爱读南社诗文,就因为他是前进的革命的富有民族意识的,我们纪念南社,也就是纪念富于革命性的少壮文艺。"③

三　国学研究会与《国学丛刊》

1922 年 10 月 23 日,南方学术重镇东南大学国文系师生成立了"国学研究会",并计划组织"国学研究院",目的是:"国文系学成修毕之后,特设国学院以资深造,为国立东南大学专攻高深学问之一部。"④ 这一宏图遭到北方学者的抨击和校内新派的挖苦。从"国学研究会"到"国学院"的短短历程和遭遇,集中地反映了 20 年代早期南北学术界在"整理国故"运动中的地缘与派分。1921 年胡适在东南大学以"研究国故"为题进行演讲,使北大的"整理国故"的风气蔓延到了南方,以致东南大学部分教员也加入到"整理国故"的行列之中,当时的系主任陈中凡毕业于北大哲学系,把北方学风和学术研究方法带入了南京,促成了东南大学"国学研究会"的出现。"国学研究会"与稍后成立的"史地学会"一样,是在教师指导下由学生组织的,但其

---

① 柳亚子:《新南社成立布告》,载柳无忌编《南社纪略》,上海人民出版社 1983 年版,第 100 页。

② 鲁迅:《鲁迅全集》第 4 卷,人民文学出版社 1981 年版,第 134、135 页。

③ 曹聚仁:《纪念南社》,《南社诗集》第 1 册。

④ 顾实:《东南大学国学院整理国学计划书》,《国学丛刊》1 卷 4 期,1923 年 12 月。

中起主导作用的依然是称为"指导员"的教师：陈中凡、顾实、吴梅、陈去病和柳诒徵，除柳诒徵为历史系教授外，其他四位均为国文系教授。这些"指导员"的学术经历和思想主张直接影响到"国学研究会"的活动。顾实早年留学日本，深受《国粹学报》影响，陈中凡是北大黄侃、刘师培的得意门生，深受"国粹派"的精神熏陶，吴梅是南社成员，与陈去病交善。由此看来，"国学研究会"与国粹思潮有传承关系，与新文学阵营提出的"整理国故"的学术思潮迥然不同。

从学术思想渊源来看，东南大学的"国学研究会"直接继承了《国粹学报》和《国故》的学术旨趣，以"整理国学、增进文化"为宗旨。1923 年 3 月创刊的《国学丛刊》原定为季刊，每年四期，主要负责人是陈中凡、顾实，后因陈中凡于 1924 年 11 月离开东南大学到广东大学任文科学长，无人主持而难以继续。据第 2 卷第 3、4 期的"本刊特别启事"所说："自第 3 卷起，改为不定期，约年出一期，仍由商务印书馆印行。"据《国学丛刊编辑略例》所示，本刊为"东南大学南京高师国学研究会"同人组织刊行。体例分为插图、通论、专著、书评、文录、诗文、杂俎、通讯，每年四期，后来栏目略有调整，改为插图、通论、专著、书评、文录、诗录、词录、通讯。陈中凡曾指出："对当时学衡派盲目复古表示不满，乃编《国学丛刊》主张用科学方法整理国故。"[①] 顾实在《国学丛刊》创刊号的《发刊辞》就明确点明该会的宗旨："强邻当前而知宗国，童昏塞路而知圣学。语曰'见兔顾犬，亡羊补牢'。洵乎犹足以有为也。昔者隋唐之隆也，华化西被，方弘海涵地负之量；迨及逊清之季，外学内充，大有喧宾夺主之概。曾几何时，事异势殊。自非陈叔宝太无心肝，谁无俯仰增慨？则海宇之内，血气心知之伦，咸莫不嚣然曰'国学'。与夫本会同人，近且出其平素之研究，而有《国学丛刊》之举行，岂有他哉？一言以蔽之曰：爱国也，好学也，人同此心而已矣。"[②] 由此可见"国学研究会"是在"强邻当前"和"外学内充"之际以"爱国"之心来"好学"。其中明显地继承

---

① 陈中凡：《自传》，载吴新雷编《学林清晖——文学史家陈中凡》，南京大学出版社 2003 年版，第 11 页。

② 顾实：《发刊辞》，《国学丛刊》创刊号，1923 年 3 月。

了国粹派的"以学救国"的主张，与《国粹学报》以"国粹"激励"种性"的宗旨相近，而与胡适在北京大学倡导的"整理国故"思想有着明显的差异。顾实和他的同人把"国学"视为国家和民族的形象化体现，是对"宗国"和"圣学"的"知"和"思"。同时在学术研究中将学问本身与国家观念相连，并且从"国学"中想象和构筑民族国家和民族文化的主体，要广求知识于世界，"扫千年科举之积毒，作一时救世之良药"。"不随波逐流，庶几学融中外，集五洲之圣贤于一堂。识穷古今，会亿祀之通于俄顷。"① 吴文祺指责："东大的《国学丛刊》的《发刊词》完全是保存国粹者的口吻，尤其没有批评的价值。"② 顾实整理国学与整理国故有区别，主要偏重于"典籍部"，反对用西式的方法来整理，强调用中国传统的学术方法进行整理，如：疏证、校理、纂修。

"国学研究会"成立后，立即着手开展系列活动。首先邀请校内外学者进行国学专题学术演讲，从 1922 年 10 月至 1923 年 1 月，每周进行一次，前后十次，并结集出版了《国学研究会讲演录》第 1 集。其次基于崇敬国学的心理，集中进行"国学"大师著作的整理和出版。根据该会编辑的《国学丛刊》2 卷第 4 期刊载的《本刊两卷总目并叙旨》一文可知，该会先后出版了俞樾的《古书疑义举例》和刘师培的《疑义举例补》，并计划出版刘师培的遗著《左庵遗稿》。其余大都是东南大学师生的旧体诗词，教师的文章主要来源于国文系的陈中凡、顾实、吴梅、孙德谦、李笠、胡光炜、陈去病等人。反对新文学的江远楷在《文学之研究与近世新旧文学之争》一文中，提出"文学之新旧，即文学价值之多寡，新旧文学之争，实文学价值之争，亦艺术高下之争也"③。他的这种观点并没有得到"国学研究会"其他成员的赞同或附和，仅作为一家之言发表，据此可以看出"国学研究会"的文学观念和文学宗旨与新文学阵营有别，但双方并未进行正面的论争或探讨。

1923 年 4 月，东南大学国文系计划在"国学研究会"之后成立

---

① 顾实：《发刊辞》，《国学丛刊》创刊号，1923 年 3 月。

② 吴文祺：《重新估定国故学之价值》，载许啸天辑《国故学谈论集》，上海书店出版社影印本 1991 年版。

③ 《国学丛刊》第 1 卷第 3 期，1923 年 9 月。

"国学院"，由顾实起草并经国文系全体教授赞同的《东南大学国学院整理国学计划书》，开篇即点明国学院设立的急迫性："盖凡一国历史之绵远，尤必有其遗传之学识经验，内则为爱国之士所重视，外则为他邦学者所注意。远西学风莫不尊重希腊学术、罗马学术及其本国学术。吾国亦独不宜然。故今日整理国学，为当务之急。况凤号世界文明之一源，焉可稍失其面目哉？"明确指出"整理国故"为当务之急。针对北大的以"科学方法"来"整理国故"，东南大学的国学院提出"以国故理董国故"的理论来补充和抗衡。顾实直言批评："今日学者之间，争言以科学理董国故"，然则"非国学湛深之士，而贸然轻言以科学理董国故，所不致为汉博士之续几稀，非郢书燕说，贻诮方闻，则断章取义，哗众取宠而已"，矛头所指正是北大胡适的"整理国故"派，进而指出科学方法整理国故的恶劣后果："以国故理董国故者，明澈过去之中国人，为古装华服，或血统纯粹之中国人者也。而以科学理董国故者，造成现在及未来之中国人，为变服西装，或华洋合婚之中国人也。"[1] 顾实还提出开设"诗文部"以提倡旧体诗文的写作。他认为文学是时代精神的体现，"其民族心理之强弱，足以支配国家社会兴否，而影响及于兴衰存亡者，往往流露于诗歌文词之字里行间"。"诗文之设，非以理董往籍也，将欲以衡量现代之作品云尔。"这是中国传统学人之诗流脉的延伸，诗人之诗的深层扩展，也是南京文化保守主义传统的明确体现。

这种倡议受到东南大学的新文学支持者和北方新文学阵营的反驳。1924 年 3 月 27、29 日《晨报·副镌》上周作人（陶然）发表了《国学院之不通》和《国故与复辟》，针对"诗文部"的设立价值，"国学"与"国故"的谬误进行反驳。周作人主要批评了东南大学国学院计划书中的"成仁主义"，文中用"应天承运"、"龙蟠虎踞"等词来讽刺东南大学固守传统伦理道德的落后意识。同时，对计划书中引用章太炎的文字来说明"文学与时代"的关系理解错误进行嘲讽。"所奇者是抄这一大节'章君'的话而始终看不懂，结果却说出正相反的话来。国学家如果说人肉是可以吃的，倒还不算什么；国学家不懂国文，那才真是一

---

① 顾实：《东南大学国学院整理国学计划书》，《国学丛刊》1 卷 4 期，1923 年 12 月。

个大笑话。或者太炎先生的古文真是难懂也未可知，怪不得国学家诸公；恰好上海坊间还印有一小本《太炎白话文》，诸公可以一读，一定要更容易了解些。"用文字不通、所学不精来暗指东南大学根本不具备成立国学院的能力，这种批评可谓刻薄辛辣。1924 年 3 月 30 日《晨报·副镌》刊出了天军的《评〈东南大学国学院整理国学计划书〉》，对其分类和一系列解释提出质疑，批评者认为中国传统文化仍是一个完整的整体，指出所谓"科学方法是适用于一部分的文化专史，而朝代的通史要用国故的方法；这种用法的区分，真真使人'莫名其妙'"。1924 年 4 月 17 日《晨报·副镌》署名 Z. M. 的《顾实先生之妙文》，再次对顾实整理国学的方法加以挖苦，特别针对顾实所言科学的方法不能完全适用于国故的所有领域，"从这篇文章里知道了'国故的理董国故法'，还知道'科学为不完全之学，此世之公论'"。并且借助众人迷信科学的心理来反驳顾实对科学的理智认识。这种批评没有抓住对方的论述中心，看不到其重点不在科学的功效，而在于说明中国传统的学术并不能完全靠所谓的科学方法进行整理，偏离了问题本质。

东南大学国文系中倾向新文学的教授们对这份计划书也不赞同，陈衡哲私下对胡适抱怨，"他（指顾实）那钦定式的艺术观，也一定能邀许多有产阶级的赞赏的。东大国文系之糟为全校之冠"①。学校主政者也对此不热心，时任东南大学副校长、与胡适关系密切的任鸿隽也在给胡适的信中称："东大的文学、哲学系，都不曾组织完备。两系中尤以关东方者为最不满人意，若没有改良的办法，就不废止，也觉得没有什么意思。国文系尤为大家认为最深的症结所在。此时也未尝无改造的机会，但找适当的国学教授，实在是一桩难事。……国学院的计画，虽然荒谬可笑，但这不过是说说而已，不碍事的。"② 成立国学院的计划没有得到校方的支持，因此在 20 年代"整理国故"运动中，北京大学的国学门、清华大学的国学院、燕京大学的国学研究院、厦门大学的国学院等都是其中的重要力量，而长江流域的东南大学虽然最早响应这一号

---

① 《陈衡哲致胡适》，1924 年 4 月 13 日，载中国社会科学院的近代史研究所中华民国史组编《胡适来往书信选》上册，中华书局 1979 年版，第 243 页。

② 《任鸿隽致胡适》，1924 年 4 月 15 日，载中国社会科学院的近代史研究所中华民国史组编《胡适来往书信选》上册，中华书局 1979 年版，第 245 页。

召，却没能作出有影响的学术研究。曾经寄托了文化保守主义者"经世致用"理想的"整理国故"运动，实际上却是新派取得了巨大成就，以致《学衡》后期作者郭斌龢感慨："国学二字，已与民族生命不生关系，笃旧者抱残守缺，食古不化，骛新者研究国学，亦惟知步步武外人，以破碎支离无关宏旨之考据相尚，所谓国学，实即日本人之支那学，西洋人 Sinology（汉学）之支流余裔而已。"[①] 这种状况体现了传统文化保守主义观念在民族文化危机面前有心无力的尴尬处境，也是"中体"与"西学"深刻矛盾的暴露。

第二节　西方文化保守主义观念的引入

西学以科学的进化论为依托，以"进步"为指向，成为中国文化现代化进程的加速器，这一过程置身于历史中各种复杂因素相互制约所构成的动态结构中，又同时处于文化层面不同力量——文化激进主义和文化保守主义之间的对立又交融的关系中。文化保守主义与文化激进主义所倡导的启蒙相颉颃，并由此构成五四时期特有的历史撑拒性力量，这两种不同趋向的文化价值范畴构成文化发展的合力。20 世纪中国的保守主义者大都由于特定的文化情势，试图激发中华民族的自信心而提出他们的保守主义文化观念。保守主义者的存在更多是出于对传统的热爱，尽管不无心理补偿作用——即由民族自卑感产生的自尊要求。应该说文化保守主义者奉行的是一条渐进式的文化改造路线，理论主张各不相同，有时还互相攻讦辩难。西方保守主义思想与中国传统文化的交融正是在这些秉持文化保守主义精神的团体之间逐渐发生并自发完善的。无论是"复古派"对于西学的审慎译介和中化诠释，还是"学衡派"对白璧德的新人文主义的完全接纳和积极传播，都是西方保守主义精神在中国萌发的重要契机，也是中国现代文化多元发展的展现。

一　西学对于复古派的影响

晚清民初的复古思潮偏重中国传统文化，但与封建王朝时期的文学

---

① 郭斌龢：《读梁漱溟近著〈中国民族自救运动之最后觉悟〉》，《大公报·文学副刊》，1932 年 12 月 5 日。

思潮已有本质区别。国粹派和南社成员对西学的认知停留在"用"的层面，他们热心接受并极力将之与"中学"融会贯通，已经展现出学术思想上的现代化趋势。章太炎、邓实、刘师培等都为输入西方近代的社会政治学说做过不少工作。在他们所理解的"国粹"中，夹杂着不少西学的成分。反对"全盘西化"一直是国粹派的明确主张，正如章太炎所说的："近来有一种欧化主义的人，总说中国人比西洋人所差甚远，所以自甘暴弃，说中国必定灭亡，黄种必定剿绝。"① 19世纪末，中法、中日战争中的溃败让广大知识分子对腐败的清王朝失去了信心。他们把眼光投向发达资本主义国家，主要是西欧和日本，试图向这些国家探求真理，寻求中国的出路。他们"大购西书"，想把清王朝的政治、经济、思想、文化和西方各国作比较，查出中西之间究竟相差多少。这时中国开始向国外大批派送留学生，西方文化在中国有了广泛的传播。面对西方文化的侵蚀，中国传统文化的接续产生危机。国粹派用客观区分对比中西文化的方式来表明不同类型的文化本身并无优劣之分，力图在保存国粹与吸纳其他文化之间保持一种公允的态度。如邓实以"静"和"动"来概括中西文化，"泰西之风俗习躁动，吾因之风俗习安静，泰西之政教重民权而一神，吾国之政教重君权而多神，则风俗政教不同也。土地人种不同，故学术亦不同；学术不同，故风俗政教亦不同，此相因必然之势也"。② 章太炎把世界文化分为两种类型：一种是"仪刑者"，指的是规模狭隘、主要靠模仿他国，如日本、日耳曼等国家或民族的文化；另一种是"因任者"，即自己发展自成体系的文化，如中国、印度、希腊等国的文化。章太炎还针对某些人"以不类远西为耻"提出批评："余以不类方更为荣，非耻之分也。"③ 他们能够开明地处理国粹和西方文化之间的关系。许守微发表《论国粹无阻于欧化》提出："国粹也者，助欧化而愈彰，非敌欧化以自防，实

---

① 章太炎：《章太炎国学讲演录》，广陵书社2003年版，第6页。

② 邓实：《鸡鸣风雨楼独立书·学术独立第三》，《光绪癸卯政艺丛书》（上），文海出版社影印本，第176—177页。

③ 章太炎：《原学》，《革故鼎新的哲理——章太炎文选》，上海远东出版社1996年版，第336页。

为爱国者须臾不可离也。"① 还有人指出："世衰道微，欧化灌注，自宜挹彼菁英，补我阙乏。"② 连章太炎也说过："今之言国学者，不可不兼求新识。"③ 总体看来，国粹派文化思想的展开过程，并没有脱离中西文化冲撞、交融的时代背景，他们以自觉的和理智的力量，在批判传统的基础上强调传统；在肯定民族文化主体性的前提下，融合西方文化。所以，"试图经由自己选定的'保存国粹'、'复兴古学'的路径，推动中国固有的文化向近代化转换，这是国粹派文化思想的基本取向和主流，也是它规范自身在近代意义的理论框架中运作的前提"。但出于民族自尊，国粹派往往过分强调传统文化的价值，"它忽视了文化的时代性。国粹派始终未能正视中国文化在进化程度上落后于西方文化的事实，而只承认那是局部的或表面的现象，并把问题仅仅转换为'国学'与'君学'的对立"。这种转化将中学、西学之间的矛盾避重就轻地加以处理，"近代中国文化面临的尖锐的时代转换即近代化主题，在无形中被淡化了。由是国粹派便在很大程度上钝化了自己追求西学新知、批判封建旧文化的紧迫感和变革进取的意识"④。

南社成员包括许多新式学堂的学生及留学生，如黄侃、鲁迅留学日本，梅光迪、任鸿隽、杨杏佛、胡先骕等曾留学美国。他们既对自己的古典文学修养非常自信，又在留学过程中饱受西方文明浸染，将西学与中国传统相结合，促成了文学的质的飞跃。20 世纪 20 年代南社成员逐步接受了新文学的影响，大力支持白话诗文的创作和新文学运动的伦理主张。1923 年 11 月 1 日柳亚子在《新黎里报》发表的《答某君书》一文中称："承询旧文艺与新文艺之判，质言之即文言文与语体文耳。仆为主张语体文之一人，良以文言文为数千年文妖乡愚所窟穴，纲常名教之邪说，深入于字里行间，不可救药，故必一举而摧其堡垒，庶免城狐社鼠之盘踞。……夫人类之精神有限，世界之进化无穷，生今之世，不

---

① 许守微：《论国粹无阻于欧化》，《国粹学报》第 1 册第 7 期，1905 年。
② 《祝辞》，《国粹学报》，第 4 年第 1 号，1908 年。
③ 章太炎：《国学讲习会序》，《民报》第 7 号，科学出版社影印本（一）1957 年版。
④ 郑师渠：《晚清国粹派：文化思想研究》，北京师范大学出版社 1997 年版，第 333 页。

发愤钻研科学，而耗心血于无用之文言，不谓之冥顽不灵乎？"1924 年
柳亚子致南社社员吕天民的信中说："我的主张，文学是善于变化的东
西，由四言变而为五言，由五七言的古体变而为律诗，变而为词，再比
变而为曲。那末现在的由有韵变而为无韵诗，也是自然变化的原则，少
数人的反对是没有效力的。"这是成熟宽容的文学观念，"至于自己欢
喜做旧诗，或者是擅长于做旧诗，而就反对新诗，那未免是太专制了"。
柳亚子虽然对新诗抱有好感，但终其一生也未能创作过一首新诗。他不
仅支持白话文学创作，还响应新文化阵营的反孔言论，主张废除伦常，
提倡"非孝"，父子应该平辈相称，在给儿子柳无忌的信中写道："狂
言非孝万人骂，我独闻之双耳聪。略分自应呼小友，学书休更效尔
公。"① 希望儿子能摆脱传统父子关系的限制，和他朋友相称。这虽然
不失为现代教育的有效手段，但从传统文人的感情来说，破坏了"天地
君亲师"的伦理观念，也就是破坏了他们所持的道德规范和伦理规范。
柳亚子还在《次韵张天方》中进一步提出不仅要废除父子之间的伦理
观，还要扩延开来，废除五伦，"共和已废君臣义，牙慧羞他说五伦，
种种要翻千载案，堂堂还我一完人"。

虽然国粹派和南社在引介西学方面作出了努力，但不加分辨的"拿
来主义"和表达上的晦涩，使得他们对于西学的传播并没有较大帮助，
影响范围也局限在团体内部或较开明的知识分子中间。其真正西方文化
保守主义思想的引入是由"学衡派"开展的。

二 《学衡》与新人文主义精神

在中国现代文学史上，以《学衡》为阵地的文化保守主义文人群体
"学衡派"，与林纾、"甲寅派"一并被视为开历史倒车的"复古派"。
实际上，"学衡派"与林纾等老牌守旧人物有着极大不同，其核心人物
大都是"两脚踏中西文化"的知识分子，新文化、新文学阵营与"学
衡派"之间的论争，已经超出了新旧、中西之争，反映出西方文化与文
学思潮本身的矛盾与斗争，或者说是西方各种文化、文学思潮的矛盾斗

---

① 柳亚子：《十一日自海上归梨湖留别儿子无忌》，《乐国吟》，锡成书局 1923 年版，第
45 页。

争在中国的回响。《学衡》杂志创刊于 1922 年，由上海中华书局印刷发行。从 1922 年 1 月至 1933 年 7 月，《学衡》共发行了 79 期。杂志内容分为：通论（由梅光迪主持）、述学（由马承堃主持）、文苑（由胡先骕主持）、杂缀（由邵祖平主持）等。"学衡派"的筹备出现和基本宗旨都体现出西方保守主义思想的特征。其宗旨如下：

（一）宗旨：论究学术，阐明真理，昌明国粹，融化新知。以中正之眼光，行批评之职事。无偏无党，不激不随。

（二）体裁及办法：（甲）本杂志于国学则以切实之工夫，为精确之研究，然后整理而条析之，明其源流，著其旨要，以见吾国文化，有可与日月争光之价值。……

（乙）本杂志于西学则主博极群书，深窥底奥，然后明白辨析，审慎取择，庶使吾国学子，潜心研究，兼收并览，不至道听途说，呼号标榜，陷于一偏而昧于大体也。……

刊物的宗旨往往是刊物的发展方向和整体风貌的集中体现："昌明国粹"无疑是对中国传统文化的继承，"融化新知"则主要指吸纳西方文化中的精髓，尤其是白璧德的"新人文主义"的译介与贯彻。"前学衡时期"（1922—1924 年）"学衡派"致力于对新人文主义的引进，以保守来反对和制衡新文化—新文学运动。新人文主义是 20 世纪初在美国出现并引起广泛争论和社会反响的文化保守主义思潮，主要代表人物有欧文·白璧德、保罗·埃尔玛·穆尔、薛尔曼等，它是对西方人文主义传统的全盘反思与批判性继承，因其回归传统的保守性与现代西方文艺理论的主潮相疏离，1933 年白璧德逝世后新人文主义便式微了。新人文主义作为美国的本土思想并未在本国茁壮成长，却在中国留学生中找到了一批忠实的信徒。白璧德 1908 年出版的《文学与美国的大学》，第一次提出了"新人文主义"的宣言，核心思想是"人文的约束性原则"。白璧德细究欧洲 16 世纪至 19 世纪的历史，深感 19 世纪由于物质生产高度发展带来精神文明的衰败，人们私欲横流、权力扩张、趋于功利、流于感情、中于诡辩，乃至是非、善恶观念弃绝，导致传统观念和道德观念的丧失，这正是 20 世纪初社会危机的根源。新人文主义的根本原则在于:"一个人文主义者在警惕着过度同情的同时,也在防范着过度的选择;他警惕过度的自由,也防范过度的限制;他会采取一种有限制的自由以及有同情的选择。他相信,今天的人如果不象过去的人那样给自己套上确定信条或纪律的枷锁,至少也必须内在地服从于某种高于一般自我的东西,不论他把这东西叫做'上帝',还是象远东地区的人那样称为'更高的自我',或者干脆就叫'法'。假如没有这种内在的限制原则,人类只会在各种极端之间剧烈摇摆。"① 新人文主义的真髓不在于仿古复古,而在于更高意义上的意志自由和创造性模仿,"其精意所在绝非顽固迂阔",它尽管有"其因指陈时弊而不合时宜处",可不少美国学者断言,其中含有现代主义的成分,甚至"只是许多现代哲学形式的一种"②。白璧德人文主义的保守倾向的要害在于"将传统和历史记忆当作稳定社会和政治的力量,反对乌托邦和改革者的影响,而不是在于回到传统形成的历史形态之中"③。白璧德主张以恢复古典文化的精神和传统秩序,来匡救现代文明的弊端。他强调理性的道德意志的力量,奉行中庸平和的人生哲学,反对自由膨胀、张扬个性,试图重建古典主义审美观,强调文化的延续性及西方文明中的永恒价值,坚守人文主义道统,以寻求传统对现代的规范和制约。《学衡》诸君以白璧德的新人文主义为武器来纠正过激的新文化运动。《学衡》用了大量篇幅介绍白璧德的思想,将其视为自身最厚重的理论依据,陆续刊有《白璧德中西人文教育谈》(胡先骕,第 3 期)、《现今西洋人文主义》(梅光迪,第 8 期)、《安诺德之文化论》(梅光迪,第 14 期)、《白璧德之人文主义》(吴宓,第 19 期)、《白璧德论民治与领袖》(吴宓,第 32 期)、《白璧德释人文主义》(徐震堮,第 34 期)、《白璧德论欧亚两洲文化》(吴宓,第 38 期)、《白璧德论今后诗之趋势》(吴宓,第 72 期)、《白璧德论班达与法国思想》(张荫麟,第 74 期)等译文。同时

① [美]白璧德:《文学与美国的大学》,张沛、张源译,北京大学出版社 2004 年版,第 40 页。

② Dom Oliver Grosselin, *The Intuitive Voluntarism of Irving Babbitt*, St. Vincent Archabbey, Latrobe, PA. 1951, p.117.

③ Richard Wightman and James T. Kloppenberg, *A Companion to American Thought*, Blackwell Publishers Ltd. , 1995, p.53.

对新人文主义的几位代表人如物穆尔、薛尔曼、布朗乃尔的文学思想不断加以介绍。如浦江清译的《薛尔曼现代文学论·序》（第57期），吴宓译的《薛尔曼评传》（第73期）、《穆尔论现今美国之新文学》（第63期）、《穆尔论自然主义与人文主义之文学》（第72期）、编译的《白璧德论今后诗之趋势》（第72期），乔有忠翻译的《布朗乃尔与美国之新野蛮主义》（第74期）等。在杂评述论中更是频繁征引白璧德的思想观点，"客观上造成了《学衡》是白璧德人文主义中国分店的印象"①。"学衡派"看重白璧德的思想，是以为中国选择立国之道、强国之法为基本需求的，他们认为白璧德的学说"裨益吾国今日甚大"，"在许多基本观念及见解上，美国的人文主义运动乃是中国人文主义运动的思想源泉及动力"②。新人文主义被《学衡》诸公视为建设中国文化的良好借鉴。新人文主义思想是美国思想家选择了欧洲文化，将其移植到美国并取得成功的典范。美国摆脱了英国的统治后，一变而为世界最强的国家，致使世界政治经济和文明的轴心转移，这种奇迹般的成功使得留美的中国学生自然地将它作为楷模，希望能把这样的经验应用于中国，使中国尽快强大起来。另外从思想因缘看，新人文主义与中国传统文化渊源颇深，其思想的核心："内在的限制原则"一部分源于爱默生受到中国文化的启发所阐发的观念，佛教和儒家等东方思想中的人文主义元素是白璧德思想的重要资源，其平衡协调、谨守中庸的文化理念与孔子的"中庸之道"以及佛家的"正心即佛"有着明显的传承关系。白璧德在《卢梭与浪漫主义》里谈到了儒家思想，中西会通、彼此参读，真正形成"世界的人文主义"视野。《学衡》诸子引入新人文主义，目的是在文化激变时代确立取舍传统文化与西方文化的标准，寻找适合于中国发展的文化道路。

就中国文学而言，白璧德认为五四新文学运动的倡导者正是受到卢梭浪漫主义思想的影响才开始破坏传统文学规范。他说："今日在中国已开始之新旧之争，乃正循吾人在西方所习见之故辙。""但闻其中有

---

① 朱寿桐：《欧文·白璧德在中国现代文化建构中的宿命角色》，《外国文学评论》2003年第2期，第117页。

② 罗岗、陈春艳编：《梅光迪文录》，辽宁教育出版社2001年版，第26页。

主张完全抛弃中国古昔之经籍，而趋向欧西极端卢骚派之作者。"据此他便称中国五四新文学运动为"功利感情运动"，认为中国"伟大之旧文明则立见其与欧西古代之旧文明，为功利感情派所遗弃者，每深契合焉"，"正如吾西人今日之不惜举其固有之宗教及人文道德观念，而全抛弃之"。他奉劝"中国在力求进步时，万不宜效欧西之将盆中小儿随浴水而倾弃之。"① 白璧德对于中国传统文化非常欣赏，吴宓曾提到导师"西洋古今各国文学而外，兼通政术哲理，又娴梵文及巴利文，于佛学深造有得。虽未通汉文，然于吾国古籍之译成西文者靡不读。特留心吾国事，凡各国人所著书，涉及吾国者，亦莫不寓目"②。他寄望吴宓等人用"中学"来挽救精神日益衰颓的西方，在与吴宓的通信中提到："伟大的儒学传统，其中包含极其美妙的人文主义成分。这一传统需要复兴和调整，使之适应新情况，但任何企图将它彻底砸烂，据我判断这将于中国本身是沉重的灾难，最后也许将祸及其他一切。"③ 吴宓所译的《白璧德之人文主义》一文，将新人文主义的要旨归纳为：以人合于自然之中而求安身立命。该学说以科学为基础，有实证主义和功利主义特征；旧的文明以宗教为根据，已经被新学说摧毁，所以白璧德不主张复古，而主张实证的人文主义。他认为人道主义重博爱，人文主义重选择，新文化应该二者兼而有之，博爱与选择并存。这种文化选择的思想，被当时的中国知识分子所重视。白璧德所倡导的"克制"、"平衡"和儒家学说中的"克己复礼"、中庸之道有相近之处，"新人文主义信奉人性二元论，提倡中庸，注重道德、规矩、纪律和选择，重视普遍人类的经验，推崇理性（或意志），秉持精英立场。他们的目的就是解决因功利主义和情感主义带来的人的思想的混乱和社会的混乱，并试图超越以科学、物质或人道主义、博爱主义的方式来建立国际主义"④。新人

---

① 胡先骕：《白璧德中西文化教育说》，《学衡》第 3 期，1922 年 3 月，原文为白璧德 1920 年 9 月在美国东部中国留学生年会上的演讲，刊于中国《留美学生月报》第 2 期，1921 年第 17 卷，题为 Humanistic Education in China and the West。

② 吴宓：《论白璧德、穆尔》，载徐葆耕编《会通派如是说》，上海文艺出版社 1998 年版，第 24 页。

③ 《欧文·白璧德与吴宓的六封通信》，载《跨文化对话》第 6 期，上海文化出版社 2002 年版，第 149—150 页。

④ 刘黎红：《五四文化保守主义思潮研究》，中国社会科学出版社 2006 年版，第 318 页。

文主义通过留美学生梅光迪、陈寅恪、张歆海（鑫海）、吴宓、郭斌龢、汤用彤、楼光来、梁实秋、林语堂等人的接受、传播和阐发，在中国现代文学批评史上发生了深远的影响。他们对白璧德的著述翻译和进一步阐发，对新人文主义在中国的传播起到了关键性的作用，形成了不同于新文学运动的文化保守主义思潮，并使二者互相制衡。《学衡》的主要代表人物梅光迪、胡先骕、吴宓等都亲自得到过白璧德的言传身教，接受了白璧德的人文思想。《学衡》创刊后，白璧德常将自己的新近之作寄给中国弟子编撰的《学衡》杂志。

以梅光迪、吴宓、胡先骕为代表的"学衡派"以学贯中西的姿态与新文学运动相对抗。他们用新人文主义的"制衡"立场平视新旧，既不拒绝西方文化，亦不轻视中国传统，在某些方面，他们对新文学运动的批评确实切中肯綮，如指出白话文运动的理论根据——文学进化观念不足为凭，文学革命论者对西方文化文学传统理解选择与接受并不全面，也未能考虑到各个民族自身的特性，新文学的创作实绩不尽如人意等。胡适、陈独秀等称之为"中国文艺复兴"的新文化运动中，对传统文化的态度"激情越过了理智"，对传统文化的摒弃一方面是源于"救亡压倒启蒙"后不可忽视的文化焦虑，另一方面是进步的历史观念催生了启蒙者的信心，以充满个人魅力的激情和富有轰动效应的言论得到了社会尤其是青年的支持。五四初期文化激进主义所向披靡，基本没有遇到旧文化阵营的有力抵抗。相对于 20 世纪 20 年代已经形成话语霸权的新文化倡导者的言论，任何一种不同的声音都将成为众矢之的，在新文学阵营话语霸权下丧失发言的领域和能力。《学衡》诞生的肇因一半来源于此。据吴宓回忆，之所以要办《学衡》："半因胡先骕此册《评〈尝试集〉》撰成后，历投南北各日报及各文学杂志，无一愿为刊登，或无一敢为刊登者。"①《学衡》出现于启蒙落潮之后，一直伴随着整个新文化运动发轫、高潮以及历史性衰歇。在启蒙思潮指导下的中国文化现代转型过程中，《学衡》以新人文主义为主导的异质性思维参与着新文化建设，提出一种新的文化发展方案，作为文化、思想的载体，其创办和延续使得新旧阵营的文学观分歧浮出水面，表述更加直接鲜

①　吴宓：《吴宓自编年谱》，生活·读书·新知三联书店 1995 年版，第 229 页。

明。"学衡派"反对浮滥的新文学运动,重申儒教世界"改头换面"的先秦孔孟的人文主义理想和文学道统。梅光迪坚持认为西方的物质文明固然发达,但"道德文明实有不如我之处",所以要学西方的只是物质文明,而非道德文明,梅光迪所谓"将来在吾国文学上开一新局"是复兴孔教和国学。孔子不仅是中国文化的中心,"孔子生前数千年之道德经验,悉集成于孔子,而后来数千年之文化,皆赖孔子而开"①。柳诒徵也指出:"盖中国最大之病根,非奉行孔子之教,实在不行孔子之教。"②吴宓也把五四新文化运动视为西方近代以来的各种新潮在中国的反映。在他看来,只有那些"不明世界实情,不顾国之兴亡,而只喜自己放纵邀名者,则趋附'新文学'。读过国学和西学的人都不会赞成,中西兼通者最不赞成"。他甚至认为新文学是乱国之文学,"土匪之文学",新文学的各种主张及其所表现描写的,"凡国之衰亡时,皆必有之"。所以"今之盛倡白话文学者,其流毒甚大"③。吴宓指控新文学,其中的一条罪状即引入了西方19世纪以来的"写实主义","今西洋之写实派小说,只描摹粗恶污秽之事,视人如兽,只有淫欲,毫无知识义理"。这种彻底否定写实主义的观点来自新人文主义文学批评家穆尔(Paul Elmer More)等人的启发,也是白璧德文学思想的一种延伸。"学衡派"对西方古典文化的介绍在当时独树一帜。新文化阵营对西方文化的介绍集中在文艺复兴以后,"学衡派"另辟蹊径,对"新人文主义"的文化追求和对新旧关系的认识使他们相对重视西方古典文化。他们通过一系列译文向国人介绍了古罗马、希腊文化的精神,希腊的宗教、哲学、历史、美术等方面,介绍罗马的译文有吴宓翻译的《罗马之留传第七篇罗马之家族及社会生活》(第38期)。他们对古典哲学家柏拉图、苏格拉底、亚里士多德等人的作品进行译介,景昌极翻译了《苏格拉底自辩文》,《学衡》上刊载了柏拉图的语录,汤用彤翻译了《亚里士多德哲学大纲》,向达、夏崇璞翻译了十卷《亚里士多德伦理学》。在西方著名文学家的诞辰和逝世纪念日,《学衡》也经常做一些生平学

---

① 张其昀:《中国与中道》,《学衡》第41期,1925年5月。
② 柳诒徵:《论中国近世之病源》,《学衡》第3期,1922年3月。
③ 吴宓:《吴宓日记Ⅱ》,生活·读书·新知三联书店1998年版,第115页。

术介绍，其中吴宓的成绩最卓著。他在《学衡》开了两份书目：《西洋
文学精要书目》和《西洋文学入门必读书目》，撰写《希腊文学史第一
章·荷马之史诗》和《希腊文学史第二章·希霄德之训诗》，翻译《世
界文学史》和《世界文学史第三章·圣经之文学》，还对英国诗歌进行
评点，创作《英诗浅解凡例》、《英诗浅释》等作品。他们认为新文学
运动提倡的文学观中很多只是为了图一时之实效，而忽视文学本身的真
谛。"今之倡'新文学'者，岂其有眼无珠，不能确察切视，乃取西洋
之疮痂狗粪，以进于中国之人。"① 这种运动非但不能建设真正的新文
学，反而摧毁了传统的文化遗产。因此"学衡派"不能接受专用白话、
废弃文言、新文学独立等主张。在文学上，"学衡派"重视文学的永恒
价值，忽略文学的时代性，在全面维护传统文化的同时，写了不少文章
来对文学领域的反传统（即笼统地反对旧文学）的倾向进行批驳。他们
有的提出"文学无新旧之异"，因此"新文学一名词根本不能成立，应
在废置之列"；有的提出"革命者，以新代旧、以此易彼之谓"，而文
学的发展只是"文学体裁之增加，实非完全变迁，尤非革命也"，所以
文学不能"革命"，从根本上否定掉文学革命和新文学存在的根据。

　　以《学衡》为代表的"文化保守派"对文化激进主义的对峙性反
思，构成了这个时期文学结构中最有力的对抗力量，二者的较量有时以
潜对话的方式存在，有时以鲜明对垒的方式进行。"学衡派"与文化激
进主义者的根本分歧不在于新文化运动是否应该发生，而在于"新文
化"应该如何生成。文化激进主义者主张"西化"，对传统文化进行
"彻底的"、"全盘的"全新改造，"学衡派"主张"创新之道，乃在复
古欧化之外"，要"兼取中西文化文明之精华而熔铸之，贯通之"②。
"学衡派"提出的"贯通"的文化创新理念实际上是以各种文化体系的
平等位置为价值预设，而不是把不同文化、文明在一条进化直线上进行
优与劣、先进与落后的二元论区分。他们认为"西洋真正之文化与吾国
之国粹，实多互相发明，互相裨益之处，甚可兼收并蓄，相得益彰。诚
能保存国粹，而又昌明欧化，融会贯通，则学艺文章，必多奇光异彩"，

---

① 吴宓：《吴宓日记Ⅱ》，生活·读书·新知三联书店1998年版，第115页。
② 吴芳吉：《再论吾人眼中之新旧文学观》，《学衡》第21期，1923年9月。

所以"欲造成新文化，则当先通知旧有之文化"①。对于西方文化的吸纳也不应全盘接受，应有恒定的选择标准："已认其本体之有价值，当以适用于吾国为断，适用云者，或以其与吾国固有文化之精神，不相背驰，取之足收培养扩大之功，如雨露肥料之于植物然"，"采择适当，融化无碍"②。认定不同文明谱系之间以平等地位相互汇通之后，"学衡派"对新文化运动得以展开的根本理论依据——进化论观念以及由此衍生的一系列问题给予了分析和辩驳，他们认为："物质科学以积累而成，故其发达也，循直线以进，愈久愈祥，愈晚出愈精妙。然人事之学，如历史、政治、文章、美术等，则或系于社会之实境，或由于个人之天才，其发达也，无一定之轨辙，故后来者不必居上，晚出者不必胜前。"具体到文学上，进化论更不是万能的法则："文学之历史流变，非文学之递嬗进化，乃文化之推衍发展，非文学之器物的时代革新，乃文学之领土的随时扩大。非文学为适应其时代环境，而新陈代谢，变化上进，乃文学之因缘其历史环境，而推陈出新，积厚外伸也。文学为情感与艺术之产物，其自身无历史进化之要求，而只有时代发展之可能……其'变'者，乃推陈出新之自由发展的创造作用，而非新陈代谢的天演进化的革命作用也。"③ "学衡派"打破了新文化激进派以新旧划分一切的简单模式，强调新人文主义超越社会和时空的本质特征，力图以公正客观的学理以及"无偏无党、不激不随"的批评来纠正新文化运动的偏颇。《学衡》创建的目的之一就是要以"整理收束之运动"作为新文化运动现代化方案的一种补偿和纠偏："吾之所以不慊于新文化运动者，非以其新也，实以其所主张之道理，所输入之材料，多属一偏。"④ 因此，周作人曾告诫对《学衡》"不必去太歧视它"，因为它"只是新文学的旁支，决不是敌人"⑤。"学衡派"构想的完美文化现代转型方案带有文化乌托邦色彩："中国之文化，以孔教为中枢，以佛教为辅翼，西洋之文化，以希腊罗马之文章哲理与耶教融合孕育而成，今欲造成新文

---

① 吴宓：《论新文化运动》，《学衡》第 4 期，1922 年 4 月。

② 梅光迪：《现今西洋人文主义》，《学衡》第 8 期，1922 年 8 月。

③ 易峻：《评文学革命与文学专制》，《学衡》第 79 期，1933 年 7 月。

④ 吴宓：《论新文化运动》，《学衡》第 4 期，1922 年 4 月。

⑤ 周作人：《恶趣味的毒害》，《晨报·副镌》1922 年 10 月 9 日。

化，则当先通知旧有文化。……今既须通知旧有文化矣，则当于以上所言之四者：孔教、佛教、希腊罗马之文章哲学及耶教之真义，首当研究，方为正道。"① 无论是主张借外来思想对中国固有文化传统进行震荡性整理的文化激进主义，还是固守传统文化的有效性价值，力图对本位文化进行创造性转换的文化保守主义，作为 20 世纪中国历史现代化方案中的一部分都有其相对的合理性，而正是这些不同价值范畴在同一个历史结构中的对峙、共生构成了历史现代转型的合力。但是在文化和文学的转型初期，最需要的是处在"抗往代之大潮"时打破旧规范的偏至性力量，文化保守主义者对于文化转型所设计的"既要……又要"的思维模式看似更具学理性，却往往从"两全"的理想滑向"两难"的处境，鲁迅曾指出："既许信仰自由，却又特别尊孔；既自命'圣朝遗老'，却又在民国拿钱；既说是应该革新，却又主张复古；四面八方几乎都是二三重以至于多重的事物，每重又各各自相矛盾。一切人便都在这矛盾中间，互相抱怨着过活，谁也没有好处。""要想进步，要想太平，总得连根的拔去了'二重思想'。因为世界虽然不小，但彷徨的人种，是终竟寻不出位置的。"② 以"学衡派"为代表的文化保守主义者在中西文化的穿行中获得了能表述其守成传统"之所以然"的理论支撑——白璧德的新人文主义，与文化激进主义真正构成了对话和对峙，这种对抗并不是反启蒙与主张新文化运动的启蒙的对抗，而是属于同一新文化运动层面的不同思维的对抗。"学衡派"作为中国现代学术启蒙的一面旗帜，其倡导的学术规范和传统思想精粹的倡扬，对于中国学术思想的均衡发展、民族文化的弘扬，起到了一定的作用。由于其思想主旨与采用的文言形式，偏离了当时中国社会发展的主题，"学衡派"长期遭到曲解和打击，文学观念影响力较小，没能真正推动中国文学的现代进程。梁实秋指出，白璧德的"人文主义的思想，固有其因指陈时弊而不合时宜处，但其精意所在绝非顽固迂阔。可惜这一套思想被《学衡》的文言主张及其特殊色彩所拖累，以至于未能发挥其应有的影响，这是很不幸的"③。"学衡派"在掊击新文化运动激进的同

① 吴宓：《论新文化运动》，《学衡》第 4 期，1922 年 4 月。

② 鲁迅：《热风·随感录五十四》，《鲁迅全集》，人民文学出版社 1981 年版，第 345 页。

③ 梁实秋：《关于白璧德先生及其思想》，梁实秋等编著《关于白璧德大师》，巨浪出版社 1977 年版，第 2 页。

时，并没有很扎实地发掘传统文化中的精神，并与当时的文化背景结合形成有力的话语声势，以致鲁迅鄙夷地说："'衡'了一顿，仅仅'衡'出了自己的铢两来，于新文化无伤，于国粹也差得远。"① "学衡派"的代表人物以白璧德的人文主义为思想参照，对新文化运动的功过进行了反思，批判君主专制制度，支持民主共和的政治主张，提出了兼容中西的新文化建设方针，虽因出现的时机不适宜而未能构成较大影响，但他们所提供的文化发展方案，公允地看，是20世纪20年代难得的具有明晰学理性的建设性构想。

"学衡派"与国粹思潮有着密切联系。首先成员之间有重合，第79期《学衡》中为南社成员的作者有胡先骕、梅光迪、诸宗元、叶玉森、吴梅、黄节、吴恭亨、曹经沅、杨铨（杏佛）、汪精卫、徐英、林学衡等，南社的极端保守和文化民族主义倾向也被带进了刊物中。其次他们的活动场域相近，"学衡派"成员多为东南大学教授，《国粹学报》主笔及南社的主要发起人陈去病也在东南大学执教。再次他们的文学主张接近，"学衡派"毫不隐晦地自称承国粹派的余绪，认为他们面对"山河破碎，风云惨淡，虽号建新国而德失旧风"② 的时局和文化状况，以新一代国粹派自居。吴宓说："为保国保种之计，尤须保存国粹，如是则国粹不失，欧化亦成，所谓造成新文化融合东西两大文化的奇功，或可企致。"③ 胡先骕宗法宋诗，推崇同光体，《学衡》杂志上大量刊登有江西诗人的作品，如同光体诗派中的陈三立、夏敬观、华焯、王易、王浩、胡先骕、陈衡恪、汪国垣（江西派）、沈曾植（浙派）、诸宗元、陈宝琛（闽派）、陈澹然等人的作品，使得"文苑"栏目成了后期"江西诗派"的阵地、南社诗人的余音。此外常州词派、桐城派的诗文也常见诸于刊物。"学衡派"内部延续了南社"宗唐"还是"宗宋"的争论，胡先骕一贯支持宗宋，而吴宓则看到"近世中国之以旧体诗鸣者，率皆宋诗，且姝姝于江西宗派。……窃谓此实诗界之塞运，亦中国衰亡之征"④。这种不同的文学风尚导致《学衡》的"文苑"栏目很快分化

---

① 鲁迅:《估学衡》,《晨报·副镌》1922年2月9日,署名风声。

② 吴宓:《沧桑艳传奇·叙言》,《益智杂志》第1卷第3期,1913年。

③ 吴宓:《论新文化运动》,《学衡》第4期,1922年4月。

④ 吴宓:《艮斋诗草·后序》,《吴宓诗集》,中华书局1935年版。

为"诗录一"、"诗录二"。"国学研究会"与同校的"学衡派"之间互不往来。可能是由于二者活动主体的专业背景和思想倾向存在差异。"学衡派"以深受新人文主义大师白璧德影响的留美归国学生为主,参与者是具有专业素养的各科学者,如哲学、农科、历史、天文、心理等,成员对西方文化都有较透彻的了解,在深厚的中学基础和西学体悟之上提出的中西结合的文化建设方案。而"国学研究会"则是以东南大学国文系的师生为主体而发展起来的,也是受"整理国故"的口号吸引发起成立的,主要指导教师陈中凡教授对《学衡》不满,虽然没有正面反驳,但二者不通信息。"学衡派"以文化批评为主,"国学研究会"则致力于国学研究。"学衡派"在理论上提倡发扬文学保守主义传统,在创作上,尤其是旧体诗词、文言作品上有所成就,但没能团结"国学研究会"这一具有学术实力的团体,使得整体实力和创作实绩都无法与新文学阵营相比,观点和理论流于空洞,社会影响较小。"学衡派"的问题绝不是一个简单的"复古"问题。他们的理论主张和创作实践有保守的一面,同时也体现出中国接纳西方文明的另一条路径。

第三节　文化保守主义与政治保守主义的关联

作为一种世界性的文化现象,中国文化保守主义虽然与其他国家或地区的文化保守主义有着相似的思想进路和共同的文化主题,如强调历史的延续性、尊重权威、尊重等级秩序、要求在维护现存秩序的前提下稳步地谋求社会的进步与改良、反对激进的全盘式的社会变革等。保守主义者往往倚重经验而怀疑理性,保障自由而排斥极权专制,主张修剪枝叶式的社会变革而反对连根拔起的彻底重建。但由于中国的文化保守主义出现的政治环境比较特殊,其时中国已沦为半封建半殖民地社会,面临着不同的"前现代"传统和多种现代化路径的抉择,浓厚的民族主义色彩成为中国文化保守主义的特征之一。1840年鸦片战争后,中国逐步失去了国家独立和主权,面临着亡国灭种的危机。民族主义情绪高涨,振兴民族,救亡图存,是摆在每一个炎黄子孙面前的首要任务。文化保守主义思潮当然也不例外,它的形成和发展始终与民族主义联结在一起,文化保守主义者对传统文化的维护,往往表现出强烈的民族自尊心和复杂的民族自卑情绪。他们力图通过对传统文化的维护和弘扬，来证明古圣先贤所创造的灿烂多姿的中华文化和文明并不比西方文化和文明逊色，甚至还优于它们，以此激励人们的民族情绪。中国文化保守主义者往往具有强烈的文化进步意识，正如美籍华裔学者林毓生所指出的："在19世纪90年代的中国第一代知识分子同20世纪的第二代知识分子之间，尽管存在着许多差异，但这两代知识分子中大多数人专心致志的却是一个有着共同特点的课题，那就是要振兴腐败没落的中国，只能从彻底转变中国人的世界观和完全重建中国人的思想意识入手。"①20世纪以来，特别是辛亥革命发生后，中西文明的冲突、中国文化的变革已由器物、制度层面扩展到心理层面，中国吸收了西方的自然科学、技术科学，继而吸收了社会科学，如哲学、文学等方面的优长。学者们在努力寻求落后原因和发展途径时，认定中国近代以来的民族危机根源在于文化危机。因此要解决中国问题必须从文化入手，谋求文化上的解决。由于文化取向的不同，文化保守主义者和文化激进主义者提出的途径截然相反：文化激进主义者全盘否定传统文化，主张彻底西化，迅速吸纳西方文明；文化保守主义者则维护、弘扬传统，主张以中国文化为本位的中西文化调和论。双方均为无政治势力的知识分子，如大学教授或报刊编辑，大多远离政治权力中心，缺乏政治实践经验，无法找到实现自己政治抱负的力量。因此，他们只好避开现实的政治、经济和社会制度问题，"从思想文化途径上谋求中国问题的解决，或者说，从思想文化上为解决中国问题创造条件，这对他们来说是自然而又合理的选择"②。

一　民族主义思想倾向

"20年代初的中国政治出现了一个近代前所未有的新现象，即中央政府渐失驾驭力，而南北大小军阀已实际形成占地而治的割据局面。"③

---

① 林毓生：《中国意识的危机："五四"时期激烈的反传统主义》，穆善培译，贵州人民出版社1988年版，第45页。

② 郑大华：《中国文化保守主义研究的几个问题》，《天津社会科学》2005年第2期，第133页。

③ 罗志田：《乱世潜流：民族主义与国家政治》，上海古籍出版社2001年版，第144页。

军阀为了维护自身利益，互相征战，践踏民主制度，导致内政混乱、外交失败、民族危在旦夕。这时知识分子纷纷寻找救国道路，以强烈的民族主义精神为号召，组织革命文学团体。国粹学派的核心组织"国学保存会"和南社都是在中国教育会影响下成立的有鲜明政治色彩的文化文学团体，"从中国教育会—"国学保存会"—南社，正是南社在成立前由政治宣传而寻求学术上的支援，由学术而文学所经历的路程。教育会期间，是南社人物确政治立场的时期；"国学保存会"和《国粹学报》的前期，则是南社人物从经史中发抉政治信念根据的时期；而南社的成立，则标志着他们在诗坛'大建革命军之旗'"[1]。"国学保存会"与南社都具有民族主义的历史观，有时甚至表现为大汉族主义，鼓励成员积极参与反清革命斗争。他们提出要严夷夏之大防，申华夏之优越，试图光复华汉，重建辉煌。黄节在《黄史·总叙》中称少数民族入主中原为"中国之不国也"，"国史之羞也"[2]。章太炎、刘师培等人都赞同这一观点，未能认识到近代的民族主义不同于古代的"夷夏之辨"，在关注种族压迫时更应重视封建专制的危害。他们以西方的文化观为准则，从古学中挖掘与之相切合处，以便达到国粹自足，导致文化研究出现两种偏颇：或"视西人若神圣，视西籍若帝天"；或中西比照，牵强附会，自我满足。这显示出知识分子在中西文化的选择融合中对本民族文化缺乏自信而又不愿弃中就西的困惑。黄节的《黄史》、陈去病的《明遗民录》、庞树柏的《龙禅室摭谭》等著作试图用历史著作的实绩表现国粹派民族主义的历史观。他们指出"戊戌"之后西方文明涌入中国，知识分子"稍稍耳新学之语"，"言非同西方之理弗道，事非同西方之术弗行，掊击旧物，惟恐不力"[3]。中国之国粹遭到全盘否定，"数千年老大帝国之国粹，犹数百年陈尸枯骨之骨髓，虽欲保存，其奈臭味污秽，令人掩鼻作呕何，徒增阻力于青年之吸收新理新学也"。这时黄节提出倡导保存传统文化精粹：所谓国粹，是"发现于国体，输入于国界，蕴藏于国民之原质，具一种独立之思想者"，"有优美而无粗粝，

---

① 孙之梅：《南社与国粹学派》，《南京理工大学学报》2006 年第 2 期，第 87 页。

② 马叙伦：《史学总论》，《新世界学报》1902 年第 1 期。

③ 鲁迅：《文化偏至论》，《河南》1908 年第 7 号。

有壮旺而无稚弱,有开通而无锢蔽,为人群进化之脑髓者"。对于其他国家的文化,"知其宜而交通调和之,知其不宜,则守其所自有之宜,以求其所未有之宜,而保存之"。认为国粹对一个国家极为重要,保存之,"可以成一特别精神之国家","我不保存之,则人将攘夺之,还以我之粹而攻我之不粹,则国不成其为国矣",把保存国粹与保国求存联系在一起。

作为具有鲜明政治色彩的文学团体,国粹派和南社对于西学的接受经过了被动灌输—选择—主动借鉴的过程,即"夷学—西学—新学"的转变过程。中国社会政治变革使得文学难以与政治剥离,在半自觉的过程中进入了政治系统,并一直试图为政治寻找更好的出路。漫长历史积淀下来的旧文化已经与民族认同、民族团结紧密结合在一起,文学在此时承载了保学救国的重任,直接关系到传统文化的接续和本土现实的政治诉求。国粹思潮与南社的影响包含了一个时代的思想形态,是对西学冲击下民族性、民族文化和民族认同意识的守护,将文化具有民族性作为处理中西文化关系的一个理论根据。他们指出:"不知旧物,决不能言新",如白话文作为一种新语体流行于市民阶层;在中国传统语境下的文学翻译,不仅引入了新观念和新话语,同时配合着乱世感时忧国的民族情绪。他们的学术思想和文化情思均以文学和学术作为革命派反清救国政治目标的文化支援。正是借助晚清民初的政治变革和民众的政治诉求,国粹思潮和南社才发掘出自身的近代意义,并形成了民国初年保守主义的传统底蕴,为南京文化保守主义传统的延续和发展做好了铺垫。

二 文化保守主义与政治保守主义的差异

文化保守主义的传播,与政治保守主义虽有一定联系,但多数文化保守主义者并非政治的积极参与者,他们保留了传统士人参政议政的风气,在政治改革方面吸纳了西方先进政治思想,倾向于民主共和。有研究者认为:"文化保守思潮政治上的负面影响,主要表现在文化保守思想家可能与政府结合,阻碍新思潮的传播。"① 这种看法有失偏颇,文化保守主义者并不一定是政治保守主义者。晚清文化保守主义思想家们

---

① 喻大华:《晚清文化保守思潮研究》,人民出版社 2001 年版,第 255 页。

的入世欲和参政欲强烈，摆出一副帝师王佐的派头。他们虽热心于政治，却从未放弃个人的政治立场，如国粹派的章太炎孤傲狷介，宁可逃亡海外、坐穿牢底，也不同满清政府合作。国粹派的"国粹"、"国学"、"国故"是近代意义上的"以学救国"，目的是为了推进社会进步，促进民族（尤其是汉族）觉醒，推翻满清政府的统治；与辛亥革命后的历届政府，包括北洋军阀的民国政府，国民党的国民政府，甚至日本侵华期间建立的华北伪政府，提倡国粹（国学、国故）的政治策略及目的不同。政客们以保存国粹激发国民的爱国热情，掩盖政府职权上的无能，转移民众因内忧外患而积累起的对政府的不满，压制进步思想的传播。如张作霖把奉天外国语专门学校改为崇古学校的理由是"造成雍穆儒雅之学子"，"免产出多数新分子演出聚集新华门之风潮"①。袁世凯为力倡"尊孔复古"，颁布《通令尊崇孔圣文》，"以期国命于无结，巩共和于不敝"；《天坛宪法》第 19 条中规定："国民教育以孔教为修身大本"的条款，同时发布《注重德育整饬学风令》，要通过尊孔读经来整顿学风。这些举措是为了推行文化专制，"以恢复人民服从专制之心理"，利用礼教所具有的社会控制功能为统治服务，压制新思想的传播。文化保守主义者力图固守本民族的文化传统，也会与新思想发生争执，这导致新文学倡导者对文化保守主义者的政治归属心怀疑虑，往往先预设对手是反动政府的文化帮凶，阻碍中国文化进步的祸首，因此在辩论中往往忽视文化保守主义理念中的合理成分，以偏离文学主旨、牵涉政治观念的嘲讽态度进行攻击。新文化阵营一般认为林纾事件及各种古文复兴运动都有政治背景，与当权者有密切的关系。周作人说它们都是"非文学的古文运动"，因为其"含有政治作用，声势浩大，又大抵是大规模的复古运动之一支，与思想道德礼法等等的复古相关，有如长蛇阵，反对的人难以下手总攻，盖如只击破文学上的一点仍不能取胜，以该运动本非在文学上立脚，而此外的种种运动均为之支柱，决不会就倒"。所以他断定："在这运动后面都有政治的意味，都有人物的背景。"② 就象新文化支持者认知中传统的压迫更多的是假想性的迫

① 《张作霖也崇圣好古》，《晨报》，1920 年 3 月 25 日。
② 周作人：《苦茶随笔·现代散文选序》，北新书局 1936 年版，第 105 页。

害，其看到的古文运动的政治背景也多类此。不过在那些正在"假想"的文人心中，传统的压力和古文运动的政治背景是真实存在的。也就是说，从前述新文化运动衍化的内在理路和新文化支持者心路发展的逻辑走向上，都提示着走向政治的趋势：他们因主张文学的表述形式与思想社会有关，就走向思想革命和社会改革；因假想对立面有政治背景，也就越来越往政治方面着眼。

文化保守主义者为了推行自己的主张，迫切需要来自政府的支持，但他们从未在强权和诱惑面前放弃自己的独立品格，甚至为了拒斥政府给予的有条件的帮助而付出巨大代价。"国学保存会"从创办到结束，有明确的政治主张，从未接受政府或官员的任何帮助，是类似明清文人社团的独立于政府和权威之外的政治文化团体。所有活动经费均来自成员捐献或社会募集，《国粹学报》第一期《略例》中称："创办人筹足三年资本。"这份资本很大一部分来源于创始人黄节，他"不顾亲友反对，毅然将祖业变卖"，毁家纾难提供"国学保存会"的创办资本，并捐献所购明清间禁书数千种，陆续编印《风雨楼丛书》和《古学汇刊》。南社同样不接受政府策动、财团支持，社团经费来源于会员募集，不足之数主要由柳亚子补足。"印《南社》费，即以社员入会金充之（每人一元），如不足时，概由提倡人担任，不另筹。""雅集费临时再行酌捐。"① 他们掌控的媒体机构对满清政府和军阀政府极尽揭露之能事，尤以民国元年、二年《帝国日报》、《太平洋报》等报刊的影响巨大。"一方面在分崩离析的国难当头高举起反清革命的旗帜，并在与袁世凯复辟活动的斗争中冲锋陷阵，接续了我国知识分子可贵的忧国忧民、天将降大任于斯人的责任感与使命感，同时另一方面，在他们的文学理想与图式中也继承了传统文学'传奇'与'志怪'的消遣性因子。文学既是鼓吹革命的武器，同时也可以是供人民娱乐与轻松的精神性产品。"② 就《学衡》来看，保持学术与社会现实之间的张力是他们一直坚守的学术进境。在缺乏办刊基金的情况下，他们拒绝了章士钊的赠款，以示《学衡》有独立的文化品格，与政府官员、复古文人毫无关

---

① 柳亚子：《南社例十八条》，《民吁报》，1909 年 10 月 27 日。
② 栾梅健：《民间的文人雅集：南社研究》，东方出版中心 2006 年版，第 124 页。

系。"学衡派"虽然没有与政治保守势力联合，但也具有自身的政治理想。《学衡》之所以选择了新人文主义为思想指导，一部分原因在于新人文主义在立国之道上颇有指导意义。白璧德以为：中国人为的"文艺复兴运动"，决不可忽略道德，不可盲从今日欧西流行之说，提倡伪道德。如果功利主义过深，则中国学习西方所得，只不过是打字机、电话、汽车等机器。中国人不要冒进步之虚名，忘却固有文化，应该研究西洋自古希腊以来真正的文化，用于自己的文化建设。中西文化均是主张人文的。科学是国际性的，但如果误用于国势的扩张，那么人道主义、博爱主义只能成为梦幻。白璧德还特别提出，中国必将有一次新的孔教运动，摆脱昔日一切学究虚文的积习，而为精神的建设。这些观念深得吴宓等人的赞同，吴宓翻译《白璧德论欧亚两洲文化》一文，在按语中指出："吾国人今日之大病根，在不读西史，不研西洋文学，不细察西人之思想性行，不深究彼中强弱盛衰之故。只是浮光掠影，腾为口说。所以在选择文化时，不明世界大势，空呼口号。"吴宓认为：要杜绝帝国主义的侵略，免瓜分灭亡，只有"提倡国家主义，改良百度，御侮图强"。尤其要："培植道德，树立品格。使国人皆精勤奋发，聪明强毅，不为利欲所驱，不为嚣说狂潮所中。爱护先圣先贤所创立之精神教化，有与共生死之决心。"① 文学理念和政治倾向上的契合，促使"学衡派"将新人文主义引入中国并大力传播。1927—1928 年文化保守主义思潮发展受政治变革的影响而进入低谷。1927 年国民党北伐开始，印刷工人响应北伐罢工及国民党占领上海后控制舆论出版，导致《学衡》停刊一年。同年 6 月王国维自杀。1928 年 7 月，曾任段祺瑞政府教育总长、执政府秘书的章士钊遭到国民政府的通缉，避祸欧洲。1928 年年底梁启超病重。这些重要人物的离去，大大削弱了文化保守主义阵营的影响力。20 世纪 30 年代，文化保守主义一度复兴，很大一部分原因在于国民党文化政策的调整。国民党以儒学来解释三民主义，把儒学称为国魂，并发起了"新生活运动"，希图借文化民族主义力量来强化意识形态建设，即借此抗衡共产主义思潮。这种带有鲜明政治目的的文化政策，不仅强化了国民党训政的力度，也为文化保守主义者提供了更

---

① 吴宓：《白璧德论欧亚两洲文化》，《学衡》第 38 期，1925 年 2 月。

加广阔的活动空间，得到文化保守主义者不同程度的响应：梁漱溟忙于在"孔诞纪念会"上宣讲他的学说；中央大学的《国风》半月刊出版"圣诞"（孔圣人诞辰纪念）特刊；以熊十力、冯友兰、贺麟和张东荪等为代表的文化保守主义者1935年发表了《中国本位的文化建设宣言》（也称"十教授宣言"），对"新生活运动"进行回应（十教授都是国民党党员）。

新文学运动同样具有政治背景，"五四从头至尾，是一个政治运动，而前头的一段文学革命，后头的一段新文化运动，乃是焊接上去的"。①北京之所以成为全国学术文化中心"是由五四运动而来的"。其成为"学术"中心是靠了政治的力量，更由于"中国是在革命的时期，所谓学术文化的中心也摆脱不了这个色彩，所以北平学界的声名总是多少带着革命性或政治性的，不是寻常纯学术的立场"②。这是时人的共识。民初的中国社会，因政治制度的转换和传统的崩坏，中心势力尚未形成权威，没有统一的意识形态，各种"主义"兴起。直到国民党开始清党运动，这种"统一思想的棒喝主义"形成白色恐怖后，周作人感慨过去"普通总觉得南京与北京有点不同"。但许多"青年朋友的横死"，而且大都不是死于战场，却是"从国民党里被清出而枪毙或斩决"，即"死在所谓最正大的清党运动里"，③可见南京并不是国民党标榜的"青白"世界，在派系争斗、利益分赃时暴露出来的丑恶现象与军阀盘踞的北京并无二致。《现代评论》一位署名"英子"的作者说：湘鄂军阀因土豪劣绅之名杀人，北方以三民主义之名杀人，南京以共产党之名杀人，实际上都是"为了政见不同的杀人而杀人"。结果是"湘鄂愈杀反共产人，苏粤也愈杀共产党人"④。在这种恶劣的政治环境下，新文化阵营对政治的看法开始与文化保守主义者接近，他们想起了孔孟之道，不约而同地引用孟子的话，要使天下"定于一"，需要有一个先决条件，"不嗜杀人者能一之"。

文化保守主义的兴起与政治环境有密切关系，20世纪二三十年代

---

① 罗志田：《乱世潜流：民族主义与国家政治》，上海古籍出版社2001年版，第114页。
② 周作人：《四九年以后》，《知堂集外文》，岳麓书社1988年版，第27页。
③ 周作人：《偶感四则》，《谈虎集》，岳麓书社1989年版，第168页。
④ 英子：《不要杀了》，《现代评论》第5卷第128期，1927年5月21日。

国际环境复杂，两次世界大战重新分配了资源和利益，西方国家之间的斗争态势不明朗；社会主义革命如火如荼，西方世界的种种弊端暴露得淋漓尽致，这使得文化保守者们的主张较易获得社会的共鸣。20 世纪30 年代民族危机激化，爆发了全民族的抗战。这为坚持以民族文化为本位的文化保守主义思潮提供了一个较好的发展环境。此外中华民国的历届政府为了维护自身统治，较重视提倡国粹（国故、国学等），这在客观上使文化保守主义者获得了较大的活动空间。文化保守主义者推崇中国传统文化，对西方现代技术、工业文明抱有强烈的排斥心理，在某种层面上与执政者的文化政策有契合之处，这也是对他们的政治面目出现误解的原因。但文化保守主义者从未依附于统治者，他们的文化目的和当权者的文化政策本质上毫不相同。文化保守主义的理念是他们面对积贫积弱的国家，日益衰颓的传统文化，出于民族责任感和文化观念上的远见卓识，引介并实行的有乌托邦性质的文化建设方案。

文化保守主义的出现具有历史必然性，中华民族具有悠久的历史和丰富的文化积淀，在漫长的发展历程中形成了自成规模、有效运作的器物、制度、行为、观念系统。不管与西方资本主义形态的文化相比，这些制度观念有多么落后，他们在一代又一代本民族大众生活中，已经树立起毋庸置疑的权威。在没有遇到毁灭性外力干扰或更加强有力的新权威慑的情况下，这种固有的权威将保持历史的惯性，以民族文化精华的形式一代代地传承下去。面对西方现代文明的强劲扩张，本民族的文化系统必然作出保护自身、调适变化、求得发展的回应。在依靠外来刺激促进现代化进程的国家，知识分子普遍倾向于文化保守主义的立场。文化保守主义者是社会有意识的传统文化维系的基本力量。他们将西方文明归为"物质文明"，而将中国传统文化归为"精神文明"一类。他们一般都承认前者有助于提高人类的物质生活水准，但同时也强调后者在提升人们的道德、精神水平方面有自己的优势，认为"只有精神性东方之文化的重振才能解救过度理性并明显自毁中的西方"①。处在弱者地位的文化保守主义者具有强烈的民族情感，对历史传统的"偏爱"，积

---

①　［美］艾恺：《世界范围内的反现代化思潮——论文化守成主义》，贵州人民出版社1991 年版，第 27 页。

极致力于民族文化遗产的搜集、整理和研究，保护本身的文化传统是保守主义者应负的重任，也是民族和国家延续下去的重要标志。从感情趋向上看，文化保守主义并非一味守旧、复古，但它也很难充分认识到现代化所必需的社会系统的"整体创造性转换"的决定意义。这种创造性转换，是在全新的时空条件下，自然与社会、个体与群体、法制与伦理、工艺与道德相互联系的革命性重组。这就意味着民族的文化传统尽管必然会作用于现代化的社会，但是它们已经不再是原本意义、原本形态上的传统了。因此文化保守主义者提出的新文化进路，如"学衡派"提出的新人文主义精神，在现实中缺乏可行性。从思维方式方面看，文化保守主义一般采取机械的两分法来处理"体"与"用"、精神与物质、法制与道德、个体与群体、感性与理智、分析与综合甚至农业与工业、乡村与城市等关系。文化保守主义一般并不完全排斥现代化的成果，尤其是物质、技术层面的成果。但是他们在同意吸纳这些成果进入本民族文化系统的时候，又总是有意贬低其地位、作用和意义，把它们归为隶属于永久不变的本民族精神的"体"统辖之下的"用"。

南京文化保守主义传统的形成和延续与当时社会环境有关。20世纪二三十年代动荡的政治经济状况，促使忧国忧民的知识分子寻觅民族生存的路径，将传统政治、社会、文化秩序解体后尚有存留价值的部分，重新组合，融汇新知，进行"创造性的转化"，变成有利于革新的资源。如国粹派将"国粹"区分为"国学"与"君学"，提倡传统文化的精粹，摒弃封建文化意识，推进了中国学术近代化的进程。"学衡派"竭力反对新文化运动全盘西化的主张，认为文学不分新旧，白话文学有价值，而文言也自有其存在的意义，以促进中西文化交融为己任。文化保守主义本身代表着一种政治诉求：以民族主义为旗帜，保存源远流长的传统文化精华，保持民族的独特个性，从而促使民族摆脱贫弱的状况，重获其他民族的肯定，乃至在世界之林崛起。文化保守主义思潮无法脱离政治环境而存在，但它并非政治的传声筒，也无意放弃独立品格依附于当权者。

第二章　民国时期南京的校园
文学社团与传媒

　　文学社团是特定条件下的文人自发性会社，常见的社团组织模式有四种：第一种是传统文人社团模式，成员主要是接受传统文化教育的知识分子，在民族危亡之际，以诗会雅集的形式来抒发情怀、交流心声，如南社。第二种模式是依托现代知识分子的公共活动空间，利用结社来聚集力量，通过现代传媒机构向社会发出改革的声音，在他们看来，文学创作与社会活动是浑然一体的，文学不是他们努力的唯一目标，通过文学传达他们的思想才是最终宗旨。第三种模式是以同人刊物为核心聚集起来的一个作者群体，文学社团存在的标志是刊物，刊物停刊则社团消失，"学衡派"就属于此例。第四种模式是文人的小团体，虽无明确的结社意识，但经常聚集，代表并倡导某种审美倾向，于是就有了社团的意味。如20世纪30年代中央大学师生及友人时常结伴纵情山水，觥筹唱和，虽然没有明确的社团宗旨和成员标准，客观上也形成了松散的"潜社"、"如社"等传统文学团体。文人社团既呈现出文学多样化发展的态势，又是收藏各种文学论争、文人姿态、生存氛围、文学观念、审美意识和创作手法的一个巨大的"话语场"。其形成"不外是这几个因素：一是文学观念的分化，导致了现代文人的'聚合'，在此基础上出现了一个新的作家群体；二是相近的'大学'、'籍贯'、和'留学'的背景，容易形成相同的社会意识、审美观念，孕育出一个个'文学圈子'；三是政治、市场、文学的运作和传播方式，也会促成一个文学流派、文人集团的生成和发展"①。文人社团不同于政治社团，不单纯是

---

① 程光炜：《多元共生的时代——试论四十年代的文人集团》，《海南师院学报》2003年第5期，第8页。

利益的组合体，社团成员一般具有相近的文学理念，在主导者的引领下进行文学活动。传统的文会以文人雅集或诗文汇集为基本运行方式，现代文学社团以现代传播媒介为依托，其活动方式、运行方式和影响社会的方式与各种书刊的经营紧密结合在一起。现代科技的发展为文人之间的交流提供了便利条件，同时也促使传统文人社团的雅集活动在时效性和传播范围上失去了存在的价值，"报纸刊物等现代媒体为现代文人发表自己的言论和作品提供了莫大的便利，同时也迫使文学远离了悠闲的运行模态，与现实斗争和生活时事的距离缩小，处在对于人生和社会'有所为'的状态。以出版物为中心，以出版物为价值载体的运作模式是现代文学社团区别于传统文会的外在的也是最为显在的重要特征"。①

就传媒而言，它既是文学传播的媒介，也在传播过程中进行再加工，成为文化的创造者。传媒与文学有着密切的关系，正是依靠传媒的刊载、评论、传播，文学才得以保存、流传和发展，才能对人民、对社会、对美学观念与道德伦理等方面产生广泛影响。20 世纪二三十年代的南京出版发行的报刊达两百多种。一般情况下，现代传媒采取门户开放的态度，广泛汲取社会的各种言论，这一方面可以更大范围地反映时代特征，另一方面则造成了研究者不能精准判断现代文学社团的人员构成，无法从报纸期刊的作者群中分辨哪一位是围绕该媒体组成的文学社团的成员，而同时活跃在几种报刊上的作者的归属更为模糊。

最适合文人结社的时期是五四前后，那时政治控制力量薄弱，"当时思想言论的自由，几达极点"。② 胡适说："帝制推倒以后，顽固的势力已不能集中作威福了。"③ 军阀混战虽然导致政治离散、经济崩溃，民不聊生，但思想文化舆论控制得不算严密，这是文学社团成立并发生作用的重要条件。20 世纪 20 年代以后，随着政治权力的集中，政治集权对思想文化的控制也形成了规模。首先是国民党行政权力的控制，新闻检查制度的建立，对文人迫害加剧，对于异见思想的制约越来越严，

---

① 朱寿桐：《中国现代社团文学史》，人民文学出版社 2004 年版，第 35 页。

② 蔡元培：《中国新文学大系·建设理论集》总序，上海良友图书印刷公司 1935 年版，第 8 页。

③ 胡适：《中国新文学大系·建设理论集》导言，上海良友图书印刷公司 1935 年版，第 16 页。

思想自由的空气遭到了破坏；其次，思想文化领域的高度政治化，对于文学的"自由"和文学家"自由"的否定。南京的非政治文学社团受到压制，因经费匮乏和缺少传媒机构而力量削弱；与统治者同谋的文学社团虽然有充足的经费，但丧失了独特的文学个性，展现出千篇一律的政府宣传机构的面貌，文学作品生硬干枯，缺乏现实感和社会意义。

第一节　南京校园文化变迁与社团、传媒的变革

大学与传媒是中国现代文学发生的策源地，现代大学"中心化"的过程，与知识社会的构建是同步的。大学树立的不仅是知识权威，在关于社会政治、经济发展的重大判断和决策上，在伦理道德、是非标准的重新建立等许多方面，人们也转向大学。大学毋庸置疑地成为社会的知识工厂和思想库、成为科技进步的"孵化器"和社会进步的"加速器"，由社会边缘的"象牙塔"成为现代社会的"轴心机构"。从清末开始，新学的重点始终在高等教育。民国建立后提出"教育救国"方针，其中最重要的就是办中国自己的大学。"大学乃一国教育学问之中心，无大学，则一国之学问无所折中，无所归宿，无所附丽，无所继长增高。"同时，本国没有大学则学子不得不长期留学，将"永永北面受学，称弟子国"，而"神州新文明之梦，终成虚愿耳"。"留学乃一时缓急之计，而振兴国内高等教育，乃万世久远之图。"①

1922 年蔡元培以民国政府教育总长的身份制定的《大学令》，是建立现代大学制度的早期文本，规定了大学以"教授高深学问，养成硕学宏材应国家需要"为教育宗旨，明确规定"教授治校"的制度。② 整个国民党统治时期，中国大学走过了对外来文化的适应和吸收阶段。在吸收欧美大学思想的基础上，结合中国的传统和实际情况，最终形成了独特的知识体系和社会责任的大学办学思想。③ 30 年代是中国大学教育制

① 转引自罗志田《乱世潜流：民族主义与民国政治》，上海古籍出版社 2001 年版，第 41 页。

② 《大学教育》，《教育大辞书上册》，商务印书馆 1930 年版。

③ ［加］许美德：《中国大学 1895—1995：一个文化冲突的世纪》，许洁英译，教育科学出版社 1999 年版，第 80—86 页。

度定型时期，也是大学教育取得重大发展的时期。国民政府推行三大举措：一是加强对大学的国家控制，其中包括利用收回教育权运动迫使教会学校进行登记、加强或建立国立大学、大学校长直接或间接地任命等；二是加强大学教学尤其是课程的标准化与规范化；三是调整文、法科与理工科的比例，适应了教育民族化的发展趋势。但民国时期大学的数量和质量仍不能满足国家与社会的需要，首先国内政治斗争直接影响了大学教育的发展。中国一直处于存在多重政治实体的不稳定状态。国民党政府扩张高等教育，加强对国立大学的控制，其潜在意图之一就是把大学作为中央权力向地方扩张的一个重要渠道。这固然使大学扮演了沟通中央对地方的桥梁角色，但也容易使地方实力派对中央的不信任甚至敌视转嫁到大学上，使大学受到地方政府的冷落。此外，各省的派系斗争非常激烈，导致地方政权不稳定，大学的人事变动频繁，严重影响了大学的发展。其次大学的发展缓慢，主要是由于国民政府从未按照它所制定的规章严格履行对大学教育经费的承诺。这一方面使中国的大学及整个高等教育在一个很小的规模上运行，设备不足，图书、仪器匮乏，学校尤其是理工科学校难以进行正常的科学研究；另一方面也使大学在维持正常运转时举步维艰，大学教员频繁流动，学术发展受到窒碍。再次国民政府无视大学要求学术自由的权利，在大学尤其专科学校中推行训导制度，以加强对大学生的思想与组织的控制，严重败坏了高等学校的学风，激发了"学术权力"与"政治权力"的斗争。这种斗争集中表现在各学校对政府任命的校长的驱逐，以中央大学为例，1932年走马灯一样换了五位校长。朱家骅因政治倾向过强而遭学生反对辞职，校务由法学院院长刘光华代理。1932 年 1 月 8 日，国民政府任命政治系教授桂崇基为中大校长，因遭到学生的反对到任三周后辞职。1 月 31 日，国民政府又任命曾经做过东南大学董事、东大行政委员会副主任的任鸿隽为中大校长，任坚辞不就。此时刘光华亦辞代理校务之职。6 月 28 日，行政院议决由教育部政务次长段锡朋代理中央大学校长，中大师生认为受到政府欺骗，不满于党棍充当校长，学生愤而驱打段锡朋，导致中央大学被短期解散，教师解聘，学生留待甄别，经过一个暑假的整顿才重新开学。

　　总体看来，1915—1949 年间中国大学的校园，是一个相对自由的公共空间，为中国自由知识分子荟萃之地，也是影响现代文学生成、构造文学环境的主导性的力量之一。"中国现代文学在发生学上与中国现代教育、校园文化血肉般的联系。从某种意义上可以说，创始期的现代文学就是一种校园文化：不仅它的发源地是北京大学，它早期主要的作者和读者大都是大、中学（含师范学校）的教师与学生，它的主要活动阵地——早期文学社团与文学刊物，也都是以校园内为主。"①知识分子在校内创造出相对纯净的校园文化，树立了全校师生共同遵循的价值观念与行为准则，营造出独特而持久的精神氛围。校园文化的变迁主要来源于校园内的师生风貌的变化，这些时代精英知识分子的学术思想、文化追求、精神风貌等对文学的发展有巨大影响，其中既包括了对学院培养的作家的直接影响，也包括通过各种途径（特别是现代传播媒介）对社会文化、文学的间接影响，以及大学文学教育在文学发展中的特殊作用。"现代文学本来就是在几个中心城市兴起并发展的。在 20 年代，它更是以大学（都市文化的特殊形态）为依托，以教授、学生圈子为核心，而使文学获得了更大的传播。甚至在较长一个时期内，现代作家身上差不多都有一个'教授'或'学生'的身份。"大学是网罗文学同好，形成文坛势力的好地方。"没有都市文化（包括出版、报馆、校园文化、现代建筑、公园、咖啡馆等），没有大学体制对现代知识的传播和对学生的培养，现代文学能否出现将是一个很大的问题。"② 大学对于学术及思想的贡献，有赖于刊物之传播，学校内出版发行的刊物既是学术思想的展现，也是学校校风的间接传达。五四运动前后大学文化、校园文化处于文学发展的中心位置，占据主导地位，影响并催生的社团及媒体个性特征不鲜明，往往是某种理念的传递通道。30 年代校园文化逐渐边缘化后，文学从整体中分离出来，最突出的特色是对文学启蒙性的坚守，对基本人性的关怀。这一时期的大学文化在总体上倾向于对既成思想文化的继承与传承。

校园文化在某种程度上与政治相关，接受高等教育的一小批精英掌

①　钱理群：《现代文学与现代教育关系之考察》，《学魂重铸》，文汇出版社 1999 年版，第 70 页。

②　程光炜主编：《文人集团与中国现当代文学》，人民文学出版社 2005 年版，第 8 页。

握了转型中的中国所急需的知识，更容易成为中国社会所需要的新型领袖。民国建立后随着意识形态的变化，"党化教育"及演变后的"三民主义教育"逐渐成为权威的教育思想，大学实行训导制度，使得维系人文主义、学术自由的大学精神和大学制度成为非常艰苦的坚守，自由主义的教育精神渐为国家主义、权威主义所挤压。30年代面临抗战救亡的紧迫压力，民族危机压倒一切，从制度、经费到教育指导思想上，并未给大学预留出自由发展的空间。学校和教师均受制于国家、社会，这种控制通过身份和角色的控制来实现。民国时期国家对学术采取漠视态度，"最易而且最常侵犯学术独立自主的最大力量，当推政治。政治力量一侵犯了学术的独立自主，则政治便陷于专制，反民主。所以保持学术的独立自由，不单是保持学术的净洁，同时在政治上也就保持了民主。政府之尊重学术，亦不啻尊重民主"。① 加之学术奖励制度缺乏，严重影响了学术研究的深入，大学教师成为新政治思想的策动者，学术成就被政治实绩所掩盖。校园文化虽然自重学术，不屈从于当时主流政治文化，但是随着教育制度的变迁，校园文化也不同程度地跟随政治情境的变化而变革，深受校园文化影响的文学社团与媒体自然也少不了当时政治状况的印记。下面试以南京的两所重要高校：东南大学—中央大学和金陵大学为例，阐明民国时期大学文学社团与媒体在学术、思想传播过程中的作用。

一   南京高等师范—东南大学—中央大学的社团及刊物

1921年之前，中国高等教育以专门学校和高等师范居多，近代大学较少。大学的办学目标是："研究高深学术，养成专门人才。"专科学校则是"教授应用科学，养成技术人才"。两者的区别在于：大学注重"研究"，重视学术性；专科偏重"传授"，重视实用性。"大学重在培养学有专精并具备学术研究能力的专门人才；专科则重在培养术有专长并具备实际工作能力的技术人才。"② 从1921年至1926年，公私立大学由13所增至51所，5年之间增加了近3倍：其中公立大学由5所

---

①   贺麟：《学术与政治》，《当代评论》第1卷第16期，1941年10月20日。

②   李华兴主编：《民国教育史》，上海教育出版社1997年版，第603页。

增至 37 所，私立大学由 8 所增至 14 所。但数量增长与质量下降形成的反差，令人担忧。曾有学者评论说：大学数量虽然增加，"但其内容则愈趋愈下，甚至借办学以敛钱，以开办大学为营业者，所在多有"。国联教育考察团所著《大学教育之改进》中也指出："大学发达之速度超过其组织，无稳定基础之大学。遂相继以起，因而高等教育所必要之经费及合格教师之供给，均感不足。"事实上，地方军阀的连年混战，教育经费遭挪移侵吞，原有的大学难以为继；由专科升格而来的大学，其困窘状况更不言自明。在这种状况下，南京高等师范（1914）—东南大学（1921）—中央大学（1928）维系了自己的学术班底，建立了一以贯之的校园文化。民初的教育界，"东南大学当时为长江以南唯一的国立大学，与北大南北并峙，同为中国高等教育的两大支柱"①。东南大学以其所特有的古典主义风格，倡导文化保守主义，逆北京大学大力推行的新文化运动潮流而独树一帜，导致 20 年代就有"北大尚革新，南高尚保守"之说。就校风的绵延来看：南高师时期江谦校长以"诚"字为校训，希望全校师生为人、为学都要以诚为本，并在此基础上确立以"民族、民主、科学的精神，诚朴、勤奋、求实的态度"为特征的校风。"江易园校长，倡导于商，束身作则，立训唯诚。"② 1915 年，郭秉文接替江谦主掌南京高师后，更加着力倡导所谓"平衡"的办学原则，即通才与专才、人文与科学、师资与设备、国内与国际，皆使平流并进，以此扩展成为所谓"南雍教育之特色"③。1921 年夏，即东南大学在南京高师挂牌开校时，郭秉文对南高学风加以继承和发展，进一步将校风阐发为："我一定要永远保持南京学生的优良传统，埋头用心读书，不问政治……"④ 树立"东南学风"，教师身体力行，学生自觉响应和实践。时任副校长并兼史地部主任的刘伯明、曾任史地部主任的史学家柳诒徵、生物系主任胡先骕、西洋文学系主任梅光迪等人对于"东

① 杨素芬：《中大校史》，中大八十年校庆特刊编辑委员会《中大八十年》，1995 年版，第 14 页。

② 竺可桢：《常识之重要》，《国风》第 8 卷第 1 号，1936 年 1 月 1 日。

③ 《中国近代教育史资料汇编·实业教育师范教育》，上海教育出版社 1991 年版，第 1014 页。

④ 黄伯易：《忆东南大学讲学时期的梁启超》，《文史资料选》辑 6 第 94，第 86 页。

南学风"的养成都有不可抹杀的贡献，他们提出"三育并举"和"四平衡"的办学方针，要求师生树立理想，"以天下为己任，兼顾文理，沟通中西，努力养成钟山之崇高，玄武之恬静，大江之雄毅"的"国士风范"。中央大学时期，罗家伦校长提出以"诚朴雄伟"四字为学校的学风和校训，他希望中大学子应承担起复兴民族的重任，埋头用功、不计名利、诚心向学，并集中精力，放开眼界，努力做出伟大事业。"诚朴雄伟"四字立意高远，气势磅礴，对中央大学的传统和校风产生了深远影响。①

　　20世纪二三十年代时局动荡，教育体制不完善，高校建设往往受到政治的负面影响，"学习救国两不误"是民国内外交困的特殊语境下出现的口号，胡适1921年也不得不指出："在变态社会中，学生干政是不可免的。"② 老师失去师道尊严，跟随学生的政治热情进行政治投机是民国教育的特殊状况。但这种背离学术，侮慢人格的做法在南高这所中等师资训练学校从未发生过。南高的教授大都有两个显著特点：一个是重气节，一个是重学育人。在南高的教授中，曾流行过这样的说法："想为官者上北京，想发财者去上海，唯我心甘情愿在南高。"他们"政治兴趣则甚恬淡，社会领袖人才，亦殊于学术地位不称，则以昔日南高东大学子之多，不以热衷进取为怀也。"③ 南高当时的整体风气倾向于重学术，反功利主义的参与政治，这既是传统"士"的高洁品质的延续，也是现代知识分子独立情怀的表达。"南高成立在五四运动之前四年，当时学风淳朴，士耻奔竞，宣传游行津贴利用诸术，尚未发明。同学多半来自寒素之家。布衣布履，生活淡泊。教授刘伯明、柳翼谋、王伯沆。同学于学问上有师承，而于地位权势上则无系统。"④ 在艰难的处境中，郭秉文、刘伯明等竭力促成南高转制为综合大学，壮大学校实力，扩充学校范畴。在他们的努力下，经过复杂的演变蜕化，改制完成了。"南高在十一年停招新生，十二年宣称归并，然实际上南高

① 参见王德滋主编《南京大学百年史》，南京大学出版社2002年版，第38页。
② 罗志田：《再造文明之梦——胡适传》，四川人民出版社1995年版，第254页。
③ 竺可桢：《常识之重要》，《国风》第8卷第1号，1936年1月1日。
④ 郭斌龢：《南京高等师范学校二十周年纪念之意义》，《国风》第7卷第2号，《南京高等师范学校二十周年纪念刊（上）》，1935年9月。

学生保存其旧有之学制办法与固有之良好风气，犹继续三年之久。十三年夏八科具有毕业生，共达一百五十六人，十四年下毕业生共计九十人，十五年下则病休学生等，补修共十七人。南高蜕化为东大。"① 其中副校长刘伯明功绩甚大，南高毕业生陈训慈后来写道："刘师于传授知识之外，独重人格之感化。实际主持校务，为全校重心所寄。综一生精力，悉瘁于南高之充实与扩展。倡导学风，针砭时俗，尤为时论所推重。"南高另一位毕业生张其昀也著文说："南高给予我们的究竟是什么？舍枝叶而求根本，便是南高精神、南高学风。当年南高的重心，'高标硕望，领袖群伦'的人物，是哲学教授刘伯明先生。"②

　　1919 年的五四运动，对南高产生了深刻的影响，实行民主治校，推行民主管理，提倡科学，昌明学术，成为师生共同的要求。学校采用责任制和评议制相结合的领导体制，重大问题均交校务会议先行讨论；积极支持和指导学生自治会的各种活动，各种学术学会、研究会相继成立，报告会、演讲会纷纷举办，各种油印的、铅印的学术性刊物琳琅满目。南高在"五四"的促动下率先开放女禁，自 1920 年暑期正式招收女生 8 名，女旁听生 50 余名，这是中国对女子受高等教育权的第一次承认。最初东南大学只是国立高校中之一所，不为世人所重。1921 年 7 月 16 日，蔡元培在旧金山华侨欢迎会上发表演说，提到"东南大学新办预科，其幼稚可以想见"；"力量较大者，唯一北京大学，有三千余学生，一百六十余教授，单独担任全国教育，惟力量有限，而中小学校

---

　　① 陈训慈：《南高小史》，《国风》第 7 卷第 2 号，《南京高等师范学校二十周年纪念刊（上）》，1935 年 9 月。另张其昀在《南高的学风》中也提到南高与东大之间有过一个过渡时期，"初民国临时政府成立，已有国立四大学之议，而南京实居其一。终以经费支绌，未克实行。及南京高师成立，诸所擘画颇异部章，而专修科增设之多，尤为各高师所未有，其后实行选科学分制，学程与设备，益趋于大学之规模。及九年四月九日，高师开校务会议，提出筹备国立大学议案，一致赞成。遂拟计划，郭校长与江谦、蔡元培、袁希涛等，联衔向教育部陈情，时范源廉长教部，深表赞同，遂通过于阁议。十二月六日东南大学筹备处成立。十月七日教育部核准组织大纲，遂以八月招考预科学生。九月教育部以郭校长兼东南大学校长，大学成立，自新建贤街宿舍而外，校舍教员与迨图书设备，一赖高师之旧。至十二年元月评议会教授联席会议，决定将南京高等师范学校合并于东南大学，南京高师之名称，自民四至是，始行取消"。即南高直至 1923 年才完全结束，1921—1923 年间南高与东大并存。

　　② 张其昀：《南高的学风》，中央大学七十周年特刊委员会《中大七十年》，1985 年，第 78 页。

太多，势难联成一气"。实质上南高—东大的起步虽晚，其发展重心始终在学术上，无论社会科学还是自然科学都进境飞快。校长郭秉文延揽了一批著名的科学家，促成了中国留美学生创建的"中国科学社"迁址南高。自此南高、东大作为"中国科学社的大本营"闻名遐迩，"展开了中国科学的奠基工作，使南高—东大成为中国科学发展的一个主要基地"①，施行科学教育，重视科学训练，培养出大批科学人才，也使科学精神和科学态度深入人心。1921—1925 年政治混乱，军阀克扣教育经费，各国立大学纷纷发生"索薪"风潮，而东南大学却迅速发展，引进了人数众多的留美学生来校任教，并从北京大学、南开大学等著名大学聘任了许多教授，近代史专家梁和钧在《记北大（东大附）》一文中称赞："东大所延教授，皆一时英秀。……北大以文史哲著称，东大以科学名世。然东大文史哲教授实不亚于北大。"② 东南大学以综合大学的标准致力于人文与科学学科的平衡。东大的心理系，即同时属于"文理"和"教育"两科；生物系同时隶属于"文理"和"农学"两科，旨在收到人文与科学相互利用对方优势、汲取对方长处、依赖对方支撑的实效。东大当时的文史哲研究会众多，所主办的由商务印书馆出版的《文哲学报》、《史地学报》，中华书局出版的《学衡》等，都曾风行一时，影响颇大。"学衡旗帜分明，阵容坚强，俨然负起中流砥柱的重任，影响所及，至为深远。"此外东大还曾经是中国现代文化史上著名的"中华教育改进社"的大本营。东南大学既提倡民族精神、重视民族文化，又要吸收西方文明，重视科技新知。通过沟通和融合、使东南大学成为弘扬民族文化的基地，成为发展近代科学的重镇，成为中国文化与西方科学的有机结合部。1924 年年底东南大学的事业发展达到了顶峰。随后政治形势的剧烈变化导致东南大学在高潮之后迅速衰落。1924 年的"易长风潮"让东南大学失去了最得力的校长郭秉文和数位著名教授，与国内其他大学一样陷入财政危机，学校建设停顿，"索薪"风潮涌起，刚刚繁荣起来的事业衰败了。

---

① 张其昀：《郭师秉文的办学方针》，中央大学七十周年特刊委员会《中大七十年》，1985 年，第 76 页。

② 转引自王成圣《郭校长秉文传》，中央大学七十周年特刊委员会《中大七十年》，1985 年，第 70 页。

1927 年 6 月 9 日，国民政府教育行政委员会出于"首都大学当立深远之规模，为全国之楷范"和"振新全国之耳目，肇建完备之学府"的通盘考虑，教育行政委员会决定将原国立东南大学、河海工程大学、江苏法政大学、江苏医科大学、上海商科大学以及南京工业专门学校、苏州工业专门学校、上海商业专门学校、南京农业学校等江苏境内专科以上的 9 所公立学校合并，组建为国立第四中山大学。1928 年 3 月改称江苏大学，5 月改为中央大学，设文、理、法、教育、农、工商、医等学院。张乃燕、朱家骅、罗家伦、顾孟余、蒋介石、顾毓琇、吴有训先后担任中央大学校长。1932 年，在上海的商学院和医学院单独分立。① 作为首都大学的中央大学，如同民国初年的北京大学一样，面临着如何在政治、文化的剧变中合理定位，如何处理自身的学术活动所具有的政治文化象征意义的问题。"北京大学具有的政治象征意义来自于它建立时的精英地位和它与中央政府的紧密关系；它又具有文化象征意义是因为它的教职员站在由国家支持的争取实现中学与西学新的平衡的最前列。这种政治中心与文化中心的结合几乎使北京大学的教育和学术活动也产生了政治的影响，在那里，有关文化问题的争论也会折射出围绕政治权力的斗争。"② 在国民党政府"三民主义"教育宗旨的严密控制下，中央大学的历任校长不得不加强对师生的思想监控，知识分子则以教育为名致力于培养学生的公民意识，并讨论现实政治问题。根据传统校风他们宣称享有校务自决权，这种教育独立的要求和政府的思想控制产生了尖锐矛盾。蒋梦麟说一个大学中有三派势力：校长、教授和学生。教授联合学生力量，共同对政府指派的校长作战，导致中央大学的校长频繁更替。直至 1932 年罗家伦被任命为中央大学校长，他以"民族文化"为基点，在"民族主义"的旗帜下，发表了《中央大学的使命》的演说，借"建立有机体的民族文化"找到了中央大学师生认可的发展路径。

南高—东南—中央大学的风气，始终注重保持学者人格，在继承传

---

① 参见陈旭麓、李华兴主编《中华民国史辞典》，上海人民出版社 1991 年版，第 51 页。
② ［美］魏定熙：《北京大学与中国政治文化（1898—1920）》，金安平、张毅译，北京大学出版社 1998 年版，第 2 页。

统道德观念、建立本位文化、排斥浪漫思想等方面颇有建树。同时积极认识西方文化、切实研究科学；尽量维护学术独立，避免与政党发生关系，在校园文化与思潮传播的过程中起到重要作用。

1. 《学衡》与东南大学

"学衡派"与东南大学的兴衰有着密切的关系。东南大学的成立，促使"学衡派"主要成员聚集在一起，是《学衡》创刊的重要诱因。1921 年东南大学由南高师改制为国立综合大学，急需大量的师资人才。校长郭秉文和副校长兼文科主任刘伯明几次赴美引进留美学生归国任教，增设西洋文学系，聘请梅光迪为主任，吴宓为教授，随即将楼光来、汤用彤、李思纯等聘到东大。梅光迪与吴宓同为美国哈佛大学白璧德的弟子，早在美国留学时二人就曾深谈过文学理想，"梅（按：光迪）慷慨流涕，极言我中国文学之可宝贵，历史圣贤、儒者思想之高深，中国礼俗、旧制度之优点，今彼胡适等所言所行之可痛恨"。"我辈今哲但当勉力为中国文化之申包胥而已。"[1] 他们约定回国后共同反对五四新文化运动。梅光迪先期回国，因条件不成熟尚未举事，吴宓在美国发表了反对五四新文化运动的文章——《论新文化运动》未能引起国内的反馈。梅光迪到东大后，1921 年 5 月致信吴宓，表示意欲"以此校为聚集同志知友，发展理想事业之地"，搜求志同道合的人才，请吴宓回绝北京高等师范学校，"定来南京聚首"，与他携手"对胡适作一全盘之大战"[2]。另外梅光迪在信中告知吴宓，1920 年秋他与中华书局接洽，意欲出版刊物《学衡》，希望吴宓担任总编辑。梅光迪的劝说、吴宓与北高师之间的摩擦和吴宓本人对于编辑出版的爱好促成了吴宓毁约来东大任教。"学衡派"的基本成员多属于人文社会学科，也有少数科学工作者。如胡先骕自 1918 年被聘为南京高等师范学校农林专修科教授，在南高—东大转型过程中出谋划策，是学校建设的重要力量。他自幼接受了非常正规的旧学教育，是南社成员，欣赏同光体诗歌，因唐宋之争而脱离南社。除了个人专业外，他还致力于旧体诗的创作，希望能在旧诗中结合新元素，促进其发展。他的文学理想与新文学

---

① 吴宓：《吴宓自编年谱》，生活·读书·新知三联书店 1995 年版，第 177 页。

② 同上。

运动截然相反。胡适在《文学改良刍议》中第五条"务去滥调套语"，以胡先骕的词为例，指出旧诗词的意境陈旧，沿袭旧说，毫无真情实感。此举刺激了胡先骕，使得他费心搜求资料，写了长篇评论文章《评〈尝试集〉》，结果"历投南北各日报及各文学杂志，无一愿为刊登，或无一敢为刊登者"①。因此吴宓和梅光迪在东南大学张起"反对五四新文学"的大旗后，胡先骕很快加入并把自己团结的柳诒徵及门下弟子、江西诗派群体一起带入"学衡派"，壮大了社团力量。"学衡"精神实质是新人文主义精神，不同于实验主义以及唯科学主义主导下的学术意识。相对于北京大学"新青年—新潮"的新文化保守势力，南高—东南大学的"学衡派"是南京文化保守主义力量的集中体现。南北力量的相互作用，奠定了现代学术的基础，他们在批评、冲突、论争中，求同存异，共同促进了学术的发展。其学术支撑是哲学、历史和文学研究，表现为古典与现代、中国与西方的融通：尤其是西方学术之源与中国的孔学，西洋文学的古典主义精神、新人文主义精神与中国儒学的人文主义精神的互相渗透结合。

　　《学衡》是"学衡派"的思想阵地，1922 年 1 月《学衡》创刊，由上海中华书局出版发行。1922 年 1 月—1926 年 12 月，以单月刊的形式刊行了 60 期。1927 年因故停刊一年，1928 年 1 月复刊，以双月刊的形式刊行。直至 1929 年 11 月，共计出版了 72 期。1930 年因经济原因停刊一年。1931 年至 1933 年 7 月，时断时续地出版了 73—79 期刊物。从 1922 年 1 月至 1933 年 7 月，《学衡》共发行了 79 期。由于种种原因，刊物上所标明的日期与实际出版时间往往不符，如第 60 期出版日期显示为 1926 年 12 月，实际上却是在 1927 年 6 月王国维自杀后才发行，整期为王的纪念专号。最初《学衡》同人遵从梅光迪的主张，达成一致决议：《学衡》杂志不立社长、总编、撰述人等，以免有名位之争；凡为《学衡》做文章者，即为社员，不做文章就不是社员。主持编务的一直为"总编辑兼干事吴宓"，1924 年 8 月吴宓去东北大学任教半年，《学衡》增加了柳诒徵、汤用彤为干事，1928 年 1 月从第 61 期开始，缪凤林担任副编辑兼干事。《学衡》创刊不久，内部骨干成员渐

---

① 吴宓：《吴宓自编年谱》，生活·读书·新知三联书店 1995 年版，第 229 页。

有矛盾，尤其吴宓与邵祖平之间冲突显明。梅光迪 13 期之后就不再参与，并对人说："《学衡》内容愈来愈坏。我与此杂志早无关系矣！"胡先骕 1923 年赴哈佛大学攻读博士，1925 年回国，读书期间无暇顾及刊物事务。陈寅恪 1926 年与吴宓相遇之前从未撰稿，也没有参与过《学衡》内部的任何事务。《学衡》经费时常不足无人捐助。只有吴宓一人为刊物筹款操心，成为名副其实的总编辑兼干事。社员中有人说"《学衡》杂志竟成为宓个人之事业。"①《学衡》不接受政府的补贴，数次因经费匮乏而停刊。经费早期由骨干成员每人捐赠一百元为基金，后期则主要依靠吴宓和少数社员捐款，第 77、78 期封三上刊登过捐款人及捐赠数额：

王幼农 100 元　　高幼农 100 元　　陈寅恪 50 元　　黄学勤 50 元
辽宁省教育会 100 元　　辽宁省总商会 100 元　　叶恭绰 100 元

刊物经费的不充裕及浓厚的守旧色彩，使《学衡》在 20 年代后新文学已经取得权威地位的文化环境中销路不畅。负责出版发行的中华书局对刊物不看好，认为其销量平均只有数百份，"赔累不堪"，因而任意拖延出版日期甚至几次要求停刊，将《学衡》逼进更为困窘的处境。1933 年吴宓应缪凤林及南京"学衡派"成员的要求，将《学衡》的编辑出版重心转移到南京，他在第 78 期扉页刊登《学衡杂志社启事》：

本社自民国十一年发行学衡杂志以来，现已出至七十八期。概由吴宓君负责编辑，上海中华书局印售。七十九期亦同。自第八十期起，则改由南京钟山书局②印行，编辑职务亦改由缪凤林君担任。

此举意在摆脱中华书局对刊物的局限和经济压迫，保证刊物的顺利出版，消除南京"学衡派"成员对吴宓独揽大权的不满。结果因钟山

① 吴宓：《吴宓自编年谱》，生活·读书·新知三联书店 1995 年版，第 235 页。
② 南京钟山书局，1931 年地址在四牌楼，邻近中央大学，发起人为当时中央大学的教授张其昀等人。倪尚达（物理学家）任经理，沈思屿（地理学家）任营业主任，张晓峰任总编，缪凤林主管出版。

书局印务繁忙，成员对《学衡》事务并不热心，《学衡》就此终刊。

　　1923 年 11 月刘伯明去世后，"学衡派"在校内失去庇护，1924 年春夏之交校方宣布裁撤西洋文学系，1924 年 7 月梅光迪远赴美国，暑假吴宓也离开南京，去东北大学任教，之后受聘于清华大学国学研究院。柳诒徵 1925 年 6 月离开。确切地说，1924 年 7 月至 1926 年 12 月，是"学衡派"解体的过程。《学衡》虽然一直延续到 1933 年，但随着吴宓远走清华，《学衡》第 38 期之后的作者队伍主要是清华师生以及北京地区的文人，原来南京的"学衡派"成员极少参与，也没有再形成统一的文学主旨，《学衡》出现了明显的前后分界。《学衡》初期与之相伴的有三个外围性的兄弟刊物：《史地学报》、《文哲学报》、《湘君》，前两种的活动地点在南京高师—东南大学，后者的活动地点在湖南长沙的明德中学。《学衡》撰稿人不多，作者大多无心政治，与现实保持着一定的距离。这与"学衡派"大多数成员的留学经历有关，英美生活方式和价值观在留学生的学术观和政治态度定型过程中起到很大作用。梁启超曾经对比过近代的留日学生和留美学生，认为前者是"读书不忘爱国"，后者是"爱国不忘读书"①。留日及留法的学生对政治有浓厚兴趣，而留美的学生对学术有浓厚兴趣，对政治相对淡漠。总体看来正如一切保守主义者那样，"学衡派"的根本弱点在于：在观念上不能以发展的、超越的眼光看待文学；在审美趣味上囿于传统的文学形式，对文学的"陌生化"本质毫无领会，受到美国新人文主义者白璧德等人思想的重大影响，他们的精神实质就是对于过往的依恋，对于新的发展和趋向难以认同，甚至从一定意义上说，是对他们自己已经拥有的一切产生偏执的眷恋。在文化保守主义思想的合理成分之外，不得不承认"学衡派"并不适合当时的社会文化状况，注定无法成为文化界主流意识，也无法长久保持影响。

　　2.《国立中央大学半月刊》、《国风》与中央大学

　　1927—1937 年间，国民党政府定都南京，中央大学成了首都大学，战时蒋介石曾一度兼任中央大学校长，中央大学在中国大学中的地位得以提升。中央大学期间，学生或教授同人主办的刊物有五十多种，其中

---

　　①　梁启超：《新大陆游记》，湖南人民出版社 1981 年版，第 154 页。

重要的有 22 种①。其中《国立中央大学半月刊》、《国风》是较有代表性的刊物。

　　《国立中央大学半月刊》于 1929 年 10 月 1 日创刊，1931 年 1 月 16 日停刊，共出版两卷 24 期。其中 1929 年 10 月 1 日至 1930 年 6 月 16 日出版了第 1 卷 16 期。1930 年 10 月 1 日至 1931 年 1 月 16 日出版第 2 卷 8 期（每年寒暑假 2 月、7 月、8 月、9 月不出版）。这个刊物和东南大学时期的《史地学报》、《学衡》、《文哲学报》、《国学丛刊》不同，是东南大学向中央大学过渡时期的产物。正是这个刊物向文学界和学术界

---

① 　参见沈卫威《学衡派谱系研究——历史与叙事》，江西教育出版社 2007 版，第 360—404 页。

《国立中央大学日刊》（南京），1930—1937 年

《中央大学校刊》（南京），1938—1947 年

《国立中央大学半月刊》（南京），1929 年 10 月—1931 年 1 月

《史学杂志》（南京：中央大学）

《地理杂志》（南京：中央大学）

《方志月刊》（南京：中央大学）

《地理学报》（南京：中央大学）

《国风》（南京：中央大学）

《国立中央大学图书馆年刊》（南京）

《国立中央大学法学院季刊》（南京：中央大学法学院），1930 年 3 月—1932 年 1 月

《国立中央大学社会科学丛刊》（南京：中央大学法学院）

1934 年 5 月、11 月各一期。1935 年 5 月、1936 年 1 月各一期。

《国立中央大学心理半年刊》（南京），1934 年 1 月—1937 年 1 月

《中央大学心理教育实验专篇》（南京），1934 年 2 月—1939 年 6 月

《国立中央大学农学丛刊》（南京），1933 年 11 月—1937 年 1 月

《国立中央大学农学院旬刊》（南京），1928 年 8 月—1932 年 11 月

《国立中央大学教育丛刊》（南京），1933 年 11 月—1940 年 5 月

《中央大学教育学院教育季刊》（南京），1930 年 2 月—1931 年 6 月

《中央大学教育行政周刊》（南京），1927 年 7 月—1929 年 8 月

《中央大学教育心理讲座研究报告》（南京），1926 年 8 月—1930 年 10 月

《中央大学商学院丛刊》（南京），1927 年 12 月—1931 年 4 月

《文艺丛刊》（南京：中央大学文学院）

此刊为年刊，1933 年 11 月—1936 年 1 月间共出四期，第 1 卷两期，第 2 卷两期。1933 年 11 月 10 日出第 1 卷第 1 期，1934 年 10 月 1 日出第 1 卷第 2 期，1935 年 6 月出第 2 卷第 1 期，1936 年 1 月出第 2 卷第 2 期。其中第 2 卷第 2 期为"黄侃纪念专号"。

《艺林》（南京：中央大学中国文学系），1929 年 9 月。

展示了中央大学兼具新旧两种文学理念：既培养了一批新文学作家，同时一直保持着对古典文学创作、研究的热忱。刊物创刊号发表了中央大学校长张乃燕（君谋）的《序》、戴超的《发刊辞》。《序》中明确传达出学校对刊物的支持。1930 年 11 月张乃燕辞职，由朱家骅接任校长。1930 年 12 月 15 日的第 2 卷第 6 期的《本刊启事一》公告："因新旧校长交替，奉命暂时结束。"校务顺利交接后，刊物却没有复刊。

《国立中央大学半月刊》第 1 卷第 9 期的《投稿简章》中称刊物选稿标准宽泛："无论自撰或翻译"，"不拘文言白话"。同时该期登出了"本刊编辑委员会"的成员名单：

谢冠生　张晓峰　谢次彭　沈百先　汪旭初　孙时哲　雷伯伦
潘永叔　卢晋侯　汤锡予　胡小石　蔡作屏　艾险舟　张士一
王尧臣　徐悲鸿　叶元龙（主席）

自第 2 卷第 1 期，新组建的"本刊编辑委员会"是：

雷海宗　胡光炜　楼光来　张其昀　蔡　堡　潘　菽　谢冠生
叶元龙　吴颂皋　艾　伟　徐悲鸿　李　冈　孙恩麐　庄效震
陆志鸿　徐佩琨　黄曝寰（主席）

两届编委的人员有半数没变（用名或用字），主席由叶元龙更换为黄曝寰。委员中古典文学教授被哲学家、艺术家所代替。《国立中央大学半月刊》上旧体诗词与白话新文学作品并存。《学衡》作者和中央大学教授汪东、黄侃等人的旧体诗词一直是刊物中的重头戏。30 年代白话文学在南京也已经初具规模，中央大学学生的新文学作品随着白话文学的日渐成熟而成为 30 年代南京校园文学中的重要组成部分。

24 期《国立中央大学半月刊》中有 4 期是专号："文艺专号"，第 1 卷第 7 期。"社会学专号"，第 1 卷第 14 期。"经济专号"（上、下），第 2 卷第 6、7 期。《国立中央大学半月刊》第 1 卷第 7 期是"文艺专号"（白话新文学作品专辑）。此专号分为理论、小说、诗歌、戏剧、杂著。其中理论文章作者有胡小石、吴澍亭、曾觉之、徐悲鸿、陈梦家、孙侯录、郁永言、胡通、邱仲广。

小说：

《端午》（寿昌）、《民众大会》（倪受民）、《收获》（庄心在）、《野渡》（陈瘦石）、《醒》（杨晋豪）、《阿英》（傅延文）、《四年前》（张霁碧）、《某女人的梦》（陈梦家）、《五姊的坟上》（李之振）、《埋恨》（袁菖）、《恨不相逢未嫁时》（李昌隆）、《春光不是他的了》（严钟瑞）、《雪后》（章子良）、《白兰》（鞠孝铭）。

诗：

陈梦家（漫哉）：《栖霞山绯红的枫叶》、《秋夜曲》、《葬歌》、《秦淮河的鬼哭》、《等》、《马号》、《一朵野花》、《大雪天》；许自诚：《语六朝松》；辜其一：《序诗》；唐君忆：《嘉陵江畔的哀歌》；常任侠：《死的凯旋》；方玮德：《脱逃》、《丧裳》；董玉田：《春雨曲》；陆绿纱：《寄》；林汉新：《观儿童跳舞所感》（散文诗）。

戏剧：

《幸福的栏杆》（陈楚淮）、《机声》（王起）、《狗》（王起）、《田横岛》（常任侠）。

杂著（即散文）：

《暑假杂记》（寿昌）、《狱》（陈梦家）、《赵先生的死和我》（陈穆）、《猫咪咪》（柳屺生）、《随笔两则》（林培深）、《读了"坚决号"以后》（施孝铭）。

《国立中央大学半月刊》另外各期的白话新文学作品有：

凌崇译：《盈握的粘土》（小说，Henry Van Dyke 原作），第 1 卷第 1 期。杨晋豪：《忆》（散文），第 1 卷第 2 期。陈君涵译：《粗人》（剧本，俄国柴霍甫著），第 1 卷第 3 期。庄心在：《扫街者》（小说），第 1 卷第 3 期。张耿西：《一个人在城上》（小说），第 1 卷第 4 期。储元熹译：《人影》（小说，爱沙尼亚 Friedebert Tuglas 原作），第 1 卷第 11 期。陈君涵译：《金丝鸟》（小说，英国 K. Mansfield 原作），第 1 卷第 12 期。李宗文：《戒严》（小说），第 1 卷第 13 期。寿昌：《橄榄》（小说），第 1 卷第 15 期。杨晋雄：《苦恋》（诗），第 1 卷第 16 期。杨晋雄：《苦闷者的哀歌》（诗），第 2 卷第 1 期。李絜非：《中秋节》（小说），第 2 卷第 1 期。倪受民译：《黄金似的儿童时代》（小说，苏俄赛服林娜原作），第 2 卷第 2 期。庄心在：《旧侣》（小说），第 2 卷第 3 期。傅延文：《皮球传》（小说），第 2 卷第 4 期。杨晋雄：《死后之什》（诗），第 2 卷第 5 期。王起：《银杏》（剧本），第 2 卷第 8 期。

除新文学作品外，旧体诗词也是刊物的重头戏。1930 年 6 月 1 日出版的第 1 卷第 15 期《国立中央大学半月刊》发表了"上巳社诗钞"和"禊社诗钞"，作者分别有王瀣（伯沆）、黄侃（季刚）、汪国垣（辟疆）、何奎垣、胡光炜（小石）、王易（晓湘、晓香）、汪东（旭初）、何鲁。"禊社诗钞"有一首是何鲁的，另外是五人联句的《浣溪沙·后湖夜泛连句》：

> 北渚风光属此宵（季刚）。人随明月上兰桡（旭初）。水宫帷箔卷鲛绡（晓湘用义山句）。
> 两部蛙声供鼓吹。一轮蟾影助萧寥（季刚）。薄寒残醉不禁销（小石）。
>
> 青嶂收岚水静波（季刚）。迎船孤月镜新磨（小石）。微风还让柳边多（季刚）。
> 如此清游能几度（奎垣）。只应对酒复高歌（旭初）。闲愁英气两蹉跎（小石）。①

"上巳社诗钞"和"禊社诗钞"是 30 年代高校发展相对稳定状况下，高校师生重拾传统文人雅趣吟咏的诗作，展现了南京文化保守主义传统的顽强生命力，是学人之诗，也是诗人之诗，增添了民国时期南京文学创作研究的丰富性。

1931 年《国立中央大学半月刊》停刊，经过一年的调整，《国风》半月刊创刊于 1932 年 9 月 1 日，终刊于 1936 年 12 月，共出版 8 卷 90 号。第 5 卷第 6、7 号，第 8、9 号，第 10、11 号为合刊，第 6 卷 1、2 号，3、4 号、5、6 号，7、8 号，9、10 号，11、12 号均为合刊。从第

---

① 参见沈卫威《学衡派谱系研究——历史与叙事》，江西教育出版社 2007 年版，第 360—404 页。

7 卷开始，每月 1 期，7、8 月停刊，"国风社社长柳诒徵先生，编辑委员：张其昀、缪凤林、倪尚达"。① 在第 7 卷第 1 号中指出编辑有所更动："国风社编辑包括景昌极、缪凤林、张其昀、陈训慈、王焕镳、向达、郑鹤声、周恳。"《国风》中第 1 卷第 3 号，为"圣诞特刊"，庆祝孔圣人诞辰；第 1 卷第 5 号为国防特刊；第 1 卷第 9 号为东南大学副校长刘伯明先生逝世九周年纪念号；第 7 卷第 2 号为南京高等师范学校二十周年纪念刊（上）。刊物的宗旨是："一、发扬中国固有之文化，二、昌明世界最新之学术。"② 柳诒徵将其详细解释为："本史迹以导政术，基地守以策民瘼，格物致知，择善固执；虽不囿于一家一派之成见，要以隆人格而升国格为主。"③ 从宗旨看来，《国风》是《学衡》的延续。刊物保留了《学衡》的民族文化本位精神，反新文化、新文学，提倡尊孔、倡导旧体诗词与国学研究，适当译介西方新知，同时增加了倡导科学、鼓吹国防教育的新内容。刊物的基本编辑模式和文章的半文言文体都和《学衡》相近。④ 唯一不同的是柳诒徵及其门下弟子在《学衡》前期是不积极的撰稿人，不参与编辑活动。而《国风》的编辑活动主要由柳门弟子完成，文风质朴，材料扎实，注重国学研究。"尊孔"是《国风》继承《学衡》文化保守主义宗旨，以"民族文化"为本位的突出表现。南高师校歌歌词中就有"千圣会归兮集圣于孔"。"尊孔"一直是南高—东大—中大的文化传统。柳诒徵在南京高的师主讲的《中国文化史》，孔子是其中重要一讲，他指出孔子是中国文化的中心，没有孔子就没有今日的中国文化，孔子是传承与创造中国文化的人。"中国自孔子以前数千年之文化，赖孔子而传；自孔子以后数千年之文化，赖孔子而开。"⑤ 这种看法在《学衡》上有完整的展示，《学衡》第 1 期所登的图片就是中西方思想的领袖孔子和苏格拉底。《学衡》的尊孔，不是单纯的复古守旧，而是汲取传统文化精华，挽救日益衰颓的民风。

---

① 《国风》第 2 卷第 1 号，1933 年 1 月 1 日。

② 同上。

③ 柳诒徵：《发刊辞》，《国风》创刊号，1932 年 9 月 1 日。

④ 参见沈卫威《民族危机与文化认同——从〈国风〉看中央大学的教授群体》，《安徽大学学报》2005 年第 3 期。

⑤ 柳诒徵：《中国文化史》，《学衡》第 51 期，1926 年 3 月。

《国风》延续并发展了这种观点，认为儒家思想是中国传统文化中的瑰宝，如何了解应用它维护社会稳定、促进思想进步是民国时期恒久的课题。1932 年 9 月 28 日孔子的诞辰纪念日，《国风》第 3 号出了"圣诞特刊"，梅光迪发表《孔子之风度》，柳诒徵发表《孔学管见》，细致批驳新文学阵营反孔教的偏激乖谬。缪凤林的《谈谈礼教》、《如何了解孔子》都是对五四时期片面反孔、批孔在学理和方法论上的反驳。范存忠在《孔子与西洋文化》一文中强调孔子学说对西方政治、道德思想所产生的巨大影响。这与《学衡》第 54 期（1926 年 6 月）吴宓翻译的德国雷赫完的《孔子老子学说对于德国青年之影响》有类似之处，意在借西方文明对孔子思想的借鉴，传达出孔子思想并未昏庸腐朽，落后于时代，"孔子所定之社会组织之原理实甚安全切实而又开明，遂系为其时之中国说法，今人仍可遵照而仿行之也"。景昌极在《孔子的真面目》中，继承了老师柳诒徵的说法，认为孔子是集中国古代文化的大成，并且是承前启后的一个人，"孔子是个极好学又极肯教人的人，兼为古代的大学问家和大教育家"。指出孔子是个能够顺应时势又不随波逐流的人，孔子在古代伟大人物中，是不以宗教愚弄人，也不以玄学迷惑人的思想家，"现代反孔子的理由：孔子把君臣一伦太看重了，有助长专制的嫌疑；把男女间恋爱的神圣太轻看了，养成所谓吃人的礼教"。这些思想将儒家思想可能导致的恶劣影响无限扩大，把社会责任推到儒家思想上，刻意忽略民国时期民众的自身作用，儒家思想成了民国以来政治企图的替罪羊。这种偏颇论断一时能够占据上风，但随着时间的冲刷和激进思潮的落潮，慢慢暴露出其浅薄低陋的实质。

　　《国风》也是中央大学师生评点校务、品评人物的阵地。如第 1 卷第 9 号为"刘伯明逝世九周年纪念号"，他的妻子刘芬资，同事郭秉文，以及《学衡》的社友吴宓、梅光迪、胡先骕等，学生胡焕庸、张其昀等都发表了悼念文章。其中"学衡派"成员的悼念应算是姗姗来迟的追忆。刘伯明是《学衡》背后的有力支持者，以他的行政职权与社会影响为《学衡》的创办和发行提供了便利条件，1923 年 11 月刘伯明去世后，"学衡派"遭到压制，逐渐离散。时隔九年后当初一心要在刘伯明的支持下，以东南大学为基地，与新文学进行大战的"学衡派"成员们，无限追念当时刘伯明为他们提供的种种有利条件。对他们而言，悼念刘伯明，也是在悼念自己未竟的理想、未成的事业。吴宓再次发表了自己撰写的长达262个字的挽联，表达对刘伯明英年早逝的痛惜。《挽刘先生联》（此联作于刘先生逝世之次晨）：

> 以道德入政治，先目的后定方法。不违吾素，允称端人。几载绾学校中枢，苦矣当遗大投艰之任。开诚心，布公道，纳忠谏，务远图。处内外怨毒谤毁所集聚，致抱郁沉沉入骨之疾。世路多崎岖，何至厄才若是。固知成仁者必无憾。君获安乐。搔首叩天道茫茫。痛当前，滞留得老母孤孀凄凉对泣。
>
> 合学问与事功，有理想并期实行。强为所难，斯真苦志。平居念天下安危，毅然效东林复社之规。辟瞽说，放淫辞，正民彝，固邦本。撷中西礼教学术之菁华，以立泯蚩蚩成德之基。大业初发轫，遽尔撒手独归。虽云后死者皆有责。我愧疏庸。忍泪对钟山兀兀。问今后，更何人高标硕望领袖群贤。

远去美国的梅光迪在《九年后之回忆》中详细叙述了刘伯明为《学衡》所做的努力，及所遭遇的困境，"余于民九之夏，以伯明之招来京。其时学校犹称高等师范，旋改称东南大学。伯明规划之力居多。而其在校之权威亦日起，以文理科主任而兼校长办公处副主任，滑稽之名称也。日惟局守办公室，校中日常事务，萃于一身，而略关重要者，则须仰承逍遥沪滨某校长之意旨，而不敢自主，故任劳任怨，心力交瘁，有副校长之勤苦，而副校长之名与实，皆未尝居。迨学校局面扩大，思想复杂，而内部之暗争以起。民国十一年学衡杂志出世，主其事者为校中少数倔强不驯之份子，而伯明为至魁。自是对内对外，皆难应付如意，而其处境益苦矣"。他还解释了刘伯明虽为《学衡》的有力支持，却甚少发表论文，且持论平和、少杀伤力的原因，"伯明为学衡创办人之一，其他作者，亦多其所引致之教授，与其私交甚密者，而以其所处地位，一面须顾及内部之团结，一面又不欲开罪外界之学阀。故其在学衡上发表之文字，远不如他人之放言无忌，亦不如其私人谈话时之激扬也"。缪凤林侧重从刘伯明留学美国的学术背景来阐述其除了行政能力之外的学术成就，在《刘先生论西方文化》中提到"盖先生于西方文化惟取其对于人生有永久之贡献而又足以补吾之缺者，与时人主以浅薄之西化代替中国文化者迥异。而吾国文化，虽有可以补西化之弊，然人道人情之思想，亦西土所本有，不得谓昌明华化，即足代替西化也。道并行而不相悖，东西文化之创造皆根柢与人类最深之意欲，皆于人类有伟大之贡献，断无提倡一种文化必先摧毁一种文化之理"。郭秉文的旧文《刘伯明先生事略》中再三赞颂刘伯明对于学校所作出的巨大贡献以及其本身思想对近代学术的促进。

> （刘伯明）力持人文主义以救今之倡实用主义者之弊。尝曰："学者之精神应注重自得。吾国古代哲人论求学之语，愚以为最重要者则谓吾人求学不可急迫，而优游浸渍于其间。其谓资深逢源，殆即此意。自得者为己，超然于名利之外；不自得为人，而以学文为炫耀流俗之具，其汲汲然惟恐不售，直贩夫而已。"前者王道之学者而后者霸道之学者也。故其于近代繁剧急促，终身役役，计功求效，相率为机械生活之风，诋之不遗余力。谓希腊国民最能享受人生之美，而吾国圣哲之主张中和，亦人类至善之鹄的焉。①

第 7 卷第 2 号为"南京高等师范学校二十周年纪念刊（上）"，但直到《国风》终刊，也未出版纪念刊（下）。这期详细追述了南高的成立过程、学风形成、纪念意义等。郭斌龢在《南京高等师范学校二十周年纪念之意义》中提到："国立南京高等师范学校成立于民国四年九月十日。为国立东南大学国立中央大学所从出。"指出南高"尊重本国文化，对于本国文化始终采取极尊重之态度。如史地学报，学衡杂志，文哲学报以及后来由南高旧人所主办之史学杂志，地理杂志，方志月刊之通论及专门论著中知之"。并认识西方文化、切实研究科学。吴俊升在《纪念母校南高二十周年》中赞扬"它是最理想的中等学校师资训练机关的典型"。张其昀在《"南高"之精神》中重点突出了南高重视学术的意识，并延续刘伯明的观点，认为南高并不偏于保守，"时人称南高偏于保守，另一证据，即当白话文势力盛行以后，南高学人仍用文言述

---

① 郭秉文：《刘伯明先生事略》，《学衡》第 26 期，1924 年 2 月。

学论事。注重国文，注重科学的国文，且认为造就优良师资的先决条件，人类最大的智力，在能以语言文字表明各自的意志，藉以传布远近，留殆后世"。张其昀还在《源远流长之南京国学》中上溯到晚清，介绍南高的前身，从而印证南高学风形成的轨迹。

《国风》内容包括教育、政治、经济、文化等方面，是 20 世纪 30 年代《学衡》风格的延续，也是南京保守主义文学传统的体现，还是中央大学师生对学校历史发展进行回顾、展望的阵地。

二　金陵大学的社团与媒体

教会大学，是指教会团体在中国设立的高等教育机构。在中国，教会学校是同帝国主义侵华进程同步发展的。中华民国的成立及其领导阶层的人事变动，给教会教育的发展提供了有利契机。首先，就职于新政府的要人，很多受过欧美教育。以孙中山为首的革命领导人，多数出身于教会学校，出席第一次国民党会议的 600 名代表中，十分之一为基督教徒，因此民国政府对教会教育采取相当宽容的态度。其次，民初对留学欧美的推崇，使留学成为学子梦想，出国留学替代了八股制艺；而教会学校普遍优长的英语教学与数、理、化课程，正是预备出国的最佳培训处。再次，参加教会的华人信徒成分变化，教会教育对象随之变化：最初以贫民阶层为主，南京早期流传着这样的歌谣："要丢人，进汇文；真缺德，进明德；再不行，进育群。"分别指的是三所教会女校：汇文女中，明德中学，育群中学。① 到民初教会学校的教育对象扩大到政坛权要、社会名流、富商大贾及一般丝茶商人、饭馆老板等，教会针对教育对象的变化调整了教育方针："有欲以为养成牧师教长之资者；有欲尊其为同宗诸校之冠者；有欲以高等教育灌输于教中儿女者。更有出于常通宗旨，欲以扩充基督教势力范围者；藉兹方法为华人通译教义者；以及教授备有新常识，染有宗教观念之男女少年，以谋助国人之进步发

---

① 　杨心佛：《金陵十记（下）》，古吴轩出版社 2003 年版，第 593 页。

据《新南京》载：汇文女子中学于光绪二十二年五月美国女教士沙德纳所创设，初仅办小学，越十二年（光绪三十三年）添设中学。民国十九年立案。育群中学系由美教会创设之爱群中学与明育中学二校合并而成，十八年成立，原为初级中学，二十二年七月呈准添办高中，改称今名，男女分校教授。

达者。"① 教会学校与中国政府之间的关系比较特殊，晚清时期教会大学完全不受政府管制，是西方教会教育在中国的分部，对中国政府不负任何责任。清政府认为外国教会在中国设立的学校，是以外国人的资格和条约上的权利为依据设立的，因此采取不干预的态度，也没有要求教会学校立案的明文规定。为了确定教育权的归属，清政府曾于1909年，民国政府也于1917、1920、1921年，前后四次发出通告，要求外国教会学校须向中国政府注册立案。1924年"收回教育权运动"要求教会学校必须置于"政府监督之下"；"教育事业应超然于宗教及政党争议之外，并不得于学校上课时间内，教授宗教或党纲，亦不得举行宗教仪式"。1929年8月29日教育部出台了《私立学校规程》，1933、1943年和1947年多次修订，加强对教会学校的控制："第一，教会学校必须向政府立案，取得合法地位，学校行政权操于中国人之手，由中国人当校长，学校所设董事会中国董事的名额须过半数，在行政上须接受中国政府的监督与指导；第二，学校不得以传播宗教为宗旨，须按照部定课程标准办理，不得设宗教系，不得以宗教课目列为必修科目，宗教仪式不得强迫学生参加；第三，学校的设立与停办须经教育机关核准，购置地产须用学校名义，经所在省市政府批准。学校停办，其财产须由政府派员会同办理。"并声明"倘有发现上述情事，应即随时取缔，以重教育而保国性。"② 教会大学相继向中国政府注册立案，但由于教会学校主要是由外国资本家或财团提供经费的，中国政府对教会学校所拥有的管理权很难具有实质性意义。中国人只是形式上的主管，如南京金陵大学，"由于当时金大的经济命脉掌握在美国教会手里，校长和主管财物人员，都直接由美国教会指派。主管财力人员初称司库，立案后改称会计主任。坐这把交椅的是美国女教士毕律斯。她来华时才20岁左右，解放初离开南京时，已年逾花甲……"③。由于教会掌握学校的经济和人事权，金陵大学不可能完全达成教育独立。

　　教会大学作为现代文化在中国的重要传递途径，教学内容灵活丰

　　① 《基督高等教育之起源与情况》，《中国基督教教育事业》卷3，第99—102页。

　　② 《教会学校应行注意各点令》，《教育部公报》第2卷第7期，1930年2月16日，第23页。

　　③ 陈裕光：《回忆南京金陵大学》，政协上海市委文史委主编《上海文史资料》第43辑

富，罗致了大量一流的中国新文化人和爱国学者，培养了一大批学者和重要的知识分子，还是女子教育的先驱。[①] 曾在中国教会大学中任教多年的芳威廉评价说："教会大学对中国的贡献，是培养了一大批有良好训练且在社会各层面有很大影响的男性和女性，而这正是国家最需要他们的时候。""中国教会大学的重要贡献还在于增进国家之间相互了解与友谊。通过学校提供的语言、知识、价值和外国教职员，引进了西方好的东西。同时也通过他们，中国的知识被翻译介绍到西方。他们担任精神的和文化的使节，协助向东方解释西方，虽然受到帝国主义牵连与外洋性格的妨碍。作为西方文化的介绍者，他们参与了中国文化、社会和政府的伟大革命。"[②] 教会大学在国民政府立案后，逐渐把教育重心从传教转移到以现代科学文化知识来全面教育中国学生，实行"通才"教育。在教会大学中，一方面专业教育、学术水准与社会工作迅速提升；另一方面，校园内的宗教教育与宗教生活则逐渐减少。[③] 金陵大学在这方面就比较典型。

金陵大学由传教士所办的汇文、基督、益智三个书院发展、合并而来，创始于 1888 年，正式成立于 1910 年。在众多教会大学中，以经费较多、师资雄厚而被誉为"钟山之英"。其发展分为两个阶段：1910—1927 年是其建立和初步发展时期。美国教会合并汇文、宏育两个书院建成金陵大学，成立后在美国纽约州教育局立案，得以享受"泰西凡大学应享之权利"[④]，金陵大学如同美国建立在中国的附属学校。1927—1937 年随着政府对教会大学政策的变化，金陵大学进入了改革时期。首先成立了中国人占多数的校董会，公推陈裕光为金大校长，1928 年 5月金大向大学院呈报立案申请书，同年 8 月 6 日，大学院核准金大董事会的注册登记。是年 9 月 20 日，大学院第 668 号训令批准金陵大学立

---

① 许苏民：《重新评估教会大学在中国的地位和作用》，章开沅主编《文化传播与教会大学》，湖北教育出版社 1996 年版，第 48—51 页。

② 同上书，第 26 页。

③ 章开沅：《中国教会大学的历史命运》，章开沅主编《文化传播与教会大学》，湖北教育出版社 1996 年版，第 10 页。

④ 《金陵光》第 1 期，1913 年 4 月。

案。① 金大成为第一所向政府呈请立案并获得批准的教会大学，陈裕光成为中国政府批准的教会大学校长中第一位中国人。学校事业发展进入了全盛时期，从一个基督教小型学院发展成国际知名大学。陈裕光曾经指出："盖现今之大学教育为一躯壳，而精神则为其灵魂。"必须达到"躯壳与灵魂齐备，而后大学教育始称完善。"因此金大从开创之日起就致力于铸造本校的独特精神，经过几代金大人的努力，陈裕光才将"诚、真、勤、仁"的四字校训称为金大之"魂"，并由衷感慨道：学校精神之养成，盖因"本校五十余年之校训也"②。

　　在文学方面金陵大学做出了较好的成绩。1930 年春金陵大学遵照国民政府教育部颁布的《大学组织法》将文理科分为文理两个学院，农林科改为农学院，成立文、理、农三个学院，在霍尔基金的赞助下成立了与文理农三院平行的中国文化研究所，金陵大学直属的教学科研机构一直保持着"三院一所"的格局。中国文化研究所所长为徐养秋，刘迺敬、贝德士、刘国钧、吴景超为委员，并设图书委员会，以研究员李小缘、贝德士、刘国钧为委员，主管选购图书事宜。1939 年徐养秋因就他职，未随校西迁成都，才改由李小缘任所长。中国文化研究所的创办宗旨为：研究并阐明中国文化之意义，培养本国文化之人才，协助本校文学院发展关于本国文化之课程，供给本校师生研究本国文化之便利。金陵大学文学院继承了原来的文科基础，最初金大文科相对于农林等科，"内容既欠充实，组织复多凌乱"，北洋政府教育部给予的评价是"殊无成绩可言"。改组后文学院教学和科研地位非常突出，即使在国民政府强调发展理工法政的时期，文学院发展势头依然稳健，与理学院、农学院形成三足鼎立之势。首任院长为刘国钧，其间陈裕光校长曾一度兼任院长，刘崇本、刘迺敬等也曾先后担任院长。文学院成立宗旨是研究高深学术，培养专门人才，适应社会需要，设有本科、专科及高级研修班，后随着文学院的发展及社会对人才的需求，又增设特别研究部。文学院共设中国文学、外国文学、史学、政治学、经济学、社会学、哲学、教育学等 8 个系。全院主要教授有：刘继萱、刘崇本、刘迺敬、胡小石、贝德士、陈恭禄、王绳祖、吴景

---

① 《金陵周刊》第 18 期，1928 年 10 月 15 日。

② 《金大校刊》第 301 期，1942 年 3 月 1 日。

超、章文新、芳威廉、柯象峰、徐益棠等。金陵大学文学院和中国文化研究所很好地处理了教会学校内常见的中西文化矛盾，使金大在中国传统文学的保存、创作与研究中作出了巨大贡献。文学院的教学目标是"训练国学，英文，及史学教员，并培植专门研究人才"，"养成国家公务人才，及社会服务人才"，并一直将"研究高深学术与培养伟宏专才"，视为"大学之二大使命"，以研究著述为重要使命，将科研列为基本事业之一。金陵大学文学院的学术研究水平达到了当时国内大学的最高峰。国学研究在金大极为兴盛，早在 1929 年就成立了国学研究会，每两周组织一次演讲活动，聘请校内外国学大师黄侃、胡小石、柳诒徵、吴梅、王伯沆等讲课，并将所有演讲稿列载于该研究会所出的刊物上。① 中国文学系最初由胡小石担任中文系主任，1931 年聘请刘继宣继任主任。诗学与词学研究是中文系学术成就的两座高峰。胡小石、兼职教授汪国垣（汪辟疆）对诗学研究极其深入而精辟，他们培养的学生程会昌（千帆）、孙望在诗学方面卓有成就。词曲家吴梅 1928 年起在金陵大学兼职，专门讲授词曲，从社会政治环境变迁、文艺发展兴衰、科举状况、学术思想和民风习俗变异等多角度探讨词学兴衰演化的原因。金大中文系教师不仅研究诗词，而且创作诗词，对传统曲词的传承发展作出了贡献，吴梅有《霜厓词录》、《霜厓诗录》（石印本）；胡翔冬有《自治斋诗》；余磊霞有《珍庐诗集》；沈祖棻著有《涉江诗稿》（自印）、《涉江词稿》。1934 年文学院与中国文化研究所合办学制 2 年的国学研究班，聘请胡小石、胡翔冬、黄季刚、吴梅等为指导教师，开设古文字学，如"商用书征文"、"甲骨文例"、"钟鼎释文名著选"、"说文纂例"、"古文字学整理"等，考古学如"程瑶田考古学"，诸子之学如"老子"、"庄子"等。此外还有词章之学，如"乐章词释"、"七绝诗论"等。国学研究班注重培养学生考证、辨伪的综合研究能力，融经学、文学（包括考古学）与小学（包括汉字形体、音韵、训诂）于一炉，以推求究竟。研究方法除上课外，提倡自学，学生各选专题，导师给予指导。学生所定专题，经、史、子、集各门皆有，研究成果分小学、文学、文学汇编成刊。该研究班是东南各大学培养研究生之首，共创办 2 期，毕业生有 30 人，古典词学家沈祖棻、语言学家殷孟

---

① 《金大校刊》第 2 期，1929 年 11 日。

伦等都是该班毕业生。金陵大学积极发展新兴系科，不断吸纳国内外学术人才，加强师资力量，努力培养优秀人才，在学术科研方面作出了巨大贡献。由此可见教会学校既是帝国主义文化侵略的工具，又是近代中西文化交流的媒介。在中西文化冲突交融的过程中，教会学校充当了新知识的载体，作为一种"异端"。它不仅冲击了中国传统文化的体系，加快了中国传统教育的解体，而且为中国近代教育的诞生提供了有益的参照系。他们几乎是自觉地顺应了潮流，推动了教会大学世俗化，提高教学水准、学术品质，密切了大学和社会的关系，促使政府为教会大学提供更多支持。但是在缺少基督教历史文化传统的中国，本土化不可避免地带来世俗化和政治化，从而导向意识形态的一元化，不可避免地有害于教会大学这种跨文化的高等教育。

金陵大学校内文学社团和刊物众多。刘迺敬撰写的《金陵大学文学院季刊·弁言》总结金陵大学曾经出版的刊物，"汇文书院—金陵大学，刊物有金陵光，宣统二年出，月刊，二百十六册。民国十六年停。民国十七年九月金陵周刊出，十二册止。十八年金陵月报出。十九年金陵校刊出，文学院、国学系印金声两册，政治系印政治学刊一册。金陵学报为季刊"。其中《金陵光》创刊于1909年，是金大第一个全校性刊物。最初为双月刊，后来改为季刊，刊登的全是英文文章。1913年改为中英文合刊，4月刊行第1期，以后每学月出版一期，寒暑假停出，全年计8期。《金陵光》增设中文版，陶知行亲自担任《金陵光》中文主笔，在《出版宣言》中称：刊物名《金陵光》，"便怀有盛世、黎明、嬉游于光天化日之感：由感立志，由志生奋，由奋而振国，而御侮戮力同心，使中华放大光明十世界，则金陵光之责尽，始无愧于光之名矣嬉"。① 中英文合刊出版后，发行范围更广，内容也更加丰富，学术论文、时评文章、文学作品时有刊登，其影响正如刊物文章所称："时国内风云犹属闭塞，出版品殊不多见，而以发扬思想研究学术，如金大之有金陵光者，殆寥若晨星。民国以来，国民思想猛进，刊物风起云涌，但也随起随灭而已。惟金大之《金陵光》，历年刊行，未尝中

---

① 南大高教研究所编：《金陵大学史料集》，南京大学出版社1989年版，第282—283页。

辍，宗旨一本于前，内容则力求改进，国内人士，相与称许，遂蔚成国内学术界重要之刊物。"① 由于国内政治局势动荡，北伐革命后国民政府定都南京，要求教会学校立案，主要权力从外国教会转交给中国人。这一繁琐的交接过程牵涉了校内行政领导变化，《金陵光》因之出版衍期，1928 年初停刊。取代《金陵光》的是由金大学生会主办的《金陵周刊》，由于内容过于零碎，缺少学术品位，1930 年在全校师生一致呼吁下，《金陵光》复刊。该刊停刊两年重行出版问世时，陈裕光校长亲自为刊物写下数言，"藉与共勉焉"。文曰："《金陵光》遽行停刊后，代以其他刊物，如周刊、季报等，而以传播校闻、研究时事为主要目的，虽也有相当价值，但具有深长历史及负有相当声誉之学术刊物，不宜长此停顿，则举校师生皆同有此感。今金陵光又重行于此矣，深原主其事者，一本以前之精神，以发扬思想，研究学术为唯一之旨。"② 但只出一期就中止。金陵大学在这一时期对校内出版物进行统一调整，准备由学报主导学术，以校刊登新闻，其他期刊各有侧重，达到异彩纷呈的局面。这虽然是学校办刊中的成长和进步，报刊各司其职，促进了学术专业化程度的提高，但对《金陵光》来说是不幸的没落，这份杂志的终结代表着一个时代的学风变迁。

20 世纪 30 年代国民党的思想控制越发严密，在一党专制下，出版自由是一纸空文。刊物要保持自己的风格，随时有被查封的风险。金大学生自治会刊物《半月刊》略露锋芒即遭停办。但金陵大学师生仍不断尝试创办刊物，发表言论。1931 年 6 月文学院学生自治会创办了《金陵大学文学院季刊》，试图"本学者之态度，不屈之精神，发公正之言论"。这虽只是一份学生刊物，但从编辑排版到学术水平，都可看做是一份走向社会的成熟刊物。刊物内部分工细致明确，第 1 卷第 1 期中总编辑为严元章，编辑成员有：

　　　　编辑部：周德洪、郭体干、鲁学瀛、武酉山；
　　　　广告主任：赵鼎新、卓景昌、王宏道；

---

① 《金陵光》1930 年第 1 期。

② 同上。

经理主任：蒋祖芹；出版主任：赵章甫

详细周密的分工合作，使刊物内容丰富，经费除校内补贴外，从广告方面得到保障。为了确保刊物的质量，该刊不仅在学生中征稿，并广泛邀请特约撰述作者，如张兆符、张恩溥、张龙炎、陈克斌、陈汝记、周治、周萨堂、富介寿、向映富、黄景美、甘蓉卿、开济、高文、李荣见、丁廷洧、左景媛、徐铭贞、徐瑞祥、徐先佑等，扩大稿件来源，同时邀请陈裕光、刘崇本、陈恭禄、方东美、何浩若、胡小石、黄季刚、李小缘、刘国钧、刘乃散、马文焕、徐养秋、王博之、吴景超、吴世瑞担任顾问，从而获取校方和教师的支持。刊物第1期采用新式排版，文字从左到右横排，使用新式标点，显示出当时新文学运动的影响。第2期刊物工作人员的分工更加细致：

编辑部：武酉山　钱存训　周得洪　吴芳智　伍　骏　戴　均
徐　复　赵章甫　刘义振　朱永昌　刘建章　丁廷洧
雷怀仁

出版部：韩荣森　骆蒲秀　广告部：印国藩

印刷部：李　范　蔡哲传

发行部：蔡秋英　黄景美

并以黄季刚、胡小石、胡翔冬、刘继宣、刘觉凡、刘衡如、方东美、贝德士、杭立武、马文焕、雍森、谭绍华、何浩若、叶元龙、史迈士、李小缘、徐养秋、倪亮、吴士瑞、柯象峰、王钟麟为顾问，特约撰述作者有：周荫棠、左景媛、张树德、邵祖兰、光珣、李荣晃、甘蓉卿、蒋震华、开济、张恩溥、姚颙、周其恒、左景清、陈启运、章子琨、周治、杨国华、王光华、任玉宇。这一期版式上重新回归旧式排版，文字竖排，标点完全沿袭传统用法，体现了金陵大学深受南京文化保守主义传统影响的文学倾向。刊物将贝德士、史迈士两位外籍教师列为指导顾问，表明金陵大学的教会色彩，客观上外籍教师对于中国高等教育的发展、学术思想的深化起到了推动作用。刊物是师生品评时事的阵地，他们针对国家外患发表了不少文章，如《领事裁判权之撤销》

（张兆符，1卷1期），《国际裁军运动之过去与将来》（李荣见，1卷1期），《国联之展望》（周荫棠，1卷2期），《国际注目之东北》（刘继宣，1卷2期），《一九三一年中日关系之检讨》（林启森，2卷2期）等，这些时评对于政治时局尤其是国际关系探讨比较公允理智，与当时媒体上充斥的偏激、狭隘的民族主义情绪相比高下立判。

第2卷第1期以刘衡如、刘确杲、胡小石、胡翔冬、吴瞿安、黄季刚、方卫廉、王钟麟、刘敬、廖文魁、柯象峰、许仕廉、孙本文、商承祚、徐益棠、缪凤林、马文焕、凌士芬、吴士瑞、蒋一贯、金积楠为顾问。以郑炳钧、哈国忠、黄仲文、蓝绪文、蔡哲传、龙毓彩、潘瑞笙、陈华、黄念田、徐竹书、吴金辎、胡令晖、汤纶章、刘宗基、朱海观、沈祖棻、吴绪农、张忠祥为特约撰稿。虽然并非每位特约撰稿人都有作品发表在《金陵大学文学院季刊》中，但从特约撰稿人的背景来看，基本都是金陵大学文学院中较有文采的学生或已毕业的当时已略有文名的校友。从指导顾问的变化可以看出金陵大学20世纪30年代文学院教师的流动情况，第2期中胡小石、黄侃、胡翔冬、吴梅等古典文学大师担任刊物顾问显示出金陵大学文学院所延续的古典文学传统，以及刊物的主办者在老师影响下形成的浓厚的文化保守主义意识。这些顾问不仅担负指导责任，还在刊物上发表了不少颇有质量的论文和诗作。如第1卷第2期中黄侃发表了《寄勤闲室涉书记》、《岁暮书感二首》，胡小石发表了《金文醳例》、《盘石集》，刘迺敬发表了《净纯相关量及多元相关量》，这些高水平的作品不仅代表着这个刊物的最高学术水准，也展示了当时金陵大学文学院的国学研究水平。刊物中发表的论文或文学作品题材主要集中在古典文学方面，武酉山、丁廷洧、程会昌（千帆）、孙望等人在刊物上发表了自己最初的学术论文，如第1卷第2期中武酉山的《论宋代七家词》、《虹州集》、《有山词草》；丁廷洧的《菱溪诗草》。第2卷第1期中孙望发表了《元次山年谱》，程会昌发表了《汉书艺文志诗赋略首二种分类遗意考》、《别录七略汉志源流异同考》。第2卷第2期中程会昌发表了杜诗研究心得《少陵先生文心论》，孙望发表了《全唐诗补逸初稿》。古典诗词创作和现代古典文学研究是《金陵大学文学院季刊》中的重要组成部分，也是金大文学院学术水平和研究方向的集中体现。

三　辐射于校园之间的社团及刊物

在新文学思潮的鼓动下，20 世纪 30 年代中央大学、金陵大学的部分毕业生、在校学生组织了新诗社团"土星笔会"，并创办刊物《诗帆》（1934 年 9 月 1 日至 1937 年 5 月 5 日）。由于南京文化保守主义传统的影响，这些诗人在新诗的创作中情不自禁地带入古典诗歌意象，运用传统典故，以古典审美情趣和现代意识来建构新诗的审美指向。短暂的新诗创作激情过后，大部分成员回归到古典文学研究的路径。

1930 年中央大学和金陵大学学生常任侠、汪铭竹、孙望、程千帆、滕刚、章铁昭、艾珂七个人组织了一个新诗社团"土星笔会"，1934 年 9 月 1 日编辑出版同人期刊新诗刊物《诗帆》半月刊，1937 年 5 月 5 日终刊，共出版 3 卷 17 期（实际为 16 册，第 2 卷第 5 期、6 期为合刊）。第 1 卷以半月刊形式出版 6 期（1934 年 9 月 1 日—11 月 15 日）；停刊两月（1934 年 12 月至 1935 年 1 月）后，第 2 卷以月刊形式出版 6 期（1935 年 2 月至 6 月，每月 15 日出版，其中因暑假关系，原本在 7 月出版的第 6 期，与第 5 期合刊，6 月 25 日出版）；1935 年下半年和 1936 年全年休刊；1937 年出版第 3 卷，仍旧是月刊，每月 5 日出版，至 5 月 5 日共出 5 期。第 3 卷 6 期交付印刷厂后，因战争爆发而"下落不明"。[①] 第 1、2 卷仅注明由"土星笔会"编辑发行，第 3 卷改由汪铭竹任编辑及发行印制人。《诗帆》从第 1 卷到第 2 卷第 1 期中只刊登"土星笔会"七位同人汪铭竹、孙望、程千帆、常任侠、滕刚、章铁昭、艾珂的诗以及滕刚翻译的波特莱尔和魏尔伦的译诗。自第 2 卷的第 2 期开始有"外稿推荐"，刊发了唐绍华、于一平、周白鸿、洪梦茜、余佳、陆田、雨丁、仓庚等人的作品。第 2 卷的第 5、6 期合刊为"玮德纪念特辑"。从第 3 卷第 1 期开始又改"外稿推荐"为"友朋寄稿"，增加了诗论、诗话、诗坛消息等内容，作者中的新生力量包括雨零、毛清韶、邹乃文、霍薇、李白凤、许雨行、侯汝华、林英强等人。他们多是中央大学、金陵大学的学生，北京、上海等地的诗人占少数。其新诗创作群体虽在南京形成一定的气候，填补了南京新诗界的空白，但在全国

---

① 陆耀东主编：《沈祖棻程千帆新诗集》，武汉大学出版社 1992 年版，第 2 页。

范围内的影响并不大，代售处仅有南京花牌楼现代群众书局和上海杂志公司，"因为不喜宣传发售，只寄赠国外和国内的较大的图书馆。所以流行于一般社会者很少"。① 从第1卷6期至第2卷前4期，都辟有译诗栏目，先后刊发过法国、英国、俄罗斯、日本等国的诗歌译作。法国象征派诗人的作品，大多由滕刚翻译。如《病了的诗神》、《波氏十四行诗》等13首波特莱尔的诗，《天真之歌》等9首魏尔伦的诗，以及 S. 普鲁东的《眼睛》等。② 这些译作的发表无疑会对《诗帆》诗风的形成产生一定的影响，魏尔伦对《诗帆》的影响最为明显，陆耀东指出"土星笔会"的名称与之有密切关系："法国象征派前驱魏尔伦的第一本诗集名为《土星人诗集》，在卷首诗中引述了古时智者的说法：每人在诞生时均有一颗星作为征兆，而在土星征兆之下降生者定要经受不幸和烦恼。他的这本诗集就是表现世上'土星人'的不幸和烦恼的。'土星笔会'成员的诗，确实是表现不幸和烦恼的，不过，这不只是个人的，同时也是时代和社会的，也是属于人民的。"③ 常任侠提供的关于"土星笔会"的命名的另一种说法与魏尔伦基本无关，他说："因为只有六个人，集会常在星期六，所以定名土星笔会，也是因为北京有一个《水星》诗刊而起的。""土星笔会"的发起原因是"当时南京的新文艺思潮很沉寂"，④ 虽然常任侠频繁参加中央大学教授们的诗会，"结潜社，填词唱曲；入诗会，登高分韵"，但是中央大学、金陵大学的这班青年人在新文学的影响下希望用入门更容易、形式更自由的白话诗歌来抒发青春期的种种苦闷和感触。当时"哲学系出身的汪铭竹首先倡议，印发新诗刊，形势要美观，内容要富有田园风味，或展示都市的忧郁"⑤。从《诗帆》中刊载的诗歌风格看来，我认为陆耀东对社团命名原因的说法更有根据，"土星笔会"中的诗人们都曾努力学习法国现代派诗歌的写法，并模仿其沉郁伤感的诗歌风格和跳荡繁复的意象。

---

① 常任侠：《五四运动与中国新诗的发展》，《中苏文化》第3期，1940年6月。

② 参见汪亚明《现代主义的本土化——论"诗帆"诗群》，《文学评论》2002年6月，第50页。

③ 陆耀东：《沈祖棻程千帆新诗集》，武汉大学出版社1992年版，第2页。

④ 常任侠：《土星笔会和诗帆社》，《新文学史料》1993年第1期，第194页。

⑤ 同上。

　　"土星笔会"没有发表过共同宣言，也没有打出什么旗帜和理论主张，创刊号上发表了滕刚的一首平和而略带感伤的诗《题诗帆》，稍能看出同人们的诗歌观，诗中说他们"想一支曲子/携往暗蓝的海滩"或"危坐在云光里"。也许仍将带着忧郁回转书斋，然而眼前浮起的正是曾漂浮云间的"一枝银白色的古帆"。他们最初没有严格的新诗概念和明确的思想倾向，"我们要借来社会的罪恶，但不喜欢一连串政治口号的叫吼诗，也不趋附新月派的'商籁体'，我们用的是不整齐的无韵体。与戴望舒所倡导的相近，要求内在的韵味"。① 程千帆赞同戴望舒的诗歌主张："诗不能借重音乐，诗不能借重绘画的长处，韵和整齐的字句会妨碍诗情的。"并欣赏戴望舒使用散文句法，多用转接词和灵活化用古典意象，"从旧的事物中也能找到新的诗情"。②《诗帆》同人在翻译外国诗歌的过程中逐渐培植自身的审美特性，在吸纳传统诗歌的营养之外，又加入西方诗歌的特质，结成一种特别风味的新诗。③ "他们既不喜新月派的韵律的锁链，也不喜现代派的意象的琐碎，标举出新古典主义，力求诗艺的进步，对于现实的把握，与黑暗面的解剖，都市和田园都有所描写。他们汲取国内和国外的——尤其法国和苏联——诗艺的精彩，来注射于中国新诗的新婴中，以认真的态度，意图提倡中国新诗在世界诗坛的地位；并给标语口号化的浅薄的恶习以纠正。他们努力地创作并努力地翻译，译成法国和苏联的几个著名作家的诗集，在东方各国又译了两册阿拉伯的诗，也零碎的译过朝鲜和日本的诗，在质上并力求其优美无憾。在印刷上也是力求考究的。"④ 30 年代的新诗界，《诗帆》应算是比较精良的刊物，得到了当时许多诗人的关注。"设计版画和插图装帧有郁风、罗吉眉和卜少夫。创造社的滕固给予同情和支持。诗人方玮德属于新月派，对《诗帆》特别赞美。去世的时候辑录组诗，并刊登遗象，以酬知己。"⑤ 据统计，"《诗帆》同人共九位在该刊上发表诗计 194 首，其中诗作最多的四位是：汪铭竹先生 60 首，程千帆先

---

① 常任侠：《土星笔会和诗帆社》，《新文学史料》1993 年第 1 期，第 194 页。

② 戴望舒：《诗论零札十》，载《望舒草》，上海书店 1933 年版。

③ 同上。

④ 常任侠：《五四运动与中国新诗的发展》，《中苏文化》6 卷 3 期，1940 年 5 月 5 日。

⑤ 常任侠：《土星笔会和诗帆社》，《新文学史料》1993 年第 1 期，第 195 页。

生 45 首，孙望先生 23 首，常任侠先生 21 首"。① 从"土星笔会丛书出版预告"所知，他们已出版和计划出版的诗文集有 17 种。"土星笔会"中的大部分成员都出过个人诗集，如常任侠的《毋忘草》、《收获期》，汪铭竹的《自画象》、《纪德与蝶》，孙望的《小春集》、《煤矿夫》，艾坷的《青色之怨》，章铁昭的《铁昭的诗》，绛燕的《微波辞》，滕刚出过 3 部译诗集：《波氏十四行诗》、《波特莱尔评传（戈帝叶）》和《土星人诗集》。程千帆的诗集《三问》和《诗帆》第 3 卷 6 期的命运一样，因战火而"下落不明"。鉴于其诗歌创作实绩，常任侠在《诗帆》终刊后还坚持认为："在过去新诗刊物中，延续得最长久，而成绩也最可观的要推《诗帆》与《新诗月刊》。"

　　由于《诗帆》中的作者大多是中央大学或金陵大学的学生，多少受到了这两所学校注重传统文学风气的熏陶，对于古典文学多有兴趣。常任侠善写古典诗词，1928 年 10 月由中央大学汪东、黄侃收为特别生，从王伯沆学诗、读唐诗，从胡小石学《中国文学批评史》，从吴梅共组"潜社"，填词作曲，从黄侃学《说文》，从汪旭初学《方言》。② 1935 年他跟随老师参加了两次诗人集会，一次为陈散原为首的玄武湖修禊，一次是陈石遗主持的豁蒙楼登高。程千帆在古典文学上造诣颇深，曾回忆当年的求学经历："我跟黄季刚（侃）先生学过经学通论、《诗经》、《说文》、《文心雕龙》；从胡小石（光炜）先生学过文学史、文学批评史、甲骨文、《楚辞》；从刘衡如（国钧）先生学过目录学、《汉书艺文志》；从刘确杲（继宣）先生学过古文；从胡翔冬（俊）先生学过诗；从吴瞿安（梅）先生学过词曲；从汪辟疆先生（国垣）学过唐人小说；从商锡永（承祚）先生学过古文字学。我是金大的学生，但中央大学老师的课我也常跑去听，因为那个时候是鼓励去偷听的。我曾向林公铎（损）先生请教过诸子学，向汪旭初（东）、王晓湘（易）两先生请教过诗词。汪辟疆先生精于目录学和诗学，虽在金大兼过课，但没有开设这方面的课程，我也常常带着问题，前去请教。"③ 其他成员同样具有

---

① 陆耀东：《沈祖棻程千帆新诗集》，武汉大学出版社 1992 年版，第 8 页。
② 常任侠：《常任侠文集》（6），安徽教育出版社 2002 年版，第 17 页。
③ 程千帆：《程千帆全集第十五卷·桑榆忆晚》，河北教育出版社 2001 年版，第 10 页。

良好的传统文学素养。作为青年他们又都对当时社会流行的现代主义诗歌很感兴趣，尤其是李金发所带来的神秘的象征派诗歌，有着浓郁感伤和忧郁的异国情调的诗歌，他们尝试着追随潮流，使用欧化语体来描摹心情。这两种努力就使得他们的诗歌呈现出特殊的风貌：汲取古典诗词营养又带有欧式风情。

《诗帆》中诗人们非常善于运用古典意象营造诗情氛围，他们从古典诗词中汲取营养，并非简单的摹古或直接化用诗词，运用诗词中常见的意象或典故来传达现代意义的情绪，达到让人耳目一新的效果。这种自觉的吸纳传统文化精华的意识，表现在三个方面：（1）对古诗词的借鉴。如《相见欢》（常任侠，1卷3期）借用了词牌名，"不信在恒河沙粒的人群中，/乃有此世界众妙之汇集"。机智地化佛典为爱情的喟叹，用直白的描述表达青年男女之间爱情的欢愉。《台城路》（程千帆，2卷2号）同样借用了词牌名，并且多用典故，如达摩面壁、秋日台城等。《速写·一女人》（常任侠，1卷4期）表面看来是诗人以鉴赏的姿态描绘的一幅女子素描，实质上诗中的"柳"谐音为"留"，正因为诗中的"我"因不忍心践踏而弃之于道旁，但终究没有把它"留"下，因而铸成大错，成为他人足下的牺牲。为此"我"非常失悔，"我"的灵魂也会象这"柳丝"一样饱受磨难。此诗名为惜柳，实为怜人，表达了对于旧时代女子命运完全受人操纵的叹惋。（2）由古人古事引发感怀。《绣枕》（程千帆，1卷1期）、《绣枕新题》（程千帆，2卷4号）塑造了一个闺中少女的寂寞情怀，"古旧又新鲜的恋情"让人费尽思量，也让读者叹息少女青春岁月的无谓消磨，这种带着薄愁的情怀与古代的闺怨诗相似，时空枷锁扼杀了少女的生机，"十年来时空之锁链/已使人无反叛之勇气"，也磨灭了少年纯稚的情怀。《怀通眉诗人李贺》（滕刚，1卷3期）则干脆从唐代诗人入手，"留下这灵魂的遗蜕/委蛇于残害的岁月/随着永恒的日晷轮转"，直抒胸臆，赞叹天才诗人的不朽。《梦之归舟》（汪铭竹，1卷3期）拉出民俗中的月下老人来印证爱情的永恒，盼望爱情这不系之舟早点返航。《莫愁湖怀古》（汪铭竹，2卷3号），满怀诗情地叙述了湖北莫愁姑娘远嫁而为金陵卢家少妇的故事，字句新奇跳荡。（3）古典意象的现代意义。如《伽蓝寺》（程千帆，1卷1期）中"长明灯则情欲的眼，/看不厌时新的装束"，诗人以一种新奇的角度观察古刹庙宇中供奉神佛的灯盏，探索它在现代社会中的功用：不仅是善男信女朝拜的对象，更是神佛好奇窥探现世的途径。绛燕（沈祖棻）的《给碧蒂》、《来》、《忍耐》、《过客》中的爱情既有中国传统道德所崇尚的忠贞专一、温柔贤淑的特色，"来吧，来休息一会吧，/这里是你温暖的家！"又有现代女性意识独立自尊的烙印，"我凝望着我的过客远去的背影，/用早祷时宁静的心情替他祝福；/但是我从此关上那扇静静的门，/不再招待冬夜山中风雨的过客；/我不在四谷的月光下寻找失落的梦，/只默默的燃一炉火，唱起我自己的歌"。坚韧与温柔恰到好处地糅合成现代知识女性落落大方的气质，展现出女性细腻的情致和自信的态度。

　　他们的诗歌不仅表现出优美的古典情怀，同时充斥着现代意识的影响和对现代技巧的尝试。如滕刚的《紫外线舞》（1卷3期），与上海新感觉小说选材和格调类似，选取都市中最具动感最富现代意义的社交场所——舞厅作为表现对象，他的笔下描摹出都市中四处奔涌的欲望：他们的听觉"已变成一群白胸脯的水禽/从险峻的波涛之尖端/寻求它们的新陆"；他们的眼神"如野燕猎食，在空中发出一长弩"，舞女的肢体高速旋转，在暗淡灯光下被分解成精确的"截断美术"，在这一场景中人仿佛失去了文明品性，逐渐物化，回归兽性，放荡恣肆，字里行间都表现出诗人对都市丛林中享乐者的鄙视、对不幸者的同情与悲悯。汪铭竹也是一位摹写都市感觉的高手，他也将都市视为淳朴的乡村的对立面，是物质享受的天堂，也是道德堕落的地狱。《人形之哀》中他写出了现代都市人孤独脆弱，放纵享乐的特殊生活形态。在《乳底礼赞》、《手》、《三月风》、《春之风格》等诗中则描写女性躯体，以肉感的大胆的描写，表达出都市中欲望的变形膨胀。在诗人笔下，少妇的双乳象一对"孪生的富士山"，一双比邻而居的"小斑鸠"，"是撒旦酒后手谱的两支旋律"（《乳底礼赞》）。三月里的春风也喜欢溜进"少妇之胸际"，它的抚摸使她的"双丘更毓秀了"，（《三月风》），而诗人的手，也忍不住要投宿于那"金色的乳房"，并将此女体作为那个梦中"游子"的"流戍地"（《手》）。这种创作上的尝试使诗歌感染了"世纪末"的颓废，欧式语言夹杂其中，使得诗歌风格混杂，破坏了诗歌的美感。《诗帆》中的诗歌关注生命中的情绪流转，如孙望的《祝福》，常任侠的

《忏悔者之献词》、《列车》，汪铭竹的《孤愤篇》和《冬日晨感》等，都从青年敏感多变的情绪中寻找题材，形成一幅独特的青春图景。

"土星笔会"诗人们的作品显示出相当纯熟的现代汉语功力。文字简洁明朗，句法稳中有变，将口语、文言和外语语法杂糅交错，形成一种独特的语言风格，充分显示出汉语所独具的诗性特色。"土星笔会"的诗人们，受南京中央大学、金陵大学学风影响，当时中央大学中文系系主任汪辟疆先生，在新生入系时，他就开宗明义地告诫说："本系力矫时弊，以古为则。驯致我们中央大学附中的学生都被教导要做文言文。"① 在师长古典艺术旨趣的影响下，"土星笔会"和《诗帆》社的作者，很快都走上了古典诗词创作、研究的道路，对自己青年时期参与的新诗创作的评价并不高。公允地说，《诗帆》中的作品虽有稚嫩之处，但是他们吸纳传统文学资源，融入现代生活感受的努力，远比早期"一些古乐府式的白话诗，一些《击壤集》式的白话诗，一个词式和曲式的白话诗"② 稳练，也比一味模仿西方诗歌形式和语言的让人读不懂的新诗更成熟，更适合中国读者的欣赏习惯。

第二节　教育变革引起的新旧文学并存与冲突

整个民国时期南京的新旧文学并存并不断地发生冲突。在古典文学的发展方面，南京高等师范学校—东南大学—中央大学、金陵大学等一批高等学府和全国最高学术机构：中央研究院，延揽了大批海内知名的专家学者，如王伯沆、陈匪石、吴梅、黄侃、王易、汪辟疆、胡小石、陈中凡、汪东等，后期还有乔大壮、段熙仲、王驾吾、罗根泽、吴世昌、唐圭璋、郦承铨、卢前、朱东润、吴祖缃、殷孟伦、陈延杰、钱南扬、孙望等。随着教育体制的现代化，这些高等学校的中国文学系按照新的思路设置课程，体系清晰，中国文学的学科建设趋于完善。中大、

---

① 何兆武：《也谈"清华学派"——〈释古与清华学派〉序》，载徐葆耕《释古与清华学派》，清华大学出版社1997年版，第5页。

② 胡适的《蕙的风·序》作于1922年6月6日，原载《蕙的风》上海亚东图书馆同年8月初卷首；又载《努力》周报第21期，题《蕙的风》，署名"适"，同年9月24日出。后收入《胡适文存二集》卷四。

金大都设有专门的文学研究机构，学者们融合了新的治学方法，对古典文学进行了全面、系统、深入的研究，写出了一批具有开创意义的学术著作，为中国古代文学研究真正成为一门学科奠定了基础。汪东著有《词学通论》。陈匪石著有《宋词举》和《声执》，吴梅著有《中国戏剧概论》、《元剧研究》、《顾曲麈谈》等。

南京也是较早接受新思潮的城市，在现代文学的发展中具有重要的地位。自1902年起，三江（两江）师范学堂、陆军学堂、华侨学校暨南学堂、金陵大学、地质研究所、金陵女子大学、南京高等师范学校、河海工程专门学校等先后创办。这些教育单位大都为全国之先，它们集中了全国优秀的人才，传播科学、民主思想。不少现代作家正是从这里接受、交流新思想，走上文学道路的。五四新文学作家在南京举行了多种文学活动。1923年创造社作家倪贻德发表了小说《玄武湖之秋》，并一举成名。1923年8月朱自清、俞平伯等同游南京秦淮河，并以同题写出散文《桨声灯影里的秦淮河》，用白话和古典情怀传达出了对于道德和人性的现代思索，为现代文学史留下了一段佳话。1924年新月派诗人徐志摩陪同印度诗人泰戈尔来宁，大力宣扬新诗，1925年朱自清以自己1917年冬在南京车站的经历写成散文《背影》，这篇作品"文质并茂，全凭真感情真性情取胜"，充分显示了白话散文的艺术魅力；东南大学的"东南剧社"自创自演话剧，开南京现代戏剧之先声。30年代是中国现代文学走向繁荣的时期。此时作家辈出，创作成果丰富，刊物众多，流派纷呈。1933年中国左翼作家联盟（左联）和中国左翼戏剧家联盟（剧联）在上海先后成立，陈鲤庭、翟白音等人分别于1932年和1933年在南京组建了左联南京支部（小组）和剧联南京分盟，在南京先后成立的社团还有：由聂绀弩、金满成发起成立"甚么诗社"，向培良等发起成立"青春文艺社"，段可情等发起成立"白门文会"，以及"南京电影学会"、"新野文艺社"、"南地剧社"、"新华剧社"、"中国戏剧协会"。这些文艺组织各有自己的刊物，还组织过多种文学活动。例如，1935年由田汉、应云卫、马彦祥等在南京成立"中国舞台协会"就曾演出过田汉等创作的《回春之曲》、《水银灯下》等话剧，1934年由金陵大学、中央大学学生组成的新诗团体"土星笔会"，在南京影响也很大，年轻诗人的艺术创作丰富，活跃了诗坛。此外，1935年由余上沅在南京创建的国立戏剧专科学校是现代中国最早的戏剧专科学校，培养了很多戏剧工作者。该校教职员曾有张道藩、马彦祥、吴祖光、许幸之、焦菊隐、曹禺、陈白尘、陈瘦竹等众多杰出的文学戏剧工作者，由他们培养出来的戏剧人才，活跃在抗战中以及中华人民共和国成立前后。现代作家在南京高校任教既培养了学生，又扩大了现代文学的影响。粗略统计，在中大、金女大任教的有曹禺、宗白华、徐志摩、吴祖缃、方光焘、陈中凡，陈瘦竹、杨晦等。这一时期现代文学创作收获很丰富，小说方面有陈瘦竹的《灿烂的火花》、《奈何天》，匡亚明的《血祭》，陈白尘的《小魏的江山》、《泥腿子》，吴调公的《教育局长》等。诗歌方面有卢冀野的新诗。话剧舞台频繁演出田汉、曹禺、陈白尘、张道藩等人的剧作。田汉 1935 年被国民政府因于南京，经保释后留在南京两年，创作了《卢沟桥》、《复活》等 8 出戏剧，并与戏剧界人士组织了三次会演，大大推动了南京现代戏剧活动。

新旧文学并存，新旧论争也相伴左右。1919 年五四新文化运动波及南京，杨贤江、张闻天、沈泽民、左舜生等组建"少年中国学会南京分会"，出版刊物《少年世界》，宣传新文化、新思潮。南京高师教授胡先骕在《南京高等师范日刊》上发表《中国文学改良论（上）》，率先引发了与新文学的论争。1922 年东南大学教授吴宓、梅光迪、胡先骕、柳诒徵等创办《学衡》杂志，就文言与白话、新文学与旧文学等问题与新文化阵营发生激烈论争，尤其是关于诗歌审美标准的论争，在文学史上留下了深刻痕迹。新旧文学论争提供了中国现代文化发展的多条路径，提高了民族的自尊自信，自立风格，独树一帜，某种程度上纠正了"五四"以来新文学发展的偏颇和过分政治化的趋势，虽然论争经常偏离目标，甚至互相攻讦，但总体上仍具有进步意义。

一 新旧文学的并存

20 世纪 20 年代南京文化保守主义传统的影响，以及教育制度从传统书院向现代教育模式的转变，使民国时期的南京文学既反对和排斥新文学，大力倡导传统文学的创作和研究；又在新文学大潮的影响下，不能遏制新文学创作的萌芽，总体看来南京文学一直保持新旧并存的状态。1917—1927 年间的南京高师—东南大学，由于"学衡派"势力的存在，除从事戏剧、小说创作的侯曜、顾仲彝外，几乎没有培养出一个知名的新文学作家。但校内师生在新文学创作方面也做出了一定的成绩。如南高—东南大学心理学系主任陆志韦①，就是一位无法归类的诗人。1923 年陆志韦出版诗集《渡河》，收录诗歌 90 首，内容广泛。他在《自序》中提到："我在休息的时候读人的诗，做我的诗。"由于不是职业文学家，他的创作带有"业余"心态，形式自由、题材广泛。"我的做诗，不是职业，乃是极自由的工作。非但古人不能压制我，时人也不能威吓我。可怕呵，时人的威吓！我的诗必不能见好于现代的任何一派。已经有人评我是不中不西，非新非旧。"陆志韦对中国古诗很有造诣，1934 年春在芝加哥大学国际会议厅作过多场以中国诗歌为主题的演讲，包括文人的诗与格律、古代和现代的民歌、诗的艺术技巧等。他自己的创作兼具新旧诗歌的特点，"其中有用做旧诗的手段所说不出来的话，又有现代做新诗而迎合一时心理的人所不屑说不敢说的话。经过了好几个月的疑惑，现在决意发表了"。其新诗作品没有明显的思想倾向，也不受文坛"将令"："我对于种种不同的主义，可一概置之不问。浪漫也好，写实也好。""我绝不敢用我的诗作宣传任何主义或非任何主义的工具……我做诗只是为己，不愿为人。""无论如何，我已走上了白话诗的路，两三年来不见有反弦更张的理由。"陆志韦的诗"十之八九是有韵的诗"。② 这种韵律是白话诗那种"可以随语句的意义，一抑一扬，自成节奏"。而不是古诗中严守平仄的韵律，不断进行新体式的尝试。他"以为中国的长短句是古今中外最能表情的做诗的利器。有词曲之长，而没有词曲之短。有自由诗的宽雅，而没有他的放荡。再能破了四声，不管清浊平仄，在自由人的手里必定有神妙的施展"。陆志韦的诗清新质朴，带有传统诗歌惯用的淡淡哀婉，渗透着宗教精神，在带有传教色彩的《如是我闻》中他用温和的语气替基督

---

① 陆志韦（1894—1979），浙江湖州人，原名陆保绮，心理学家、教育学家、语言学家。自幼接受传统文化启蒙和西方文化熏陶。于东吴大学获文学学士学位，美国芝加哥大学获哲学博士学位。1920 年回国任南京高等师范学校—东南大学教授。1923 年亚东图书馆出版诗集《渡河》，后有诗集《渡河后集》、《申西小唱》等。1924 年卷入"易长风潮"，支持杨杏佛反对校长郭秉文。1927 年应司徒雷登邀请北上燕京大学任文学院心理学系教授兼主任，1929 年被聘为中央研究院心理学组委员，1934 年任燕京大学代理校长。

② 陆志韦：《自序》，《渡河》，亚东图书馆 1923 年版，第 1 页。

辩驳:

> 我真是不必同你辩论, /因为辩论是没有用的。
> 只要你自己来看一看, /这些话是真的, 还是空的。
> 你来看拿撒拉人耶稣, /就是他们说有大神通的。
> 他是木工约瑟的儿子, /他自己也是做木工的。
> 这个人就是我的基督, /你在城门口一定错过他。
> 他没有督军省长的样子, /你天天见他, 没有招呼他。
> 他们白白说了一番话, /其实一些都没有帮助他。
> 他们苦苦的要他复活, /又只顾自己的私心欺侮他。

宗教情怀并没有让作者无视变乱的社会状况, 陆志韦也从现实中寻找诗歌题材, 为了控诉军阀混战给人们带来的痛苦生活, 他写了《台城下有一个新坟》:

> 死兵, 我们也不能多怪你呢。
> 你只为荒年走了差路, /他们就把你捆缚为奴。
> 你始终只吃了半饱, /买你的人倒成了大财主。
> 其实你死了清白得多。/你不杀人, 不抢人, /免不了挨饥忍饿。
> 那千人指, 万人骂, /远不如今天台城路上一堆黄土。
> 凡是慈悲能赦罪的人, /来吊异乡之鬼。——
> 唉! 恩各有门, 怨各有主。/披发, 流血, 吐舌的厉鬼, /你晓得中国人何等受苦。

平淡的叙述中掩藏了作者对黑暗现实的愤懑, 对百姓苦难的同情和对战争牺牲品的哀怜。面对这样惨淡的人生, 作者找不到任何出路和希望, 只能空泛地安慰受难者"恩各有门, 怨各有主", 希望神明或上帝能来替民众主持公道。这部诗集出版后毁誉参半, 1923 年 12 月 8 日, 周灵均在北京星星文学社《文学周刊》(第 17 号) 上发表《删诗》一文, 将陆志韦《渡河》、胡适《尝试集》、郭沫若《女神》、康白情

《草儿》、俞平伯《冬夜》、徐玉诺《将来之花缘》、朱自清、周作人、徐玉诺、郭绍虞、叶绍钧、刘延陵、郑振铎合集《雪朝》、汪静之《蕙的风》八部新诗相提并论，全用"不佳"、"不是诗"、"未成熟的作品"等言语予以全盘否定。相对公允的评价直到1935年才出现，朱自清编选《中国新文学大系·诗集》时选入了陆的七首诗，并在导言中提到："第一个有意实验种种体制，想创新格律的，是陆志韦氏。""他的诗也别有一种清淡风味，但也许是时候不好吧，却被人忽略过去。"20世纪40年代初，朱自清在《诗的形式》一文中说《渡河》"试验了许多外国诗体，有相当的成功"，① 1947年朱自清又说："陆先生是最早的系统的试验白话诗的音节的诗人。"② 朱自清再三的肯定可以证明陆志韦的诗在诗歌形式、音律上具有开创意义，是20年代南京新诗创作的重要部分。

卢前③则是介于新旧文学之间的独特个体，他既是古典词曲创作家，吴梅曾夸奖他说："余及门下，唐生圭璋之词，卢生冀野之曲，王生驾

---

① 朱自清：《新诗杂话》，《朱自清全集》第2卷，江苏教育出版社1996年版，第396页。

② 朱自清：《论雅俗共赏》，《朱自清全集》第3卷，江苏教育出版社1996年版，第284页。

③ 卢前（1905—1951），江苏南京人，原名正绅，后改名为前，字冀野，自号小疏，别号饮虹，别署江南才子、饮虹簃主人、饮虹园丁、冀翁、饮虹词人、中兴鼓吹者等。出身书香门第，曾祖卢荃同治十年进士，历任翰林院编修、云南学政等，晚年讲学于南京钟山尊经惜阴书院，卢前一生推崇曾祖。1922年卢前以"特别生"的名义被东南大学破格录取，从吴梅先生治曲，被誉为"江南才子"，吴梅先生的得意门生，1926年毕业。此后十年间先后在金陵大学、广州中山大学、上海光华大学、四川成都大学、成都师范大学、河南大学、上海暨南大学、中国公学、南京中学等校任教，诗词曲作丰富，出版了新诗集《春雨》（南京书店，1926）、《绿帘》（上海开明书店，1934）、词曲作品集和词曲史研究作品代表作《何谓文学》（大东书局，1930）、《论曲绝句》（上海开明书店，1931）、《酒边集》（上海会文堂新记书局，1934）、《明清戏曲史》（上海商务印书馆，1935）等。1937年抗战爆发后，卢前除继续在各校任教外，还参与政治活动，自1938年6月开始连任国民参政会四届参议员，担任国立音乐专科学校校长，出版《民族诗歌论集》（重庆国民图书出版社，1940）等。抗战结束后，曾任南京市文献委员会主任，南京通志馆馆长，主持历史地理类刊物《南京文献》的编辑出版，出版杂记《丁乙间四记》（南京读者之友社，1946）、《东山琐缀》（江宁文献委员会，1948）。新中国成立后致力于文学创作，曾在上海的《大报》、《亦报》上开设专栏，连载长篇小说。

吾之文，皆可以传世行后，得此亦足自豪矣。"① 又是积极的新文学创作者，曾出版了两部新诗集《春雨》和《绿帘》。他自称："我之从事新体诗的制作，始于一九一九年。"其新诗创作凝结了新旧两种文学的特色，体现了当时风起云涌的新文学运动的影响，"自胡适之先生的文学革命说高唱入云，风景云从，颇极一时之盛。我也于花晨月夕，不自禁的就随便的涂抹起来"②。既不追求韵脚平贴，使用俗字俗语和新式断句方法；又不脱旧体词曲的痕迹，字句、典故的运用非常娴熟，重情致、营意境的手法与传统诗词毫无二致，"其音节谐和有含着无限宛转情深之感"。③ 他的诗集一出版，就有人对这种诗歌的归类提出质疑，认为不是纯粹的新诗，又和旧体诗差别很大，为此卢前总结了当前的新旧诗歌的界限分野：

> 予有说也：溯逊满晚季，新文学盛称一时。所谓新文学者，以旧格律传新精神。如南社马君武辈，新会梁任公，其文传诵至今。洎乎胡适海外归来，复以新文学相号召。彼之新文学，初止于用白话而已。其后和者议纷，破除陈骸无遗（彼等称旧律为骸骨），于是口所道，心所思，无论为情绪之表现，理知之寄托，悉名之诗，"啊，罢，啦，呀"，语尾辞遍纸上，比来报章犹可见及。④

卢前提出了新的诗歌观念，"冀野曰：文学无新旧也，有新旧也。无新旧，以其不失文艺之本质；有新旧，以时代之影响无常，文士之思想迁变。"只要不失"诗"的本质，达到描景叙事、表情传意的作用，具有鲜明艺术特色，就应算作好诗，"今予所为，不合于旧诗词曲之格，只求赏心悦目；别存之，号曰新体。……予之新体，诚近于旧诗词曲矣，然非旧诗词曲也！"⑤ 卢前的新诗展现出新旧兼容、进步与保守杂糅并存的复杂状况，略有沿袭前人，不具独特眼界的弊病。如《秦淮

---

① 吴梅：《吴梅全集·日记卷》，河北教育出版社 2002 年版，第 667 页。
② 卢前：《春雨·后记》，《春雨》第三版，开明书店 1937 年版。
③ 李清悚：《读〈春雨〉》，《卢前诗词曲选》，中华书局 2006 年版，第 40 页。
④ 卢前：《春雨·诗序》，《卢前诗词曲选》，中华书局 2006 年版，第 7 页。
⑤ 同上书，第 8 页。

河畔》：

> 这滚滚去的明波，/活生生困住我。/心随潮起落！
> 一样潮汐逐江流，/水油油，心悠悠，/心上人知不？

　　起首"这滚滚去的明珠"让人看来明晓易懂，既象新诗的通俗特质，又类似《红楼梦》中诗句"一夜北风紧"的功用：拓宽视野，给下文留出的无限的想象空间和发挥余地。下一句"活生生"则展现出作者对词曲的熟悉，信手拈来的都是元曲中的常用口语，自然风致跃然纸上。到下阙"水油油，心悠悠"则完全是词曲的写法，但接着作者说"心上人知不？"这里的"不"可以视为"否"的异体字，韵脚工整，带有秦淮河岸民间"风"的佻脱泼辣，又运用了新体诗中求恋爱自由、情感解放的主题，言语坦白、感情炽热。整首诗除了字句形式上具有新旧两种特征外，在表达意趣上也是新旧兼顾的。没有旧式文人的优雅，也没有俗到粗鄙，含意与民歌或白话情诗接近，借景起兴，显示出未经世事的少年创作题材上的褊狭。

　　《本事》是卢前的一首情诗，读来更清新自然，有少年本色。诗歌文体自由，字句平实，不同于传统情诗中的温婉含蓄，也没有新体情诗中的肆意张扬，简洁地描摹出一幅青梅竹马在明媚春光中安静相处的静态图，唤起读者内心对青春岁月里初恋的青涩纯洁记忆：不掺杂任何利益、欲望，简单的相爱。诗中传达出的纯净的少年情怀，"清灵浪漫"①，让人非常沉醉，久久回味。

> 记得当时年纪小，/我爱谈天你爱笑。/有一回并肩坐在桃花
> 下，/风在林梢鸟在叫。
> 我们不知怎样困觉了，/梦里花儿落多少？②

---

①　胡梦华：《读〈春雨〉》，《卢前诗词曲选》，中华书局 2006 年版，第 40 页。

②　这首诗影响深远，卢前 1942 年在《南行剩句》后记中说："返沙舟中，闻诸少年歌所谓《本事》曲，余十七、八时作，黄自教授为制谱者。"相隔近二十年，这首诗仍在青年中广为传唱。70 年代台湾女作家三毛在散文《梦里花落知多少》中用这首诗收尾，琼瑶在《船》中让女主角唐欣演唱这首诗。参见朱禧《卢冀野评传》，江苏古籍出版社 1994 年版，第 91 页。

在《寒食节放歌》中卢前感染了南社诗人所特有的民族主义激情，刻意模仿他们的口吻，用"狂奴"、"新中华"之类的词极力渲染热爱祖国而有心无力的困境，句式借鉴了唐诗中的自由体式，音节铿锵，很有煽动力。

> 君不见雨花台上年少狂奴，/踏青去，拍手高呼：/"多少年来！多少囚徒！/
>
> 血花溅处，只墓草青青无数。/从今为新中华开辟光明路，/发愿：入地狱，舍身地狱！"
>
> 呼不尽中心情热！荡不净人们污浊！/哦，狂奴！日暮穷途，山头独哭！

卢前新诗中带有鲜明的旧体色彩，展露了作者深厚的古典文学功底以及传统文人审美意趣，如《招舟子过桃叶渡》、《所见（蒋山中）》等诗，桃叶渡和蒋山（钟山的别称）都有浓厚的历史韵味，桃叶渡已经消失，"于今只剩得斜阳老树！"当年王羲之的爱妾桃叶早已灰飞烟灭，留给后人追怀的仅仅是这个略带温情的地名。而钟山里"空山寂寂"，风中斜阳下，诗人看到的是"点点鸦栖"，似动还静，略带伤感而静谧的情怀弥漫其中。

卢前的新诗集《绿帘》古典色彩更为浓重，通过这种新旧杂糅的创作方式，卢前试图探索"究竟新体能替代了旧体没有？新体诗已达了成熟期没有？象这样是不是一条可通的路？"由于作者的兴趣更接近于旧体诗歌，对新诗的评价不高，希望进行"旧坛盛新醴"①的创作，尽快完成新诗的格律化，所以这部诗集更有旧体词曲的意味。如《绿帘无语望黄花》，三次用"绿帘卷不尽的西风"开篇，但"黄花"却不是"当日的风光"、"苗条"和"馨芬"了，不能尽如人意的变迁带来无尽的凄凉哀伤。最后一节非常突出地展示了作者化用词曲的功力：

> 可怜捧着一颗脆弱的心儿，/惘惘地送了珍惜的青春。/

---

① 卢前：《绿帘·自序》，《卢前诗词曲选》，中华书局2006年版，第46页。

恍惚才低吟着蓝田日暖，/没来由早已是泪雨纷纷；/

漫说道什么如烟如梦，/怎样把往事从头问？/

恍惚又听得了高山流水，/无端重提起新仇旧恨；/

难道是苍天生了我，/消受一刹那温存都没有分！

　　诗人灵活化用了典故"蓝田日暖"、"高山流水"等，在诗中带入了曲的表达形式，"没来由"、"无端"等曲子中常用的串词让整首诗带有浓厚的古典意味。《蛾眉曲》中他用"镇日价愁思不定"，类似《牡丹亭》里杜丽娘整日情思昏昏。在《帘底月》中直接引用《牡丹亭》中名句"良辰美景奈何天"。又多用典故，如"前度刘郎"（《蛾眉曲》）借用了刘禹锡的"前度刘郎今又来"等，"爱惜春光，莫待花儿老"（《花鸟吟》）意境化自"花堪折时直须折"。从题目到情节，这些诗都展现了古典浪漫主义情怀。《绿帘》诗集中的新诗虽与旧体词曲形式上有所区别，但本质上传达出的仍旧是传统文人的审美指向。在这两部新诗集之后，卢前几乎与新诗"绝缘"，[①] 主要致力于散曲的研究和旧体诗词曲赋的创作。从他留下的众多研究著作和文学创作看来，他是难得的自觉融和新旧文学特征的作家学者，既是南京浓厚的传统文学底蕴的继承者与发扬者，也是南京传统文学阵营中的重要创作者和研究者。

　　1927 年国民党政府定都南京后，同年 6 月东南大学改名为第四中山大学。1927 年 8 月，新文学作家、诗人、美学家宗白华就任第四中山大学文学院院长，聘"新月派"诗人闻一多来校任文学院外文系主任。闻一多在校任教的一年中（1927 年 8 月至 1928 年 8 月），发现和培养了两位日后的"新月派"诗人：陈梦家、方玮德。陈梦家、方玮德 1927 年 9 月考入第四中山大学。陈梦家是法政科的学生，方玮德是外文系的学生。陈梦家与方玮德是"新月派"的后起之秀，也是直承徐志摩、闻一多道统的新诗人。1930 年 12 月 10 日闻一多在致朱湘、饶梦侃的信中说："陈梦家、方玮德的近作，也使我欣欢鼓舞。梦家是我发现的，不成问题。玮德原来也是我的学生，最近才知道。这两人不足使我自豪吗？……我的门徒恐怕已经成了我的劲敌，我的畏友。我捏

---

① 卢前：《绿帘·自序》，《卢前诗词曲选》，中华书局 2006 年版，第 46 页。

一把汗自夸。还问什么新诗的前途？这两人不是极明显的，具体的证据？……梦家、玮德合著的《悔与回》已由诗刊社出版了。"①"新月派"诗人徐志摩 1929 年 9 月至 1930 年 6 月在中央大学外文系任教一学年（本学年同时在上海光华大学、南京中央大学兼课），方令孺、方玮德、陈梦家、陈楚淮经他招揽成为《新月》的作者。1931 年陈梦家出版《梦家诗集》，收入约 50 首新诗并将自己的诗集和《诗刊》寄给胡适，1931 年 2 月 9 日得到胡适的积极鼓励。陈梦家特将胡适的回复题名为《评〈梦家诗集〉》刊在《新月》第 3 卷第 5、6 合期上。陈梦家曾自称其作诗宗旨为："我们欢喜'醇正'与'纯粹'。我们以为写诗在各样艺术中不是件最可轻易制作的，它有规范，象一匹马用得着缰绳和鞍辔，尽管也有灵感在一瞬间挑拨诗人的心，如象风不经意在一支芦管里透出和谐的乐音，那不是常常想望得到的。'醇正'与'纯粹'，是作品最低限的要求，那精神的反映，有赖匠人神工的创造，那是他灵魂的转移。在他的工程中，得要安详的思索，想象的完全，是思想或情感清虑的过程……所以诗要把最妥帖，最调适，最不可少的字句，安放在所应安放的地位。它的声调，甚或它的空气，也要与诗的情绪相默契。"他又说："主张本质的醇正，技巧的周密，和格律的谨严，差不多是我们一致的方向……态度的严正又是我们共同的信心。"② 这是新月派后期诗歌主张的集中体现。陈梦家在《雁子》中就很好地贯彻了上述的创作宗旨，技巧纯熟，音节严谨。

　　　我爱秋天的雁子，终夜不知疲乏，/（象是嘱咐，象是答应）/一边叫，一边飞远。

　　　从来不问他的歌，/留在哪片云上？/只管唱过，只管飞扬，/黑的天，轻的翅膀。

　　　我情愿是只雁子，/一切都使忘记——/当我提起，当我想到：不是恨，不是欢喜。

---

① 闻一多：《闻一多全集》第 12 卷，湖北人民出版社 1993 年版，第 253—254 页。据说《悔与回》曾以单行本形式出版，但笔者未查到。上海新月书店 1931 年 1 月所出陈梦家的《陈梦家诗集》中收有《悔与回》一诗。新月书店 1931 年 9 月又出陈梦家编的《新月诗选》。

② 陈梦家：《新月诗选·序》，《新月诗选》，新月书店 1933 年版。

　　陈梦家说方玮德的诗"又轻活，又灵巧，又是那么不容易捉摸的神奇。《幽子》、《海上的声音》皆有他特殊的风格，紧迫的锤炼中却显出温柔"。如《幽子》意境优美，带有孩子般天真的气息。

　　　　每到夜晚我躺在床上，一道天河在梦中流过，河里有船，船上有灯光，/我向船夫呼唤：/"快摇幽子渡河！"/天亮我睁开两只眼睛，太阳早爬起比树顶高，老狄打开门催我起身，/我向自己发笑：/"幽子不来也好"。

　　这两位中央大学的新诗诗人互相推崇，同作《悔与回》长诗，传诵一时。其诗热情奔放，笔势回旋，有一气呵成之妙，算得新诗中的杰作。

　　　　今夜，哦你才看透了我的丑恶。/你尽管用蛇一般的狠毒来咒诅/我的罪恶，我的无可挽救的坠落；/用不赦的刻薄痛骂我的卑鄙，/我全都不怕。我只怕你/一千回的诅咒里一次小小的怜惜。/不要！不要！我忠诚的朋友，你再不要/用一切怜悯的好心收拾我的残缺的/烧尽的灰：没有一点火星再能点得着/我的光明。我低低的告诉你：完了！

　　从以上节选的部分可以看出，这首诗用非凡的语言张力来展示美与丑之间的纠葛对立。柔情与残忍对罪恶的不同态度，让自觉意识到自己的"原罪"的诗人饱受煎熬。在仅存的良知召唤下，残忍成了诗人解脱的良药，"怜惜"或"膜拜"只让人清醒地痛苦。这是对充斥着利益交换的黑暗世界的控诉，也是青年彷徨无助心态的描摹。1931 年闻一多在《论〈悔与回〉》中强调语言的暗示性，强调"明彻则可，赤裸却要不得"；赤裸地、淋漓尽致地表现丑恶，"不是表现怨毒愤嫉时必需的字句"①。简单地说，诗人应当用诗的力量、艺术的力量抨击丑恶，在美和丑的对比中引发人们对丑的憎恶和对美的向往。

---

　　① 闻一多：《论〈悔与回〉》，《新月》5、6 期合刊，1931 年 4 月。另见《闻一多全集》第 3 卷，湖北人民出版社 1993 年版，第 449—450 页。

在新文学创作不断涌现的同时，旧体文学在民国时期的南京文坛上始终占有一席之地。首先在《学衡》杂志上设有"文苑"、"杂缀"栏目，发表旧体诗文。《学衡》创刊时就规定了它将采取的"体裁及办法"，达到"以吾国文字，表西来之思想"的目的：

（甲）本杂志于国学则主以切实之工夫，为精确之研究。然后整理而条析之。明其源流，着其旨要，以见吾国文化。有可与日月争光之价值，而后来学者得有研究之津梁，探索之正轨，不至望洋兴叹，劳而无功。或盲肆攻击，专图毁弃而自以为得也。

（乙）本杂志于西学则主博极群书，深窥底奥。然后明白辨析，审慎取择。庶使吾国学子，潜心研究，兼收并览，不至道听途说，呼号标榜，陷于一偏而昧于大体也。

（丙）本杂志行文则力求明畅雅洁，既不敢堆砌饾饤，古字连篇，甘为学究。尤不敢故尚奇诡，妄矜创造。总期以吾国文字，表西来之思想。即达且雅，以见文字之效用。实系于作者之才力。苟能运用得宜，则吾国文字，自可适时达意，固无须更张其一定之文法，璀璨其优美之形质也。

采用文言形式作论抒情是该刊的特色，旧体诗文的作者不仅是东南大学师生，还包括民国时期旧体诗词创作领军人物，江西诗派、浙派、闽派、常州词派等各种风格的旧体诗词都曾刊登于此。大部分旧体诗题材为游记或即景抒情，如周岸登的《台城路·重过金陵》（《学衡》第4期）：

石头风紧花如雾，催归雁程秋晚。梦碾飙轮，霜砭病骨，消得吴云轻鬓。江空恨远，正枫落敲诗，砚笺流怨，翠羽飞来，未谙愁重诉杯浅。

银筝凄弄夜久，泪痕双照处，衫袖还满。巷口乌衣，遨头绣陌，曾识春人莺燕？零箫胜管，问烟月前朝，去尘奔电。半枕寒潮，断魂和浪卷。

这首词温婉蕴藉，带有去国怀乡的幽怨。石头城、乌衣巷都是前朝胜迹，如今只剩下"零箫胜管"，怎不让人抑郁感伤？

徐震堮的《忆旧游·台城秋柳》（44 期，1925 年 8 月）：

> 问绿阴旧梦，弱絮前生，几度芳菲，寂寞台城下。伴江蓠岸芷，相对依依。泪凝往时，眉妩愁影落春溪，纵千种风情水边鸦外尚有斜晖。
>
> 乌啼白门路，胜草没宫墙。尘锁朱扉为舞，春风久叹哀。蝉曲破憔悴，罗衣旧衾，漫思铜辇，幽恨化云归，但冷月荒波年年故国秋雁飞。

用字、用典都不生僻，情致自然，描摹南京景物细致，带有江南的温婉风情和浓厚的传统文人情怀。"学衡派"成员游山玩水后的记游诗也占了较大份额，如柳诒徵的《独往灵谷寺》、《庚申四月十日游牛首山》等，诗风轻松自然，多景物描摹，少感怀伤逝。1923 年年末东南大学发生巨变，校内失火、刘伯明去世，《学衡》迅速走向衰败，这时的诗歌开始展示出感时忧世的情怀，如柳诒徵的《校东楼灾诗以吊之》（28 期，1924 年 4 月）：

> 及见斯楼启百楹，诸儒计咨挟书行。重来已积沉沙感，八载席深暖席情。
>
> 霁雨云山环讲坐，霄昕图史摘褰瀛。柏梁一炬财俄顷，忍过梅庵话晚清。

诗中抒发了校内失火带来的悲痛心情，除了财物资料的损失外，更让人疑虑学校会否因火灾而一蹶不振。在这种忧虑的心情里，作者自晚清李瑞清修建的"梅庵"走过，怀想这所学校从晚清到民国的历程，感伤自己八年来就职于此而建立的深厚情谊。1924 年东南大学西洋文学系解散，吴宓决定离开南京时，柳诒徵写了《甲子六月十六日偕吴雨僧吴碧柳观龙膊子湘军轰城处作》（33 期，1924 年 9 月）。这首诗与数年后吴宓作的《癸亥中秋（南京鼓楼旁寓宅）》（58 期，1926 年 10 月）

联系起来看：

> 少年儿女秋闺意，流转死生世上情。各有奇愁说不得，几曾佳
> 节月能明。
> 两年栖隐青苔长，一夕离筵断梦惊。大海浮航无住着，营巢作
> 茧定何成。

从诗中不难看出"学衡派"在学校巨变后不得不面对离散时的愁苦、无奈与茫然。"一夕离筵断梦惊"乃是诗人的自我安慰，天下无不散的筵席，然而当离散到来时，还是让人心惊烦闷，茫茫人世仿佛无处可以安身。虽有自信事业"定能成"，但在这样颓唐的心境中，这句话不象预言，更象是底气不足的自我鼓励。

《学衡》刊发的诗作也善从现实生活寻找题材，如向楚的《过金陵》（15 期，1923 年 3 月）、陈衡恪的《浦口待车·是时闻临城盗劫》（20 期，1923 年 8 月）。另外《学衡》第 54 期（1926 年 6 月）中沿用了旧文人诗歌唱和的方式，以柳诒徵与李思纯同游中央公园的唱和展现旧体文学成就，这种形式既是对传统文人组织诗会、互相唱和的雅趣的继承，也和 30 年代中央大学教授分韵写诗的闲情逸致相似。《学衡》的旧体诗文中吴芳吉的作品较有个人特色，吴芳吉是吴宓清华时的同学，因学潮时不肯向校方屈服而退学，吴宓和他早在 1915 年就结下深厚友谊，文学理念相当接近。1915 年 2 月 20 日吴宓在日记中写道："在尝与友人谈，谓今日诗文，均非新理想、新事物，不能成立；而格律词藻，则宜取之旧。"[1]《学衡》创刊后吴芳吉一直致力于用自己新旧融合的方式来写诗，力图让诗歌通俗易懂，不失文采。他的遗著后来由门人周光午整理发表在《国风》上。《学衡》上吴芳吉的《寄答陈鼎芬君南京慰其升学之失意也》（46 期，1925 年 10 月）形式独特，清新自然。

> 请君试访台城西畔鼓楼前，定有阳春白雪声渊渊，
> 人生师友得最难，得之忘食复忘年。后湖莲叶何田田。

---

[1]　吴宓：《吴宓日记 I》，生活·读书·新知三联书店 1998 年版，第 408 页。

以唐诗的形式和现实求学失败的题材，创作了古典与现代相结合的诗歌，不泥古，不盲目欧化，尤其最后一句收梢既切景，合乎南京后湖（玄武湖）的静态，又借用了民谣《江南曲》中"莲叶何田田"的风情。

除《学衡》外，1929 年 9 月中央大学中国文学系创办的《艺林》（目前仅见一期，具体期数不知）的古典主义倾向也十分明显，全刊发表了古典诗词和古典文学研究论文，刊物体例分为学术、专集、文录、诗录、词录、曲录。为"学术"栏目写文章的有汪东、汪国垣、王易、高明、钱文晋、姚卿云、佘葱墨、叶光球、释章（施章）。"专集"为黄侃的古典诗词集《石桥集》。"文录"的作者有祝光信、王之瑜、何立。"诗录"的作者有胡光炜、王易、陈延杰、姚卿云、黄永镇、蔡耀栋、何立、佘葱墨、唐剑秋。"词录"的作者为王易、佘葱墨、高明。"曲录"的作者为苏拯、李家骥、王起。

第 1 卷第 15 期《国立中央大学半月刊》出现了"学衡派"势力的反弹，这一期上有"学衡派"成员参加的"上巳社诗钞"和"禊社诗钞"。《国立中央大学半月刊》登出的"禊社诗钞"，显示出中央大学、金陵大学中国文学系师生文学创作中崇尚古典主义的冰山一角。所谓"禊社"的"禊"，本是古代春秋两季在水边举行的一种祭礼，后来发展成为文人骚客游山玩水时借酒赋诗联句的聚会，以至于有"曲水流觞"、"兰亭高会"的禊集雅聚。黄侃 1928 年到南京后，即带来了他在日本、北京就喜欢的游山玩水时借酒赋诗联句的聚会形式。"就文学角度说，老师率弟子出游，往往也就是一次创作实践。"① 1929 年 1 月 1日弢（陈伯弢）、石（胡小石）、晓（王晓湘）、沆（王伯沆）、辟（汪辟疆）、翔（胡翔冬）、侃（黄侃）共游鸡鸣寺，完成"禊社"手稿《豁蒙楼联句》：

蒙蔽久难豁（弢），风日寒愈美（沆）。隔年袖底湖（翔），近人城畔寺（侃）。

筛廊落山影（辟），压酒漱波理（石）。霜林已齐髡（晓），冰

———————

① 程千帆、唐文编：《量守庐学记》，生活·读书·新知三联书店 1985 年版，第 175 页。

化倏缬绮（发）。

旁眺时开屏（沆），烂嚼一伸纸（翔）。人间急换世（侃），高遁谢隐几（辟）。

履屯情则泰（石），风变乱方始（晓）。南鸿飞鸣嗷（发），汉腊岁月驶（沆）。

易暴吾安放（翔），乘流今欲止（侃）。且尽尊前欢（辟），复探柱下旨（石）。

群展异少年（晓），楼堞空往纪（发）。浮眉挹晴翠（沆），接叶带霜紫（翔）。

钟山龙已堕（侃），埭口鸡仍起（辟）。哀乐亦可齐（石），联吟动清此（晓）。①

因汪旭初没有参加，1929 年 1 月 14 日，王晓湘、汪旭初到黄侃家中饮酒联句，"用玉田《山阴久客》词韵，联句抒怀，后阕转趋和婉，相与拊掌高歌"作《渡江云》。4 月 2 日"禊社"有新加入者，他们在玄武湖作诗，黄侃有相聚"兰亭"之感。4 月 7 日，黄侃与胡光炜、汪长禄、林学衡、陈汉章、汪辟疆、汪东、王瀣、王易又在石桥禊集联句。4 月 21 日，又有吴梅（瞿安）加入的"禊社"游玄武湖的活动。5 月 2 日，黄侃还应吴梅之邀带王瀣、汪辟疆、胡小石、汪东到苏州游玩，并有联句 15 首。10 月 10 日（农历重阳前一日），黄侃又与吴梅、汪辟疆、汪东，王易游后湖，并有《霜花腴》的联句。因吴梅加入"禊社"，他们的活动中还增加了昆曲演唱部分。②

"上巳社诗社"的活动有过多次。在黄侃去世后，苏州的《制言》半月刊为"纪念黄侃"专刊，在 1936 年 2 月 16 日《制言》第 11 期登出"上巳社诗社第一集"和"上巳社诗社第二集"。1936 年 6 月 1 日《制言》第 18 期又登出"上巳社诗钞"。

《国风》上只发表旧诗文，没有新文学作品。对于南京历史地理文

---

① 程千帆、唐文编：《量守庐学记》，生活·读书·新知三联书店 1985 年版，第 175—176 页。

② 黄侃：《黄侃日记》，江苏教育出版社 2001 年版，第 394—413 页、527 页。

学略有偏重，王焕镳《明孝陵志》，朱偰《金陵览古》，林文英《石头城》、《燕子矶与三台洞》等，以及朱氏家族朱邃先、朱琰、朱偰创作的旧体诗词《金陵百咏》，既是文学价值极高的作品，也对南京历史地理作了细致的考据，促进了历史地理学作为一门单独学科的出现。常芸庭《三家曲选》，选取了吴梅、卢前（冀野）、任中敏的词曲，徐道邻的《梦玉词》、吴芳吉遗作的刊登都展现了传统诗词的丰富内涵和无尽韵味。

以南社成员、词曲家吴梅为核心组织的文学社团对旧体文学的创作也颇有成绩。吴梅于 1922 年 9 月到东南大学任教，东南大学改制后仍在中央大学教授词曲，同时在金陵大学中文系和上海的光华大学兼课。吴梅是一位特立独行的具有传统文人气质的学者，他在词曲实践和研究上的努力，实际上代表了个人在传统词曲上的文学坚守。他不反对白话新文学，也不与新文学作家为敌，将新旧文学视为并存且互不干涉的两种文学取向，同时坚持向学生传授词曲理论，并鼓励学生填词谱曲、粉墨登场，推动古典词曲的创作和研究。1924 年 2、3 月间吴梅与学生组织"潜社"，之所以用"潜"字命名，据说是因为吴梅认为当时"东大教授中，实不免有借学术的组织，作其他种种企图的。他不愿意因此而引起其他的纠纷，所以用这个名字，希望大家埋头学习，暂时不要卷入政治的漩涡。"① 1924 年春至 1926 年，东大学生赵万里、陆维钊、孙雨庭、王起（季思）、王玉章、袁鸿寿、唐圭璋、张世禄、叶光球、龚慕兰、周惠专、濮舜卿等十多人参与其中，"社有规条三：一、不标榜；二、不逃课；三、潜修为主。"②"潜社"每一月或两月一聚，在秦淮河上游玩饮酒中填词谱曲。"以词课为常，间或课曲。在万全酒家举行次数最多。或买舟秦淮，其舟曰'多丽舫'。社友既集，择调命题，舟乃复荡至复成桥下。""潜社"的主要艺术成就在于词曲，长短句的自由形式让他们展现出无限风情，而格律严格的旧体诗多少制约了他们的才情。这种社团活动近似传统文人的以文会友，他们聚集同好，纵情诗酒，不谈政治，只关注传统文学作品的艺术价值和传统文学形式的创造

---

① 王季思：《忆潜社》，《击鬼集》，青年读书通讯社 1941 年版。

② 吴梅：《吴梅全集·瞿安日记》，河北教育出版社 2002 年版，第 28 页。

性的继承与发展。"潜社"曾印行刊物《潜社词刊》，收入词曲二百余首。除了词曲之外，"潜社"也曾分韵联句，如《秦淮舟中联句》：

烟波淡荡摇碧空（吴霜厓师），朱楼两岸倒影重。中有美人歌子夜（周雁石），四条弦子生春风。尊前亦有伤心事（王玉章），瞿然一杵南朝松。长桥吹雨湿衣袂（束天民），迴船打桨殊匆匆。

我来客散青溪曲（陆维钊），关城晚霭微芒中。高吟对酒苍龙咽（王西徵），拔剑起舞飞长虹。

年年洒尽沧州泪（孙雨廷），弹上征衫总不红。媚香楼与湘真阁（卢前），秦淮轶事多珍丛。

而今冷落江南路（赵万里），独跨疲驴吊故宫（霜厓师）。①

随着吴梅南下广东中山大学任教，"潜社"的活动逐渐沉寂。1928年春吴梅重回南京，中央大学的学生续举"潜社"，填词由汪辟疆、汪旭初指导，吴梅改指导南北曲。参与者有王起、唐廉、卢炳普、常任侠、张惠衣等，印有《潜社曲刊》。1935—1936年间，再续"潜社"，有徐益藩（一帆）、张迺香、王凌云、周法高、梁璆、周鼎、刘润贤等，印有《潜社词续刊》。1937年，他们特将原来的词刊、曲刊合刊为《潜社汇刊》。吴梅先后为《潜社词刊》、《潜社曲刊》、《潜社词续刊》、《潜社汇刊》写序。

此外1935年吴梅与南京的其他文人另组织有习词的"如社"，活动形式同"潜社"，并印有《如社词钞》。卢前对这两个社团进行过详细描述：

襄社者，七人合组之书会也。年二三集，每集各举所见珍本秘籍，或手稿，传抄，印谱，书画册之属。七人者，前与鄞仲廉衡叔兄弟，海门周雁石，南通王觉吾，六合孙雨廷，芜湖束天民，其后吴门贝仲琪请参加。吾侪许之。于是为八人矣。去年所印有散原所藏余怀东山谈苑写本册。陈师曾印谱四册，前饮虹移所藏汤雨生逍

---

① 卢前：《冀野选集》，美中文化出版公司1997年版，第44页。

遥巾扎卷。裹社之书，以影印为主，近吴门亦有一书会，每年集印一编，多小种。铅印，与此略异，各地如有同类组织，则故籍流传日多，亦吾人之眼福也。

南雍有词社曰潜社，集上海者曰沤社，近日又有如社。如社社友除霜崖师外，有陈倦鹤（匪石）、仇述庵（采）、石戣素（凌汉）、林铁尊（鸥翔）、夏博言（仁溥）、夏枚叔（仁祈）、王东培（孝烟）诸先生，而吾友唐君圭章与焉。夏蔚如向仲坚来京则兴社集，每集只限调，不限题韵，予居上海，籍列沤社。时彊村先生已下世，所周旋者夏映庵，叶遐庵，陈彦通诸公。每月偶返都下，如社中人亦往往招往参加。尝主课一次，大抵如社社课，遇名家自度腔亦以依四声。用原题，步韵为主；予旧所谓"捆起三道绳来打"是也。独余值课用高阳台调，近日亦渐有用小令者，沤社每集两题，一限题一不限题，如社视之尤严，藉此用功则可。若如此锻炼词人则不可。以词人之所以为词人者，所重在生活不在此也。①

根据吴梅日记记载，"如社"成立于1935年3月，主要成员包括廖恩焘（忏庵）、周树年（无悔）、邵启贤（纯飞）、夏仁祈（晦翁）、蔡宝善（听潮）、石凌汉（戣素）、林鹍翔（半樱）、杨玉衔（铁盒）、仇垛（述庵）、孙浚源（太狷）、夏仁虎（枝巢）、吴锡永（夔广）、吴梅（霜厓）、陈世宜（倦鹤）、寿鑈（珏庵）、蔡嵩云（柯亭）、汪东（寄庵）、向迪琮（柳谷）、乔曾劬（壮殿）、程龙骧（木安）、唐圭璋（圭璋）、卢前（冀野）、吴征铸（灵琐）、杨胜葆（二同轩主）。目前能看到的只有廖恩焘等撰的《如社词钞》，共十二集，分别用倾杯（25阕）、换巢鸾凤（17阕）、绮寮怨（17阕）、玉胡蝶（14阕）、惜红衣（19阕）、水调歌头（16阕）、高阳台（19阕）、泛清波摘人徧（12阕）、倚风娇近（19阕）、红林檎近（20阕）、趉佛阁（15阕）、诉衷情（16阕）、女冠子（15阕）词牌创作了226首词。② 卢前上文提到1935的年聚会用高阳台调填词，是"如社"1935年11月第7次集会。

---

① 卢前：《冶城话旧》卷二，《南京文献》第4号，1947年4月。
② 参见廖恩焘等撰《如社词钞》，1936年，南京大学图书馆古籍部藏。

在这次活动中卢前填了一首《高阳台·媚香楼故址》，以哀伤愁闷的情绪，借李香君昔日住处媚香楼的凋败，比照今日国难与明末异族入侵，抒发作者对国将有难、中原被凌的民族危机的愤懑，对金陵景致再遭毁坏的惋惜，词工句整，气度不凡。

扇底桃花，庵中孔雀，夕阳还照长街。才几年别，画船冷落秦淮。伤心人过楼前路，想当时十二金钗，甚情怀？剑气箫心，都付谈稗。

芒鞋早早中原去，算高家兵马，土木形骸。拂面红尘，刘郎只不重来。弘光一梦凭谁问？剩如今艳说群钗。总堪哀一径荒菼，满地苍苔。①

南社成员、《学衡》作者曹经沅在南京旧体诗歌创作上格外出众，从1910年开始曹经沅就致力于个人旧体诗创作和旧体诗传统的延续，被卢冀野誉为"近代诗坛的维系者"，台湾近代史学家周开庆称之为"一时诗坛的重心"②。他的旧体诗综合唐宋诗的特点，不仅具有审美价值，而且在诗中记载传递出当时的社会状况，以旧体诗的形式记述了民国时期的历史和文坛变迁。1925年他创作了《南京杂诗四首》：

门巷枇杷尽不开，画船愈少愈堪哀。复成桥畔盈盈水，曾照宫袍御帽来。庚戌（1910年）廷试后过宁，曾到秦淮河，小立即去，今忽忽十五年矣。时东师云集，歌楼局户，游人极少。

虎踞龙盘迹已陈，朱门是处没荆榛。散原老向杭州住，谁与钟山做主人。访陈考功不遇。

聒耳笙歌夜未央，江楼一夕几回肠。灯前自写南来录，却悔匆匆负建康。下关信宿闻歌有感，翌晨即北行矣。

人豪寂寞胜人奴，浅水寒芦半已枯。日暮胜棋楼下过，惊心此

---

① 转引自朱禧《卢冀野评传》，江苏古籍出版社1994年版，第34页。
② 黄稚荃：《借槐庐诗集序》，载曹经沅遗稿，王仲镛编校《借槐庐诗集》，巴蜀书社1997版，第2页。

局已全输。（独游莫愁湖，时北师到宁，皖帅初易。）

　　诗歌通过个人科举、访友、行旅、游湖的描述，反映了清朝廷变迁、军阀混战、国民党北伐等社会动荡情形以及南京的市井风情。1933—1934 年曹经沅任国民党南京政府行政院秘书，兼任高等文官考试委员期间，共组织了五次诗人雅集，参加成员多为中央大学、金陵大学师生及民国诗坛上的魁首。每次诗会以一首古诗文分韵，如莫愁湖集会以梁武帝《河中之水歌》分韵，扫叶楼集会以龚半千《半亩园诗》分韵，玄武湖集会以晋代孙绰《三日兰亭诗序》分韵，豀蒙楼集会以杜少陵《九日五首》分韵等。1933 年农历 3 月曹经沅主持了"上巳日莫愁湖禊集"，并赋诗《上巳日莫愁湖禊集·以梁武帝〈河中之水歌〉分韵，仲云代拈得何字见寄，率赋一诗，并寄留京诸子》，虽是唱和助兴之作，但用典贴切，气度宏博，似杜甫的精练，又有苏东坡的大开大阖，称得上"出入唐宋"、"气象光昌"①。

　　　　画象尚嵯峨，樵柯烂已多。渡江谁击楫，哀郢不成歌。
　　　　旧侣犹蛮府，前尘渺大罗。群公试收涕，不醉复如何。②

　　1933 年秋天"同光体"诗坛盟主陈三立自庐山来宁，农历九月九重阳日组织登高赋诗，有 87 人到场，留下了《癸酉九日扫叶楼登高诗集》，于第二年春印行。《学衡》作者柳诒徵、夏敬观、汪辟疆、王易、吴梅、卢前等参加，连中央大学校长，五四时期"新潮社"诗人罗家伦也参加了此次聚会，并有一首不算出色的古体诗《字旴衡时局感而赋此》：

　　　　抖擞黄花堪绝塞，纵横紫蟹竟当筵。范韩兵甲非天授，底事搔头向醉天。③

---

　　① 黄稚荃：《借槐庐诗集序》，载曹经沅遗稿，王仲镛编校《借槐庐诗集》，巴蜀书社 1997 版，第 3 页。

　　② 载曹经沅编、王仲镛编校《借槐庐诗集》，第 139 页。

　　③ 曹经沅编：《癸酉九日扫叶楼登高诗集》，民国甲戌年（1934）铅印本（南京大学图书馆藏）。

陈衍于次年所作的《癸酉九日扫叶楼登高诗集序》中说："去岁暮游白下，适散原老人至，约余往，相与泛舟后湖，有诗纪之。未几重阳，纕衡（曹经沅）及同志数人选胜清凉山扫叶楼，大会东南白下，分韵赋诗。"① 仅以卢前的诗为代表，以彰此次聚会特色：旧式文人互相唱和，传统诗歌的社会交际功能彰显，主题鲜明集中，而文学价值略低。

《重九聚扫叶楼上散原丈》：

> 故乡别六年，梦绕盋山右。郁郁山下松，经霜不老瘦。咫尺扫叶楼，半亩留遗构。
>
> 当窗酒一觞，兀坐至下漏。祭诗与挑菜，胜事已难究。高会集兹日，访古情独厚。
>
> 上坐陈天子，文章推老宿。别亦六年多，矍铄尚如旧。一语遍万唇，神明天所授。
>
> 搔爬隔痛痒，目恨才力囿。方知名山业，操觚非急就。愿诵龙标诗，茱萸插鬓寿。②

第二年诗人修禊规模更大。1934 年农历三月三日，曹经沅组织了 87 人玄武湖修禊，九月九日又组织了 103 人豁蒙楼登高赋诗，编辑有《甲戌玄武湖修禊豁蒙楼登高诗集》，于乙亥（1935）年铅印。③ 南京的柳诒徵、邵祖平、马宗霍、汪精卫、夏敬观、林学衡（庚白）、林思进、潘式，特别是中央大学、金陵大学的教授中原有的"上巳社"、"禊社"、"潜社"、"如社"社员黄侃、吴梅、王易、陈延杰、唐圭璋、常任侠、程龙骧等都参加了唱和。曹经沅有诗作《甲戌上巳玄武湖禊集，分得湖字》，在附注中记录了与此相关的几次诗会，如 1933 年玄武

---

① 转引自胡迎建《一代宗师陈三立》，江西高校出版社 2005 年版，第 235 页。据卢前《柴室小品·散原翁轶事》，陈三立"癸酉秋天来到南京，九日在扫叶楼举行一次雅集，好象就他没有动笔"。

② 曹经沅编：《癸酉九日扫叶楼登高诗集》，民国甲戌年（1934）铅印本（南京大学图书馆藏），亦收入卢前《冀野选集》，美中文化出版公司 1997 年版，第 52 页。

③ 参见朱自清《朱自清全集》第 8 卷，第 405—415 页，另见李飞、王步高主编《中大校友百年诗词选序》，东南大学出版社 2002 年版。

湖集会及北平修禊。

> 风景举目殊，余此百顷湖。及春勤命俦，临流多顾蹰。
>
> 亦知世难殷，何心论祓除。将毋嘤语同，求友声自呼。
>
> 鱼鸟能忘机，坐对心魂舒。虽非濠濮怀，已契轩羲初。
>
> 凭栏俯雉堞，挐舟惊凫雏。坐有皆山翁（谓石遗），沿缘忘日晡。
>
> 丧乱廿载远，天独私者儒。何以永古欢，待补秋泛图。（谓去秋与散原、石遗诸公湖舟同游事。）
>
> 流觞逢巳辰，不谓今偶符。盛事赓春明，一集吾能都。（旧京辛、壬两岁修禊诗，予曾主编。①）

吴梅则以分韵作词《齐天乐·甲戌九日鸡鸣寺登高，分韵得坐字》，自由随意，长短句中用字精减，描摹作者心境贴切，为集会增添了别样风情。

> 北湖环注台城下，钟山屹然高坐。回顾空明，十年留滞，依约承平江左。禅房静锁，听天半钟声，客愁敲破。醉把茱萸，暮秋吟事向谁可。
>
> 登临多难自昔，近来筋力减，扶病重过。故垒笼沙，荒波咽月，还记南州烽火。黄花伴我，怕今日东篱，有人催课。乱叶长安，甚时归计妥。②

即便当时不在南京的诗人，事后也补作了诗歌，以示参与盛会。如卢前补作了《北都归后重过玄武湖作》，"风致翩翩，得宋人意"③。

---

① 曹经沅遗稿，王仲镛编校：《借槐庐诗集》，巴蜀书社 1997 年版，第 154 页。

② 吴梅：《齐天乐·甲戌九日鸡鸣寺登高，分韵得坐字》，曹经沅编《甲戌玄武湖修禊豁蒙楼登高诗集》，民国乙亥年（1935）铅印本（南京大学图书馆藏）。亦收入李飞、王步高主编《中大校友百年诗词选》，东南大学出版社 2002 年版，第 68 页。

③ 陈诗：《尊瓠室诗话》，民国中和月刊社铅印本。

去年重九登扫叶，今年北游正三月。元武打桨我未归，辜负浓春花如雪。

湖中钟阜如盆供，水底观山更奇崛。卸装已过上巳天，咏霓难入众仙列。

驱车独过后湖边，绕堤尚有柳千结。丝竹曹子侯官黄，俯仰当前兴不竭。

岂必归途蝙蝠飞，新诗定许我心折。见湖有若见故人，朗吟补我禊游缺。[1]

1935 年曹经沅发起了乌龙潭集会，参加者有柳诒徵、丁雄飞、吴应其等人，曹经沅作有《乙亥上巳乌龙潭禊集，分韵得楼字》：

佳辰选地如选题，避熟何难循恒溪。龙潭独与市尘远，一篙新涨方平堤。

寒食上巳每难并，况数座客逾会稽。诸贤远道能好我，解装先日寻禅楼。此会此乐岂易得，要凭觞咏湔愁楼。我从柳翼谓翼谋，习掌故，山房谭往频招携。园亭丁雄飞吴应其久寂寞，望中寒菜空成畦。薛庐虽存人代改，绕廊烟树余凄迷。安得两齐复弦诵，九州清晏销征鼙。

（国学图书馆为惜阴书院旧址。[2]）

"如社"成员仇埰（述庵）在乌龙潭集会中作了一首词，名为《倾杯·乙亥上巳乌龙潭禊集分韵得入字》，词中春光明媚，美景让人略带忧伤，有宋词的风韵。

流水湔裙，软风吹袖，商量禊酒今日，谢池恨草，盘骨瘦柳，郁隔年愁碧，景陶燕说旧堂梦，认巢痕非昔，空潭照彻，吟砚里，犹有杨花飞入。

---

① 卢前：《冀野选集》，美中文化出版公司 1997 年版，第 52 页。
② 曹经沅遗稿，王仲镛编校：《借槐庐诗集》，巴蜀书社 1997 年版，第 168 页。

漫嬉落霞晴宇，暗尘随马，惆怅中原夕，甚醉买春壶，系春无力，仗沤边歌拍，纷碎河山，雨昏庭院，消领人头白，看窗隙，寻飏起，游丝万丈。[1]

当时南京文坛上的旧文学作者交流频繁，诗会与词会交融，如参加乌龙潭集会的林鸥翔（半樱）因午睡未能参与集会，曹经沅为其代拈"劝"字，过后在"如社"的集会上则以《换巢鸾凤·乌龙潭修禊缠蘅代拈劝字见示久未成吟适缠蘅被命之黔赋此送别》作为增补。

江国春寒，正帘侵野马，梦绕啼鹃，小颓参絮影，后约镜华颠，流觞潜饮到谁边，曼吟坐销斜阳几山，凉蟾上，要酒为，故人重劝。

天远情缱绻儿骑道旁，凤飏蛮尘软，谕蜀书新，过江人老，珍重凭高心眼，应念登楼别怀多，泪痕难定愁深浅，呼余杯，听声声，玉树歌缓。[2]

诗词聚会促进了文人的频繁交流，促使大学校园的古典主义文学群体与学院外的诗人有了进一步的融通，促进了南京30年代古典诗词的复兴。

二　国语运动带来的新旧文学观念的论争

教科书的内容、语言形式以及教学方法的改革，是近代教育发展的产物，也是促进教育现代化的动力。在五四新文化运动的影响下，"1918年11月23日教育部公布了注音字母，总长为傅增湘，《新青年》完全用白话做文章了，胡适发表《建设的文学革命论》，'文学革命'与'国语统一'遂呈双潮合一之观"[3]。文学领域提倡白话文的同时，国语教学也把采用白话文提上日程。这不仅是受文学革命的感召，更是教育自身发展的需要。因为国语教学本来就与义务教育、普及教育密不

---

① 廖恩焘等撰：《如社词钞》第一集，1936年，南京大学图书馆古籍部藏。

② 同上。

③ 黎锦熙：《国语运动史纲》，商务印书馆1943年版，第70页。

可分，而中国传统教育一直由脱离社会生活且掌握困难的文言文统治着，提倡白话文教学与教育和社会变革相关，已经超出了文字形式改革的意义。新文学发展与国语教育紧密联系，国语教育需要以新文学为教学内容，新文学需要以国语为基础。1919 年，刘复、周作人、胡适、朱希祖、钱玄同、马裕藻等提出国语统一方法的议案，其"第三件事"为"改编小学课本"，他们指出：

> 统一国语既然要从小学校入手，就应当把小学校所用的各种课本看作传布国语的大本营；其中国文一项，尤为重要。如今打算把"国文读本"改作"国语读本"：国民学校全用国语，不杂文言；高等小学酌加文言，仍以国语为主体。"国语科"以外，别种科目的课本也该一致改用国语编辑。

在新文化力量的积极推动下，1920 年 1 月 12 日北洋政府教育部向各省发布训令，

> 民九一月教育部训令全国各国民学校先将一二年级国文改为语体文：
> 案据全国教育会联合会呈送该会议决推行《国语以期言文一致》案，请予采择施行；又据国语统一筹备会函请将小学国文科改授国语，迅予议行各等因到部。
> 现在全国教育界舆论趋向，又咸以国民学校国文科宜改授国语为言；体察情形，提倡国语教育实难再缓。兹定自本年秋季起，凡国民学校一二年级，先改国文为语体文，以期收言文一致之效。

并作出了详细的规定：

> 凡照旧制编辑之国民学校国文教科书，其供第一第二两学年用者，一律作废。第三学年用书，秋季始业者，准用至民国十年夏季为止；春季始业者，准用至民国十年冬季为止；第四学年用书，准用至民国十一年夏季为止；春季始业者，准用至民国十一年冬季为

止。至于修身算术唱歌等科，所有学生用书，其文体自应与国语科之程度相应，不合者应即作废。

要求全国各学校自本年秋季起，先将一、二年级的国语课本改为语体文（即白话文），"以期收言文一致之效"。随即，教育部又通告：国民学校文言教科书分期作废，逐渐改用语体文；截至1922年冬季，凡原先使用文言所编教科书（包括国文、修身、算术、唱歌等）一律废止，各种教材一律改为语体文。商务印书馆1920年春出版了白话文的《新体国语教科书》8册。同年7月，商务印书馆又出版《新法国语教科书》。12月中华书局出版《新教育国语读本》。这两套书都先教注音字母。同年商务印书馆出版了第一部采用语体文和新式标点符号并提行分段的中学教科书《白话文苑》4册。各种小学课本多选入童话、寓言、笑话、自然故事、生活故事、传说、儿歌、民歌；中学课本则删去了封建性的说教文章，补充了体现科学和民主精神的新鲜内容。此后，中小学文言教科书逐渐被淘汰。"初等小学四年间纯用语体文，而正其科目名称为'国语'，就在民九完全定局了。"① 教科书由白话取代文言，是一场影响深远的语言革命，它既改变了文言和口语相分离的语言使用状况，克服了读写和听说之间的内在分裂；又重新构建了语体文，使语言的改革与思维发展的逻辑相适应，从言约义丰的文言向清晰明确的白话进化，改含混模糊的传统思维方式为西方精准的科学型思维。教科书从文言向白话的变革有利于教育与科技的普及和推广，有利于在教学中传播民主和科学精神。白话文运动本质上是一个适应变迁了的现代社会心理及世界文化交流的需要，创造新的语义系统以使文化世俗化的过程。白话文成为教育话语后，无形中肯定了新文化运动的功绩，确保了新文化在文化领域的权威地位，使得保守主义阵营在与新文化阵营的对决中，缺乏后继力量和发表舆论的喉舌及支持者。

国语运动是促进民主与自由观念推行的教育现代化改革，南京国民政府成立后，以"三民主义"教育宗旨为教科书的编写基准，对民主自由理念大加戕害，进行思想控制。国民党中央教育行政机构对教科书

---

① 黎锦熙：《国语运动史纲》，商务印书馆1943年版，第110—115页。

编审采取严格的审定制，1927 年 8 月，国民政府教育行政委员会在《实施党化教育草案》中规定："要把学校的课程重新改组，使与党义不违背又与教育学和科学相符合，并能发扬党义和党的政策。"同时决定："应赶促审查和编著教科用图书，使与党义及教育宗旨适合。"教育行政委员会还通过《组织教科书审查会章程》，饬令各书店限期将小学用新学制国文、国语、公民、社会、常识、历史、地理各种教科书呈会听候审核。1927 年 12 月，大学院公布《教科图书审查条例》，主要内容包括：中小学教科用图书，"非经中华民国大学院审定者，不得发行或采用"；教科书"以不背党的主义、党纲及精神，并适合教育目的、学科程度及教科体裁者，为合格"；应行审查的教科书，按其性质分为"三民主义、国文国语、外国语、社会科学、自然科学、职业各科及音乐、图画、手工、体操"等 7 类；已经审定的教科书，"应在书面上记明某年某月经大学院审定字样"；审定后的教科书，"如经过两年时间，经大学院认为不合时宜者，得取消其审定效力"。[①] 政府制定教材必须"适合党义，适合国情，适合时代性"。"凡足以羽翼三民主义的作品，皆定为学生的课外参考书。除党义课程外，凡学校各项功课皆须与党义相联络，组织成一整个系统的党化课程。"[②] 名义上要求以"三民主义"为教育基本宗旨，实质上是以封建伦理道德来规范教育，压制了"五四"以来的新文化运动，使教育后退为统治者推行思想控制、培养顺民的工具。30 年代初教育界兴起了"尊孔读经"的逆潮，1934 年湖南、广东等省教育当局强令中小学读经，政府随即进行制止。但由于国民党试图重建封建伦理，利用封建道德麻痹人民，所以最初产生冲突的必然是语体复古问题。国民党中央政治学校教授汪懋祖在《禁习文言与强令读经》一文中提倡"尊孔读经"，要求恢复文言，抨击了五四新文化运动，引发了 30 年代新一轮的文言与白话之争。在新旧文学的论争中，现代"大众传媒的广泛性普遍性对文言表述方式进行挑战，促进白话文的广泛使用"。除了文本形式的改进，现代传媒还推动了文学本质的进步。"大众传媒促进了中国传统文化与文学的断裂和延

---

① 《大学院公报》，第 1 年第 1 期。

② 陈青之：《中国教育史》，商务印书馆 1936 年版，第 792—793 页。

续。敲响了以文言为表述方式的正统雅文学的丧钟，促进了白话文学传统、通俗文学传统的发展。"①

1. 文言与白话之争

文言与白话之争，早在晚清就出现了。国粹派的主将们从文字、历史进化论等角度对革新派"废文言"的主张表示质疑。代表人物章太炎、刘师培等均有深厚的旧学根底，他们对中国语言文字的思考议论摆脱不了文字与中国传统文明相纠葛的情结，将文言视作国粹。章太炎认为汉语本身凝结了中国思想的精华，对文字进行任何革新，只会使生民受累，是一种缺乏远见的举动。他反对白话的理由是白话比文言更难，用白话做文章，非深通小学不可，否则不知现在口语中的某音对应的是古代的某音某字，更容易写错。刘师培则持调和论，认为白话文在文字发展上是一种倒退，但是"世界愈进化，文字愈退化"。要使社会进步，中国之急务乃是言文合一，使识字者日多，再以通俗文推行书报，有助于启蒙民众。但他对维新派废文言的说法又不赞同，认为文言和白话两套语言系统可以并存，不必偏废一端。1905 年田北湖在《论文章源流》中写道："国与国之阶级有文明之程度焉，视其文字之精粗、美恶以定优劣耳。故此以文言之盛久而弗衰，虽人事万变，世局日新，莫得改易，乌能废弃哉？"②

语言是传播文化的工具。采用文言，抑或采用白话，乃是影响文化传播的重要因素。语体形式的变化间接体现了社会变革，自清末以来改革者一直推崇白话。"清末西洋文学潮流渐侵入，在文言方面，只是'桐城派'因翻译工作而出了一个旁支（严复和林纾），报馆文体也打破了一些传统的拘束（梁启超倡之）；在白话方面也不过出了少许模拟的短篇小说，直到民国七年（1918），才真起了大革命：把从前所有远于'大众语'的各种问题都叫做'死文学'，把近代从'大众语文学'刚演出来的白话作品都叫做'活文学'；'死文学'一律打倒，'活文学'则认为'文学正宗'。整个大革命使智识阶级的人换了一个根本观念：二千年来文人学士都看不起的'大众语文学'，二千年来文人学士

①　蒋晓丽：《中国近代大众传媒与中国近代文学》，巴蜀书社 2005 年版，第 83、228 页。
②　田北湖：《论文章源流》，《国粹学报》第 3 期，1904 年。

都要摆臭架子，戴假面具，阳为拒绝，而暗地里却偷袭他乃至跟着他走的'大众语文学'，到此才认定他有个相当的地位。"① 正如胡适所说："有了新工具，我们方才谈得上新思想和新精神等等其他方面。"因此，新文化运动的倡导者力主白话文学乃为中国文学之正宗。胡适在一些文章中也多次追溯了这个历史过程。等到五四新文化运动爆发之时，白话代替文言已经水到渠成。1921 年运用白话进行创作的新文学工作者，先后成立了文学研究会、创造社等新文学社团，发宣言、办刊物，向旧的文学世界展开了全面进攻。北洋政府教育部也在这一年宣布小学教科书采用白话，正式承认了白话文学的宗主地位。也就是说《学衡》创刊之时，新文化运动已获大胜，白话已经是权威语言形式了。

　　在这种情形下，《学衡》独倡异论。他们完全反对废弃文言，独尊白话，认为：（一）白话的出现是由于文学体裁（小说、戏曲）的增加而非语言更迭式变迁，因此文言体裁应与白话体裁并存，不应用白话取代文言。"吾谓白话文为中西文学接触后所引起之一种变迁，而亦古文家义法森严压迫下之一大反动也。""文言文创业垂统历保其文学正宗地位，既数千年于兹其仍将光辉永存者，岂不以有其历史的根基与本身的价值在耶。"②（二）用文言还是白话，需按自然规律来发展，若强制使用白话，废除文言，"则错淆涣散，分崩离析，永无统一之日"。"若必以其为随时代进化而来之今所专用之新文学，以其为文学界之唯一途径，则为不可通之论。"③（三）白话文篇幅冗长，方言不能统一，体裁不完整。（四）白话文在文学的艺术和功用上不及文言文。"中国文言与白话之别，非古今之别，而雅俗之别也。"④"学衡派"认为文言是一种表达思想感情的工具，同时也是传统文化的具体象征，他们以为只有保住了文言，才能保障现代与传统之间的连续性，才可以"保存国粹，发扬国光，巩固国础"⑤。梅光迪指出文言作为一种文学语言，是通过几千年来的历史积累，在典雅的文学作品中被凝练、加工而创造出来的

①　黎锦熙：《国语运动史纲》，商务印书馆 1943 年版，第 83 页。
②　易峻：《评文学革命与文学专制》，《学衡》第 79 期。
③　同上。
④　胡先骕：《评胡适五十年来中国之文学》，《学衡》第 18 期，1923 年 6 月。
⑤　吴宓：《论今日文学创作之正法》，《学衡》第 15 期，1923 年 3 月。

语言,艺术性自然要比一般老百姓要高明得多,用白话文代替文言、废弃文言,其结果非但不能造就真正的新文学,反而会抹杀文学本身的价值。易峻在《评文学革命与文学专制》一文中指出:"(1)文言文为能表现艺术而亦能便利功用之文学,有数千年历史根基深厚之巩固,有四百兆民族文物同轨制要求,又须与吾民族之生存同其久远之价值。(2)白话文则为艺术破产而功用不全之文学,只能为文学一部分之应用工具,只能于文学某种意义上有其革新之价值,只能视为文学的时代发展中之一种产物,绝不能认为文学上革命进化的一代'鼎革'而遂欲根本推翻文言。""白话文在文学的艺术与功用两方面俱无健全的理论与基础,而文言文方面却有坚实的壁垒与深厚之根源。""文言非他,就功用方面言乃白话之简约的表现也。就艺术方面言,乃白话之艺术的表现也。"相形之下,白话文"不能使文章简洁明快,又丧失声律的艺术不能使吟诵谐和,不能使文章发生音节之美感。故吾人读白话文,每觉其繁重枯涩,粘滞芜漫,或浮薄粗俗,直率刻露"。所以白话文是一个"艺术破产的文学"。诗人吴芳吉不同意新文学运动将白话与文言对立,以白话语体形式作为文化运动的中心,不能算真正的文学革命;废除汉字是叛祖离宗。他认为"白话运动"能让文化服务于人民,老百姓人人会读诗、赏诗,但一味追求"白话",完全抛弃中国悠久的历史文化,完全摒弃文言不合理。对于那些托言保存国粹者,吴芳吉同样不欣赏,认为是患了枯瘠病,没有吐故纳新,哪来新鲜血液?只有新陈代谢,才能促进文学发展,改革是文学发展的必经之路。从"学衡派"成员对待文言与白话的态度上可以看出"学衡派"偏重于"亘古长存的文化因素"的一面,他们对传统的文言保留肯定态度;对新兴的白话亦不完全否定。只是因为他们的刊物上充斥文言,遂使人们忽视了对其主张的细微辨析。实际上新文学所运用的语言,也不是他们大力倡导的言文一致的白话。实践证明,"白话文的倡导者和反对者似乎都不曾认识到,最后在五四文学中形成的'国语'是一种口语,欧化句法和古代典故的混合物"①。被称为白话美文典范的冰心、朱自清先生的作品

---

① 胡适:《逼上梁山》,《中国新文学大系·建设理论集》,上海文艺出版社 1980 年影印本,第 20 页。

同样吸收了不少古典的语汇和句式。教育的普及促进了白话权威地位的建立，20年代关于文言和白话的论争以白话文的最终胜利而告终。白话文运动不仅是文学语言的变革，也是整个社会书面语言的变革。受过中学正规教育的青年带着从学校里学来的白话文和新文学观进入社会的各阶层，成为新文学和新文化的重要社会基础、基本读者群和支持力量。但文言并没有完全消失，潜伏在主流之下，甚至凝结在文学内部，成为文体中不可磨灭的一部分。

30年代关于文言与白话之争率先在《时代公论》①上挑起。国民政府为加强统治，利用中国封建忠孝节义思想控制群众，蒋介石带头掀起了尊孔复古的逆流。1934年5月30日，国民党中常会决议定8月27日为孔子诞辰纪念日，当日各地举行了大规模的祭孔典礼，纷纷发表尊孔复孔和反共演说。南京的孔诞纪念会由汪精卫、戴季陶主持。曲阜举行祀孔典礼时，国民党中央秘书长叶楚伧，率南京政府各院部等机关代表参加，行政院秘书长褚民谊和山东省主席韩复榘陪祭。各地报刊亦多出祭孔专号，掀起尊孔潮流。11月15日，国民党中常会第147次会议，通过《尊崇孔子发扬文化案》，规定：（1）将衍圣公改为大成至圣先师奉祀官，并给特任官待遇，（2）四哲以旧赠名义，给以复圣奉祀官名义，并给荐任官待遇，（3）至圣及四哲嫡裔，由国家资给培植至大学毕业；（4）特设小学于曲阜，优待孔子、颜回、曾参、孟轲后裔，其优待办法由教育部定之。同日，国民政府训令教育部，以"天下为公"歌为孔子纪念歌，将"尊孔"和"三民主义"两种风马牛不相及的思想拉到一起。这一潮流的直接后果就是文言的再次复兴。国民党中央政治学校教授汪懋祖在南京《时代公论》第110号上发表了意见，在《禁习文言与强令读经》一文中指出所谓的白话实则为欧化语体，一味推行白话文，将导致中国传统文学泯灭，民族意识消失。要求恢复文言，并抨击五四新文化运动引发了中学课程中民族观念的淡漠：

---

① 《时代公论》，1933年4月1日创刊，由时代公论社出版发行，通讯处南京国立中央大学。周刊，刊物内容分为《时事述评》、《政治·外交》、《法律》、《经济》、《教育》、《中日问题》、《青年问题》、《国际》、《西北》、《杂著》、《文艺》等栏目，作者包括张其昀、顾一樵等人。

　　近来文字，往往以欧化为时髦，诘屈不可理解，须假想为英文而意会之，始能得其趣味，使学生重而习之，其困难几同读经，而语调奇变，几非中国人矣。

　　白话文长于描写物态，发抒柔情，文言文便于叙事，说理，议论，应用，而壮烈之节，激昂之气，尤有资于文言。

　　吾国所谓现代语体文，乃新文化运动之产品，而其运动之意义，在于发挥个人主义，毁灭礼教，打倒权威，暗示斗争。今则变本加厉，徒求感情之奔放，无复理智之制驭，青年浸淫日永，则必有更新奇之作品，方得读之而快意……

　　而两次修订标准，文言文分量愈削愈少，势将驱除文言文于中学课程之外。而尽代之以白话，使十数年后，文言文绝迹，移风易俗，莫善于此矣。宜有人主张高中全用语体，以为必如是则教育普及，社会进步，不意民族意识，从此告亡。①

　　国民党政府教育部吴研因撰文反对，汪懋祖又作《中小学文言运动》加以反击，提出"读经并非恶事"，"时至今日，使各省当局如何陈辈之主张尊孔读经，可谓豪杰之士"。② 接着许梦因等人在《时代公论》、《中央日报》等报刊连续发表《告白话派青年》、《文言复兴的自然性与必然性》等文章，为复兴文言大作舆论准备。余慕陶在《小学读经与学习文言文》中指出："民国以来，读经问题，以政治力量根本打销，文言文在晚近亦以政治力量而逐渐排除于学校课程以外。""立国必须国民具有共通之精神，而此共通之精神又势必依据固有之文化以建设之。……盖不解文言，微特不能窥及中国文化之宝藏，并且不能为一中国人也。"③ 许梦因的看法与此相近，在《告白话派青年》中说："白话必不可为治学工具。今用学术救国，急应恢复文言。""今中国学者两种最大之任务，曰复兴民族文化，曰接受西洋科学。欲明本国文化，又必先习记载此文化之文言。"④ 这种说法类似于晚清国粹派的说法：不懂文言文意味着不懂传

---

① 《时代公论》第 110 号，1934 年 5 月 4 日。

② 汪懋祖：《中小学文言运动》，《时代公论》114 号，1934 年 6 月 1 日。

③ 余慕陶：《小学读经与学习文言文》，《时代公论》115 号，1934 年 6 月 8 日。

④ 许梦因：《告白话派青年》，《时代公论》117 号，1934 年 6 月 22 日。

统文化，进而丧失民族意识，直至"国将不国"。这种说法出现于晚清，可归结为民族主义高涨的结果。出现于国民党统治的 30 年代，则是由于民族危机再度出现，政府以此来加强国内控制。"文言复兴论"在社会上也得到了支持和张扬的应和声，"新垒社"社长李焰生撰写的《由大众语文文学到国民语文文学》公然宣称，"文言做了几千年的文化符号，又为全国人所习知，很具有统一性，非方言所能及的"。① 新文化阵营以"大众语"的讨论来转移他们对白话文的攻击，陈子展发表了《文言—白话—大众语》，以文言与白话的论争早已分出胜负，下面应当以融合文言与白话的优点的大众语的发展为主要研究对象。讨论者清醒地认识到文言复兴并不是一个单独的问题，而应将它与"那一串读经、尊孔、逃禅、佞佛等反动的主张联络起来当作整个的复古运动之一环去看的"②。鲁迅特别提醒要注意那些利用大众语的复古分子，"文言的保护者，现在也有打了大众语的旗子的了，他一方向，是立论极高，使大众语悬空，做不得；别一方面，借此攻击他当面的大敌——白话。这一点也须注意的。要不然，我们就会自己缴了自己的械"。③ 如杨公达发表了《文言白话与大众语》，赞同"文言白话不特应该并存，更应互相为用。……（大众语）提倡文字普遍化，语言通俗化"④。文言复兴之论终究已是日薄西山，这场论争很快从文言白话之争转入到大众语的讨论中去了。实质上 30 年代的语体之争是国民党政治宣传与左翼作家的一次交锋，是政治利益不同的两个集团对于话语权的争夺，与 20 年代的论争相比，已不具备文体上的开创意义和革新色彩，是一场言在此而意在彼的论争。这种论争源于双方建构不同的政治话语的政治野心，创造并扩张符合自身利益的文化努力。

2. 新旧文学观念之争

白话文运动并不是文学革命的全部。李大钊在《什么是新文学》一文中说："我的意思以为刚是用白话作的文章，算不得新文学；刚是介

① 李焰生：《由大众语文文学到国民语文文学》，《社会月报》1 卷 3 期，1934 年 8 月。
② 陈颜：《对于"文言""白话""大众语"应有的认识》，载宣浩平编《大众语文论战》，启智书局 1934 年版。
③ 鲁迅：《答曹聚仁先生信》，《社会月报》1 卷 3 期，1934 年 8 月。
④ 《时代公论》第 125 号，1934 年 8 月 17 日。

绍点新学说、新事实，罗列点新名词，也算不得新文学。"① 鲁迅也说过，白话文学"倘若思想照旧，便仍然是换牌不换货"。新文学观念的变革实行的是"拿来主义"，借用西方文艺复兴以来的进步文学潮流，特别是西方现实主义文学思潮的成果，作为变革旧文学、重构新文学的评判标准和价值参照体系。蔡元培在《中国新文学大系·总序》中认为新文学运动，"正象欧洲的文艺复兴一样，是一切复兴的开始。……我们的复兴，以白话文为文学革命的条件，正如但丁等同一见解"②。20 年代《学衡》的创办，代表着文化守成主义者对于文学激进派的自觉纠偏、互补意识，反抗新文化、新文学的话语霸权，以文化保守主义者的姿态抗衡文化激进。"学衡派"在杂志开篇便标明宗旨是："论究学术，阐求真理，昌明国粹，融化新知。以中正之眼光，行批评之职事。不偏无党，不激不随。"表现出与文化激进主义者们倡导欧化、否弃传统文化不同的文化保守主义态度。吴宓曾指出："一国之文学枯燥平淡无生气久之，必来解放发扬之运动，其弊则流于粗犷散乱紊乱无归，于此而整理收束之运动又不得不起。此二种运动方向相反如寒来与暑往，形迹上似此推彼倒，相互破坏，实则相资相成，去其瑕垢而存其精华。"在《文学与人生》中，吴宓肯定了文化发展中"革命"的不可避免性，确认自己的使命就是在"传统"与"革命"之间吸取合理性成分，建立中正的道德和文化。他们对传统的尊崇是以西方新人文主义的眼光重新体认传统价值后所得的理性信念，而不是复古派出于卫道热忱体现出的恋旧和守旧。

"学衡派"与新文学阵营的论争实质上是新人文主义与唯科学主义之间的论争。《学衡》批评的火力主要集中于批评杜威以及实用主义哲学，认为这是新文化运动最重要的外来思想源泉。这些指向不明且煽动性强烈的思想的传播首先在青年中得到广泛支持。"《新青年》与《学衡》的对抗，主要体现在对于传统及欧西文明的不同想象，同时也落实在知识者言说的方式上。眼看着新文化运动得到青年读者的热烈响应，

① 李大钊：《什么是新文学》，载朱文通等编《李大钊文集》第 3 卷，人民出版社 1999 年版，第 600 页。

② 蔡元培：《中国新文学大系·总序》，《中国新文学大系·建设理论集》，上海良友图书公司 1935 年版，第 3—11 页。

正如火如荼地展开，《学衡》诸君奋起反抗，首先针对的便是这种诉诸群众运动的策略。"① 梅光迪在《评提倡新文化者》（1 期）揶揄："彼等非创造家乃模仿家。其所称道以创造矜于国人之前者，不过欧美一部分流行之学说，或倡于数十年前，今以视为谬陋，无人过问者。杜威、罗素为有势力思想家中之二人耳。而彼等奉为神明，一若欧美数千年来思想界，只有此二人者。马克斯之社会主义，久已为经济学家所批驳，而彼等犹尊若圣经。其言政治则推俄国，言文学则袭晚近之堕落派。" 吴宓在《论新文化运动》（4 期）中质问："近年国内有所谓新文化运动者，其持论则务为诡激，专图破坏。……其取材则惟选西洋晚近一家之思想，一派之文章，在西洋已视为糟粕、为毒鸩者，举以代表西洋文化之全体。""西洋文化中究以何者为上材，此当以西洋古今博学名高者之定论为准，不当依据一二市侩流氓之说，偏浅卑俗之论，尽反成例，自我作古也。然按之事实，则凡夙昔尊崇孔孟之道者，必肆力于柏拉图、亚里士多德之哲理；已信服杜威之实验主义者，则必谓墨独优于诸子；其他有韵无韵之诗，益世害世之文，其取舍相关亦类似此。" 梅光迪在《论今日吾国学术界之需要》（4 期）中暗指杜威思想并非救世灵药，胡适等人对他的神化未免过分："今日吾国学术界之最大需要……若为长远计，则当建立真正之大学数处，荟集学者自由讲习，以开拓少年之心胸，使知识界学术广博无涯，不能囿于一说，迷信偶象。同时又多延西洋名师，而派别不同者，来华讲学，待之以学者之礼，使其享幽闲高洁之生涯，不可再以群众运动之法，视为傀儡而利用之，到处欢迎，万众若狂，如西国政客之选举竞争然。" 刘伯明在《杜威论中国思想》（5 期）中理性分析了杜威思想的不恰当，"杜威主创造之理智，以思想为应付困难之工具，其性质为预料而非回顾。……其急遽迫促如弓之张，而乏从容安闲之态。偏重创造，不知享受，贪多而不知足，日进而不知止，其结果则技术厌倦，心思烦乱"。《学衡》第 12 期汤用彤在《评近人之文化研究》中索性撕破脸皮，辛辣讽刺："罗素抵沪，欢迎者拟及孔子，杜威莅晋，推尊者比之为慈氏。今姑不言孔子、慈氏与二子学说轩轾，顾杜威、罗素在西方文化与孔子、慈氏在中印所占地位，高下悬殊，自不

---

① 陈平原：《思想史视野中的文学——〈新青年〉研究（下）》，载程光炜主编《文人集团与中国现当代文学》，人民文学出版社 2005 年版，第 31 页。

可掩。此种言论，不但拟于不伦，而且丧失国体。"

"学衡派"与新文学的发展理念有差别，他们不同意新文学阵营将文学分为新旧两种，吴吉芳认为评价文学作品的标准不在新旧，而在"文心之得丧，集古今作家经验之正法，以筑成悠远之坦途，还供学者之行经者"，虽然文学作品很多，时代怎样变，而"文心"不变，伟大的作品共同具有"文心"，要真正确立文学之地位，应该"把握文学的真谛所在"。"学衡派"不满新文学家的话语霸权，借助传统的力量削弱或瓦解这种霸权。"惟反对其（白话文学运动）于文学取革命行动，反对其欲根本推翻旧文学以篡夺其正宗地位，而霸占文学界之一切领域，专制文学界之一切权威而已。"

五四新文化运动提倡民主、科学，提倡新道德、新文学，张扬人道主义、个性主义的思潮，主张人权、平等，都是服从于民族发展的需要而进行的理性选择，胡适曾经将这种新思潮的意义总结为颇有理性色彩的"评判的态度"。信奉新人文主义的"学衡派"同样崇尚理性，他们遵从"规训与纪律"，讲究"选择与同情"，对待中国问题尤其主张审慎的思辨。由于新文化运动的基本思路是将中国社会政治问题归结为文化问题，新青年派所进行的文化批判并不是依照文化的内在价值而加以评判，而是依照工具理性即按照达成现实政治目的的需要而进行。相形之下，"学衡派"则更偏重于对事物本身进行纯学理性的判断。"旧文学在文艺上之优点即为其能具有简洁雅驯堂皇富丽既整齐谐和微婉蕴藉之风致，尤以声韵感召心灵，其暗示美感之力至强，而最使文章能有情韵深美之致也。至其便于词句之简练，尤足臻文章于言简意赅气骏词快之胜境。""学衡派"虽然不满《新青年》流于意气之争的批评方式，指责其"对于老辈旧籍，妄加抨击，对于稍持异义者，诋谋谩骂，无所不至"，并在创刊时表示要"平心而言，不事谩骂以培俗"，但在论争中，他们自己也并不能避免偏激的攻击之词，如梅光迪攻击新文化运动先驱为"浮滑妄庸之徒"，"政客滑头之流"，以致胡适看到《学衡》后在 1922 年 2 月 4 日中的日记里写道："东南大学梅迪生等人出的《学衡》，几乎专是攻击我的。"还写了一首打油诗以表轻视：

　　老梅说：
　　·"《学衡》出来了，老胡怕不怕？"

　　老胡没有看见什么《学衡》，

　　只看见一本《学骂》！①

　　正如吴宓曾经指出的那样，论辩文字常常"不谈正理，但事嬉笑怒骂，将原文之作者，加以戏侮轻鄙之词，以自呈快于一时，而不知评其文，非论其人也"②。这种以"激进"为底色的论辩态度是五四时期所特有的，既是时代背景影响下的强烈情绪展现，也体现出那一时期知识分子对学术理念的看重与坚守。"学衡派"推崇中国传统文化，在新人文主义的旗帜下批判新文学是导致人欲横流、纲纪失坠的祸首，其毒害不仅存于文学界，甚而扩展至各领域乃至危及民族存亡，所以新文学是可诛可杀的邪恶事物。新旧双方的论争不仅是学问知识的较量，还是道德人格的比拼。"学衡派"如大部分传统士人一样，将道德和知识视为不可分割的统一体。认为中国受到西方文明的影响，必定要经历工业化和科学化，但当今国人缺乏指引人性趋善祛恶的宗教信仰和道德意志，因此随着物质文明的发展、宗教道德失坠，新派知识分子宣传的各种革命不过是不同形式的争权夺利，损坏传统世道人心。要救国救世，必须从改良人心，提倡道德做起，只有道德增进，才是真正的改革和进步。《学衡》以严正的态度和文化制衡的理念反对新文化运动，但20年代新文学运动的优势地位已经确立，虽然《学衡》提出的文化建设道路至今看来颇有合理之处，当时却不能得到社会支持。其失败原因除了其本身议论芜杂、缺乏实据外，没有得力的媒体为之共造声势也是很重要的原因。《学衡》每月一期，稿件全由同人提供，数量匮乏，销量较低，最多的一个月卖六百本。而其反对者众多且大部分已经是文坛上知名人物，如鲁迅、胡适等，社会中影响范围巨大的报刊如《晨报》、《民国日报》、《时事新报》等都倾向于新文学，这些报纸是销量在三万以上的日刊，其读者群和影响力远超过《学衡》。在新文学阵营的强有力的舆论攻势下，

　　① 胡适：《胡适的日记》，中国社会科学院近代史研究所中华民国史研究室编，中华书局香港分局1985年版，第260页。

　　② 吴宓：《论新文化运动》，《学衡》第4期，1922年4月。

《学衡》很快就被冠以"复古派"、"反动思潮"之类的罪名，成为世人眼中的老朽枯木，直到 90 年代才得以翻案。

三　关于诗歌审美标准的论争

"学衡派"以文化保守主义立场对新文化的批评，随着当今学术思潮的反思获得广泛的理解与同情，其思想文化上的建设性意义也得到了详细的阐述。"学衡派"成员善为旧诗文，主张以"新材料入旧格律，合浪漫之感情与古典之艺术。"① 所谓"新材料"指的是"西洋传来学术文艺生活器物，及缘此而生之思想感情等"，所谓"旧形式"即："吾国诗中所固有之五七言律绝古体平仄押韵等。"② 吴宓、吴芳吉、胡先骕等人都有诗集行世，在"学衡派"对"新文学"的整体批评中关于新诗的审美标准的讨论是其中的重要部分。梅光迪、吴宓、吴芳吉、李思纯、邵祖平等，都曾对新诗提出过尖锐的批评。他们对"诗"的构想与他们设计的文化发展路径相同，与新诗的发生具有相同的历史处境和共同的发展意图。他们认为新诗根本不是诗。"学衡"诸人对"新诗"的质疑早在"学衡派"聚集之前就已存在。梅光迪与胡适在美国留学时期的论争是"白话诗"方案提出的直接策动。而学衡诸人与新文学间的冲突，大多在他们留学美国期间也已经开始。胡适与胡先骕早在美国就相识，在《文学改良刍议》一文中，胡适在谈到"八事"中"务去滥调套语"一项时提到："今试举吾友胡先骕先生一词以证之"，认为胡先骕的词"骤观之，觉字字句句皆词也，其实仅一大堆陈套语耳"。胡先骕对此大为不满，在《中国文学改良论》中反唇相讥，指出白话诗不是诗，并对刘半农、沈尹默的诗作大加嘲讽。《尝试集》出版后，更是"不惜穷两旬之日力"，倾尽全力进行批评。这篇长文《评〈尝试集〉》被认作："是文学革命自林纾而外所遇之又一劲敌。"③ 全

---

① 吴宓：《论今日文学创造之正法》，《学衡》第 15 期，1923 年 3 月，亦见于吴宓《评顾随〈无病词〉〈味辛词〉》，《大公报·文学副刊》，第 73 期，1929 年 6 月 3 日。

② 吴宓：《论诗之创作答方玮德君》，《大公报·文学副刊》第 210 期，1932 年 1 月 18 日。

③ 陈子展：《最近中国三十年之文学》，《中国近代文学之变迁：最近三十年中文学史》，上海古籍出版社 2000 年版，第 293 页。

文仿照《文学改良刍议》分成八个部分："从《尝试集》之性质"到"声调格律"、从"文言白话用典"与"诗"之关系，再到"诗之模仿与创作"、"古学派与浪漫派之比较"，从大处着笔，理论的辨析与文学鉴赏占据了大部分篇幅，把《尝试集》中的具体作品概括为"枯燥无味之教训主义"、"肤浅之象征主义"、"肉体之印象主义"。胡适提倡白话诗和白话文的理由有两条：一是认为过去的文字是死文字，白话文中所用的文字是活文字。用活文字所作的文学是活文学，用死文字所作的文学是死文学。胡适将诗歌音节和韵律亦看作束缚自由的东西，不惜尽数抛弃，损害了诗歌具有的音韵美。胡先骕认为这种说法逻辑上有问题：胡适将中国古文比作古希腊文和拉丁文，把中国白话比作英、德、法文，二者是没有共同点的，也不能依据西方语言形式的变迁来推导中国文体的发展历程。他指出诗的功用在于能表现美感和情韵，不在文言白话之别。胡先骕在《评〈尝试集〉（续）》中指出："胡君之诗所代表与胡君论诗之学说所主张者，为绝对自由主义。而所反对者为制裁主义，规律主义。以世界文学之潮流观之，则浪漫主义、卢骚主义之流亚。"并且作出价值论断："是胡君真正新诗之前锋，亦独创乱者为陈胜吴广而享其成者为汉高。此或尝试集真正价值之所在欤。"

白屋诗人吴芳吉也认为"民国之诗，当有民国之风味"，提出新的诗歌标准：

> 吾侪感于旧诗衰老之不惬人意则同。所以各自创其新诗者不同也。新派之诗，在何以同化于西洋文学，使其声音笑貌，宛然西洋人之所为。余之所谓新诗在何以同化于西洋文学，略其声音笑貌，但取精神情感，以凑成吾之所为。故新派多数之诗，俨若初用西文作成，然后译为本国诗者。余所理想之新诗依然中国之人，中国之语，中国之习惯，而处处合乎新时代者。余之取于外人，亦犹取于古人，读古人之诗，非欲返作古人，乃借鉴古人之诗以启发吾诗。读外人之诗，断非诌事外人，乃利用外人之诗以改良吾诗也。
>
> 余之于诗，欲以中国文章优美之工具，传述中国文化固有之精神，即一身为之起点，应时代以与无穷，不必高谈义理，但注重于躬行。不必虚矜考据，但终期于创作，不必专务词章，但求为人为

文之归一致。①

　　"在某种意义上,'学衡'的声音,恰恰构成了新诗合法性辩难的重要一环。"②"学衡派"成员学贯中西的知识背景,使他们善用中西比较的眼光,用"整体主义"的态度,来建构文论、诗论的形态。他们关注的不是具体的写作文本和结构,而是作为一种知识的、超越文化、语言之上的、普遍的"诗学原理",具体表现为:"一、对所谓'诗'的文类界限的维护;二、对'新诗'背后的历史主义倾向的抗拒。"③"旧诗"仍是被用来与新诗相互参照的诗歌典范,但"诗"与"文"的区分,已代替了"文言"与"白话"的冲突。对晚近的诸多文艺新思潮理念上的对立与影响的程度的担忧,使"学衡派"对新思潮的文学形式和宣传工具:新文学作品,尤其是新诗的态度非常鲜明,就"什么是新诗"、"新诗是否具有文学价值"、"新诗的传播途径及未来发展"等方面都进行了探讨,新旧文学双方对于这一问题都给予了较多的关注。④ 吴宓曾经指出:"故新诗人日日作散文,乃假诗之名以炫人。即察其作出之诗,与其自标之宗旨亦不相合。"⑤ 新旧两派对于诗歌标准的歧见集中体现在关于《蕙的风》的论争中。

---

①　吴芳吉:《白屋吴生诗稿自叙》,《学衡》第 67 期,1929 年 1 月。

②　姜涛:《"新诗集"与中国新诗的发生》,北京大学出版社 2005 年版,第 186 页。

③　同上书,第 188 页。

④　在"学衡派"之前,关于诗学研究问题曾有过激烈论争。1921 年 10 月 26 日《南高—东南大学日刊》(此刊至今未有人发现)出推崇旧诗的"诗学研究号",与白话新文学由革命已走上建设(这一年"文学研究会"、"创造社"两大社团已经形成)的大潮相背离。《时事新报·文学旬刊》上关于《南高东南大学日刊》上"诗学研究号"的激烈批评和反批评的文章共 7 号(期):1921 年 11 月 12 日第 19 号上有斯提(叶圣陶):《骸骨之迷恋》。1921 年 12 月 1 日第 21 号上有薛鸿猷:《一条疯狗》、守廷:《对于〈一条疯狗〉的答辩》、卜向:《诗坛底逆流》、东:《看南京(高)日刊里的"七言时文"》、赤:《由〈一条疯狗〉而来的感想》。1921 年 12 月 11 日第 22 号上有缪凤林:《旁观者言》、欧阳翥:《通讯——致守廷》、守廷:《通讯——致欧阳翥》。1921 年 12 月 21 日第 23 号上有静农:《读〈旁观者言〉》、吴文祺:《对于旧体诗的我见》、王警涛:《为新诗家进一言》、薛鸿猷:《通讯——致编辑》。1922 年 1 月 1 日第 24 号上有幼南:《又一旁观者言》。1922 年 1 月 11 日第 25 号上有吴文祺:《驳〈旁观者言〉》、西谛:《通讯——致凤林、幼南》和凤林、幼南:《通讯——致西谛》。1922 年 2 月 1 日第 28 号上有吴文祺:《〈又一旁观者言〉的批评》。随后此刊转向对《学衡》的批评。见陆耀东《中国新诗史》第 1 卷,长江文艺出版社 2005 年版,第 68 页。

⑤　吴宓:《译美国葛兰坚教授论新》,《学衡》第 6 期,1922 年 6 月。

在中国新诗史上，关于《蕙的风》的论争是一桩著名的公案。最初这场论争的性质可以归结为新诗的审美特性与道德指向上的分歧，随着论争者的逐渐介入，论者背景的复杂化和壁垒森严的对立立场使得争论的主题转变为新旧文化理念、不同道德标准，制造了一次偏离旨归的新旧文学的交锋。从本质上来看，它不仅是关于诗歌标准的争论，更是新旧文化冲突的典型事件。

而挑起争端的胡梦华也被"标本化"，不仅当时就成为"众矢之的"，后来还被鲁迅戏称为"古衣冠的小丈夫"。《蕙的风》是中国现代新诗史上第 7 部新诗集，[①] 作者汪静之是安徽绩溪人，胡适的同乡。20年代就读于浙江第一师范学校，[②] 在朱自清等新文化倡导者的教导下，对新诗发生了浓厚的兴趣，与应修人、冯雪峰、潘谟华共同组织湖畔诗社，这一阶段他与曹佩声、丁德桢、傅慧珍、符竹因分别恋爱，种种爱情纠葛使得他拥有丰富的爱情诗素材，情诗集《蕙的风》在上海亚东图书馆出版，胡适、朱自清和刘延陵三人作序，周作人题签，并请鲁迅审读。这个初登文坛的诗人受到众多新文学运动的领袖的提携，鲁迅先生指出诗人可向雪莱、拜伦、海涅三位诗人学习，并在一封寄回诗稿的信中评价："情感自然流露，天真而清新，是天籁，不是硬做出来的。"[③] 胡适、朱自清和刘延陵三人为诗集作序和周作人为之题签，使《蕙的风》迅速走红，加印四次，销量高达两万余册，"《蕙的风》所引出的骚扰，由年青人看来，是较之陈独秀对政治上的论文还大的"[④]。这部诗集得到新文学界的众多好评。朱自清指出："……小孩子天真烂漫，少经人世间底波折，自然只有'无关拦'的热情弥满在他的胸怀

①　1922 年出的《蕙的风》是中国新诗史上第 6 本诗集，此前出的 6 本分别是胡适的《尝试集》，郭沫若的《女神》，康白情的《草儿》，俞平伯的《冬夜》，应修人、潘谟华、冯雪峰、汪静之 4 人的合集《湖畔》和朱自清、周作人、俞平伯、徐玉诺、郭绍虞、叶绍钧、刘延陵、郑振铎 8 人的合集《雪朝》。

②　浙江第一师范学校是当时名扬东南的新文化壁垒，1920 年发动"挽经风潮"，迫使浙江教育厅免去校长经亨颐的职务，夏丏尊、刘大白、陈望道、李次九离开学校。在蒋梦麟的调停下，学校聘请了姜伯韩为校长，朱自清、俞平伯、叶圣陶和刘延陵等人任教。1921 年，晨光社在潘谟华的策划下在该校成立。

③　汪静之：《回忆湖畔诗社》，《诗刊》1979 年 7 月号。

④　沈从文：《论汪静之的〈蕙的风〉》，《文艺月刊》第 1 卷第 4 号，1930 年 12 月。

里，所以他的诗多是赞颂自然，咏歌恋爱，所赞颂的又只是清新、美丽的自然，而非神秘、伟大的自然；所咏歌的又只是质直、单纯的恋爱，而非缠绵、委曲的恋爱。这才是孩子们洁白的心声，坦率的少年气度，而表现法的简单，明了，少宏深、幽渺之致，也正显出作者底本色。他不用锤炼底工夫，所以无那精细的艺术。但若有了那精细的艺术，他还能保留孩子底心情么？"① 宗白华也认为汪静之是值得夸奖的，说他是"一个很难得的，没有受过时代的烦闷，社会的老气的天真青年"，《蕙的风》中的诗是"如同鸟的鸣，花的开，泉水的流"一样的"天然流露的诗"。胡适赞颂汪静之的自由精神："在解放一方面，比我们做过旧诗的人更彻底得多。"② 汪静之说他们作诗从内容到形式"有意摆脱旧诗的影响，故意破坏旧诗的传统"③。正是这种自觉与传统诗歌划清界限，摆脱原有诗歌规范，试图开拓新诗歌的情感范畴的努力，使得汪静之在"五四"以来尚无佳作的新诗领域，初发啼声便大受褒扬。

新文学界极力夸奖《蕙的风》所具有的开创意义，然而他们也不能漠视这些诗歌内容粗浅简单，语言过分直白乃至庸俗，诗体不够完善。在三位文学巨匠的序言里，不约而同地以一种辩护的姿态，率先提出这个问题，并极力为之周全。胡适的序言一如既往地构建"诗体解放"的历史神话："成见是人人都不能免的，也许有人觉得静之的情诗有不道德的嫌疑，也许有人觉得一个青年人不应该做这种呻吟宛转的情诗，也许有人嫌他的长诗太繁了，也许有人嫌他的小诗太短了，也许有人不承认这些诗是诗。但是，我们应当承认我们的成见是最容易错误的，道德观念是容易变迁的，诗的体裁是常常改换的，人的情感是有个性的区别的。"④ 胡适体察到汪静之的情诗感情汪洋恣肆，不加拘束，有滥情的嫌疑，笔法过于大胆暴露，难免被人指责道德堕落，是新时代文人无

---

① 朱自清：《〈蕙的风〉序》，载朱乔森编《朱自清全集》11 卷，江苏教育出版社 1996 年版，第 122 页。

② 胡适：《〈蕙的风〉序》，作于 1922 年 6 月 6 日，原载《蕙的风》，亚东图书馆 1922 年 8 月版，第 1 页；又载《努力周报》第 21 期，题《蕙的风》，署名"适"，后收入《胡适文存二集》卷四。

③ 汪静之：《蕙的风·自序》，《蕙的风》，亚东图书馆 1922 年版。

④ 胡适：《〈蕙的风〉序》，《努力周报》第 21 期，1922 年 9 月。

行的体现。于是称"道德观念是容易变迁的",为这位年轻的同乡辩护。相比之下,朱自清、刘延陵的序言,更有现实针对性。比起其他湖畔诗人,生活优裕的汪静之偏离人生现实,沉溺于个人的情感世界,两位老师为此辩护。朱自清说:"我们现在需要最急切的,自然是血与泪底文学,不是美与爱底文学;是呼吁与诅咒底文学,不是赞颂与咏歌底文学。"但在承认这一"先务之急"的前提下,他还认为并非"只此一家",从而为"静之以爱与美我为中心的诗,向现在的文坛稍稍辩解了"。同时指出"静之是个孩子,美与爱是他生活底核心;赞颂与咏叹,在他是极自然而恰当的事"①。刘延陵说得更直接:"中国几千年来的文学史太不人生的,而最近三四年来则有趋于'太人生的'之倾向。对于静之的'赞美自然歌咏爱情'的作品,而批评者总不应因我偏于自然与爱情而下严辞,读者也不应受'太不人生'空气之传染而存偏见。"② 实际上对汪静之的青春吟咏,朱自清内心里并不一定看好,在《〈蕙的风〉序》写成后一个月,他在给俞平伯的信中说:"静之近来似颇浮动,即以文字论,恐亦难成盘根错节之才。我颇为他可惜。"③ 湖畔诗人应修人也私下对周作人说汪静之的有些诗"未免太情了(至于俗了),似乎以删去为宜"④。远在美国求学的闻一多也痛骂:即便在新道德标准下,"便是我也要骂他诲淫……我骂他只诲淫而无诗。淫不是不可诲的,淫不是必待诲而后有的。作诗只是作诗,没有诗而只有淫自然是批评家所不许的"。甚至认为"这本诗不是诗,描写恋爱是合法的,只看艺术手腕如何"⑤。大骂"《蕙的风》只可以挂在'一师校第二

---

①　朱自清:《〈蕙的风〉序》,载朱乔森编《朱自清全集》11 卷,江苏教育出版社 1996年版,第 122 页。

②　刘延陵:《〈蕙的风〉序》,载王训昭编《湖畔诗社评论资料选》,华东师范大学出版社 1986 年版,第 104 页。

③　朱自清:《1922 年 4 月 13 日致俞平伯信》,载朱乔森编《朱自清全集》11 卷,江苏教育出版社 1996 年版,第 120 页

④　朱自清:《1922 年 9 月 21 日致周作人信》,楼适夷编《修人集》,浙江人民出版社 1982 年版,第 267 页。

⑤　闻一多:《致梁实秋(1922 年 12 月 27 日)》,《致闻家驷(1923 年 3 月 25 日)》,孙党伯、袁謇正主编《闻一多全集·书信》,湖北人民出版社 1993 年版,第 127、162 页。

厕所'底墙上给没带草纸的人救急。"① 由此可见新文学内部对这部诗集的评价彼此矛盾，既认为它具有独特的诗体解放意义，又指出它的内容和品格是对诗歌本质的背离，在真正的诗人眼中，这是肉欲的宣泄、堕落的描摹，而不是所谓纯洁的天真的爱情颂歌。

新文学内部对这部诗集发生歧见的地方主要在于诗歌欣赏的习惯与艺术手法。东南大学西洋文学系的学生胡梦华②在《时事新报·学灯》（1922 年 10 月 24 日）上发表《读了〈蕙的风〉以后》，对《蕙的风》的不同看法从诗歌本身延伸到了新旧文化理念分歧、道德观念更替上。首先胡梦华指出《蕙的风》缺乏正确的道德观，他将诗集中的 165 首诗分为三类："轻薄的，纤巧的，性灵的。大概言两性之爱的都流于轻薄，言自然之美的，皆失于纤巧，然二者之中亦有性灵之作。"指出这是作者的一部"情场痛史"，因"哀痛过甚"而"过于偏激，而流为轻薄"。这种看法与事实相符，汪静之自称："《蕙的风》抒写的是'我'与四个恋人之间的患得患失的情事，符竹因（绿漪，录漪）外，其他三个分别是曹诚英（诗中用 B 代称）、丁德桢（诗中用 D 代称）和傅慧贞（诗中用 H 和蕙代称）。"③ 在爱情的名义下，诗人枉顾爱情所应具有的忠诚品质，游走在数位恋人之间，自我辩护为"道德是依时代精神而转移……破坏旧道德的人不是无道德，却是最有道德的人，因为旧道德已经变成不道德了"④。这种行径实质上是极端个人主义导致的自我膨胀。胡梦华所指出的"盖文学主美，虽不必去提倡道德，做无聊的伦理教训，要于抒写恋爱之中，而勿为反善德的论调，以致破坏人性的天真，引导人走上罪恶之路。故言情必不失情之正。不然，就是丑的文学，堕落的文学。还有一点，更望读者明白：我决不是主张强抑感情的中庸道

---

① 闻一多：《致梁实秋（1922 年 12 月 27 日）》，《致闻家驷（1923 年 3 月 25 日）》，孙党伯、袁謇正主编《闻一多全集·书信》，湖北人民出版社 1993 年版，第 127、162 页。

② 胡梦华（1903—1983），安徽绩溪人，1920 年考入南京高等师范英文科，1922 年南高扩为东南大学，转入西洋文学系攻读，1924 年毕业留校任教。后曾在上海商务印书馆编译所任编辑，1928 年出评论集《表现的鉴赏》，1928 年后从政，历任国民党党部和政府要职。新中国成立后先入华北人民革命大学学习，1951—1975 年被拘禁于战犯管理所，1975—1979 年在天津市政协工作，1979—1983 年赴美国探亲，1983 年 6 月回国定居，9 月因心脏病突发于北京去世。

③ 杨西平：《20 世纪诗歌主流》，安徽教育出版社 2004 年版，第 132 页。

④ 见飞白编《汪静之情书：漪漪讯》，浙江文艺出版社 2002 年版，第 271 页。

德家，反对自我的实现，与性灵的流露"，虽没有切中肯綮，但也间接
地点出文学不能完全藐视社会规范，损伤人性中天真质朴的一面，无论
是以爱之名，还是以道德之名，人性总是在他们之上永恒存在的。汪静
之对自己的浪漫史津津乐道，导致"天真烂漫的年轻人们还以为：'文
人无行'是常事，是荣耀的事；不然蕙的风集子里何以尽载些这样的
诗，还有中学教员，新诗的努力者，大学的教授，全国景仰的学者，替
他做序呢？辩护呢？"这样的社会影响是可预期的，对于不具备诗美，
又不能给人以人生启迪的作品进行这样的吹捧，只能假定它在诗体上别
出心裁了。然而《蕙的风》没有体现出作者具有良好的训练和素养，
只求量不顾质，让人怀疑作诗只是为了诗人的娱乐。诸如："梅花姐妹
们呵，怎还不开放自由的花，懦怯怕谁呢？""一步一回头地瞟我意中
人"，"那夜的亲吻异样甜蜜"，"我昨夜梦着和你亲嘴，甜蜜不过的嘴
呵！醒来却没有你的嘴了；望你把你梦中的那花苞似的嘴寄来吧"，等
等。这些诗句今日重读仍有拿肉麻当有趣的嫌疑。胡梦华把这些诗句解
读为"故意公布自己兽性的冲动，挑拨人们不道德行为"；是"表现罪
恶"并且"引诱他们去做罪恶"；"这种兽性冲动的话，老成的读者看
了只觉其肉麻，血气方刚的读者看了，又梦了一番诱惑。可怜不知加添
了多少青年男女的罪恶"。胡梦华据此评价《蕙的风》"于诗体诗意上
没有什么新的贡献"，可算是公允有依据的。当然"看见'无赖文人是
淫业的广告'触目惊心的十一个大字，不觉令我对于《蕙的风》生出
同感的联念"。这种论调犯了与汪静之同样夸张浮泛的毛病。

　　胡梦华针对《蕙的风》所作的不算严谨的批评引发了新文学阵营的
围攻，对这一诗集的不同认识迅速地偏离新诗审美标准，上升为新旧文
学与道德标准的论争。胡梦华成为当时新文学界的"众矢之的"。章洪
熙在上海《民国日报》副刊《觉悟》（1922 年 10 月 30 日）发表《"蕙
的风"与道德问题》，叫嚣打倒："南京的'含泪'批评家和蝙蝠派文
人。"胡梦华发表《悲哀的青年——答章洪熙君》（载《民国日报·觉
悟》同年 11 月 3 日）进行回应。随后周作人发表《什么是不道德的文
学》（载《时事新报·学灯》同年 11 月 5 日），只字不提《蕙的风》是
否具有诗歌的特质，只质疑胡梦华所说的"不道德的文学"究竟指什
么，并从私德上批评胡梦华，称之为"中国的法利赛"，将胡梦华扭曲

为封建道德的卫道士，"社会把恋爱关在门里，从街上驱逐他去，说他无耻；扪住他的嘴，遏止他的狂喜的歌；用了卑猥的礼法将他围住；这样的社会在内部已经腐烂，已受了死刑的宣告了"，"所以我们要说情诗，非先把这种大多数的公意完全排斥不可"，并且以绝对肯定的姿态宣告"静之的情诗……可以相信没有'不道德的嫌疑'"。否定胡梦华的文学批评之外，周作人还从私交上揣测："中国的惯例，凡是同乡同学同业的人，因为接触太近，每容易发生私怨，后来便变成攻击嘲骂，局外人不知此中的关系，很是诧异，其实并不足为奇；譬如'学衡'派之攻击胡适之君即其一例，所以这回我也不必多事，去管别人的闲事。"胡梦华随后辩护，试图将问题拉回到诗歌的审美特性讨论上，指出"我没有反对吟咏恋爱之作，并且还是喜欢读恋爱诗的。第二，我对于文学与道德乃主调和的，不冲突的；自然不赞成不道德的文学，也不提倡道德的文学"。"艺术家最紧要的工夫是要修养自己的情感，极力往高洁纯挚的方面，向上提系，向里体验。"并且指出他之所以要批评《蕙的风》，不是因为他的取材专在男女恋情，而是因为"写法不道德"。并以子之矛攻子之盾，反问"倘若周作人君还承认他从前'人的文学，当以人的道德为本'这句话，在周君眼光里，文学当然也有道德不道德之别"。巧妙地回答了周作人的提问，还重申了自己对文学与道德关系的认识。胡梦华的反击引起了鲁迅的反感，他发表《反对"含泪的批评家"》（载《晨报副刊》同年11月17日），取笑胡梦华成了"含泪的批评家"：

一、胡君因为《蕙的风》里有一句"一步一回头瞟我意中人"，便科以和《金瓶梅》一样的罪：这是锻炼周纳的。

二、胡君因为诗里有"一个和尚悔出家"的话，便说是诬蔑了普天下和尚，而且大呼释迦牟尼佛：这是近于宗教家而且援引多数来恫吓，失了批评的态度的。

临末，则我对于胡君的"悲哀的青年，我对于他们只有不可思议的眼泪！""我还想多写几句，我对于悲哀的青年底不可思议的泪已盈眶了。"这一类话，实在不明白"其意何居"。批评文艺，万不能以眼泪的多少来定是非：文艺界可以收到创作家的眼泪，而沾了批评家的眼泪却是污点。胡君的眼泪的确洒得非其地，非其时，未免万分可惜了。

这样的反驳虽似嘲谑，还算有理，不过新文学阵营只注意胡梦华冲动到"含泪"，却看不到汪静之满口"美人"、"天仙"的酸腐和猥亵，也全不介意章洪熙叫嚣打倒"南京的'含泪'批评家和蝙蝠派文人"①的暴戾。胡梦华年少气盛，随后发表《"读了蕙的风以后"之辩护》（载《时事新报·学灯》1922年11月18日至20日）；于守璐以《答胡梦华君——关于"蕙的风"的批评》（载《时事新报·学灯》同年12月29日）反击。论争逐渐偏离了对诗歌本体的不同认识，延续了20年代新旧文学的论争。在论辩的过程中，胡梦华始终孤军作战，东南大学师生并未参与，胡梦华代表的只是个人对于诗歌审美观、应担负的道德规范和诗人的写作技巧的看法，这种观点中虽然浸润了东南大学"学衡派"对于诗歌的审美范式的标准和诗歌写作的基本准则，与吴宓在《白璧德论今后诗之趋势》中的说法一致，都认为以道德的力量约束情感达到制衡，才能创作出好的作品。"无道德者不能工文章。无道德之文章，或可期于典雅，而终为靡靡之音。"② 在这一点上，胡梦华与"学衡派"的诸公，发言角度上十分相近，并采用了相似的论述方式，但他并没有得到"学衡派"师长如吴宓、梅光迪等人的授意或支持，也从未打算以此作为攻击新文学的依据。新文学界因胡梦华是东南大学的学生，可能受到"学衡派"文化保守主义倾向的影响。且胡梦华的批评文章语气、立场与"学衡派"有相近之处：

　　胡梦华的批评，指向的正是自由书写对于既有"诗歌规范"的冒犯，他的言论虽然呈现于一种持续高涨的呼声中，即新诗的可能性似乎必须要在某种普遍的"诗美"规范中获得合法性。在这一点上，胡梦华与学衡派的诸公，发言角度上十分相近，并采用了相似的论述方式，虽然以新诗支持者面目出现，但行文中也采用了"子

① 章洪熙：《不中听的闲话》，《晨报·副镌》，1922年12月1日。

② 吴宓：《吴宓诗话》，商务印书馆2005年版，第31页。

曰诗云"的普遍性逻辑，除不断提及西洋名家的作品和言论之外，还曾大段引述梁启超关于"诗"的谈论，作为理论的依据。①

这种论述方式使新文学界迅速将胡梦华认定为守旧派的代表，以他的学术背景后面所隐藏的"学衡派"的文学保守主义者们为假想敌，把他本来平和公允、意在探讨的批评视为恶意攻击，以人海围攻战术取得了压倒性的偏离目的的胜利，并深挖所谓的思想根源，大有不摧毁其背后的旧文学壁垒不肯罢休的气势。在这种成见的基础上，以诡辩来曲解对方论点乃至上升为人身攻击的论争方式，并不能让对方心悦诚服地接受意见，胡梦华直到晚年不悔少作，以他当时年少气盛，不惧权威，敢于向北方文化重镇的几员大将挑战而自豪②。

细考背景，新文学界对胡梦华的攻击算得上是对新文学支持者的误伤。胡梦华虽身处东南大学，却并非"学衡派"文化保守主义观念的拥趸，反而对新文学有浓厚兴趣，并与新文学作家关系密切。胡梦华是安徽绩溪人，胡适的同族侄儿，当初投考东南大学的前身南高师时，胡适还曾为他给当时的校长郭秉文写了一封推荐信。这封信日后成为东南大学英文系主任张士一先生用来嘲讽北大名流教授蔡元培、胡适之们惯于写八行，送人情的实例。这件小事足以证明二胡之间的确有同族之谊，且来往较密切。胡梦华读书期间，因爱好诗歌与胡适的侄儿胡思永、梁实秋成为好友。《蕙的风》诗集正是由胡思永寄给他的。梁实秋1923年7月赴美留学，胡梦华曾与郭沫若、郁达夫、成仿吾一起送他去黄埔码头。随后还去杭州烟霞洞看望养病的胡适，在山中与曹诚英、潘家洵、任白涛等相聚。胡梦华的交游情况可以证实他并非"学衡派"的传人，而是游走于新旧文学之间的人物。吴宓曾指出："本班男生中胡昭佐最活动，安徽绩溪县人，自称为胡适之族侄，崇拜、宣传新文学。"③好友吴俊升回忆当时胡梦华"随名教授梅光迪、吴宓诸先生游，造诣很深。其时正当五四时代新文艺运动在北方勃兴，又是学衡派学者

① 姜涛：《"新诗集"与中国新诗的发生》，北京大学出版社2005年版，第195页。
② 沈卫威：《回眸"学衡派"——文化保守主义的现代命运》，人民文学出版社1999年版，第24页。
③ 吴宓：《吴宓自编年谱》，生活·读书·新知三联书店1998年版，第250页。

在南方弘扬中国古典文学的时期。梦华受新旧两派潮流的冲击，和名师的熏陶，能以超然的衡鉴眼光，取法中西文学批评理论，折中新旧，写出许多篇文学批评文章，与当时文坛名流，尤其是新文学家们上下其议论，大为中国南北方文艺界所瞩目。更受到他的绩溪华宗胡适之先生的赏识。"① 1923 年 12 月 1 日，胡梦华与吴淑贞在南京举行婚礼，胡适应邀做证婚人，还邀请了梅光迪、楼光来做男女双方介绍人，杨铨、柳诒徵、吴宓到场，婚礼上新文学主将和"学衡派"主要成员进行了一次正面交锋。胡梦华回忆："吾家博士适之叔展出文学革命观点，梅、吴二师提出希腊大师苏格拉底、勃拉图、亚里斯多德以示当时名遍中国学术界的杜威、罗素二博士，未必青胜于蓝，更不足言后来居上。接着柳师还提出子不学的孟柯助阵，适之叔，单枪匹马，陷入重围；杏佛师拔刀相助，雄辩滔滔。"② 由此可见，胡梦华身在南京，却并非主动贴近学衡派的文化守成主义者，而是接纳了新旧文学影响的青年，新文学阵营对胡梦华的批判失之武断。

　　这场论争又是新中国成立后的"新诗"与"艺术论"式的诗美期待之间的论争。胡梦华认为："《蕙的风》的失败，第一因为（未）模仿。第二因为未能真领略自然之美。"并质疑"果然文学创造，可凭天才，无须模仿？"这里的"模仿"就是《学衡》中吴宓、胡先骕、吴芳吉由新人文主义对于传统的珍视而倡导的诗歌创作手法。吴芳吉称："模仿不可不有，又不可不去。不模仿，则无以资练习，不去模仿，则无以自表现。"③ 吴宓也为之声称："文章成于模仿，古今之大作者，其幼时率皆力效前人，节节规抚。初仅形似，继则神似，其后逐渐变化，始能自出心裁，未有不由模仿而出者也。"并认为文学变迁也是模仿对象更替的结果，"文学之变迁，多由作者不模此人而转模彼人，舍本国之作者，而取异国为模范。或舍近代，而返求之于古。于是异采新出，然其不脱模仿一也"。④ 这种模仿是创造性的，"诗人取材常相辗转沿用，毫不避

---

① 吴俊升：《胡著〈表现的鉴赏〉再序言》，台北 1984（非卖品）。
② 胡梦华：《重印〈表现的鉴赏〉前言》，台北 1984（非卖品）。
③ 吴芳吉：《再论吾人眼中之新旧文学观》，《学衡》第 21 期，1923 年 9 月。
④ 吴宓：《论新文化运动》，《学衡》第 4 期，1922 年 4 月。

忌，苟能融化而善用之，甚或青出于蓝，即不可以模仿讥之"。① 并申明："文学创造方法：1. 宜虚心　2. 宜时时苦心练习　3. 宜遍习各种文体而后专精一二种　4. 宜从模仿入手　5. 勿专务新奇　6. 勿破灭文字7. 宜广求知识　8. 宜背诵名篇　9. 宜绝除谬见。"② 当然模仿不只是对古人的照搬，也要有创造精神，要把个性气质融入其中以便"终能自辟门户"，主要途径包括：第一要兼揽众长，第二要"发扬广大古人之一长"，三是要扩展题材。③ 胡梦华正是从这些观点中汲取营养，发现汪静之的创作没有"模仿"的痕迹，少有中国传统诗歌的韵味，也没有西方古典诗歌的优美，仅凭质直坦白、直抒胸臆来取胜。汪静之标榜的"真情流露自然诗，不琢不雕本色诗。无束无拘随意写，推翻礼教臭藩篱"，推翻礼教，真情入诗，当然是一种良好的愿望，但实现它不应通过口号和孩子般稚拙的话语，将肉麻撒娇和自我吹捧当作新文化的象征，这是白话诗走人的误区，也是对新文学的反讽。汪静之在《蕙的风·自序》中高歌："我有坚决的志愿我要把灵魂的牢狱毁去"，问题在于他不仅摧毁了精神的桎梏，同时也把精神存留的物质实体也毁灭了，让诗失去了自身的独特品格。于守璐在《与胡梦华讨论新诗》提出："诗是以情为主，诗是自然来的，不是模仿来的，这是谁都知道的。大概先生所说的模仿，一定是指情以外要素如含蓄，敦厚等。""诗原是情的冲动，并不是为做诗而做的诗。那么写在纸上的诗，也不过是情的冲动的记载。""我读了《蕙的风》只觉得作者热烈的感情，流露于之上，并不觉得有甚么不道德的意思。"④ 曦洁在《诗的"模仿"的问题》中指出："胡君对于作诗的感念是要：做诗须于本国旧诗或外国诗有点研究，然后才能做好诗。换言之：做诗须模仿，好诗从模仿而来。但我的意思，与胡君不同，我以为诗非但不应模仿，还无须做的，诗只要写就是。""模仿的诗是不能传真的，没有永久的价值的。""诗无须做得，更无须模仿得，只须随着一刹那热烈的感情，用艺术的手段去写

① 吴宓：《英诗浅释》，《学衡》第13期，1923年1月。
② 吴宓：《论今日文学创作之正法》，《学衡》第15期，1923年3月。
③ 胡先骕：《评〈尝试集〉》（续），《学衡》第2期，1922年2月。
④ 《时事新报·学灯》，1922年11月3日。

而已矣。"① 这种反驳证明了新诗既缺乏传统底蕴，也没能设定合乎自身发展的轨迹，试图跳脱窠臼而无力自创天地的困境。

这场论争对汪静之及其他湖畔诗人产生了微妙的"扭转"作用。汪静之和应修人"同时很明白地发现新诗如散文，如说话，太粗糙，太琐碎，太分散，太杂乱，太不修饰，太没有艺术性"②。对胡梦华的批评，汪静之虽然不能完全接受，但多少认为有合理之处。他还在给胡适的信中说："胡梦华君的批评（虽然他不能了解我的人格）我并不在意，只感谢他。"③ 1957 年汪静之对《蕙的风》作了大幅度的删改，"用园丁的方法，只剪枝，不接木"④，砍去了大半，全册仅存 51 首诗，重新出版，当年遭胡梦华批评的篇、段、句，删除净尽。胡梦华当初指出："倘若《蕙的风》不要二百四十页之多，肯把那些肉麻的，堕落的，纤巧的，说白的，一句两句无味的，删了或许不至于失败。"汪静之在修订中全盘接受、不折不扣地执行，甚至比胡梦华要求得还多，仅保留鲁迅称赞过的一句："一步一回头地瞟我意中人。"这既是新社会的出版标准和社会环境的影响，另一方面也说明这才是那场论争应该达到的最后结局。这场论争进而引发了新文学阵营内部对新诗的批评，1923 年 5月成仿吾在《创造周报》第 1 期上发表《诗之防御战》，笼统地将已出版的《尝试集》、《草儿》等五本新诗集骂为"不是诗"。1923 年 6月 16 日张友鸾在《文学周刊》第 2 期上发表了《新诗坛上的一颗炸弹》，以更激烈的形式对新诗的审美标准进行辩难。这一系列的争论，虽然"具体发生的情况、语境各有不同，貌似互不相关，实质是同一问题的延续，暗示着不同新诗构想间的基本冲突和诗坛的基本分化"⑤。

---

① 《时事新报·学灯》，1922 年 11 月 8 日。

② 汪静之：《1993 年 6 月 16 日致贺圣谟信》，转引自贺圣谟《论湖畔诗社》，杭州大学出版社 1998 年版，第 89 页。

③ 耿云志编：《胡适遗稿及秘藏书信》第 27 卷，黄山书社 1994 年版，第 648 页。

④ 汪静之：《蕙的风·新序》，人民文学出版社 1957 年版，第 1 页。

⑤ 姜涛：《"新诗集"与中国新诗的发生》，北京大学出版社 2005 年版，第 211 页。

第三章 民国时期南京的政治文学社团与传媒

　　1927 年南京成为国民政府的首都后，报刊的主要支持力量从学校转到社会，在国民政府宣传方针和新闻政策的控制下，30 年代南京的媒体面目模糊、缺乏生机："南京报纸也不少，新闻自然是千篇一律，连编辑的形式，好象都不敢有所独创，一味墨守旧法；至于副刊报屁股之类，则更是奇怪，多是以低级趣味为主，登些似新非新，似旧非旧的莫名其妙的文章，闹得在南京长住的人，反都去订阅上海或者天津北平的报纸。"报纸没有活力，杂志也毫无起色："说也可怜，南京杂志本就少。然而，少之中，能维持到一年以上的，还没有几个，多半都是'昙花一现'，就夭折了的。"①

　　传媒与文学有着密切的关系，正是依靠传媒的刊载、评论、传播，文学才得以保存、流传和发展，才能对社会、美学观念与道德伦理等方面产生广泛影响。"每一种传播媒介都是制度发展、公众反映和文化内容的渊源。"② 大众传媒与政治、经济一样都是近现代社会发展的基本机制，是促进社会充分互动的权威组织。近代大众传媒的出现和发展推动了文化的普及，突破了传统精英文化独霸文坛的局面。期刊、杂志、书籍与报纸是印刷时代大众传媒的生力军。报刊和书局在近代的大量涌现，为中国现代文学的创作、出版和传播，提供了一个交流的平台。"正是由于报纸和书局的迅速传播与扩张，现代文学不仅获得了'现代意识'，而且直接把这一意识带人文学创作和对读者的影响当中。"杂

---

① 荆有麟：《南京的颜面》，《中国游记传》，亚细亚书局 1934 年版。
② ［美］丹尼尔·杰·切特罗姆：《传播媒介与美国人的思想》，曹静生译，中国广播电视出版社 1991 年版，第 199 页。

志和报纸副刊是传播文学作品，改变一个写作者文化"身份"的重要媒介形式，帮助作者进入公共空间，以社会批判家的姿态出现在社会大众的阅读视野。杂志和报纸副刊不仅开创了一个"批评空间"，而且以巨大的魅力将二三十年代的文坛才子们从大学和书斋中吸引出来，投身到它们的生产当中。这种生产既是创建现代民族国家的过程，也是参与到公众空间建设的过程。

中国最早的报纸为朝廷的"官报"、"邸报"，晚清以来的报纸受到西方现代报纸形态的影响，"它不再是朝廷法令或官场消息的传达工具，而逐渐演变成一种官场以外的'社会'声音"①。报纸的出现促进了王朝国家的解体和现代民族国家的建构以及民主制度的发展。"清末民初的报刊，大致形成商业报刊、机关报刊、同人杂志三足鼎立的局面。……同是从事报刊事业，清末主要以学会、社团、政党等为中心，基本将其作为宣传工具来利用；民初情况有所改变，出版机构的民间化，新式学堂的蓬勃发展，再加上接纳新文化的'读者群'日渐壮大。"② 知识分子借助报刊集合志同道合的友人，形成以媒体为中心的知识群体，宣扬该群体在政治、经济、教育、文学等方面的共同理念。报刊根据控制报刊的主要力量可分为官办和民办两种。官办报刊指的是与当权的政治力量关系密切或在政府直接控制、授意下创办的报刊，民办报刊则指的是由志同道合的知识分子创办的报刊，创刊目的是给同道一个发表意见的场域，报道真实新闻，以舆论的力量监督政府的执政行为。不论官办报刊还是民办报刊，为了吸引读者、激发读者阅读兴趣，文学都是报刊的重头戏。报纸副刊和文学杂志成为其中的重要组成部分，从文学生产学来看，"杂志和报纸副刊决定了现代文学的生产方式，它们在现代文学生产的调度中处于枢纽的地位。杂志和报纸副刊等现代媒体的出现大大改变了传统文人活动的方式和文学生产方式"。当文学从消遣娱乐的方式转变成意识形态与商品生产，文学也成为促进社会变革的力量。不同政治立场的集团都试图通过报刊的编排出版，传递新闻

---

①　李欧梵：《"批评空间"的开创——从〈申报·自由谈〉谈起》，载程光炜主编《大众媒介与中国现当代文学》，人民文学出版社2005年版，第1页。

②　陈平原：《思想史视野中的文学——〈新青年〉研究（上）》，载程光炜主编《大众媒介与中国现当代文学》，人民文学出版社2005年版，第11—14页。

信息和时代精神，构建自身的政治文化并促使其成为社会变革的催化剂。

　　1928年国民党宣布中国步入"训政阶段"，开始在全国实行"党治"，推行"以党治国"、"一党专政"的方针。在新闻宣传领域，国民党提出了"以党治报"的方针，规定非国民党的新闻事业必须接受国民党的思想指导与行政管理，要使"新闻界党化起来"①。其目的在于镇压进步的和不同政见的报刊，剥夺人民的言论出版自由，控制全国的舆论宣传，纳全国新闻界于专政轨道。1931年"九·一八"事变后，国内外政治形势急剧变化，国民党统治面临严重的危机。为了对付日益发展的进步新闻宣传活动，国民党吸取了德国、意大利等国的法西斯新闻思想与经验，利用民族危机，大肆鼓吹和提倡"国家"、"民族"等抽象观念，进行所谓的"民族主义的新闻建设"，凡是反对国民党的新闻宣传，一律以危害"国家"、"民族"利益为由予以取缔与镇压；实行所谓"科学的新闻统制"，即按照法西斯主义的原则，改造新闻事业。此后国民党的新闻统制思想与政策进入了一个将国民党的新闻事业与非国民党的新闻事业统筹规划、全面统制的新阶段。1934年1月，国民党第四届中央执行委员会全体会议通过了一项决议，明确规定中央宣传委员会在新闻界的任务是："集中经费于少数报纸，培养成有力量之言论中心"，"对全国新闻界作有效之统制。"1934年3月，国民党中央宣传委员会主任邵元冲在国民党新闻会议上作的《开会词》中，进一步阐述了这一新的观念："一方面要希望自己的新闻宣传发生有力的表现要应付反党反宣传的新闻"，二者之间要通盘考虑，党内联络，以求脉络贯通，统一宣传。② 根据上述精神，国民党的新闻事业以获取"新闻最高领导权"作为新闻重心，明确提出："尽力增进党的新闻业的权威，充分培养其本能，使之自动发挥伟大的力量，取得文艺运动之最高领导权"，"彻底完成新闻一元主义即新闻界之任务"。总体看来，国民党建都南京后实行新闻统制思想与政策，以"党化新闻界"、"以党治报"为起点，借鉴法西斯的新闻手段，极大地限制了新闻自由，导

---

① 《新闻事业在现在中国真正的地位》，《民国日报·新闻周刊》1931年6月12日。
② 《新闻宣传会议记录》，1934年3月。

致民国时期中国传媒的扭曲发展。

第一节　二三十年代政治影响下的南京报纸

民国初年随着印刷技术的进步，报纸的发行量和普及面越来越广，戈公振指出："共和告成以来，报贩渐成专业，派报所林立。近则上海各马路之烟纸店，均有报纸出售，于是报纸有渐与日用品同其需要之趋势矣。"报纸成为人们日常生活中的一部分，"虽然民国以来，报纸对于社会，亦非全无影响。如人民阅报习惯业已养成，凡具文字之知识者，几无不阅报。偶有谈论，辄为报纸上之记载"。民国以来的报纸，尤其是辛亥革命前后创刊的报纸，政府对新闻事业的限制较少，报刊的发展十分迅猛，其中有相当数量的报纸带有政治色彩。有的直接以某个政党的"机关报"面目示人，有的虽然自诩为"公共舆论机关"，但实际上在人员组成和资金来源上都和政治势力有着千丝万缕的联系。民国时期政党混杂繁多，同一党内各个派系分化，以不同政治利益集团为后台的报纸彼此混战，不仅经常在报纸上进行人身攻击，甚至出现殴人毁报的事件。报界俨然是另一种形式的政坛，丧失了新闻自由独立的特质。"民国以来之报纸，舍一部分之杂志外，其精神远逊于清末。盖有为之记者，非进而为官，即退而为营业所化。故政治革命迄未成功，国事敝败日益加甚。从国体一方面观，当筹安时代，号称稳健之报纸，多具暧昧之态度，其是否有金钱关系虽不可知，若使无民党报纸之奋不顾身，努力反抗，则在外人眼光中，我国人之默许袁氏为帝，似无疑义。"[①] 民国初年北洋军阀争相收买报人吹捧自己的文治武功，愚弄百姓。遇到不肯合作的报社则实施强制手段，关闭报社或暗杀知名报人，新闻自由只是一纸空文。此时国民党的宣传媒体一直抵制军阀，坚持报道事实真相，尤其注意推广和提倡国民党的政策与事迹。经过争夺政权的军事和舆论斗争，国民党深切地认识到新闻宣传的巨大威力，因此国民党执政后不仅积极发展自己的新闻事业，还对新闻界施行严厉的专制统治，形成一整套新闻统制思想理论与政策，具体表现为颁布了一系列

---

① 戈公振：《中国报学史》，上海古籍出版社 2003 年版，第 235—236 页。

有关新闻出版的法令、条例，建立新闻检查制度与各种新闻统制机构。譬如1928年6月，国民党中央在制定了一系列有关党报建设条例，同时还制定了《指导普通刊物条例》和《审查刊物条例》。这些条例，对非国民党系统的报刊的出版与宣传事宜作了明确规定："各刊物立论取材，须绝对以不违反本党之主义政策为最高原则"，媒体"必须绝对服从中央及所在地最高级党部宣传部的审查"。1929年国民党中央又颁布了《宣传品审查条例》，进一步规定凡是国民党的或非国民党的宣传品，包括报刊和通讯社稿件在内，都要送交国民党党部审查，并宣布凡"宣传共产主义及阶级斗争者"、"反对或违背本党主义政纲政策及决议者"、"妄造谣言以淆乱观听者"为反动宣传品，必须"查禁查封或究办之"。同年国民党中央还颁布了《出版条例原则》，规定："凡用机械印版或化学材料印制新闻纸类、书籍、图画、影片及其他文书，出售或散布者，均认为出版品"，均应"登记审查"，凡"宣传反动思想"、"违反国家法令"、"妨害治安"、"败坏善良风俗"的出版品，"不得登记"。1930年12月16日，国民党又以国民政府的名义颁布了《出版法》，将国民党采取的种种新闻统制措施用立法手段固定下来，正式将新闻统制政策合法化。《出版法》第四章为"出版品登记事项之限制"，规定："出版品不得为左列各款之记载：一、意图破坏中国国民党或三民主义者，二、意图颠覆国民政府，或损害中华民国利益者，三、意图破坏公共秩序者，四、妨害善良风俗者。""战时或遇有变动，及其他特殊必要时，得依国民政府命令之所定，禁止或限制出版品关于军事或外交事项之登载。"这些限制条文意义含混，如"意图破坏"、"意图颠覆"等词均可由当局视情形任意阐释。1931年10月国民党政府颁布了《出版法施行细则》。1932年11月国民党中央党部颁布了《宣传品审查标准》，明确规定凡是"宣传共产主义及鼓动阶级斗争"、批评国民党政策的都是"反动的宣传"，进一步限制了新闻自由，确立了党办报刊的权威地位。1933年后国民党的新闻统制政策发生了较大的变化，不再以原来实施的审查追惩制度为主要统制手段，开始在新闻界推行旨在事前预防的新闻检查制度，直接干涉新闻事业本身的业务工作。1933年1月19日，国民党第四届中央执行委员会第五十四次常务会议分别通过了《新闻检查标准》和《重要都市新闻检查办法》。① 根据上述文件的精神，国民党先后在南京、上海、北平、天津、汉口等大城市设立归属国民党中央宣传委员会指导的新闻检查所，各地的新闻检查所要求该地当日出版的日报、晚报、小报，甚至增刊、特刊、号外等，均须在发稿前将全部新闻稿件一次或分次送请检查。对不送检查之报纸，将给予一天至一星期停版之处分或其他必要之处分。可见国民党政府为了巩固其政权，采用一切手段控制取消一切反对意见。"任何组织和群体，若要对该政权的权力或政策加以限制，不是被解散，就是被该政权加以控制，使之无害。""政治上的反对者遭暗杀；爱报道缺点的新闻记者被逮捕；报纸刊物受检查。"② 为了防止对自己不利的新闻的传播，政府要求各地报纸采用"中央通讯社"通稿，由于内容干瘪枯燥，各报社往往采用外国通讯社提供的新闻，其中一些对国民党不利的消息也常见于报端。为此政府从 1931 年 10 月，先后同英国路透社、美国美联社及合众社、法国哈瓦斯社等签订交换新闻合同，收回外国通讯社在中国发布中文新闻稿的权利，由国民党中央通讯社选编后再转发给各地报刊采用。政府还通过垄断发行权，摧残进步报刊。为了限制这些报刊的影响力，通过邮局扣留或销毁。开始是偷偷摸摸干，后来公开禁止发行。据 1934 年国民党全国文艺宣传会议的《文艺宣传会议录》记载，国民党中宣部正式公布，已审查了 469 种书刊，其中查禁 60 种，扣留 122 种。而实际上从 1929 年至 1934 年 2 月，仅浙江一省就查禁了 1086 种，而且"凡左联作家所作书籍，概予以焚毁"。在《第二次国内革命战争时期国民党政府查禁书目编目》（1927年 8 月至 1937 年 6 月）中，共收录了 1927—1937 年以来国民党查禁的书目两千余种，其中文艺书刊几近半数。国民党直接派军警和特务对进步文化和文艺机关团体进行破坏，对革命、进步的文化和文艺界人士不断地进行迫害，对共产党在国统区出版的地下报刊，国民党一时无法查到出版地址，直接采用禁止邮寄的办法加以扼杀。由此可见国民党政府为了维护自身统治，实行种种文化控制政策，导致媒体的畸形发展，引

---

① 以上条例均参见中国第二历史档案馆编《中华民国史档案资料汇编·第五辑第一编·文化》，江苏古籍出版社 1994 年版。

② 费正清：《剑桥中华民国史上》，中国社会科学出版社 1994 年版，第 157 页。

起官方意图与民众需要通过媒体来争夺话语权。

一　官方报纸

国民党从未形成统一的统治集团，党内、军内派系林立，为各自的利益争斗不断。1927 年至 1930 年国民党开始执政时期，这种争斗尤其激烈。军事上，蒋介石、阎锡山、冯玉祥、桂系、奉系五大新军阀势力不断争战。国民党内，蒋介石、胡汉民、汪精卫三大派别争权夺利，此外还有"西山会议"派、CC 派、国民党左派等派别。政治分裂导致国民党的新闻事业最初也不是统一的整体。各种报刊、电台、通讯社分别隶属于军阀势力和党内的不同派别。其中势力和影响较大的是汪精卫一派。他们首先占领了武汉的舆论阵地。1927 年 3 月 22 日，国民党在武汉创办《中央日报》。担任社长的是汪派干将、当时国民党中央宣传部长顾孟余。"顾孟余要利用宣传部办一机关报，命秘书刘范会筹备，陈毅修、毛盛炯、毕磊、胡耐安等磋商，毕磊所拟中央日报通过。在谭延闿帮助下，运用汪精卫的'革命的过来，不革命滚开去'的原则进行。编辑特色，第一张为电报，全系上海特派员之消息，第二张为党政要闻，第三张为武汉新闻，第四张为国际新闻，第五张为副刊。且有'我们和世界'一张，综合一星期来之军政党以及国外一切。"① 最初共产党员和进步人士参与武汉《中央日报》的工作，利用汪精卫同蒋介石的矛盾，刊载了不少宣传进步思想的作品，如郭沫若的讨蒋檄文《请看今日之蒋介石》。"七·一五"政变前后，该报是汪精卫集团的宣传工具，大肆鼓吹北伐军沿江东进，攻取南京，反映了汪精卫集团要同蒋介石争夺第一把交椅的掌权愿望。除了武汉《中央日报》之外，汪精卫一派还排挤了原来在国民党报刊《汉口民国日报》、《楚光日报》等处工作的共产党员和进步人士，将这些报刊控制在自己手中。国民党中宣部办的《中央政治公报》也在汪派掌握之下，国民革命军政治部办的"革命军通讯社"成了汪派在军队中的重要喉舌，汪派还成立了"中央通讯社"，于 1927 年 8 月 1 日正式发稿。武汉新闻界一时俨然成了汪派的天下。国民党内的其他派别也有自己的报刊工具，如 CC 派陈立夫

---

① 万式度：《中央日报小史》，《社会新闻》第 2 卷第 4 期，1933 年 1 月 10 日。

1928 年 4 月在南京创办的《京报》，在《中央日报》迁到南京之前，以"内容谨严，消息敏确"占据着南京的地盘。《中央日报》迁来后，"几有不容并存之势"，只得宣布停刊。在上海，《民国日报》最初是"西山会议"派的阵地，后归入市党部 CC 派陈德征等人手中。派系报刊林立的局面的存在，说明蒋介石集团初期在国民党中的主导地位还不巩固。军事内战和党内斗争使他无暇顾及新闻宣传阵地的整治。局势稳定后加强新闻舆论控制的任务便提上日程。

早在 1927 年秋，国民党就筹备出版《中央日报》。上海《中央日报》创办于国民党二届四中全会举行之际。在这次会议上，蒋介石被选为国民党中央政治会议主席和军事委员会主席，取得了国民党的最高领导权。1927 年 10 月 2 日，国民党中央宣传部根据蒋介石的指令，通过了创办《中央日报》的决议。决议称："创办一个代表全党的大规模机关报，名叫中央日报"，"本应设在南京，因为物资及新闻消息的关系，在南京办非常困难"，所以决定设在上海，指定周更生、刘芦隐、徐树人、高力、许宝驹、周杰人、余增、鲁存仁、彭学沛、周炳林、潘宜之等人为筹备委员，由潘宜之具体负责。1928 年 2 月 1 日，国民党中央党报《中央日报》在上海创刊。据台湾出版的《中国新闻史》（曾虚白著，台湾政治大学新闻研究所 1966 年）称，这是国民党第一个中央直属党报。国民党中央党部指定孙科、胡汉民、伍朝枢、潘宜之等组成董事会，孙科任董事长。任命当时任中宣部长的丁惟汾任社长，潘宜之任经理，彭学沛任主笔。为笼络各派系，还成立了编辑委员会，由胡汉民任主席，代表人物有吴稚晖、戴季陶、李石曾、陈布雷、叶楚伧、蔡元培、杨杏佛等。此外还设立了撰述委员会，邀请国民党内外名流如胡适、邵力子、罗家伦、傅斯年、唐有壬、马寅初、王云五、潘公展、郑伯奇等为撰述委员。上海《中央日报》创刊后，编号另起，以示与武汉《中央日报》没有承继关系。上海《中央日报》每日 3 大张，共 12 版，每张一、二版为广告版，三、四版为文字版。第一张的文字版主要刊载国内外要闻及重要文章。第二张文字版设有"党务"专栏、本埠新闻及各地通讯等。第三张为专版和副刊，主要有：《摩灯》，文艺性副刊；《商情与金融》，刊载市场与金融的行情动态；《国际事情》，是"研究国际重要问题"的学术理论性专版；《经济特刊》，以刊载经济理论文章、调查报告为主；《一周间的大事》，系统介绍一周内国内外政治、军事、外交、经济等方面的重大事件。报名为孙中山墨宝，国民党元老吴稚晖为创刊号写了一篇《祝词》，希望该报积极宣扬"孙文主义"、"为总理吐气"。其具体使命为："（1）中央日报是国民党的喉舌；（2）中央日报发扬国民党的主义，解释国民党的政策，研究具体的建设方案；（3）中央日报志在打倒恶化和腐化势力；（4）中央日报要发挥中国人的义侠的革命精神；（5）中央日报要把科学和艺术振兴起来，发扬中国人的创造力；（6）中央日报是一把熊熊的火炬把全国革命民众的胸腔一个一个燃烧起来。"《中央日报》初期无社论或社评栏，在一般报纸的社论地位发表署名文章，就当时重大事件或问题发表评论，或对国民党某一重要政策作进一步的阐述，实际上起着社论的作用。经常发表文章的有彭学沛、戴季陶、陈布雷、周佛海、唐有壬等。《中央日报》是国民党机关报，为国民党舆论宣传的重要喉舌。

1928 年 6 月，国民党中央常会第 144 次会议通过并颁布了《设置党报条例》、《指导党报条例》、《补助党报条例》等条例，目的是要加强国民党中央（主要指蒋介石集团）对党内新闻事业的领导权。条例在党报的设置和领导体制、党报的宣传内容、党报的组织纪律和津贴标准等方面都作了详细的规定。其中规定"中央宣传部特设指导党报委员会，专司党报的设计、管理、审核、考查及其他一切指导事宜"；"直属于中央之各党报由中央宣传部直接指导之"；"凡中央及各级宣传部直辖之日报杂志，其主管人员及总编辑由中央或所属之党部委派之"。这明显是为了整治那些打着"民间"旗号接受派系津贴的报刊，以及随意假借"中央"名义办的报刊。国民党企图以党内文件、党的纪律来加强对党内报刊的控制，排斥异己宣传力量，建立起对全国的新闻统制。此时国民党政府已定都南京，国民党中央党部也设在南京。机关报设在上海，两地相距甚远，交通、电讯一旦出现异常，指挥与控制报纸的宣传就会出现困难。另外国民党内部派别林立，斗争激烈，上海是改组派的活动中心，掌握《中央日报》宣传大权的彭学沛等都与汪精卫派关系密切，有失控的危险，所以国民党中央党部决定将《中央日报》迁往南京出版。1928 年 10 月，国民党中宣部正式派员至上海筹措迁馆事宜。《中央日报》在上海出版整整 9 个月后，于 10 月 31 日（第 271

号）停刊。1929年2月1日，《中央日报》在南京复刊，期号续前，即第272号，报社初设在南京珍珠桥边，由新任国民党中宣部长叶楚伧兼任社长。复刊后《中央日报》的编辑方针，除了一贯坚持的"阐明党义、宣扬国策"外，更着重提出"拥护中央、消除反侧、巩固党基、维护国本"。由于采访力量薄弱，新闻依赖中央社和路透社的稿件，所以读者不多，至1929年发行量仅2000份左右，连南京当地的广告都拉不到，完全依赖政府补贴度日。为了改变这种状况，国民党第三届中委执行委员会特地召开临时全体会议，通过了《改进宣传方略案》和《改进中央党部组织案》。这两个决议案对于改进和强化国民党新闻事业提出了若干指导性意见。按照《改进宣传方略案》的要求，《中央日报》改革实行社长制，言论报道直接对中央负责，行政（包括经费、人事）相对独立，第一任社长为程沧波，提出了"经理部要充分营业化，编辑部要充分学术化，整个事业当然要制度化效率化"，着手对《中央日报》进行整顿。首先致力于新闻和言论的改进，当时南京报纸新闻内容贫乏，一般读者喜欢阅读来自上海的报纸。针对这种情况，《中央日报》以取代"沪报"为目标，向编辑部全体人员提出"人人做外勤，人人要采访"的要求，扩大南京和其他大城市的新闻采集网，并在馆内指定专人比较本报同其他报纸的新闻，力争不遗漏国内重大新闻，国际新闻也有所加强。经过努力，《中央日报》的版面由两大张扩大为三大张。对于社论，程沧波也相当重视，亲自撰写许多"社评"，充分地体现国民党的主张。无论在蒋介石组织军事"围剿"革命根据地的时候，还是在镇压"一二·九"爱国学生运动的时候，《中央日报》都发表"社评"为国民党的政策辩护，忠实地充当国民党中央的喉舌。其次，致力于广告、发行的改进，谋求经济上的相对独立。国民党党报由于有经费津贴，一般不重视广告和发行，所做广告多半是机关和人事广告，十分刻板，吸引不了客户，而发行多半操纵在报贩手中，效率很低。程沧波接任后，在广告推销上改变等客上门的惯例，社员直接到商店、工厂接洽，经常作广告比较，改进广告设计。在城内外各处设立报纸分送点，出报后将报纸直接送至订户手中。《中央日报》的改进加上国民党中央在资金和人力上的支持扶植，报纸略有改观。1932年9月，创办发行《中央夜报》。1932年11月，又创办《中央时事周报》。1935年

10 月，在南京市中心新街口建成中央日报大楼，又引进新式轮转机和其他印刷设备，每日销数由 6000 份增加到 3 万份，是国民党内实力最为雄厚的党报。1937 年 6 月，为配合蒋介石在庐山训练国民党反共骨干，《中央日报》发行庐山版。抗战爆发以后，《中央日报》在长沙和昆明发行过《中央日报》长沙版和昆明版。

　　1931 年"九·一八"事变以后，国内抗日呼声越来越高，同时国民党内部的派系之争加剧，导致国民党的统治基础动摇。1932 年 3 月蒋介石授意桂永清、戴笠等亲信组成以忠于蒋介石，听命于蒋介石旨意的核心组织——"复兴社"，大力宣传德国的成功经验——法西斯主义，标榜一个主义、一个领袖，主张"酌采德、意民族复兴运动精神"，实行铁血救国。"复兴社"成员主要是下级军官、学生和政府机关职员，特别重视对青年的训练，着重培养青年的民族国家意识，为此还在各省市举办暑期青年军事集训。"复兴社"出版了一批宣传法西斯主义的报刊，比较有代表性的是南京的《中国日报》，上海的《社会主义月刊》、《抵抗》等。《中国日报》是在蒋介石的亲自支持下筹备创办的。1931 年 12 月，蒋介石的亲信，曾任国民党海陆空军总司令部政训处"剿匪"宣传大队第一大队长的康泽接到蒋介石的手令，去上海浙江兴业银行领得开办费 3000 元，接收了南京的《建业日报》，在此基础上筹办出版《中国日报》。1932 年 1 月 20 日《中国日报》创刊，社址在南京市中心明瓦廊，作为"复兴社"的机关报，由康泽任"复兴社"宣传处长兼《中国日报》社长，公开注册为：社长顾希平，总编辑邹绳武，总经理康忍安，总主笔周天缪。《中国日报》对开两大张，最高日销数达 1.8 万份。与一般商业报纸不同的是，版面显得很严肃。头版不登广告，重要新闻用头号黑体标出，社论在头版右下方，每天一篇。新闻采取混合编辑法，不分国际、国内、本埠，按重要程度依次排列。《中国日报》明确地表现了忠实于蒋介石统治的政治倾向，在新闻报道中有选择地刊登了维护蒋介石中央的消息，宣扬国民党军队在"剿共"前线的"胜利"以及分化瓦解地方势力的成就，在言论上千方百计地为国民党的"攘外安内"政策作辩解。在对日政策方面，《中国日报》公开主张对日妥协，"反对无准备之作战与盲目之牺牲"。《中国日报》认为，日军很强，我军很弱，"以我之弱，一时不能返其所失，则两国间之清算在于将来"。宣扬法西斯理论，鼓吹"一党独裁"、"领袖中心"，是《中国日报》的一大特色。1933 年 6 月 27 日，《中国日报》专门创办了《挺进》副刊，发表一系列文章以宣传法西斯主义。这些文章鼓吹在中国实行独裁政治，荒谬地将布尔什维克的十月革命胜利同墨索里尼在意大利的执政，都归结为依赖独裁政治力量的结果，引申开来认为在中国"什么民主政治、议会政策、党权开放，都是自取纷扰"，"只有独裁政治，才能应付这种恶劣环境，压倒反动势力，克服派别分歧"①。所谓"反动势力"是指人民革命力量，而"派别分歧"是指国民党内的权力纷争。这些文章毫不掩饰地宣称："我们在原则上是反对民主，而拥护一党独裁的。"有一篇题为《革命与领袖》的文章甚至公开声称蒋介石是中国唯一的领袖，洋洋万言，从领袖的作用、领袖的素质谈到拥戴领袖的态度，宣扬领袖主宰一切的法西斯理论。文章最后道出了全文的真正用意："自孙中山先生逝世后，继承孙中山先生者，以蒋中正先生最为适当。"②

二　民办报纸

南京的民办报纸主要出现在 20 年代末 30 年代初，办报人大都没有官方背景，报馆运营以民间资本为主体，少量接受政府或其他政治势力的经济援助，预设读者是一般的社会民众。民办报纸具有非政治倾向，这首先表现在重大的政治问题上，民办报纸对统治者的政策始终取对立的或游离的态度。③ 民办报刊的勃兴打破了官报和外报对传媒的垄断，在政治国家之外逐渐开拓出一个新的自主性的社会空间，反映了从晚清开始的大众传媒"民间化"的趋势，"民办报刊实际成为一种沟通社会民众和政治国家之关系的公共机关，它所拓展的社会空间正类似于哈贝马斯所说的批判性的'公共领域'"。④

1927 年北京《世界日报》的老板成舍我逃离军阀张宗昌的枪口，

---

① 《中国日报》1933 年 7 月 11 日。

② 《中国日报》1933 年 9 月 23 日。

③ 参见朱晓进等《非文学的世纪——20 世纪中国文学与政治文化关系史论》，南京师范大学出版社 2004 年版，第 6 页。

④ 刘震：《新青年与"公共空间"——以〈新青年〉"通信"栏目为中心的考察》，载程光炜《文人集团与中国现当代文学》，人民文学出版社 2005 年版，第 89 页。

沉默一年后，1928 年 3 月在南京出版了《民生报》，这是南京最早出现的民营小型报纸。经理为周邦式，总编是张友鸾，报社骨干力量多数从《世界日报》抽调。报纸最初为四开一张，不久即改为两张，最多时出过四张。《民生报》按照成舍我的"小型报乃'大报'的缩影"的观念，采取"小报大办"、"精选精编"的方针，"重视言论，竞争消息，广用图片"，内容生动充实、印刷精致，给人以耳目一新的感觉，经营情况较《世界日报》更好，最初发行 3000 份，一年后即发行到 1.5 万份，最多时发行到 3 万份，超过了政府机关报《中央日报》的销量。成舍我对该报寄予了很大希望，曾计划在南京组织中国报业公司。1934年 5 月，《民生报》公开揭露行政院政务处长彭学沛（汪精卫部属）贪污舞弊事件，引起轩然大波，导致报纸在南京被永久查封，老板成舍我遭拘禁 40 天，被勒令从此不得在南京办报。《民生报》在政治高压下不得不草率结束。

《新民报》1929 年 9 月 9 日创刊于南京，其命名是以"作育新人"为目标，并含有继承和发扬同盟会时代《民报》精神的用意。9 月 9 日创刊是为了纪念孙中山先生第一次起义的日子。当时的创办人认为报纸应该对青年宣扬"三民主义"，报头是吴竹似从孙中山遗墨中摹写出来的。最初只出版日刊。1937 年抗战爆发后迁往重庆，先出日刊，后出晚刊，并出有成都版日、晚刊。1946 年后恢复南京版，始出晚刊，后出日刊。同年又出版北平《新民报》日刊和上海《新民报》晚刊。《新民报》发起人有余惟一（中央通讯社社长）、刘正华（中央通讯社编辑）、郑献征、吴竹似、彭革陈、陈铭德等。报社主要由陈铭德负责，全称为首都新民报社。创刊总编辑为吴竹似，因肺病修养后，余惟一介绍张友鸾继任总编辑。之后继任的总编辑有谢崇周、崔心一，赵纯继等。30 年代《新民报》的办报方针是："一、传达正确消息，二、造成健全舆论，三、促进社会文化，四、救济智识贫乏，"要求报纸"绝不官化，传单化……为办报而办报，代民众立言，超乎党争。"① 报社社址最初设在洪武路，1930 年迁到估衣廊 73 号，1935 年再迁新街口北中山路 102 号，门面为青白色，与国民党的"青天白日旗"保持一致。最

---

① 《新民报》两周年纪念增刊，1931 年 9 月。

初《新民报》四开一张，1930 年改为对开一张，1937 年改为对开两张。报纸最初由沪宁印刷厂代印，1931 年筹集经费自办了"明明印刷厂"。《新民报》初创时为了筹集经费，曾从地方军阀和中央政府处争取津贴。1929 年到 1938 年报社与割据川东的四川军阀刘湘关系密切，刘湘为《新民报》提供开办经费 2000 元，出版后又提供每月津贴 500 元，陈铭德个人活动经费每月 200 元。刘湘大方出资的目的是为了在"首都"吹嘘自己的"文治武功"，宣传政绩以巩固自身的地位，进而挟"中央"以自重，扩大自己在四川的势力。《新民报》开办后为刘湘大造声势，凡是其集团扩张及在京川籍官员、四川相关社会活动稿件都积极刊发。刘湘三次入京，《新民报》逐日报道刘湘行踪并代他起草讲话稿，筹备记者招待会。《新民报》发行量最初只有 2000 份，大部分赠阅，版面主要依靠中央社稿件，缺乏可读性，因此业务收入不能自给，中央宣传部曾以所出《七项运动》（合作、保甲、造林、禁烟、新生活等运动）周刊随《新民报》附送为条件，月津贴 800 元，至 1932 年停止。之后在孙科的斡旋下，中山文化教育馆以刊登该馆季刊广告的名目给予《新民报》一次性经费 2000 元。在中国舆论专制的状况下，《新民报》不得不依赖于政府和地方军阀的经济支持，导致《新民报》的独立方针只能部分执行，不带官方色彩、不作空洞说教、代表民间立场的办报宗旨，在实际执行过程中总是打折扣。1929 年总编辑吴竹似患肺结核修养，陈铭德力主请曾担任过北京《世界日报》和南京《民生报》总编辑张友鸾接任。他到任后首先进行改版，进一步明确读者范围，广泛登载青年喜闻乐见的新闻。1930 年童子军南京大检阅时，他特派几位专访记者进行详尽报导并配图片，引起了青年学生对《新民报》的兴趣。金满成主编的副刊《葫芦》也和新闻版面配合，着重揭露和批评社会上的不合理现象，吸引了大批青年读者，尤其是学生、店员和低级公教人员。在"九·一八"、"一二·九"运动中《新民报》都作出了迅捷的反应，不仅在第一时间进行详细报道，而且以激情充沛的社论鼓舞爱国情绪，敦促政府采取措施，在社会上引起了巨大反响。"九·一八"发生后，《新民报》除了发表《请向日宣战》的社论外，还及时报道日寇侵袭的消息，大量刊登了"驱日前线敢死队"、"中国青年舍身抗日团"、"抗日义勇铁血军"、"抗日救国义勇军"等组织的活动，发行数量激增到一万多份。1931 年 12 月 15 日蒋介石被迫下野，当天学生到国民党党部请愿，军警与之发生冲突，多人被捕。第二天《新民报》发表《昨日中央党部门前学生行动评判》为题的社论，提醒学生提高警惕，揭发政府阴谋。当晚《中央日报》诬蔑学生捣毁党部是由共产党主使，引起学生前往珍珠桥《中央报社》报馆质问，军警开枪打死多人，并有多人从桥上被推落桥下淹死，酿成"珍珠桥惨案"。中央通讯社发布消息时歪曲为学生自行失足落水，《新民报》揭发了实情，并在副刊上发表了一首诗："《中央日报》门前，不知有多少冤鬼。"为此《中央日报》在南京地方法院控告《新民报》，学生纷纷要求前往作证，《中央日报》代表不敢到庭，官司作罢。此后国民党进一步压制舆论，对学生运动的新闻报道受到严格审查，《新民报》也受到严重警告。1932 年 1 月 28 日淞沪会战爆发前后，《新民报》先后发表《请对日绝交》（1 月 17 日），《对日绝交与应有之准备》（1 月 18日），《再论对日绝交》（1 月 20 日），《对日一战才有生路》（1 月 28日），《请政府收复东北》（2 月 24 日）等社论，导致 6 月 19 日报纸受到首都警备司令部停刊一日的处分，罪名是有两天的三条新闻未送检查直接发表。1932 年国民党中宣部颁布《宣传品审查标准》后，《新民报》逐渐与国民党政府发生直接冲突。1935 年 6 月开始，罗承烈担任主笔，社论开始主张团结一致、共同对外，积极宣传抗日。1935 年 6月连续发表了《惟急起御侮乃能复兴民族》、《亲善乎？汉奸乎？》、《我们的抗议》、《还能忍耐吗？》等社论，并就"苏蒙协定"与日本《朝日新闻》进行论战。"一二·九"运动后，《新民报》热情地支持学生的爱国热情，痛斥政府的绥靖政策。这些社论发表后，南京警备厅调查科要求报纸停刊三日，并拘留了社长陈铭德。国民党检查机构对报纸审查严格后，"开天窗"时常发生。1936 年 9 月 18 日，纪念"九·一八"的社论全被扣了，《新园地》、《南京版》两个副刊稿件全被扣，开了两个巨型天窗，上面分别填以"请看新民报 言论正确 消息灵通"十三个大字。《新民报》在社会上广受欢迎，1936 年报纸发行量达到一万六千多份，很快上升到两万份左右。同时《新民报》在政治上受到更大压力，国民党认为《新民报》是四川军阀在南京的潜在间谍机关。为了渡过难关，《新民报》股份有限公司于 1937 年 7 月 1 日宣布集资 5 万元成立，在报纸上发表了董事长、董事和监察人的名单。董事长为萧同兹（国民党中央通讯社社长），常务董事为彭革孙（国民党中宣部新闻事业处处长）、王漱芳（南京市政府秘书长），董事为方治（CC系头目）、卢作孚（四川民族资产阶级）、张廷休（CC系）等人，《新民报》借此笼络了国民党统治集团的各派各系，以民族资本家为经济后盾，以求保全报纸。

相形之下，《南京人报》的民办性质更加鲜明，创办过程较《新民报》也更顺利。《南京人报》1936 年 4 月 8 日在南京发行，创刊人是著名的小说家、报人张恨水，不接受任何经济援助，也没有任何后台，资金完全来自张恨水本人的积蓄。通俗小说家张恨水的巨大号召力促使第一天报纸就销到一万五千份。《南京人报》是小型报纸，张恨水任社长，兼编副刊《南华经》；张友鸾任副社长兼经理，张萍庐编副刊《戏剧》；张友渔写社论，盛世强在北京打电话报告新闻。张友渔和盛世强是义务帮忙，不收任何报酬，由此可见这份报纸是真正的报人办报。张恨水 1944 年回忆《南京人报》的创建过程时感慨良深："先是，愚在首都创办《南京人报》，以一书生，毫无凭借，乃欲于先进各报林立间，独当一面旗鼓，实深冒险。及既出版，虽未跻后来居上之势，而与各先进报分庭抗礼，初无逊色，颇足自傲。然所以有此自傲者，非区区一人之所能为，内则同社诸友，甘苦相共，日夜努力；外则文艺知交，纷纷以著作相助，遂使各版各栏，均有令人一阅之价值。而此诸友，知我穷也，毫不需物质之报酬，甚或驱车临社，伏案撰文；或急足送稿，自行破钞，精神上之协助，在报史中竟难觅得前例。"[1] 在《南京人报》中，张恨水发挥了自己作为一位老报人的所有经验和智慧，编撰的文章短小精悍，富有浓郁的南京地方色彩，副刊生动活泼，从版面到内容新颖隽永。在副刊《南华经》上，张恨水发表了长篇小说《中原豪侠传》和《鼓角声中》以及大量的诗词散文，他是《南京人报》的灵魂，正是张恨水作为通俗作家所具有的独特魅力和虽脱离政治而不失传统气节的人格特质，使得这份报纸一直坚持到 1937 年 12 月南京沦陷前四天才停刊。抗战中他曾伤感地指出："愚半生心血钱，均消耗于两事：一为

---

[1]　张恨水：《冶城话旧·序》，万象周刊社 1944 年版，第 1 页。

北平一美术学校，一为《南京人报》，二者皆毁于炮火，乃使愚鬓毛斑白，一事无成，其因此而负师友期望者，尤觉内疚于心。"① 40 年代张慧剑重新恢复了《南京人报》。

三　报纸副刊

副刊是指报纸的具有相对独立编辑形态，并富于文艺色彩的固定版面、栏目或随报发行的附刊。现代中国报纸副刊在引导思想潮流，建构国民意识，拓展公共领域方面起到了相当重要的作用。"报纸文艺副刊之类的媒体（包括杂志）是文化载体，它有浓郁的历史文化含量。在此类媒体上发表的文学文本是有文化生命力的。而这种文化生命是只有在嵌有版面的空间结构，与前后左右的背景材料发生对话关系时，它才是鲜活的。"② 副刊是"报纸杂志化"的产物，因为那时的中国，"杂志又如此之少，专门杂志更少了，日报的附张于是又须代替一部分杂志的工作。例如宗教、哲学、科学、文学、美术等，本来都应该有专门杂志的，而现在《民国日报》的《觉悟》，《时事新报》的《学灯》，北京《晨报》的副刊，大抵是兼收并蓄的"。③ 这一特征将读者与报纸副刊紧密联系了起来。1946 年沈从文为天津《益世报》编《文学周刊》，在《编者言》中指出："在中国报业史上，副刊原有它的光荣时代，即从五四到北伐。北京的'晨副'和'京副'，上海的'觉悟'，和'学灯'等，当时用一个综合性方式和读者对面，实支配了全国知识分子的兴味和信仰。"沈先生认为，报纸副刊"直接奠定了新文学运动的磐石永固"。这一席话，给予了中国现代报纸的副刊以公正的评价。李欧梵先生也认为："报纸的'副刊'是值得深入研究的，它非但代表了中国现代文化的独特传统，而且也提供了一个'媒体'理论：西方学者认为现代民族国家的建构和民主制度的发展是和印刷媒体分不开的，也就是说报章杂志特别重要，然而西方报纸并没有一种每日刊行的副刊。"④ 可见，

① 张恨水：《冶城话旧·序》，第 2 页。
② 雷世文：《现代报纸文艺副刊的原生态文学史图景》，载程光炜主编《大众媒介与中国现当代文学》，人民文学出版社 2005 年版，第 159 页。
③ 孙伏园：《理想中的日报附张》，《京报副刊》1924 年 12 月 5 日，第 1 版。
④ 李欧梵：《"批评空间"的开创——从〈申报·自由谈〉谈起》，载程光炜主编《大众媒介与中国现当代文学》，人民文学出版社 2005 年版，第 1 页。

副刊是中国现代报业的独创，它是清末民初现代传媒本土化发展的典型标志。报纸副刊传播了进步的革命的思潮，弘扬了科学与民主的思想，针砭了时弊，呼唤了救亡，促进了文学的改良，繁荣了文学的创作，发展了文学的流派，培养了好几代的青年作家，同时也教育和滋养了整整一个世纪的报纸读者。在中国，报纸的副刊和正刊可以是密切配合的，配合正刊完成报道任务和舆论导向任务，实现办报人的办报目的；也可以相对独立，报纸副刊可以摆脱正刊的影响，单独发挥作用。报纸本身不仅担负着传播新闻的使命，也是传播知识、启蒙思想的工具。商业化报纸和消闲性副刊不是主流，占有主流地位的是具有强烈政治色彩的报纸和富于思想性的副刊。

《新民报》的副刊最早是由金满成主编的《葫芦》，意思是让人搞不清葫芦里卖的是什么药。1933 年 5 月金回四川，由卜少夫主编，改为《最后版面》，之后改为《新民副刊》，高植、沈从文、黎锦明、靳以、缪崇群等长期为之撰稿。1933 年 11 月《新民报》共出版副刊 11 种，包括：《妇女》、《儿童》、《西医》、《电影》、《艺术》等周刊；《国际》、《社会科学》、《国医尝试》、《度量衡》、《漫画》等半月刊；《新民副刊》、《南京》等常用副刊。1934 年作了调整，除了《新民报副刊》、《南京》外，共有 7 个周刊：《新民漫画》、《儿童国》、《社会问题》、《新妇女》、《国医常识》、《法律周刊》、《银色副刊》。1935 年 12 月 1 日开始每天用半版刊登阳翰笙、田汉等人主编的《新园地》副刊，创刊号是"中国舞台协会"专页，发表田汉的《幕前致词》、张曙的《谈曲》、洪深的《演技小论》、田汉的《械斗之歌》、马彦祥的《戏剧运动的新方向》等，扩大了宣传抗日的影响，揭发暴露了国民党统治的弊端。遇到重大事件如聂耳周年祭、鲁迅先生逝世等出版专辑，至 1937 年 5 月 3 日第761 号停刊。这些新内容引起国民党的注意，张道藩、王平陵出面要求在《新园地》发表"中国文艺社"社员的作品，被拒绝后，1936 年 12 月 19 日由他们另编出版了与《新园地》针锋相对的《文艺俱乐部》副刊。其在第一号"编后"上写道："本来，本刊序言是请社长叶楚伧（当时任国民党中宣部长）先生撰文的，叶先生因国事过忙，致未能与读者见面，特此致歉！"《文艺俱乐部》只出了两期就停刊了。之后《新园地》改名为《新民副刊》，编辑为施白芜，继续原来的精神与方向，刊发了田汉的名剧《青年进行曲》。两个月后抗战爆发，《新民报》从两大张改为一张，1937 年 8 月 8 日《新民副刊》改名《战号》，直到 11 月下旬迁出南京为止。

　　《中央日报》的副刊有《中央副刊》和《中山公园》。《中央副刊》于 1936 年 5 月停刊，改出《贡献》，内有特写、掌故、文坛信息等栏目。此外，还有《社会调查与研究》、《妇女》、《会计》、《地理》、《戏剧》、《史学》、《科学》、《医学》等周刊、双周刊。《中国日报》对副刊很重视，除了每天有文艺性副刊《大观园》，第八版为副刊专版，采用书本式排版，便于读者单独装订保存。最多时有七个副刊，一周轮一圈，每天一个，内容广泛，如《卫生常识》、《电影与戏剧》、《文艺周刊》、《社会科学》、《书报论衍周刊》、《现代军事》、《国际述评》等。

　　总体看来副刊是丰富报纸内容，开拓读者眼界的栏目，尤其文艺副刊既促进了现代文学社会属性的转变，又促进了文学与社会现实尤其政治状况的紧密结合。即便在党化政治下，文艺副刊也展现出与社论或宣传口号不同的风貌，以活泼、生动、亲切的笔触描摹现实生活，成为报纸中不可或缺的部分。

第二节　南京的政治文学社团与刊物

　　民国时期杂志的出现和社会现代化进程紧密相连，杂志推动了中国社会思想文化的过渡与发展，指明了时代的思想文化的动向，直接揭示了一个时代的思想秘密。戈公振指出："一国学术之盛衰，可于其杂志之多寡而知之。民国以来，出版事业日盛。以时期言，则可分欧战以前与欧战以后。以性质分，则可分为学术与争论、改革文学思想与批评社会之三大类。"[1] 形式自由、内容丰富是期刊特有的优势。"期刊比报纸上的文学副刊的容量要大，比单行本的出版周期要短，要迅捷。这样就特别能把作家、编辑、出版商、读者这四方面，紧紧环绕在读书市场的

---

[1]　戈公振：《中国报学史》，上海古籍出版社 2003 年版，第 217 页。

周围，形成一个文学的'场'。"① 刊物的聚合构成了文坛，随着杂志的勃兴，作家之间的联系加强了，文学越来越社会化。杂志推动和加速了文学内容、题材、风格、流派演变的节奏和周期，改变了文学的氛围，加强了社会认同和一体化。有人将民国时期期刊的类型分为："第一种是由商业性文化机关出版专以营利为目的的，第二种是政治团体或学术团体出版以传播他们的主张或思想为目的的，第三种是学术或文艺团体和商业性文化机关合作出版的，第四种则是爱好文艺的青年自动集资出版的。"② 30 年代文学与政治的关系非常密切，政治文学社团与刊物在南京比较兴盛。1933 年、1934 年是中国的杂志年，全国至少出版了215 种杂志，其政治属性和商业性质取代了同人性质。当杂志带有政治属性时，"批判的公共性遭到操纵的公共性的排挤"③，瓦解了大众传媒构建起的公共交往空间。

1928 年国民政府定都南京后，开始着手制订并推行现代民族国家建设计划。随着一系列政治、经济、教育整顿措施的推出，党治文化、党治文学亦出现。当时蓬勃兴起的左翼文学运动使国民党中宣部担心左翼文学运动所宣传的阶级论会激化国内阶级矛盾，直接危及国民党的建国方略的实施。因此国民党当局积极扶持官方文艺团体，推行官方文艺政策。1929 年 6 月国民党全国宣传会议第十次会议便着手"确定本党之文艺政策"："一、创造三民主义的文学（如发扬民族精神，阐发民生建设等文艺作品）；二、取缔违反三民主义之一切文化作品（如斫丧民族生命，反映封建思想，鼓吹阶级斗争等文艺作品）。"1930 年 3 月"左联"成立后，国民党政权更加紧了对"三民主义文艺"的提倡和扶持。1930 年 6 月 1 日，由国民党上海市党部、社会局、警备司令部的一些政客、军官、特务、御用文人，组织成立了"六一社"，鼓吹所谓"民族主义文艺运动"，先后在上海出版了《前锋周报》、《前锋月刊》、《现代文学评论》等刊物，在南京出版了《文艺月刊》、《开展》月刊、

①　吴福辉：《作为文学（商品）生产的海派期刊》，程光炜主编《大众媒介与中国现当代文学》，人民文学出版社 2005 年版，第 110 页。

②　危月燕（周楞伽）：《谈中国的杂志》，《春秋》第 5 卷第 1 期，1948 年 4 月 14 日。

③　［德］哈贝马斯：《公共领域的结构转型》，曹卫东等译，学林出版社 1999 年版，第202 页。

《流露》月刊等，并在许多刊物上同时刊发了他们的《民族主义文艺运动宣言》，借"民族主义"旗帜推行"三民主义"，抵制阶级斗争学说和左翼文艺。1934 年国民党召开了一次大规模的文艺宣传会议，再次强调建立以"三民主义"为哲学基础的"文艺理论中心"，并针对右翼文艺运动出现的新动向作出了新部署。政治斗争趋于激烈时，不同政治利益集团对传播媒介的争夺愈加剧烈。30 年代国民党政权依靠文化控制（包括控制文化传播媒介）来巩固自己的政权，对书籍报刊进行严格的审查和查禁，进步书籍的出版"渐次减少"，"好销的书不好出，好出的书不好销，于是只剩下'杂志'一条路还可捞几个现钱"。①1933 年至 1934 年的文坛刊物大盛，而"文艺书的单行本却少到几乎看不见"，这完全是"国民党反动派的禁书令和图书杂志审查法的推行"后的必然结果。1934 年 3 月 25 日，国民党 CC 系的陈果夫、邵元冲、吴铁城、叶楚伧、潘公展等在上海发起成立中国文化建设协会，以反对阶级斗争、反对无产阶级文化、反对共产主义为宗旨，提倡发扬固有文化、吸收西方文化建立新的文化体系，从孔孟之道入手进行中国本位的文化建设。协会声称成立的目的是充实民众的生活，发展国民的生计，争取民族的生存。实质是为配合蒋介石军事反共，进行反革命文化"围剿"，复活封建文化服务。该会选举理事 61 人，候补理事 20 人，以陈立夫、邵元冲、吴铁城、朱家骅、陈布雷、张道藩、潘公展、吴醒亚、李登辉、沈鹏飞、叶秀峰、张寿镛、裴复恒、黎照寰、翁文灏、刘湛恩等为常务理事，下设教育、出版、新闻事业、电影等委员会，并在各地设分会，出版《文化建设》月刊。1934 年 6 月 6 日，国民党中央宣传委员会为加强对文化事业的反动专制，在上海设立中央图书审查委员会，由吴开先、潘公展、吴醒亚等任委员，内设总务、文艺、社会科学三组。6 月 9 日，该会公布《图书杂志审查办法》10 条。7 月，修订《图书审查办法》14 条。《办法》规定，一切图书杂志付印前应将稿件送中央图书审查委员会审查，准予出版的图书杂志必须在封面底页上印审查证号码。图书杂志出版后还要送中央图书审查委员会，每种三份，以供审查官员进行核对，如发现与审查稿件不符时，就会受到内政部的

---

① 茅盾：《所谓杂志年》，《文学》第 3 卷第 2 期，1934 年 8 月 1 日。

处分。进步文化因此遭到严重破坏。1935 年 7 月 12 日，国民政府立法院修正通过《出版法》，全文共 7 章 49 条，其中"登载事项之限制"、"行政处分"及"罚则"占 28 条。新出版法规定，一切出版物须先经地方主管官署核准后始能出版，出版物审核权力在内政部。地方政府有监督、取缔新闻纸和杂志发行之权。该法则公布后，新闻界纷纷要求复议，京、沪、平、津新闻界代表、南京新闻学会纷纷集会请命，立法委员吴经熊就各地新闻界要求修改新《出版法》一事对记者表示："统观《出版法》原文，不无束之过严，新闻界之请愿，自不能非之。"但又宣称："吾国言论自由虽有明文，而自由二字，系相对的而非绝对的；在组织尚未健全之过渡时代，其自由之范围亦较缩小，未能尽量发展。"他们一方面迫害进步文化界，查禁进步书刊，另一方面提倡以封建道统为中心的"新生活运动"。蒋介石在《新生活运动要义》中推行"四维"、"八德"，提倡尊孔读经，掀起了全国性的复古逆流；教育部汪懋祖则鼓吹复兴文言文。他们竭力主张要用"三民主义"理论统率文学艺术，及早制定"本党的文艺政策"，即通过加强书报检查制度、查封书店以及对左翼作家的捕杀，设立"全国图书杂志令查委员会"等机构，来打击、封杀左翼文学力量，同时努力培植自己的文学力量，以少数国民党作家为核心，拉拢、团结一批中间派作家，策划、发动一系列与左翼文学针锋相对的文学运动与左翼文学进行正面交锋，以扼制左翼文学力量的蓬勃发展。除了民族主义文艺运动所组织的社团及刊物外，国民党右翼党派文学还有其他一些社团及媒体，作为一种文学现象，文学社团的组成和文学期刊的创办，无疑是文学兴衰的一个标志。民族主义文学、右翼党派文学社团及媒体正是 30 年代以来国民党政治文化的完整展示。

一　民族主义文艺运动的社团及刊物

20 世纪 20 年代末，文学的生产迅速走向商品化，书局大量涌现，报纸杂志的数量也成倍地增长。到了 30 年代中期，中国的书报出版业达到了空前繁荣的地步，刊物兴盛，以至于报纸也杂志化，文艺副刊纷纷上马。文学生产的商品化与意识形态领域的斗争密不可分。自 1928 年起左翼文学形成风潮，新兴书局看到有利可图，竞相出版普罗文学作品，进一步促进了左翼文学理论和创作的勃兴。为此国民党打出了民族主义的旗号来对抗左翼的阶级论，强调文学应该反映民族的意识，塑造民族的意识。民族主义遂成为国民党的一切文艺政策和文学运动的理论基础。1931 年"九·一八"事变爆发后，国内民族主义情绪空前高涨，民族主义从民初的衰颓一跃成为压倒一切的主流思潮。国民党所倡导的民族文艺也在与左翼文学的斗争中逐渐发展，30 年代中期已经与左翼文学势均力敌。南京国民党政府在其统治时期所制定的文艺政策以及策动的文学运动，是国民党的建国方略在文艺领域里的具体实践，也是以文学促进现代民族国家建设的必须步骤。

1. 前期民族主义文学社团及刊物

民族主义文艺运动于 1930 年到 1931 年萌发，这一时期大量论文阐述民族主义，隐蔽地鼓吹法西斯主义。在国民党的宣传家眼中，"所谓民族主义文艺就是民族之苦闷的象征，民族之前进的船舵"。而民族主义文艺运动对民族复兴有巨大帮助，"文艺是民族的生命，文艺运动是民族复兴的前驱，在目下因为我们需要创造一种培植民族精神，鼓舞民族生命之新文学，来负担这伟大的工程，民族主义文艺之真正意义既是如此，今后文艺运动所应有的定向亦复如是"。因而应该推动民族主义文艺运动的发展，让文艺真正实现其使命和责任。"我们今后的文艺，是负有二种使命，一是民族生活的诚实底反映，二是民族生命的向前底推进，当我们愿意创作的时候，千万不可丢了这二个重大的方针。"[①] 1930 年元旦，国民党中央宣传部部长叶楚伧在上海《民国日报》"元旦特刊"上发表《三民主义的文艺底创造》一文，强调"文艺创造，是一切创造根本之根本，而为立国的基础所在"，"若没有三民主义之文艺，则三民主义之革命，成为孤立无援，而非常危险"。他特别警告道：共产党徒正在乘虚而入，"用一种很热烈的情调"、"很富于挑拨性的色彩"和"很富于煽动性的文字"，以及"不复杂而简易的构造"，做他们的文艺工作，国民党若是任其发展下去，自己却"一点也不去运动"，那简直是"自暴自弃"。叶楚伧再三强调："建设三民主义之文艺

---

① 周子亚：《论民族主义文艺》，载吴原编《民族文艺论文集》，正中书局 1934 年版，第2—12 页。

乃是目前最重要的工作", 含糊地指出建设路径应当: "要以三民主义之思想为思想, 思想统一以后, 三民主义的文艺自然会产生了"。1930年4月28日, 国民党上海特别市执委会宣传部召开了第一次全市宣传会议。会上, 市党部宣传部长陈德徵检讨道: "有许多事情, 往往我们想到但还没有做, 如谈了好久的三民主义文学, 至今尚未完全实现, 只看见一般不稳思想结晶的文艺作品, 以及表现不稳思想的戏剧。"他认为要扭转这种局面, 仅仅依靠消极的取缔是不行的, "根本方法, 尤在我们自己来创造三民主义的文艺, 来消灭他们"。这次会议通过了"如何建设革命文艺以资宣传案", 要求各区党部宣传刊物上"尽量刊载革命文艺之理论及创作, 市宣传部也要着手编辑革命文艺刊物"。这一时期南京民族主义文艺运动的参与社团及刊物有: "开展文艺社"及其出版的《开展月刊》, "长风社"及其出版的《长风》半月刊、《活跃周报》等。

"开展文艺社"是南京较重要的民族主义文学社团, 最初发起人是曹剑萍、翟开明、刘祖澄三人, 不久潘子农、卜少夫等相继加入。"开展文艺社"的定期出版物有《开展》月刊、周刊及《青年文艺》三种, 此外还有一种《民俗》周刊。从1930年11月15日《开展》月刊上刊登的"开展文艺社"第一届职员表名单看, 社员多半供职于南京各党政部门: 曹剑萍在南京市党部秘书处工作, 赵光涛是江苏省立民众教育馆主任, 总出版组干事程景顾来自铁道部, 戏剧组干事叶定来自南京市党部等。南京、上海、镇江、杭州、宁波等地均有成员, 其中较活跃的有娄子匡、段梦晖等。《开展》月刊于1930年8月8日创刊, 共出版十二期, 终刊于1931年11月15日。"开展文艺社"在发刊词中宣称: "民族主义文学以水到渠成之势, 无疑的成为支配中国文坛的一种新的势力了。我们应该帮同来开展着, 给中国的文学, 开展一条新的路径, 建设起一种文学的革命的文学来。"刊物内容侧重文学创作, 如一士的《回国》(2期), 潘子农的《决斗》(4期), 刘祖澄的《血》(4期), 卜少夫的《两种典型下的青年》等都是技巧圆熟的文学作品。刊物刊载了大量民族主义论文, 如一士的《民族与文学》(创刊号)指出文学应当以民族意识为指导, 进而去指导人生。"在中国的现在状况之下, 只有民族的生活意识, 而不许可有个人的生活意识", 文学应该"以指

导和解决民族的物质生活为其外缘的意义的最高原则"。创刊号还以
《中国民族主义文艺运动宣言》为标题，转载了前锋社的《民族主义文
艺运动宣言》。刊物还设有《开展线下》栏目，刊登了不少杂文，第
10、11 期合刊为《民俗学专号》，由钟敬文、娄子匡编辑。《开展》周
刊以《新京日报》副刊的形式编辑出版，卜少夫主编，出了 30 多期。
《青年文艺》以《中央日报》副刊出版，由曹剑萍编辑，影响较小。在
民族主义文艺和三民主义文艺的论争中，"开展文艺社"坚定地站在了
民族主义文艺的一边，认为三民主义文艺虽与民族主义文艺"实出一
辙，而旗帜之鲜明与堂皇，更非民族主义文艺所可并肩而语"，自然就
更"容易被人谈焉而置之"。他们认为"三民主义文艺在文艺上不能单
独成为一个理论，只能是民族主义文艺内容的一大部分。我们要在文艺
上表现三民主义……是为了我们的民族"，而"为了民族"正是民族主
义文艺理论的要义之一，所以三民主义文艺"到了今天，便应该是民族
主义文艺的内容之一"。

民族主义刊物《活跃周报》1931 年 5 月创刊，1931 年出版了 25
期，1932 年出版了 4 期，编者署名为《活跃周报》编辑部，发行者为
《活跃周报》发行部。据 1931 年第 20 期上的《报告二十期后的〈活
跃〉》介绍，编者为卜少夫、潘子农、吴永在、孔鲁芹。属于新闻类定
期刊物，曾触犯过当局，《〈活跃〉在一九三一》中指出："《活跃》在
一九三一年，有二十五次的出现，其中十六、十九两期，被禁止发行，
二十期全部没收。"思扬在《南京通讯》中提到《活跃周报》时说：
"人物是颇会'动作'的卜少夫（开展社员），背景是陈立夫、赖连，
有钱供给。但最近闻因为卜的妄动成了问题。"

《长风》半月刊是南京的另一份打着民族主义旗号的刊物，创刊于
1930 年 8 月 15 日，由徐庆誉主编，南京时事月报社印刷发行，同年 10
月 15 日第 5 期后停刊，《长风》半月刊自称发行动机是想从学术的立场
来"整理紊乱颓废的思想"。在第一期《本刊之使命》中提到："本刊
负有两个重大的使命：一个是介绍世界学术，二是发扬民族精神。"刊
物指出当今世界"生存竞争，愈演愈烈，竞争的武器，即是学术。有学
术者生，无学术者死，学术进步者胜，学术幼稚者败"，中国要想"取
消次殖民地的徽号，一洗八十年来的奇耻大辱，除力谋学术发达外，旁

的没有办法"。《长风》半月刊特辟"专论"一栏，广泛讨论科学、教育、文化、政治乃至青年思想等方面的问题。在民族精神方面，刊物指出："共产主义者一味激起互恨的阶级意识，而抹杀互爱的民族意识，当然不是我们的朋友。我们为中国民族谋解放计，十二分的希望共产主义者与颓废主义者回头猛省，打破以往的成见，和我们一同站在革命的战线上牺牲奋斗。"他们提倡的所谓民族精神，其内容偏重于传统的道德文明："中国人的固有道德，如忠孝仁爱信义和平，是中国立国的基石，也是中国民族五千年绵延不绝的命脉。"因为《长风》半月刊没有表现出明显的民族主义文艺的特征，曾遭到许多莫名的猜测，如"长风半月刊之内幕：林庚白拉章衣萍后，在文艺春秋上大发表自吹自拉之自传，最近大拍陈公博的马屁，拿到一笔津贴，主编长风半月刊，标明为半政治文艺刊物，实则为自吹自擂的阵地"①。甚至被疑心为共产党的刊物，"长风与红旗：中共机关刊红旗分为南北，上海出版，河北省委出版北方红旗。长风半月刊从红旗转载了许多布尔什维克主张，颇让共党宣传人员满意"。②从这两则消息中可以看出《长风》半月刊虽然致力于激发民族意识，却并不是民族主义文艺运动中的先锋，刊物短暂的存留时间使得它没有留下明显的社会影响。刊物上发表的作品数量不多，内容多半为攻击普罗文学或宣讲民族主义的大道理。为此其他民族主义刊物的编者比较不满，《前锋周报》的编辑李锦轩在《给〈长风社〉》中批评该社很少发表真正的民族主义文艺，"徐先生为有名之小学教育专家，大概只专于小学方面，对于什么什么主义，恐怕还有点朦胧不专吧"。③"长风半月刊，也是一九三〇年南京所出的一种刊物，编者似乎是一个多方面的追求者，内容反涣散而没有什么精彩了。据说已经停刊。"④

2. 后期民族主义文学社团及刊物

上海"前锋社"解体后，民族主义文艺运动陷入了低潮，对民族主义文艺运动迅速的崛起与衰落，有人这样讥讽道："这一个运动来势虽

---

① 《社会新闻》第4卷第26期，1933年9月18日。

② 《社会新闻》第4卷第29期，1933年9月27日。

③ 《前锋周报》第28期，1930年9月28日。

④ 烽柱：《我所见一九三〇年之几种刊物》，《文艺月刊》第1卷第4号，1930年11月。

然凶猛无比，去势也非常迅速，在一九三一年中曾有一个高度的发展之后，便也落（衰）落了。过去一年中可以说是不见有民族主义文艺的活动，所有的也不过是几个无名小卒在掘着自己的坟墓工作。"① 1932年到1937年抗战爆发前为民族主义文艺运动的后期。1932年3月1日，在蒋介石的授意下，贺衷寒、邓文仪、康泽等黄埔骨干分子在南京发起成立"三民主义力行社"。"力行社"外围组织分两层，即"青会"（"革命青年同志会"和"革命军人同志会"）和"复兴社"。在思想文化方面，"力行社"依托于各地的文化学会，创办了不少报纸杂志，宣传铁血救国的主张，发表了一系列介绍德、意法西斯主义并主张用法西斯主义救中国的文章，以致从1932年年底起法西斯主义成了国内思想界的热门话题。这一时期民族主义者指出："民族主义底目的，是要使民族能够独立，并且在各民族间处于平等的地位；凡能使得达到这目的的文学，就是民族主义的文学，无论是戏剧，小说，诗歌或者散文。同时，凡是攻毁民族主义前途底障碍的文学，和暴露民族主义敌对底丑态的文学，也都是民族主义的文学。"② 官方理论家从三民主义的立场解释民族主义文艺运动存在及发展的合理性，"从文艺的性质和要素来看，文艺原来是民族的，故只有民族主义的文艺运动才是顺理成章，事半功倍；历史上看，坚强的民族意识往往为文艺所唤起，其例不胜枚举。从整个的三民主义的立场看来，也觉得民族主义的文艺运动，实在是推进国民革命的一种重要而又切实的基本工作"。并且结合民族危机，指出当前任务是："中国人要为全世界的弱小民族打抱不平，必须先把自己从不平等的地位提高到平等地位，换言之，须先恢复中华民族的地位，民族主义的文艺运动，就是唤起中国人的民族意识为恢复民族地位打基础的一种切要的工作；我们承认他是以负起推进国民革命的使命的，也不为过分罢。"③ 他们标榜自己不同于左翼文学的功利态度，将文学视为"宣传的利具"、"阶级的武器"，通过文艺宣传国家主义思想，从而

---

① 天狼：《一九三二年中国文坛之回顾》，《新垒月刊》1卷1号，1933年1月10日。

② 许尚由：《民族主义的文学》，吴原编《民族文艺论文集》，正中书局1934年版，第41页。

③ 潘公展：《从三民主义的立场观察民族主义的文艺运动》，载吴原编《民族文艺论文集》，正中书局1934年版，第76、85页。

争雄世界。他们认为自己只是"借文艺的力量来作喇叭的吹号，把大众已失了的心拉回转来，从新来弹出有节奏的沉瀣的音调，使民族的生活，有着精神的接济，永久的生命得以继续绵延。"① 矛盾社的《矛盾》月刊，《新垒》是民族主义文学的典型代表。

《矛盾》月刊创刊于1932年4月，1934年6月第3卷第4期终刊，共出版3卷16期，由矛盾出版社编辑发行。第一卷为24开本，由潘子农主编，1933年9月第2卷起迁往上海，改为16开本，由汪锡鹏、徐苏灵、潘子农共同编辑，发行人为刘祖澄。该刊宗旨是："以我们锋利的矛，去刺破一般丑恶者用来遮隐他们罪孽的盾，更以我们坚实的盾，来抵抗一般强暴者用作欺凌大众的凶器的矛。"② 《矛盾》月刊设有理论、小说、剧本、诗与散文、批评与介绍、国际文坛情报、矛盾阵营、评论、每月漫谈等栏目，主要撰稿人有王平陵、黄震遐、杨昌溪、洪深、欧阳予倩、陈白尘、熊佛西、戴望舒、老舍、徐迟等。刊发作品有强烈的时代意识和民族情怀，如刘祖澄的《辱》（1卷1期），赵光涛的独幕剧《敌人之吻》（1卷1期），袁牧之的《铁蹄下的蠕动》（1卷2期）等。1931年潘子农主编的第1卷第5、6号合刊为《戏剧专号》，内有欧阳予倩、熊佛西、马彦祥、唐槐秋、袁殊、袁牧之、陈凝秋等人的文章，是当时仅有的文艺期刊中的戏剧专集，促进了30年代南京话剧运动的发展。第2卷第3期是《追悼彭家煌氏特辑》，第3卷第3、4期合刊为《弱小民族文学专号》。《矛盾》月刊的骨干作者和栏目设置，都与《开展》月刊有一致之处。1931年下半年，"开展文艺社"内部因严重的财务和人事纠纷，潘子农、翟开明、刘祖澄、洪正伦、卜少夫五人正式退出，"开展文艺社"遂宣告解散。1932年潘子农在同乡中统头目徐思曾的帮助下成立了矛盾出版社，除了出版《矛盾》月刊外，还聘请刘呐鸥担任主编出版"矛盾丛辑"。据《矛盾》月刊3卷3、4合期上的预告，"矛盾丛刊"计有戏剧4种（袁牧之、马彦祥、唐槐秋、阎哲夫四人的剧作），论文集4种（向培良、王平陵、潘子农、刘呐鸥

---

① 周子亚：《论民族主义文艺》，载吴原编《民族文艺论文集》，正中书局1934年版，第14页。

② 《我们的话》，《矛盾》月刊发动号，1932年4月。

四人的论文集），小说集 6 种（汪锡鹏、刘呐鸥、潘子农、徐苏灵、刘祖澄、庄心在），散文随笔集 4 种（蒋山青、卜少夫、林予展、翟开明），诗集 2 种（黄震遐、陈凝秋），画集 2 种（洪正伦、徐苏灵）。

　　"新垒社"是国民党改组派干将李焰生一手组建的文学社团，集合了一群失意的国民党左派人士以及部分退党的前国民党党员，《社会新闻》攻击说其"负有改组派之政治使命"。李焰生则声称《新垒》"是纯文艺的刊物"，"我们摆脱一切党派，我们不满于一切党派，才办此《新垒》"。① 从《新垒》月刊、半月刊的内容看，"新垒社"的确是超越党派争斗的，他们不满于现代中国文坛的"乌烟瘴气荒芜颓废"，认为文坛上的各派"或为一般少爷绅士们所迷恋为精神的鸦片，或为一般政治运动者利用为党派的工具，甚而至于以之做巴结要人之进身阶，求名求利之敲门砖"，"他们曲解文艺本身的意义和价值，把文艺带上歧路"。② 他们反对政治介入文学，认为"把文艺作为党派政争的工具"，将文艺当作宣传工具或争斗武器，"其价值不过等于一张政治传单，只能收一时的政治煽动的效果"，"对于人生断难有其他的有价值的贡献"③。但也指出民族文艺运动是时代的自然产物，其存在与其他文学形式一样是有价值的，当前的问题在于文坛上所谓民族文艺的运动者"不是为民族文艺及民族而努力……而是为他们背后的党派而努力，希图以文艺名义，掩藏其党派的罪恶，运用其党派作用。此种政治吹打手和宣传员，是伤害文艺，混乱人生，我们站在文艺和人生立场而反对之。"④ 从"新垒社"的成员构成来看，他们对于国民党的文艺政策并无反感，让他们质疑的只是参与建设民族文艺的人并非怀有真诚的以文学救民族的信念，而是借文学的名义来谋党派私利，不仅在民族文艺与左翼文艺之间进行争斗，在民族文艺内部也因背后的党派有别，而互相诋毁。这样的文艺掺杂了过多的功利性和政治意图，贬低了文学应有的独立品质和教化功能，使文学沦为政治的傀儡。

---

① 焰生：《新垒漫话》，《新垒月刊》1 卷 5 期，1933 年 5 月 15 日。
② 焰生：《新的壁垒》，《新垒月刊》1 卷 1 期，1933 年 1 月 10 日。
③ 持大：《文艺与党派》，《新垒月刊》1 卷 5 期，1933 年 5 月 15 日。
④ 焰生：《关于文艺的几个问题之讨论》，《新垒月刊》1 卷 6 期，1933 年 6 月 15 日。

二 国民党右翼党派文学社团及媒体

民族文艺运动在政府经费资助和宣传机构的大力吹捧下登上文坛，但由于文学理念含糊、作品文学价值低，很快偃旗息鼓。民族文艺运动的退场并不代表三民主义文学的消失，事实上，国民党统治时期三民主义文学一直存在，"三民主义文学，以三民主义为原则而建设的革命文学"。右翼党派文学社团要求现代文学要以三民主义为指导思想，建立"忠君爱国"的"反帝国主义精神，反封建宗法制度的精神，唤醒民族尚武的精神，恢复吾国固有道德的精神，描写民生疾苦的精神"。并公开指出三民主义文学的提出就是为了对抗左翼文学，"三民主义文学排斥普罗文学，要以正确的理论来批评普罗学说，在积极方面，我们只有更进一步地努力于建设我们三民主义文学之园地"①。他们认识到三民主义文学没有理论基础必然会陷于"散乱而不一致"，以三民主义文学理论来统一国民党文艺界的思想，结成大规模的国民党文艺阵线。有人指出三民主义文学应当负起维护和发扬新民族精神的责任，它"应该是社会底……而且应该是指示社会组织，促进社会生活的理想底作品"，它不仅要"体认一切被压迫革命民众底生活"，而且还要能够"指导大众生活底行动，做革命民众前导的明灯，做革命民众反省的明镜，做革命民众生活底燃料"。为此，作家必须深切地认识时代，"把握着时代的启示"，坚执革命的立场，"以革命的宇宙观认识大自然，以革命的历史观批判历史的演变，以革命的人生观解释人生，肯定人生，以民生史观探讨大众的要求，测候大众生活的表象和内容"。② 在理论上指出三民主义文学应有广泛的取材范围，举凡"帝国主义侵略的狂暴，手工业的没落，小有产者的破产，豪绅地主的贪婪，贪污投机的卑污，反动分子的捣乱，男女的互相误解，青年心理的矛盾，饥荒兵匪的僚乱，老弱的颠沛流离"，都可以成为描绘的对象。不难看出，三民主义文学除了强调用三民主义思想来统率文学外并没有多少特别的内容，"文艺本

---

① 林振镛：《什么是三民主义文学》，载吴原编《民族文艺论文集》，正中书局 1934 年版，第 184—201 页。

② 东方：《我们的文艺运动》，《民国日报·觉悟》1930 年 5 月 21 日。

来是不分派别的,加上三民主义四个字,不过是一种标榜罢了"①。
1930 年 6 月,王平陵、潘公展等发起"中国民族主义文学运动",7 月
成立"中国文艺社",出版了《文艺月刊》等刊物;线路社和流露社分
别创办了《橄榄月刊》、《流露月刊》,还出版有《开展丛书》、《文艺
丛书》等。由于政局的动荡,南京作家流动频繁,所办文艺社团、刊物
生命都较短暂。1937 年 12 月 13 日南京沦陷,并遭到举世震惊的大屠
杀,社会经济遭到空前的破坏,知识分子和文学团体纷纷内迁或流亡
海外。

1. 中国文艺社及刊物

1930 年 7 月由国民党中宣部直接领导的"中国文艺社"成立,骨
干成员有王平陵、左恭、钟天心、缪崇群、周子亚等,出版《文艺月
刊》和《文艺周刊》。前者创刊于 1930 年 8 月 15 日,每期容量达 15 万
至 20 万字,是当时不多的几种大型文学月刊之一,1937 年 10 月 21 日
起改为《文艺月刊·战时特刊》,不定期出版。后者约创刊于 1930 年 9
月间,附于《中央日报》,每周四出版,内容简短,主要登载中国文艺
社的动态信息。朱应鹏指出:"中国文艺社,是三民主义的文艺,他们
的作品我看的极少,但是我知道它是由党的文艺政策所决定的。"② 中
国文艺社的成员的面貌比较复杂,是国民党内部派系斗争的缩影:王平
陵与中央宣传部关系密切,左恭和钟天心属胡汉民派。思扬在 1931 年
9 月出版的《文学导报》第 4 期上发表《南京通讯》说道:"现在,因
为蒋大人拘禁胡汉民,西山派赴粤反蒋,刘芦隐离职,所以中国文艺社
的钟天心和左恭,都去广东了。"③ 一般认为王平陵是《文艺月刊》的主
要编辑,他从 1929 年开始主编《中央日报》的两个副刊《青白》和
《大道》,积极响应三民主义文艺政策,《民族主义文艺运动宣言》刚在
1930 年 6 月 29 日出版的《前锋周报》第 2 期上刊登了一半,他就在
1930 年 7 月 4 日《大道》上全文转载。但《文艺新闻》第 9 期(1931
年 5 月 11 日)上提到:"南京中国文艺社,许多人都以为是王平陵一个

---

① 陶愚川:《我们走那条路》,《民国日报·觉悟》1930 年 8 月 13 日。
② 《朱应鹏氏的民族主义文学谈》,《文艺新闻》第 2 号,1931 年 3 月 23 日。
③ 《文艺新闻》第 2 号,1931 年 3 月 23 日。

人办的，实在据记者所知，该社月刊编者是左恭，周刊编者是缪崇群，王则为戏剧组工作。"《文艺月刊》中没有提到具体负责的编辑，在8卷5期（1936年5月1日）的《编辑后记》中提到："文艺月刊自八卷一期起，早已改为'编辑委员会'制；四位编辑委员共同审查稿件，共同编辑，共同批稿费。各人有固定职业，只是兼职，不领薪水。"具体编委及负责板块不得而知。

　　《文艺月刊》共出版了73期。前期以少谈或不谈政治、执着于艺术探求的面目出现，吸引不同倾向的作者和读者，很少刊登正面宣传三民主义理论和文艺主张的论文，读者的普遍阅读需求在很大程度上左右了刊物的办刊方针和用稿选择。刊物主要发表文学创作，包括翻译作品，尽量地弱化党派色彩以消除中间派作家的畏惧心理，还用优厚的稿酬来吸引作家，甚至发表一些左翼知名作家的作品招徕读者。在该刊众多撰稿人中包括了各派别的作品，原南国社成员皮牧之、马彦祥，"京派"作家梁实秋、沈从文、凌叔华等，"现代派"作家施蛰存、戴望舒、穆时英、杜衡等；巴金、李青崖等自由作家；左联作家何家槐、聂绀弩、鲁彦等，都曾在《文艺月刊》上发表过作品。就《文艺月刊》的总体创作内容看，它基本上是属于中间偏右的一份纯文学刊物，其反共倾向远不如同一时期的其他国民党文学刊物鲜明。《文艺月刊》在创刊后的前两年里几乎就从未正面提过三民主义文学。在征求社员的启事上，"中国文艺社"宣称其宗旨是"站在革命的立场，发扬民族精神，介绍世界思潮，创造中国新文艺"，略有右翼党派文学的意思。"中国文艺社"似乎是有意识地要淡化自己的党派色彩，因此几乎从不正面阐发民族主义立场，只有在刊物发表的批评左翼普罗文学的文章才能看出其背后的党派立场。如王平陵的《会见谢寿康先生的一点钟》（创刊号）借谢寿康之口宣称"文艺是无阶级的，无国界的，不是代表某一时代的某一阶级的留声机"，"现代中国文坛上，那些畸形的不成样的东西"完全离开了现实生活，"中国劳动界的痛苦，并不就是他们所描写的那样，他们那样虚无缥缈的理想，也绝不是中国劳动界所需要的东西"。徐子的《鲁迅先生》（创刊号）中也暗讽："本来，实际的政治运动者拿文艺做他们达到目的的一种工具，我们并没有什么理由可以反对。不过该考虑的：文艺固然无法避免被政治家利用，但是文艺的目的与内容是否就是政治的目的与内涵？而且，文艺家在一种暴力与一定的口号下，是否可以创造有生命的文艺来？中国共产党的先生们原来是对什么事物都是只问目的不择手段的，在政治方面搅了若干时，现在又搅到文艺的园地里来了。"缪崇群的《亭子间的话》（1卷2期）借引用李锦轩发表在《前锋周报》创刊号上的《符咒与法师》中的文字，暗嘲普罗文学。周樵则在《通讯》（1卷2期）中骂共产党："他们又复把这些残酷的兽行，妨害到幼稚的中国文艺界，提倡什么普鲁列塔利亚的文艺，把流行的打倒式与拥护式的宣传标语，笼罩着文艺的形式，便自诩为这是'革命文学'，'大众的文学'。"认定左翼作家是被苏俄赤色帝国主义卢布收买了的。克川的《十年来中国的文坛》（1卷3期）批评蒋光慈、郭沫若、洪灵菲、戴平万等左翼作家的作品"不是个人主义的思想，便是英雄崇拜，或者是放进了些感伤和悲观的气氛。……即使在技术方面，也是不太高明的东西"。苏雪林在《郁达夫论》（6卷3期）中攻击创造社作家："在文艺标准尚未确定的时代，那些善于自吹自捧的，工于谩骂的，作品含有强烈刺激性的，质虽粗滥而量尚丰富的作家，每容易为读者所注意。所以过去十年中创造社成为新文艺运动主要潮流之一；夸大狂和领袖欲发达的郭沫若为一般知识浅薄的中学生所崇拜；善为多角恋爱的张资平为供奉电影明星玉照捧女校皇后的摩登青年所醉心；而赤裸裸描写色情于形的烦闷的郁达夫则为荒唐颓废的现代中国人所欢迎，都不算是什么不能解释的谜。""每以革命的文学家自居，革命情绪也令人莫名其妙。尽管向读者介绍自己荒淫颓废的生活，却常鼓励读者去赴汤蹈火为人类争光明。"直至《文艺月刊》的第11卷第1期《编辑后记》中明确提出："民族文艺之重要，在今日已成为人人皆喻之事实。本杂志素以严肃执态度，提倡民族文艺；但极力避免心不由衷的口号文学。"进一步证实了《文艺月刊》的确是三民主义文学阵营的重要组成部分。

《文艺月刊》还参与了"京派"、"海派"之争。沈从文发表了两篇文章：《现代中国文学的小感想》（1卷5期）和《论中国现代创作小说》（2卷4期，5、6合期），通过文学生产方式的变化来阐述文学发展的变化。他认为从1924年起，随着新文学中心由北平南移上海，在出版业中"起了一种商业的竞卖，一切趣味的附就，使中国新的文学，与为时稍前低级趣味的海派文学，有了许多混淆的机会，因此影响创作方向与创作态度非常之大"。1927 年后中国文学向"革命"的转向，乃是因为"日本人年来对这文学新问题的兴味"，而日文转译又尤为方便，可以大量地生产与介绍，遂"支配了许多人的兴味"。他讥诮已经"转变"了的上海作家"为阶级争斗的顽强"欲望其实是"转贩"而来的：

> （他们）安居在上海一隅，坐在桌边五十支烛光的电灯下，读日本新兴文学杂志，来往租界乘电车或公共汽车，无聊时就看看电影，工作便是写值三元到五元一千字的作品，送到所熟习的书铺去。……（他们）读高尔基，或辛克莱，或其他作品，又看看杂志上文坛消息，从那些上面认识一切，使革命的意识从一个传奇上培养，在一个传奇上生存。作者所谓觉悟了，便是模仿那粗暴，模仿那愤怒，模仿那表示粗暴与愤怒的言语与动作，使一个全身是农民的血的佃户或军人，以夸张的声色，在作品中出现，这便是革命文学所做到的事。又在另一方面，用一种无赖的声色，攻击到另一群人，这成就便是文学家得意的战绩，非常的功勋……若是把所谓使一切动摇的希望，求之于这类贤人，求之于这类文字，那只是一个奢侈的企图，一个不合事实的梦想罢了。①

当"第三种人"文学群体率先表现出对三民主义文学疏离的态度时，《文艺月刊》与之开展了"民族主义文学论争"。"第三种人"代表胡秋原发表《阿狗文艺论》和《勿侵略文艺》提出的"文艺自由论"，批判国民党扶持的"民族主义文学"运动。他明确指出："伟大的艺术、都具有伟大的情思，而伟大的艺术家，常是被压迫者、苦难者的朋友……如果有意识为特权阶级辩护，那艺术没有不失败的。"他怒斥"民族主义文学"是"法西斯蒂文学，是特权者文化上的'前锋'，是最丑陋的警犬。他巡逻思想上的异端，摧残思想的自由，阻碍文艺之自由的创造"。为此他提出："文学与艺术，至死也是自由的，民主的。

---

① 沈从文：《中国现代文学的小感想》，《文艺月刊》1 卷 5 期，1930 年 12 月。

因此，所谓民族文艺，是应该使一切真正爱护文艺的人贱视的。"① 他认为建立在专制基础上的民族主义文学，是文坛"最大的丑恶"。② 这种论调引起《文艺月刊》的重视，在 3 卷 7 期中发表了反驳文章，如梁实秋的《论"第三种人"》从文坛状况出发，细致分析文坛上："非赤即白，非友即敌，非左即右，非普罗阶级即资产阶级，非革命即反革命，——这一套的逻辑，我们是已经听过不少了，鲁迅先生之根本否认'第三种人'亦不过是此种逻辑运用到文学上来的一例而已。"虽然这种评判标准不合理，但是事实上"第一种人是普罗文学家，第二种人是资产阶级文学家，第三种人根本不存在"。根本否定了"第三种人"存在的可能性。王平陵的《"自由人"的讨论》中则指出："所谓'为文艺而文艺'，所谓'纯文艺'云云，严格说起来，作者毕生的精神，就只能专在文艺的技巧上努力，声调，格律上推敲，绝不能有所感，有所为。……'自由人'告诉我们，文艺是不应该替人类的，社会的，民族的利益而服务，文艺只能躲在象牙塔里为其本身的利益而服务，文艺家是超社会而存在的。"这种脱离社会的文学形态自然是找不到现实基础的，所以他建议："文艺家应该常常离开了研究室，把头伸向窗子的外面，探一探现实社会的真相，不当把视线专注在书本上。有时候根据着自发的兴趣和精神，从客观的事实中，表现出最精彩最感动的部分，决不能一概诬为政治的留声机，无条件地抹杀。"这种反驳从根本上推翻了"自由人"的文艺基础，并粉饰夸大了民族主义文学的文学价值和社会意义。

"中国文艺社"的另一刊物《文艺周刊》由王平陵、缪崇群主编，是《中央日报》的副刊之一。曾登载过叶楚伧、陈立夫等关于文艺的讲话（《叶楚伧先生的"艺术论"》，1931 年 1 月 15 日；陈立夫讲《中国文艺复兴运动》，1931 年 2 月 19 日），以及诸如洪为法的《普罗文学之崩溃》（1931 年 2 月 26 日至 3 月 5 日）这样的长篇批评，但此类文章数量较少，相反，倒是"中国文艺社"社员的一些与政治并无多少

---

① 胡秋原：《阿狗文艺论》，《文化评论》创刊号，1931 年 12 月 25 日。

② 胡秋原：《钱杏邨理论之清算与民族主义文学理论之批判》，《读书杂志》第 2 卷第 1 期。

瓜葛的诗文挤掉了不少版面，这使得《文艺周刊》颇象是"中国文艺社"社员们自家的游艺园。

2. 线路社及流露社

1930 年 6 月，线路社于南京成立，接受国民党组织部津贴，主要成员有何逎黄、许少顿、杨晋豪等，创办过《橄榄月刊》、《橄榄周刊》（《中央日报》副刊之一），《线路》半月刊和《线路》周刊。骨干成员何逎黄是极端反动的右翼文人，认为"文艺与革命是很有关系的，它在革命进程中，可以宣传鼓吹煽动"。反对左翼文艺，"如现在的'破锣文学'就是忘记了时代性的一种文艺，所以'破锣的作家'说起话也就象打破锣一样的吵闹而难听"。大力鼓吹三民主义文学，"我们的材料，应取之于党义，拿文艺去宣传，最好我们作一篇文艺，要含有宣传本党主义的作用，使读者读完以后对于三民主义有更深的感觉，并且也勿堆塞了许多生梗的奥妙的名词，以致读者感到枯燥；乏味和失了宣传的意义。……我们党治下的作家们，大家站在本党的立场，用文艺去发扬主义的光辉；不然，则离开了时代的文艺，立刻便会夭亡的!"[①]

"流露文艺社"是一群自称"仅只知道哭的愚笨的小孩"组建的文学社团，接受组织部津贴，社务由萧卓麟主持，成员有左漱心、庄心在、林适存等，曾经创办《流露月刊》、《中国文学》月刊和《流露》周刊（《新京日报》副刊）。1934 年 8 月随《中国文学》月刊停刊而停止活动。《流露》月刊创刊于 1930 年 6 月 1 日，虽说是月刊，可实际上除了前两期尚能按期出版外，几乎每期都要延期出版。从第 2 卷起，改为半月刊，自 3 卷 1 期（1933 年 3 月 2 日）起又恢复为月刊。1933 年 3 月，南京的"流露社"在沉寂了一年多之后，出版了《流露》3 卷 1 期革新号，由原来的月刊改为半月刊，版式也由 24 开改为 16 开。在创办《流露》月刊之前，这批人就已办有一份名为《无定河边》的小刊物，出版将近一年，至《流露》月刊创刊方始告停。思扬在《南京通讯》里说"流露社背景是陈立夫"，但从《流露》的内容和倾向看，它和"前锋社"及"开展文艺社"显然有所不同。"流露社"宣称"文

---

① 何逎黄：《革命与文艺》，载吴原编《民族文艺论文集》，正中书局 1934 年版，第 111页。

学是什么，我们没有什么理论，我们只知道要哭，字里面有我们真情的泪和声音，便是文学，至少是我们自己的文学"，"我们要流露的是泪和声的迸出"，"要尽量自由地哭"，倘若非要在文学上面加两个字，那"我们的便是'哭的文学'"。这就在某种程度上决定了《流露》的精神气质。《流露》上很多作品表现了青年人对现实世界的不满以及由此而起的难以排遣的郁闷和悲愤。"流露社"虽然从来没有正式提出民族主义文艺的口号，但它对民族主义文艺的主张显然是赞同的。在《流露》月刊1卷5号的《编者前言》里，"流露杜"声称在现在之中国，"因着国际帝国主义的宰割，自然这被宰割的弱小民族的惨痛的呼声，形成了划时代的民族主义文学的阵营"，实质上认可了民族主义文学的重要价值。在1卷6号上署名"亚孟"的一篇文章明确指出"反普罗文学的战线，因着时代的关系，现在渐次的在民族主义文艺运动中统一起来了"，并认为"民族主义文艺的使命，在中国尤其重大，一方面是在发扬弱小民族的民族精神，同时在予以时代的认识"。《流露》月刊上也发表了一些民族主义作品，比如梦如的《战场之上》（1卷3、4号合刊）写的就是"革命军人""为着求民族的生存，求社会的安宁，谋大家的福利"，在中原大战的战场上奋勇搏杀的故事。从1933年第3卷开始这类作品在逐渐增加。萧卓麟的《红对联》讲述的是1933年春节，南京市党部印发了一批宣传抗日的红对联，结果引来日本人的抗议，南京市政府只好下令撕掉红对联，表达了对侵略者强烈的民族仇恨。《最近文坛之巡阅》（3卷1期）很能代表革新后的《流露》的基本立场，作者批评了"第三种文学"，认为它是"我们这时代不需要的，也不能成立"，"在现代世界里，压迫民族（帝国主义）与被压迫民族构成了两大对立的极端的民族阶级。这时代的文学就应该把握住被压迫者方面，反映出现时代的压迫者种种暴行、横蛮无道，而促进时代的进展与改善"。中国所需要的文学应该是"一种客观的把握时代思潮的，所谓全面反映现实社会的作品，一种坚强被压迫民族意识的，巩固民族自信力的，联合各弱小民族成为一阵线的反映的，能巩固民族的团结力的一种伟力的文学"。

　　"三民主义文学"、"民族主义文学"是由当时的政治文化催生出来，权力和金钱培植出来的畸形的文学形式，是为政治目的服务的宣传文学，也是 30 年代南京文坛上不可忽视的文学潮流。正如鲁迅所预言的：
"民族主义文学"这类"宠犬"文学，"他们将只尽些送丧的任务，永
含着恋主的哀愁，须到无产阶级革命的风涛怒吼起来，刷洗山河的时
候，这才能脱出这沉滞和腐烂的运命"①。这种右翼党派文学为政治意
义牺牲了文学价值，单调的口号、说教形式和明确的政治企图注定了其
艺术感染力的薄弱，生命力短暂及社会影响的狭小。民国时期南京政治
文学社团未能摆脱政治力量的控制，甚至主动趋附其上以邀功请赏。这
既是对文学独立价值的背叛，也是政治通过政治文化对文学施加影响的
最典型的示范。

---

① 鲁迅：《"民族主义文学"的任务和运命》，《文学导报》第 1 卷第 6、7 期合刊，1931
年 10 月 23 日。

第四章 文学南京的独特性

以"文学南京"来定义民国时期的南京文学与南京这座城市之间的关系，借用了陈平原对"文学北京"的设计理念，要描述的不仅仅是文学作品中呈现的南京这座城市的风貌，"乃是基于沟通时间与空间、物质文化与精神文化、口头传说与书面记载、历史地理与文学想象，在某种程度上重现八百年古都风韵的设想"①。试图展现的是 20 世纪二三十年代这一时间刻度上南京的文化情怀与文学特质，加深对这一时期的南京的日常生活形态、文人社团的聚会与唱和、文学的生产与知识的传播，以及文学与政治之间的纠葛的了解，从而建立起一个既有田园风光又有都市情怀的充实丰满的南京形象。

南京是中国历史上著名的古都，早在南北朝之前就作为政治文化中心而存在，是封建时代最早出现的城市之一。15 世纪南京发展到历史最大规模，利玛窦（Matteo Ricci）1595 年到南京后描述道："据中国人看来，这座城市的壮丽是举世无双的，在这方面，世界上大概真也极少有超过它或堪相匹敌的城市。南京确是满城遍布宫殿寺观、小桥楼阁，欧洲的类似建筑，绝少能超过它们。在有些方面，南京超过我们欧洲的城市……此城曾做过整个帝国的京都，作为古代帝王之居，历数百年之久。其帝虽迁居于北京……但南京的气派与声名却丝毫无损。"1600 年他游历到北京时将其与南京进行比较："此城的规模、城中房屋的规划、公共建筑的结构及城防沟垒，都远逊于南京。"② 由此可见南京虽然地处长江下游并缺乏江南经济所特有的富源，但是作为具有重要战略意义

---

① 陈平原、王德威主编：《北京：都市想象与文化记忆》，北京大学出版社 2005 年版，第 520 页。

② ［意］利玛窦：《十六世纪的中国》，Louis J. Gallagher 译，兰登书屋 1953 年版，第 268—270、309 页。

的行政中心，其设计发展是封建王朝时代城市文明的最高峰。建基于封建经济之上，被制约在传统价值体系内的南京，不足以产生具有主宰性力量的社会阶层，亦未能如中世纪欧洲城市那样在社会政治、经济、文化方面产生巨大的社会影响，更无从谈起城市居民的公民意识和近代意义上的人文观念的产生。南京的城市建设和市场在古代虽已初具形态，却不是现代意义上的发展，本质上与乡村是一致的。对于南京这样一座田园风格与都市情致并存的城市，现代都市化进程相对滞后，政治文化功能超越了经济功能，市井人生基本不是文学关注的对象。民国时期南京的城市文化与中国传统的乡村文化息息相关，当政治局势发生巨大变革，封建王朝寿终正寝之后，南京如同其他城市一样经受了欧风美雨的洗礼，并在西方政治、文化观念的催生下，建构出新的城市生活方式、新的市民人格心理和新的价值观念、人文系统。1927 年南京被定为都城后，城内大兴土木，在历史遗迹和现代建筑之间不断取舍，建立了新的城市形象，以致有学者控诉并警示："金陵古迹，日就摧残，近代以来，凡有四次：洪武缔造京城，六朝古碑，改砌街道；洪杨草创宫室，四郊古墓寺院，碑碣坊表，运载俄空；端方总督两江，金陵古代金石，半归私室；近岁国都南迁，公私营造，毁弃尤多。夫古迹者，国家历史所寄，民族精神所系，苟非大不得已，必当百计保存。"① 南京作为二三十年代的政治中心，由于内乱和外敌入侵，仅 1912—1949 年先后有过数次变故：1912 年定都南京而后移都北京之变，1927 年还都南京，1932 年 1 月临时迁都洛阳，1937 年移都重庆，1945 年还都南京，有人认为南京虽为都城，但由于地理位置和经济状况的局限，一直没能完全控制国家局势。但二三十年代的南京作为首都是基本事实，政治方针、制度法令都由此发出昭示全国，其城市制度文化是当时政治权威的象征。城市的精神文化是城市文化的内核或深层结构。它包括一个城市的知识、信仰、艺术、道德、法律、习俗以及城市成员所习得的一切能力和习惯。在城市的精神文化中，又可以分为两部分：一部分是通过媒体记录保存的文化；另一部分则以思想观念，风俗人情等形式存在于城市市民的大脑中。当今学者们多关注上海的弄堂、北京的胡同所内涵的文

---

① 朱希祖：《金陵古迹图考·序》，中华书局 2006 年版，第 1 页。

化底蕴，南京的"里巷"与之相比，所带有的历史文化意义并不稍逊。所谓"里巷"，指的是南京城里古老的小巷、坊里。比如："六朝时的'周处街''蟒蛇仓''乌衣巷''桃叶渡'，有的地名已改，有的名在地迁；至于五代时南唐遗址，宋元以来的旧迹，明初明末的故处，更是不胜屈指。"① 南京的城市精神文化非常复杂，在民国时期政府的倡导下，南京既保留了传统社会的礼俗习惯，也大力倡导西方文明，建立了一种多元的城市文化。

城市中的文学家的创作与城市文化有着密切关系，作家们踯躅街头、遥望城中建筑、追忆感怀城市往事陈迹，在市井人生中寻找创作题材。除了自己的切身生活体验外，作家居留的城市政治环境的影响、文化思潮的崛起与兴衰、语体的变迁、文学生产方式和传播机制的发展等，都成为影响文学最终面貌的重要因素。文学对城市的表现反映了人类对于自己的聚集地的感情和态度，体现了人类与自己所建造的空间之间的关系。文学中的城市是现实城市的投射和重建。文学中城市形态的演变既是现实城市演变历史的折射，也是文学家关于城市的观念化的历史。文学中的城市不只是城市文化的附庸，还具有自身的独立性。不仅如此，文学中的城市影响着人们对于现实城市的理解和想象，因此它又以不同的形式介入现实城市的建设和改造。梳理城市与文学的关系，就是将二者的历史结合分析，从而给文学一个完整的背景，给城市一个完美的修饰。"文学南京"所要描摹的就是二三十年代南京这座城市独特的文化传统以及在此浸染下所形成的文学风貌，并将这种文学样式与现代文学史中备受重视的两大城市文学：北京、上海的文学特征进行对比，进一步彰显"文学南京"的独特价值和意义。

第一节　南京城市文化传统的独特性

"江南佳丽地，金陵帝王州。"古都南京有着灿烂的文化，昔日辉煌在历史文献中绵延千年。就地理位置来看，南京地处长江流域南北交接处，是多种地域文化交融的产物，兼具江淮文化和吴越文化的特征。

---

① 卢前：《柴室小品·里巷文献》，《卢前笔记杂钞》，中华书局 2006 年版，第 154 页。

南京城市职能明确，既是世俗的政治权力中心，也是传统的主流城市。仅从空间布局上就可以看出南京是一座政治权力占据控制地位的城市，以帝王宫殿或行政机构为中心，商业区域及民用区域呈辐射状环绕行政中心。

在中国城市发展史中，几乎所有的城市都是由乡村蜕变而来，封建王朝时代城乡之间没有明显的界限，城市本身仿佛是一个扩大了的乡村，直至现代都市的出现才孕育出新的文明。大量市民聚居在城市里，带来了交往、对话的便利；商业的兴起，推动了经济的发展；对话的频繁，促进了文化的发展。对于南京来说，直到 20 世纪 20 年代都没有转变成现代化的都市，仍旧是个大乡村型的城市。陈西滢大赞南京这种难能可贵的质朴的乡村气息："可是我爱南京就在它的城野不分明。你转过一个热闹的市集就看得见青青的田亩，走尽一条街就到了一座小小的山丘，坐在你的小园里就望得见龙蟠的钟山，虎踞的石头。"① 这种乡村形态与城市模式的混杂，使得南京从未建立起类似上海的现代都市形象。"一进城，你切不要吃惊，广阔的荒野，横在你眼前；极臭的大粪味儿，会从路旁的菜园里走向你的周围。你以为你是到了深山僻乡么？不，红红绿绿的洋房，也会慢慢跨过你的眼帘，跑向后边去，平坦的柏油马路，也会一段一段将你载至目的地。这样，你脑筋中，回忆着往古，吟昧着现代，你慢慢地，慢慢地走进了旅社。"② 二三十年代的南京虽然由于人口的急剧增加，不断进行市政建设，农田逐渐减少，但市区和郊区没有形成明显的分野，"这样的城市实际上只是一个放大了的村庄，这样的城市，无论它有多大，永远只能是农业文明的温馨安乐窝，而决不可能是冒险家的游乐园"③。这种城市形态决定了南京是兼具现代都市和传统田园两种特色的城市。

一 作为政治中心的南京

1927 年国民政府定都南京后，南京开始加速向现代都市发展，并

① 陈西滢：《南京》，《西滢闲话》，新月书店 1928 年版。
② 荆有麟：《南京的颜面》，《中国游记传》，亚细亚书局 1934 年版。
③ 诸荣会：《风生白下——南京人文笔记》，南京师范大学出版社 2005 年版，第 104 页。

在政治中心的基础上开始积聚经济力量和文化精英，促进南京的文化传统向现代文明发展。民国时期南京的主要城市魅力在于它作为政治中心形成的影响力。这一方面促进了南京现代文明的发展，另一方面导致南京缺乏现代都市所应具有的西方现代意义上的公共意识和公共空间，"中国的城市大，起源早，但没有发展起'民主'、'自由'、'自治'和'法制'的体制。欧洲市民意识中突出的政治权利观念，在中国城市市民中肯定没有。六大古都：西安、北京、南京、洛阳、开封、杭州都是政治中心，不是经济中心，都是官本位，不是民本位。中国市民缺乏公共意识和公共观念，对城市公共空间也缺乏关心，公共空间意识等于零"。① 民国初年政治上频繁的变迁使得二三十年代的南京始终处在一个尴尬的境地，无法构建富有自信的现代城市文化。由于地理位置的局限，南京的影响力集中在长江流域中上游，北有北京这个政治文化老牌中心，南有上海这个新崛起的经济、文化中心，南京夹在中间，往日的辉煌文化被视为保守古旧，新文学思潮无法完全攻破这个堡垒，于是南京成了新文学运动刻意忽略的部分。1912 年 1 月 1 日中华民国建立时曾在南京定都，随着民国大总统被袁世凯窃取，出于政治和军事上的考量，国都迁往北京。第二次北伐成功后，在南京还是在北京建都的问题是南北军事集团之间争执的焦点。国民党及蒋介石军事集团的势力和利益集中在江浙，依靠江浙财阀的经济支持，故而倾向于建都南京。国民党元老吴稚晖指出建都南京为孙中山"总理遗嘱"，"南京建为首都是总理理想的主张，总理还要将遗体葬在南京。……首都建在南京已无问题"。② 而北方舆论界在阎锡山、冯玉祥等军事集团的支持下，坚持建都北京。北京师范大学地理系白眉初（月恒）教授在《国闻周报》第 5 卷第 25 期上历数南京作为都城之历史变迁，并得出相应的结论："南京十代国都，其特点所在，非偏安，即年促。"这种不吉的预言很快遭到官方言论的反攻，他们认为南方是倡导革命的根据地，建都金陵可以洗刷清朝数百年的污俗。国学大师章太炎却致书参议院，申言建都金陵有五害而无一利："僻处江南，国家威力不能及于长城以外；北方文化已

---

① 李天纲：《文化上海》，上海教育出版社 1998 年版，第 74 页。

② 吴稚晖：《吴稚晖在市党部演讲》，上海《民国日报》1928 年 6 月 5 日。

衰，长城以外，不再能够蒙受国家教化，影响甚大；国家中心在南，东三省及中原失去重镇，面临日俄窥伺，难免有土崩瓦解之忧；逊清余党仍有可能死灰复燃，徙都南方，犹如纵虎兕于无人之地，实堪忧虑；迁都的同时还要迁移诸使馆，劳民伤财。"① 直到1932年民族危机加剧时，还有人对定都南京提出质疑："试问金陵既不足以谋长期抵抗，则当年毅然定都，岂非为毫无意义之事。"② 1936年朱偰替南京据理力争："诚能以金陵为国都，长安为西京，北平为北京，番禺为南京，励精图治，不遑宁处，据龙蟠虎踞之雄，依负山带水之胜，则中兴我民族，发扬我国光，其在兹乎！"③ 客观地看，南京作为首都的文化和地理位置优势不及西安和北京。首先，就地理位置而言，南京只是一个地域性重要的城镇，处于长江下游，对全国的影响和辐射力相当有限，虽然自然和经济条件远远优越于北京、西安，但作为一政治中心明显不足；其次，南京深受吴越文化影响，其传统是重文轻武、重商轻农，市民对政治的热情没有北方高涨，不适合作政治中心。各种力量权衡之下，20年代建都南京主要是由于蒋介石集团在北方没有足够的力量，为了在经济上依靠富庶的江浙，同时就近控制新崛起的都市上海而采取的措施。作为首都的南京在二三十年代聚集了大批文人学者，为他们进行前所未有的广泛交往提供了条件，并促成了南京现代城市文学的出现。现实的政治危机、应付都市压力的心理状况以及潜意识中对于传统的、乡村的对人伦关系的重视等等，促使活跃在大学、媒体或政府中的南京文人以不同的标准形成不同形式的社团组织，参与文学、社会和政治事务。这为原先分散的读书人形成一个知识分子阶层并表现出强大的社会能量提供了基础。这种普遍的集体化是中国都市文人的鲜明特征，这既是民国时期社会频繁变乱后文人的应激反应，也是中国士大夫传统和乡村文化在都市中的另一种形态的延续。它所发挥的作用和显示的力量使知识分子成为一个不容忽视的阶层。革命家、文学家、政治家、思想家是对20世纪被正统意识形态肯定的作家的界定模式，这也是传统士大夫之

---

① 转引自程章灿《旧时燕——一座城市的传奇》，凤凰出版社2006年版，第34页。

② 张其昀：《国难会议与行都》，《时代公论》第2号，1932年4月8日。

③ 朱偰：《自序》，《金陵古迹图考》，中华书局2006年版，第1页。

文人与官僚双重身份的转化。文学家所遗传来的政治使命感、民国时亡国灭种的民族危机、文人自身的政治兴趣和政治道路抉择使他们以集体形式创建组织、加入团体，在同一目标下联合具有文学共同性的作家，在现实斗争需要时，联合各种不同风格、流派的作家，要求作家顾全大局并服从革命需要；特立独行、为艺术而艺术，既不被批判也从来不作为主导性的正面价值而得到提倡。文学成为一项非单纯文学使命的集体事业。当文学家把城市作为文学表现的背景或中心时，他就在自觉或不自觉地建造着"文学城市"，通过城市空间的描写，街道、建筑物的布局，生态和文化环境的展现，为作品中的人物提供活动的空间，并情不自禁或地将自身的价值取向灌注其中。

曾为十朝古都的南京存留了大量的传统文化遗迹，在城市文化传统中积淀了破落帝京的流气，并在长期尴尬的地位中形成了宽容多元的文化形态。它没有现代都市的野心和生机，也没有成为传统都城的尊贵和自傲，当代传媒曾将南京视为"最伤感的城市"，易中天则在《读城记》中提到南京可能成为中国最儒雅的城市。这种煽情的命名对南京来说过于浮泛。从 15 世纪中后期开始，南京从首都变为留都，失去了政治中心的地位，却成为文化精英的聚集地，在中国文化东迁南移的过程中，南京的文化不断丰富发展。

二　作为教育文化中心的南京

自古以来南京就是南方的教育文化中心和科举考试的乡试地点，秦淮河畔的繁盛多半依赖于夫子庙和江南贡院的存在。吴梅曾以一首小令《过旧贡院》展现民国时期贡院的变迁，间接展示了传统教育理念和制度在民国阶段的沦落。

> ［商调山坡羊］明远楼更筹都废，至公堂风霜未圮。二十年乡科早停，想当时短尽书生气，秋草肥，秦淮花月非，便几间矮屋历遍沧桑矣，身外浮名，人间何世，东西文场改旧基，高低层楼接大堤。[1]

---

① 吴梅：《过旧贡院》，《国风》第 3 卷第 4 号，1933 年 8 月 16 日。

民国时期南京教育发达。1912 年中华民国的诞生促进了教育改革的步伐。孙中山提出"教育为立国之本，振兴之道，不可稍缓"[①] 的思想，促成了以国民教育为中心的民国教育新体系的建立。首任教育总长的蔡元培提出军国民教育、实利主义教育、道德教育、世界观教育、美感教育"五育并举"的教育方针，以民主政治和自由思想否定君权的绝对权威和儒学的独尊地位，成为民国教育除旧布新的基准。随着政治风云的变幻和帝制复辟的闹剧，袁世凯妄图改变教育导向，把"尊孔以端其基，尚孟以致其用"纳入《教育纲要》。1922 年 9 月教育部在济南召开全国学制会议，议决《学校系统改革案》，颁布"壬戌学制"，这是二三十年代流传最广、影响最大的美国进步主义教育思想的中国式表现，继承和发展了辛亥以后教育改革的成果，总结出五四新文化运动在教育改革上的要求，基本统一了全国的教学秩序和内容。这个学制一直沿用到 1949 年，中间没有大的变动。

1927 年教育部长蔡元培推行"大学区制"，在江苏省、浙江省和北平市试行，南京是重要试点之一。1927 年国民政府定都南京后，教育行政组织变化的基本趋势是在逐步加强中央集权的前提下，实行分层逐级管理。南京国民政府不仅以法规形式确定了教育振兴的指导原则，使三民主义教育宗旨具体化、制度化，而且使各级各类学校在管理上有了法定依据和操作规范。中国现代教育制度在 30 年代基本定型，构建了一个比较完备的西式教育法律法规体系。有人认为民国时期的教育不切实际地模仿西方学制，导致传统学术沦丧，教育思维逆转。"今我国教育界辄喜夸夸其谈欧美之学制，而不究国民根本之急需，务迎合世界教育之潮流，而不知国内教育之病象。国外之学说新法，输入未为不多，然介绍者多采零碎贩卖之术，施行者乃有削足适履之苦。""零碎贩卖西说则转可以博名舆利也。以商业眼光而求学术，而谋教育，则学术与教育罹于厄运。至可痛已。窃不揣浅陋，以为今日我国教育上之大病，概有四端，曰模拟之弊，曰机械之弊，曰对外务名之弊，曰浅狭的功利主义之弊。"[②] 另外国民党的专制统治要求教育盲目服从、祛除异端，"吾国古代圣哲之理想，盖主

---

①　秦孝仪：《国父思想学说精义录第二编》，正中书局 1976 年版，第 429 页。

②　汪懋祖：《现时我国教育上之弊病与其救治之方略》，《学衡》第 22 期，1923 年 10 月。

张由教育发生政治，而不使政治之权驾乎教育之权之上。故一国之中惟教育之权为最高。自天子以至于庶人，自成年以至于幼稚，无不范围于教育之内"。"至于新教育新学校兴，然后校长、教员出于运动，仰望官吏，求其委任，人不之礼，身亦不尊，降而至于今日，则惟奔走索薪，呼号固位为事。其巧滑者则假教育为名高，阳以取青年学子之尊崇，阴以戈军阀商贾之贿赂。人格扫地，师道陵夷，本实既拨，虽日取新说以涂饰耳目，终无所补。"① 南京的教育逐渐沦为党化教育，传统教育理念遭摒弃，舶来的西方教育思想繁衍兴盛，教育与实利密切相关，道德因素缺失。

　　制约中国现代教育发展的最大问题是经费匮乏。民国成立后将教育经费划为中央、地方共同承担，但当时财政不稳，"国库之匮乏，内外债之举行，固无足怪也。而其间以地方税与中央税制度之不分，中央与地方财政之冲突以及地方官吏解款之玩忽，各行省协济中央之迟延，皆为财政竭蹶之大原因"②。1922 年 2 月，蔡元培发表《教育独立议》，主张实行不受党派和教会控制的"超然"教育，强烈要求教育经费独立，由政府划出某项固定收入专作教育经费，不得挪移他用。他主张"教育经费应急谋独立，教育基金应急谋指定，教育制度应急谋独立"。③ 1924 年之前东南大学经费依靠校长郭秉文奔走于地方军阀门下多方筹措，仍然捉襟见肘，无法兼顾学校建设和师生待遇，以致教授柳诒徵对郭秉文与地方军政势力勾连，久不报销学校决算经费的做法大为不满，曾在刊物上发表文章《论"学者之术"》不点名地批评了郭秉文。国民党对教育经费问题相对重视，1924 年第一次全国代表大会宣布：保障及扩充教育经费是基本的施政原则；要增加高等教育经费并保障其独立，庚子赔款全划作教育经费。④ 1927 年 12 月通令各省市整理学制，保障教育经费独立。1928 年 10 月把"确立教育经费"列为训政时期关于教育的施政纲领中的重要内容。1925 年起，江苏省教育经费率先独立。教育经费分国库和省库两项，前者负担国立大学经费，后者

---

① 柳诒徵：《教育之最高权》，《学衡》第 28 期，1924 年 4 月。
② 郭秉文：《中国教育制度沿革史》，商务印书馆 1916 年版，第 131 页。
③ 《中华教育界》第 11 卷第 9 期。
④ 中共中央党校党史教研室选编：《中国国民党第一次全国代表大会宣言》，《中共党史参考资料》，人民出版社 1979 年版，第 1—11 页。

负担省立中小学及社会教育经费。实际上就南京而言，教育经费主要集中在高等教育上，且政府时常克扣教育经费，以致教师薪资长年拖欠，学校维持尚成问题，何谈发展："江苏省议会将江苏省立各校教育经费，多方核减，而议员岁费，变其面目，暗增 10 余万。"① 初中等教育和社会教育在经费上更为困难，经常出现学校因经费不足而停办的状况，如燕子矶小学就因经费困难在 1932 年 10 月 23 日停办。②

　　教育经费往往还有归属关系不明晰的弊病，如东南大学时期，经费来源于中央拨款和江苏、安徽、浙江、江西四省的经费，合并江苏几所学校后改为国立中央大学后，经费供给出现了问题。"依目前制度言，江苏教育经费项下之专款，几无一非地方税，而大学又以国立为名，其中所归并之原有省校，掩盖于国立二字名称之下，无法分明，财政部既只知权利，不尽义务，地方人士只知目前，不查历史，于是中央大学经费，遂成一上不在天下不在田之局。"校长张乃燕极力主张中大经费应"得以将固有税源确定，不受制度变迁之影响"③。这一要求被政府搁置。政府规定："中大经费由财政部与江苏教育经费管理处分别拨付。"江苏每年拨付 132 万元，其他由财政部补足。省部双方积欠经费，导致学校难以维持。至 1932 年"积欠教授工资已逾四月，图书仪器讲义文具都欠费"④。教育经费匮乏不断引起学潮，"大学成为党棍党贩钻营奔走之场"⑤。1930 年张乃燕因经费问题辞职，是年朱家骅出任校长，之后因学生砸毁诬蔑学生运动的《中央日报》报馆引咎辞职。1932 年中央大学发起"教育经费独立运动"，教师宣布"总请假"，组成师生联席会，要求政府以英国退赔的庚子赔款为中大基金，并与新任校长段锡朋发生冲突，以致中央大学被勒令解散，教员予以解聘，学生听候甄别。经过一个暑假的整顿才重新开学。中大教师总结说："中大这次校

---

　　① 《东南大学学生会反对减少教育经费致各报馆函（1923 年 1 月 14 日）》，《南大百年实录·中央大学史料选》（上），南京大学出版社 2002 年版，第 235 页。

　　② 《社会新闻》第 1 卷第 9 期，1932 年 10 月 28 日。

　　③ 《张乃燕为学校经费无着致吴稚晖函（1930 年 11 月 30 日）》，《南大百年实录·中央大学史料选》（上），南京大学出版社 2002 年版，第 288 页。

　　④ 缪凤林：《中央大学经费独立运动》，《时代公论》第 13 号，1933 年 6 月 24 日。

　　⑤ 范晔：《一九三二年底中国文化》，《社会新闻》第 2 卷 1、2、3 合刊，1933 年 1 月 1 日。

潮，既绝对的不是政潮，亦相对的不是学潮，因为最初只是教授的争经费潮，后来是十数学生的殴段潮，结果是中大的解散潮。"① 整顿后罗家伦就任校长，提出的第一个要求就是："经费应请继续以切实之维持与保障，每月按照预算全数发给。"② 1932 年 7 月行政院发布的《整顿教育令》承认："推原学潮发生之因，固有多种关系，迭年以来，政府方面因种种窒碍，致学款常有稽延……"③ 1932 年以后，随着中央政权的巩固和国家财政的统一，中央对教育的投入逐年增加，1930 年的教育经费只占国家总预算的 1.46%，到 1935 年教育经费增长到国家总预算的 4.8%。当时执教于中央大学的著名历史学家郭廷以评价这一时期的高等教育时说，从 1932 年到 1937 年，教育经费拖欠极少，教师生活之安定为二十年来所未有，可说是"民国以来教育学术的黄金时代"④。但是公共教育财政体制仍有待建立，教育和学术的独立仍是高远的理想。"时代的落差，中西文化的冲突，教育的高定位与经济的严重滞后，是主宰民国教育浮沉更深层的矛盾。"⑤ 总体看来二三十年代南京现代教育的建立和发展是中国教育发展的缩影和集中代表，高等教育和专业学校发展势头迅猛，这关系着城市居民素质的提高和政治的发展。南京的教育不仅是在中西文化矛盾中进行，也是在国家与社会，政治与学术的夹缝中冲撞。

第二节　新旧文学作品中的南京形象

　　宏阔的城市规模、灿烂的文化传统和新兴的教育理念使南京既有保存国粹的意识，又有吸纳新兴事物的胸襟和能力。南京是中国文学发展和文学理论批评研究的发祥地和中心。六朝文学批评、志人志怪小说、南朝民歌、南唐词、明清传奇、明清散文诗歌等，都是中国文学宝库中的璀璨明珠。南京古典文学所表现出的首创性、丰富性和多层次持续发

---

① 缪凤林：《中央大学解散后的几句话》，《时代公论》第 18 号，1932 年 7 月 29 日。
② 《中央周报》第 222 期，1932 年 9 月 5 日，第 6 页。
③ 《整顿教育令》，《国民政府公报洛字第 49 号》，1932 年 11 月 2 日，第 8 页。
④ 郭廷以：《近代中国史纲》，中国社会科学出版社 1999 年版，第 649 页。
⑤ 张宪文主编：《金陵大学史》，南京大学出版社 2002 年版，第 799 页。

展性是南方文学的代表特征，也是具有独特内容、形式、风格的中华文化的重要组成部分。"六朝烟雨"、"南朝旧事"、"金陵春梦"、"秦淮风月"等文学语言已经和"钟山龙蟠"、"石城虎踞"等特殊的地理环境结合起来，在人们头脑里形成了一种独特的富于诗意的社会历史风貌。南京作为六朝金粉地，中国古代文人对之一直怀有特殊的感情。尤其在明清小说中对南京的风土、人文等多有描绘。如《醉醒石》第一回中写道："南京古称金陵，又号秣陵。龙蟠虎踞，帝王一大都会。其壮丽繁华，为东南之冠。及至明朝太祖皇帝，更恢拓区宇，建立宫殿。百府千衙，三衢九陌。奇技淫巧之物，衣冠礼乐之流，艳妓娈童，九流术士，无不云屯鳞集。真是说不尽的繁华，享不穷的快乐。"① 以南京为背景和重点描述对象的小说，如《儒林外史》、《红楼梦》等已经成为影响中国历史发展和社会人心的巨著。

二三十年代的南京文坛包含着新旧两种趋势。旧文学阵营中的文人继承了传统文化精粹，致力于风物古籍的考订吟咏，在古典文学研究和旧体诗词曲赋创作方面颇有成绩，作品在《学衡》、《国风》、《文艺月刊》、《时代公论》等刊物上屡有刊登，有明清时期文人或文人团体的清奇悠然的风骨。作品主题集中在对南京自然面貌、历史古迹、四时风物的描摹，大多借物咏情、追忆前朝、感怀身世、有不胜悲切苍凉的历史感。正如郑鹤声所言："金陵风物，最足代表南朝文明。"他还引经据典加以论证：

　　杜佑通典："永嘉之后，帝室东迁，衣冠之俗多渡江而南，艺文儒术，于斯为盛。"杨万里曰："金陵，六朝之故国也，有孙仲谋宋武帝之遗烈，故其俗敦且英；有王茂弘谢安石之余风，故其士清以迈，有钟山石城之形胜，长江秦淮之天险，故地大而才杰。"杨演曰："建业自六朝为都邑，民物浩繁，人材辈出。"齐谢入朝曲："江南佳丽地，金陵帝王州，逶迤带绿水，迢递起朱楼。"李白月夜怀古云："苍苍金陵月，空悬帝王州，天文列宿在，霸业大江流。"欧阳修有美堂记："四方之所聚，百货之所交，物盛人众，

---

① （清）东鲁古狂生：《醉醒石》，金城出版社2000年版，第8页。

为一都会，而又能兼有山水之美，以资富贵之娱者，惟金陵钱塘耳。"①

这些诗文在二三十年代新文学早已占据权威位置的情况下，更显得独树一帜。中央大学《国风》上刊发的诗词细致生动地挖掘出南京自然景物中的历史感，创造出壮美秀丽的艺术形象，其中对山川、水系、历代古迹、园林别宅的描写都展示出作者扎实的传统文化功底和感时忧国的现实参与感。多人诗人法眼的景致包括钟山、栖霞山、牛首山、玄武湖、台城、莫愁湖等。钟山也名蒋山，又名紫金山，山势蔓延数里，云气山色朝夕百变，自古即为风水宝地，六朝时期寺庙极盛。民国时期因孙中山埋骨于此山，并依山建筑书院和高官别墅，政治上和文学上都备受重视。当时有一首《钟山行》，形式自由，气势雄浑，结合当时的民族危机，追忆南京前朝故事，恨不能再展宏图、驱逐敌寇，抒发文人对于时事的感触。"江山依旧恨沉沦"及"今日中原正多难"两句，贴近现实，让人闻之伤心。

> 大江西来日夜流，山势尽与江东浮。钟山夭矫独西上，峥嵘桀骜胜蛟虬，朝吞朔气自东海，夜挹星辰泻斗牛。卷舒云影青苍远，叱咤风雷千里展。变化莫测疑鬼神，龙争虎斗撼乾坤。
>
> 高皇开基自江左，只手擎天荡寇氛，六百年来浩灵气，江山依旧恨沉沦。君不见，孝陵弓剑今还在，石马嘶风日又曛。今日中原正多难，瞻徊无奈涕沾巾。②

汪辟疆的《江行望钟山》则继承了温婉工整的五言格律诗体，巧用妙思，在长江上航行之时远观钟山，在动静之间详查山中景色。这首诗有山水诗的散淡冲和，又有唐宋诗歌成熟后的完整意境，不失为佳作。

---

① 郑鹤声：《江浙文化之鸟瞰（续）》，《国立中央大学半月刊》1 卷 9 期，1930 年 3 月 1日。

② 《国风》第 4 卷第 6 号，1934 年 3 月 16 日。

鸣榔意已惊，离群思先积。陀楼望钟山，晓妆想初抹。

我日醉其旁，烟霞坐愉悦；如何偶乖违，旷若三秋阔。

平生痴爱心，于人于物役；不到平稳地，只此一关隔。

孤寝寤寐思，似有山灵说：山花红欲然，轻寒为君勒；

山鸟苦相关，敛声代君发。

慰情出肺腑，顾我何由得！云礜岂在远？欲往乏双翮。

绾愁万条青，摇梦一江白。旦晚定归来，蹑履探云窟。①

钟山某种程度上已经成为南京的形象代表，感怀南京多半要提到此山。梁公约的《与祭钟山书院食堂礼成有作》中将钟山视为传统文化流传下来的代表，"大雅久不作，钟山无限青"，并在《送别》中慨然将钟山风景视为南京对离乡远客的温柔情思：

> 辽辽万里携家去，尚恋钟山一片云。远道天寒霜似雪，江南花发我思君。②

如果说对钟山的想象多刚毅坦诚，清凉山则更带有文学想象性。清凉山原名石头山，清末文人龚贤隐身于此。南京的别名石头城，林文英曾细加考据："南京的别名真多，如金陵如建业如秣陵如江宁如白下，又还有所谓石头城。"这个别名与清凉山不无关系，"'金陵'两字代表'石头山以北地'"③。虽然如今石头城的石头坍塌迸裂，早已失去抵挡外敌的功用，但清凉山仍让文人感触颇多，尤其是山上隐居文人龚贤所筑的扫叶楼，直至今日还是文人的游处。邵祖平的《开岁二日同人游扫叶楼》描述冬日诗人至扫叶楼缅怀故去诗人、追问生命意义的情怀，诗歌具有宋诗般的枯硬蕴藉，借怀古人展示今人自主把握自身命运的信念。

---

① 《文艺月刊》第 8 卷 1 期，1936 年 1 月 1 日。

② 《学衡》第 75 期，1932 年 4 月。

③ 卢前：《柴室小品·冶城的研究》，《卢前笔记杂钞》，中华书局 2006 年版，第 152页。

　　恻恻春寒乌帽浓，吾侪腿脚几人同。独携新岁蹁跹意，老踏空山寒窣窣风。

　　市远酤深微有雪，屋寒天淡不闻鸿。寻常彩胜家家见，我欲楼窗问所从。①

　　梁公约的两首诗颇能表现出文人墨客对扫叶楼的青睐，春日赏景，携友游玩，清凉山的明媚春光，扫叶楼的丰富怀想，带给他们美好的记忆。

　　《壬寅孟陬二日与顾石公丈杨钟武登扫叶楼口占》：

　　脱巾放带无拘缚，斗明登临思悄狀，远水江帆天际梦，夕阳春树寺廓烟。

　　眼中人事因时改，上界钟声向晚圆。胜友嘉辰最难并，好开怀抱早春天。

　　《庚戌三月望日登扫叶楼怀顾石公丈用易石甫题壁元韵》：

　　绝磴层崖忆旧攀。一天烟雨暗螺鬟。诗人老去春如梦，芳草青青满盋山。②

　　"好开怀抱早春天"是诗人愉快心境的写照，"诗人老去春如梦"则是诗人对逝去岁月的怀念，万物生机盎然，而人却已失去青春。卢前曾细致描述民国时期的扫叶楼："楼中悬龚半贤画象，壁间题诗，张贴两旁。住持僧亦解风雅，今已不复记其名号矣。"③他的《扫叶楼》不同于上面的作品，字句简洁清新，略有少年"为赋新词强说愁"的做派，构思精巧细致，灵活化用古诗来串联南京名胜，贴切自然，没有雕琢痕迹，营造出近似宋诗的凄婉意境。

---

① 《学衡》第5期，1922年5月。
② 《学衡》第75期，1932年4月。
③ 卢前：《冶城话旧卷二·扫叶楼》，《南京文献》第4号，1947年4月。

此地清凉望莫愁，霜枫点染白蘋洲。石头萧瑟人归去，秋到寒山扫叶楼。①

玄武湖、台城、鸡笼山一带是二三十年代文学作品中出场频率最高的区域。这里水光山色交相辉映，远眺钟山，近观台城，南朝时的古同泰寺香火鼎盛，胭脂井中幽魂黯然，豁蒙楼上书香盈盈，俨然是个集休闲娱乐、探访古迹、研习宗教、感慨人生为一体的宝地。东南大学—中央大学的学子教授们纷纷登临此处，留下了诸多诗篇，昔日京华内城的繁华景象在他们笔下的活灵活现。如叶玉森的《予病怔仲翼谋邀游鸡鸣寺归赋一诗并示步曾梦炎》中带有佛性。

持心入万籁，喧极哪能定。我非药树身，不病已潜病。乍脱簪组羁，初赋草木性。

乃闻医者言，弗如习吾静。幸逢萧散人，挈我蹑云境。幽禽时一啼，鸣鸡不可听。

登楼瞰湖光，流云闪微莹。台城故嶕峣，饿帝足凄咏。酸苦业佛场，呼蜜宜囷应。

料知薛荔鬼，冷眼待游幸。山僧出世浅，但云此土净。袈裟笑缉客，指点烟岚胜。

杂坐饱伊蒲，蔬笋自名俊。归袂又扬尘，无言答清馨。②

《国风》第5卷第1号的《金陵百咏》里朱氏三代分别用南朝齐武帝之事，追忆景阳楼和眼前台城的历史，怀想当年风流人物，"何至中原沦九夷"之句影射时事，在民族存亡的危急关头，这组诗鼓舞士气，警惕世人莫贪图享乐，只知倚红偎翠，沦落到亡国丧家之境地则悔之莫及。

景阳楼

（一）　　　　朱遏先

千骑鸡鸣埭，钟山猎乍回。

①　卢前：《冀野选集》，美中文化出版公司1997年版，第43页。
②　《学衡》第21期，1923年9月。

为防宫漏杳，欲载美人来。

楼阁凭山起，钟声隔岭催。

风流齐武帝，偏有治军才。

（二）　　　朱琰

鸡笼山上景阳楼，水色峦光满目收。

出猎尚留齐武迹，藏书最喜竟陵谋。

白门杨柳依依恨，玄武烟波渺渺愁，

一样钟声花外渡，梵宫零落不胜秋。

（三）　　　朱偰

玉漏沉沉夜未明，君王宵猎月中行，

三千宫女严妆待，只听钟楼一杵声。

耿耿星河夜未西，行行北埭始闻鸡。

肯将射雉勤天下，何至中原沦九夷。

台城　　　朱遏先

建康宫阙已成尘，剩有台城尚绝伦。

最占金陵佳丽处，湖山只许六朝人。

荒凉一片城头月，寂寞千秋湖外烟。

多少诗情与画意，空中楼阁梦中天。

又　　　朱琰

古道荒凉夕照西，台城柳色最凄迷。

空余一片城头月，来吊萧梁乌夜啼。

又　　　朱偰

故垒荒凉迹未消，秣陵风雨自飘潇。

齐梁宫阙萧条尽，何处苍茫问六朝。

月色昏黄万籁空，六朝事迹太匆匆。

惟余匝地寒蛩泣，似语沧桑白露中。①

　　整组诗围绕"六朝"展开，在历史兴亡的过程中，宫阙湮没、楼阁倒塌，而自然风光如钟山、玄武湖、鸡笼山经历千秋万代仍保持了旧风貌。

---

① 《国风》第 5 卷第 1 号，1934 年 7 月 1 日。

玄武湖是这一区域中独具特点的景观，本名桑泊，因燕雀为前湖，故称之为后湖；因位置在城北，也称为北湖，宋朝时传说湖中有黑龙，故也名玄武湖。这片水域原本是六朝时的水上战场，因玄武湖内有樱花洲等五洲，民国时辟为五洲公园，四时美景引得游人如织，也成为文人结社联句的重要场地，无论新旧文学作家，都毫不吝惜地赞赏玄武湖。朱偰善用典故，一边夸赞秋日湖色，一边追忆六朝时此湖的军事意义，用"年年此日警烽烟"来告诫政府不能任由外敌欺凌。朱遏先和朱琰的诗也基本是这种论调，

九月十六日东北沦亡前二日重至后湖

朱偰

烟波渺渺水连天，阔别名湖又一年。

秋后江山难入画，万籁风物易成妍。

长隄芳草伤心绿，半郭乘杨带雨鲜。

最是金瓯残阙了，年年此日警烽烟。[①]

玄武湖　　　　朱遏先

习战昆明得胜谋，江山半壁不须愁。

金陵王气绵千载，玄武余威压九州。

夕照台城萦蔓草，晚烟钟阜锁灵楸。

渔歌亦识兴旺恨，横海楼船与共仇。

又　　　　朱琰

风日晴和称意游，微茫烟水足寻幽。

闻歌每忆台城路，放棹频沿莲荇洲。

画舫低回怀远道，渔村潇散隐中流。

湖山胜处应留恋，况有凭高览胜楼。[②]

汪辟疆的《后湖集》既是他个人的诗集，也是应和当时中央大学教授的诗社所创作的诗歌，文字融洽新旧，别具一格，以清雅的文笔描述了春光中的玄武湖，繁花似锦，樱花、桃李争相怒放，春雨如丝，泛舟

---

① 《国风》第3卷第10号，1933年11月16日。

② 《国风》第5卷第2号，1934年7月16日。

湖上，悠然欣赏湖边民居、远处群山，与友人饮酒赏景，带有旧式文人闲适的生活意趣。

后湖看花图

北渚阻城洇，未觉江湖远；花时共经过，冷处偏着眼：——新荷未出水；繁樱已飞宪；钟山与鸡笼，倒影入鸣聟。吾宗澹定人，幽赏每忘返。阿咸出新意，逢吉写图卷。此真濠濮情。亦复得萧散！题诗践宿诺，春事犹未晚。何当办一壶！醉倒同山简。

社集后湖

一　后湖如故人，不见已心写。蚓兹春动初，一豁足娇姹！频年数数至，每至不宽假。相携就风漪，亦复倒杯斗。终朝对湖山，佳处总难舍。世纷了不知，笑语出花下。此境人所难，称意称天虾！速携蛮盏来，犹及作春社。

二　春事已如许，春物难为容。我爱湖上人，日对花重重：朱樱已破萼；桃李寻争浓；定知娄尾春，万颗堆筠笼；况有青员蒉，早贮千亩胸。燕公繁华树，持较将勿同？一日看百回，简齐真可从！

明日再集后湖

一　常人惜余春，春去辄怨嗟。何如载美酒？醉倒风中花。戒旦来湖壖，众卉争晴霞。昨诗急追摹，语未穷余暇。兹湖略得地，触处皆清嘉！转转随所遇，但愁日易斜！轻舫泛空明，笑语真纷拏！作诗补前游，应作画图夸！

二　江南三月雨，旦夕摇烟霏。兹晨一何旷？湖水生清辉。钟山疑可招；鸡笼亦崔嵬；水与山有素，相发无蔽亏。故洲落湖心，倒影自成围。居民三两家，开门见花飞。世事果何常，洲是名已非；域外贩他人，宁免庸妄讥？

三　照眼荆桃花，破白镇长有；文杏时吹香，轻红惊在口；墙东得辛夷，泠澹甘独守；政如贞士操，抵死不结绶。

——百昌在亭毒，裙屐竞奔走。我来洽芳时，花前闲负手。惊飙尚未来，何辞酒千斗？①

---

① 《文艺月刊》第8卷第2期，1936年2月1日。

　　除了以上以景观为题创作的旧文学作品外，还有一些全面描述南京风貌的诗词，如李思纯的《思游诗》（二十八）一首短诗中就囊括了秦淮水畔、后湖、栖霞山、鸡鸣寺、扫叶楼、燕子矶、紫金山、莫愁湖、桃叶渡等景观，诗人为了合辙押韵，强把这些地名嵌入诗中，有文字过于跳荡、叙述过分简洁。

> 六朝金粉尽，一水秦淮旧。此邦拥皋比，讲座昔耽究。
> 荷香后湖曲，佛影栖霞窦，鸣鸡废堞古。
> 扫叶秋岚瘦，榴花燕子矶。五月看江溜，横窗紫金山。
> 照眼画雄秀，莫愁不可见。桃叶哪能够，辱井燕支深。
> 艳史齐梁富，庠序植荆棘。坐叹世多缪，平生苦未忘。江南种
> 红豆。[①]

　　吴梅也曾用词概括南京遗迹，在《翠楼吟·秦淮遇京华故人》中巧妙地用旧日秦淮胜景反衬当前战乱频仍，让人倍感无奈，尤其最后一句"莫愁愁未"既将莫愁湖带入词中，又点出词中的忧愁的感情基调，与李思纯的诗中生硬夹杂地名，境界差别极大。音韵工整，情致温婉蕴藉，让人读之沉醉。

> 月杵声沉，霜钟响寂，今宵水故人无寐。湖山沦小劫，正风鹤长淮兵气。南云凝睇，又水国阴晴，千花弹泪，情难寄，庾郎凭处，自伤憔悴。
> 可记残粉宫城？指暮虹亭阁，冶春车骑。玉京芳信阻，怕丝管、经年慵理。人间何世？待冷击珊瑚，西台如意。秋心碎，板桥衰柳，莫愁愁未？

徐悲鸿在《关于南京拆城的感想》中陈述南京遗迹的独特可贵：

> 我所知南京城之骄视世界者，则自台城至太平门，沿后湖二千

丈一段 Promende 虽巴黎至 Champs-Eises 不能专美。因其寥廓旷远，雄峻伟丽，据古城俯瞰远眺，有非人力所计拟及者——乃如人束带而立，望之俨然，且亲切有味。于是寄人幽思，宣泄愁绪，凭吊残阳，缅怀历史，放浪歌咏，游目畅怀，人得其所。①

朱偰的《金陵览古》以散文形式描述自己探访古迹的历程，文笔生动，勾画出明确的南京地理方位，结合自身感受进行条理叙述，不仅是有历史研究价值的文学赏析作品，更是一篇人文地理佳作。

按南京自明初已有宽敞之通衢及人行道：东西自火星庙至三山门，大中桥至石城门；南北自镇淮桥至内桥，评事街至明瓦廊，高井至北门桥，其官街之广，可容九轨，并于两旁建筑官邸，以蔽风雨酷日，而利行人。

综览金陵街市，宛如破落户景况，当日虽称大家，后裔久已式微；视旧都之崇宏壮丽，别现萧索景象。出水西门，离市辰渐远，临水人家，家家养鸭。既而行尽村落，两侧多菜畦，间以荒冢累累，棺厝未收，荒烟蔓草，不胜苍凉之感。②

旧院当长板桥头，隔秦淮与贡院相望，又邻东花园，当在今文德桥秦淮南岸一带。

更行钞库街，沿秦淮河而西南，渡武定桥，望两岸水榭黯然，盖繁华久消歇也。渡桥前行，至古长乐渡，据秣陵集考证，盖为朱雀桥遗址。访桃叶渡，晋王献之爱妾桃叶曾渡此。

因于傍晚登鸡笼山，步向台城，半山红叶，掩映斜阳影里，灿然如锦。③

卢前在南京陷落后，首先惋惜的是私人藏书和图书馆收藏的珍本书籍的损失，随后他忍不住用文白夹杂的句式追忆南京的名胜古迹：

---

①　转引自诸荣会《风生白下——南京人文笔记》，南京师范大学出版社 2005 年版，第 36 页。

②　朱偰：《金陵览古》，《国风》第 8 号，1932 年 11 月 16 日。

③　朱偰：《金陵览古（下）》，《国风》第 2 卷第 2 号，1933 年 1 月 15 日。

那堂皇宏丽的中山陵，前面流徽榭月下听水；谭墓访梅，灵谷的玉簪，明孝陵的吊古，还有夕阳中玄武泛舟，桨声灯影的秦淮，和秦淮的北岸的歌楼，那夜夜的歌声。又荷花开满了的莫愁，白鹭垂钓，台城闲步。只要你去过南京，没有不晓得的。①

在旧文学阵营的文人眼中，南京虽荒凉寥落，却蕴藏了无数历史陈迹，风景秀丽，引人遐思，诗词曲赋中描摹出的南京俨然是一个诗情画意的城市，仿佛是永远停留在过去的古城。而在新文学作家笔下，南京却是个不中不西、不伦不类的城市，没有现代化都市的便利生活条件，没有纯粹的乡土田园气息。朱自清说："逛南京象逛古董铺子，到处都有些时代侵蚀的遗痕。"② 他们也懂得鉴赏怡人的自然风光，玄武湖、紫金山等处也是他们笔下的常客。袁昌英曾赞美南京："你有的是动人的古迹、新鲜的空气、明静的远山、荡漾的绿湖、欢喜的鸟声、绿得沁心的园地！这是何等令人怀慕啊！"③ 对秦淮河的垂柳、发人幽思的台城都进行了详细描述。王鲁彦别出心裁地将玄武湖中心靠近水闸的地方称为"我们的太平洋"，在这里他与友人们留下了青春最快乐的印记：

第一个使我喜欢后湖的原因，是在同伴。第二个原因是在船。他是一种平常的朴素的小渔船，没有修饰，老老实实的破着，漏的漏着。第三个原因是湖中的荚儿菜与荷花。当他们最茂盛的时候，很多地方几乎只有一线狭窄的船路。第四，是后湖的水闸。第五我们的太平洋。离开水闸不远的地方，是湖水最深的所在。④

即便在右翼文学的主将王平陵笔下，玄武湖也是美丽而接近尘世的，辽阔的湖面在白雾笼罩下若隐若现，在紫金山的倒影分割下，如同亲密的恋人在热情拥吻。比拟大胆，别有意趣。

---

① 卢前：《丁乙间四记·南京杂忆》，载《卢前笔记杂钞》，中华书局 2006 年版，第 266 页。

② 朱自清：《南京》，《中学生》第 34 号，1934 年 10 月。

③ 袁昌英：《游新都后的感想》，《现代评论》第 7 卷第 176 期，1928 年 4 月 21 日。

④ 《文艺月刊》3 卷 11 期。

湖上泛涌起一片白色的雾，象浴女遮着的轻纱，是白天的太阳和湖波热烈地吻着留在嘴边的余沫。此时的湖，是一面不常用的镜子，上面有一层微微的薄灰，但，因为不算有风，也不算有声音，湖是静静的，依然看得清倒在湖底的影子，数得清映在湖心的星星。那高峰凸起两旁逐渐低下去的紫金山也把它的影子抛在湖里，中间隔着一线狭长的湖径，如果没有月光，应该是深褐色的，现在是浅红得可爱，望上去就是一对恋人的嘴，密合着，试用着全身的吸力，紧紧地衔着彼此的舌尖。①

创造社作家倪贻德在《玄武湖之秋——一个画家的日记》中，将南京的景致描写得伤感而美丽：

秋风秋雨，早把这石头城四郊的山野吹成了一片残秋得景色。这时倘若策驴到灵谷寺前，定能够看得见一带枫林红叶，掩映在悠碧的苍空之下；踯躅于明故宫中，也可以对着那断碣残碑，斜阳衰草的废墟欷歔凭吊呢！

丰润门外的玄武湖畔，听说当桃李开得艳丽的时候，当樱实结得鲜红的时候，是有许多青年男女，到那边去欢度良辰的。②

在这样自然天成的美景中，作者描述文中的绘画老师在秋季感慨自己缺少异性的爱恋，大胆对学生发出情书后，又开始忧虑自己将因这不谨慎的举动导致生计上的困难甚至人格的破产。小说情节简单，场景描写得非常动人，心理活动也较细腻。在《秦淮暮雨》中倪贻德将秦淮河两岸的支流看作自然天成的山水画，"白鹭洲，是一片优秀的水乡，有清可鉴人的溪流，也有迂回曲折的堤岸，有风来潇潇的芦荻，也有朦朦含烟的白杨，有临水的小阁精椽，也有隔岸的农家草屋"。③ 对明故宫、午朝门等历史遗迹的描写也以画家的独特色彩意识进行构图刻画，

---

① 王平陵：《静静的玄武湖》，《文艺月刊》3 卷 12 期。
② 倪贻德：《玄武湖之秋》，泰东图书馆 1924 年版。
③ 倪贻德：《秦淮暮雨》，《创造月报》，1924 年 43、44 号。

不落窠臼，清新自然。

相形之下，诗人李金发的《玄武湖畔》则缺乏王平陵的敏感多情，也没有倪贻德的色彩丰富，文字枯涩，把秋季的玄武湖描摹得近似秋天花朵凋零后的枝干。

> 现在新秋已徐步到人间，紫金山边白茫茫的细雨继续地洒向枯槁的园林，怪令人可爱的。习习轻风，吹向两腋，精神为之一振，可是没有涟漪的水，生起如织的波纹，只剩得湖边的杨柳，满带愁思地摇曳。①

新文学作家对南京城市设备的不完备和恶劣的社会环境大肆褒贬，在刻薄些的作家笔下秦淮河是条臭水河，"不怕说杀风景的话，我实在不爱秦淮河。什么六朝金粉，我只看见一沟腌臜的臭水！"② 略微厚道些的也难把这一河黑水看做六朝遗迹，"秦淮河也不过是和西直门高梁桥的河水差不多，但是神气不同。秦淮河里船也不过是和万牲园松风水月处的船差不多，但是风味大异。我不禁想起从前鼓乐喧天灯火达旦的景象，多少的王孙公子在这里沉沦迷荡！其实这里风景并不见佳，不过在城里有这样一条河，月下荡舟却也是乐事"③。秦淮河的主要魅力并不在于其景致动人，而是因为这条河上承载的历史往事和香艳传奇，"秦淮河里的船，比北京万牲园，颐和园的船好，比西湖的船好，比扬州瘦西湖的船也好。这几处的船不是觉着笨，就是觉着简陋、局促；都不能引起乘客们的情韵，如秦淮河的船一样"。这种感觉不是因为船体的特别或内部设施的舒适，而是秦淮河残留下来的种种"历史的影象使然"。在作家眼中，"秦淮河的水是碧阴阴的：看起来厚而不腻，或者是六朝金粉所凝么？我们初上船的时候，天色还未断黑，那漾漾的柔波是这样的恬静，委婉，使我们一面有水阔天空之想，一面又憧憬着纸醉金迷之境了。等到灯火明时，阴阴的变为沉沉了；黯淡的水光，象梦一

① 《人间世》第 13 期，1934 年 10 月 5 日。
② 陈西滢，《南京》，《西滢闲话》，新月书店 1928 年版。
③ 梁实秋：《南游杂感五》，《清华周刊》第 280 期，1923 年 5 月 4 日。

般；那偶然闪烁着的光芒，就是梦的眼睛了"①。对于现代南京人来说，到秦淮河上来游玩，主要是为了在飘荡着无数画舫的河上赏玩歌妓。"秦淮河，这条记录着历朝韵事，流荡着无数女人们的脂水的河面上，前后都衔接着一艘艘的画舫，舫上挂着的红绿灯光，反映在河面，象闪光的花蛇在抖动。在每一条船上，响着咿啊咿啊的欸乃的橹声，混杂在淫荡的笑声和丝竹的声音，一齐在黑夜的阴荫里沉默。"② 与现代都市中的咖啡馆、跳舞场、跑马场相比，这种娱乐方式显然更接近于传统社会中狎妓叫局、佐酒行令的应酬。夫子庙是"娼妓游民行乐之地，三教九流聚会之场"，③ 民国时期为了加强对这些行业人员的管理，曾要求妓女要佩戴桃花证章，以与良家妇女相区别。④ 夫子庙的茶馆颇有动人之处，"我所说的就是在这条从古便有而且到如今还四远驰名的秦淮河畔，夫子庙的左右，贡院的近边，一座一座旧式的建筑物，或楼，或台，或居，或阁，或园……都是有着斗大的字的招牌：有奇芳，有民众，有得月，有六朝……这些老的，地道的带着南京魂的茶馆"。⑤

1927 年后南京过度承载着不断大量涌入的居民，包括随行政机关迁移到宁的公职人员、高校学生和学者，房屋越加紧张，除了部分资金雄厚者纷纷买地自建住宅外，⑥ 政府也加紧建设，保证官邸的舒适合用。这种建筑导致"自今而后，实已入于一新的阶段，新式之建筑，近代之工业，已随所谓'西化'而俱来；重以街道改筑，地名改命，房屋改建，今日之南京，实已尽失其本来之面目，而全然趋于欧化矣"⑦。人口骤增，不仅使南京的历史景观受到损害，而且让南京的生活节奏、生活质量大幅度下降，由田园式悠闲平静的生活开始向快节奏、多元化的现代都市生活蜕变。"这城市在未繁荣以前，只有三十万人口，而现在快达到一百万的人数了，房屋虽然在建筑，但无论如何也赶不上人口

---

① 朱自清：《桨声灯影里的秦淮河》，《踪迹》，亚东图书馆 1924 年版。
② 陈柏心：《醒后》，《文艺月刊》6 卷 1 期，1934 年 7 月 1 日。
③ 倪贻德：《秦淮暮雨》，《创造月报》1924 年 43、44 号。
④ 独清：《南京闲话》，《时代公论》第 3 卷第 20、124 号，1934 年 8 月 10 日。
⑤ 缪崇群：《茶馆》，《文艺月刊》6 卷 1 期，1934 年 7 月 1 日。
⑥ 参见杨步伟《定居南京》，《一个女人的自传》，岳麓书社 1987 年版。
⑦ 朱偰：《金陵古迹图考》，中华书局 2006 年版，第 269 页。

增加的速度，于是人民的这种自由商业，就全部做起投机的生意来了，拥有房屋的人们，想尽心计的把每幢到每间房子尽量的抬高定价出租，他们自己住到一间最小而黑暗的房间里，让自己苦一点，而将其余的房子，完全租了出去，以便取得大量的金钱。"一间房用竹篾纸板隔成两间，邻居鸡犬相闻，毫无隐私。房屋雨天漏水，晴天阴暗，找遍整个南京城，无论中式房屋还是西式住宅，没有一个符合现代生活便利的需求，"'中式'的房屋完全是'平房'，每幢式样差不多一律，那建筑的年龄当在前几十年，每幢内部的情形，也是一律，首先是窗子小，且开的不适宜，使每间屋子的光线显得暗淡无光，仿佛与外面是两个世界似的"。西式的则租金高昂，空间狭小；"中西合璧式，暗无天日，夏天房子象蒸笼，厨房公用，非常狭小，没有天井"。兼具了中式和西式的缺点。除此之外，卫生条件十分恶劣，各种昆虫动物在房内横行，"无论白天和晚上，成群结队的大小老鼠在房中游行，翻箱倒笼，无所不为，晚间更是他们的世界，你好象没有份似的，他在你的床上横行、驰驱、跳跃，偶尔高兴，他便到你头上游戏。甚至于钻进被窝与你同眠，一样菜蔬，放在橱中，总有他一份"。"臭虫（友邦的人则叫南京虫，确实名副其实）。他的踪迹，神出鬼没，无法寻觅，他的生命力之强，恐怕为动物世界之元首，随你用什么药物去杀死他，到了晚上他仍然转来与你为难，成千上万的在你身上爬行，吸血，稍不休息，一直到天明，他又如大腹贾似的摇摆着肚子回巢了！""常有长短不同的蜈蚣，百脚虫之类的东西从地板下面爬了出来在墙壁上游行。"① 在旅馆客栈中，臭虫更是猖獗，"因为南京旅社里，有一种'南京虫'，是专门吃人的，无论是桌子上，椅子上，都是它们的势力圈。床上，地板上，那更是它们的发源地，你要是不大量，休想在南京过一天安然的生活，因为走遍南京的旅社，没有一家不是'南京虫'的势力范围"。② 这是城里乡下共有的公害，在浦口"我们住在楼上的，水淹入屋内时，尚且常见有极大的钱串子虫爬上楼来，可以料想他们没有楼房的在大水时所吃

---

① 方家达：《觅房日记》，《文艺月刊》第9卷第4、5期，1936年10月、11月。

② 荆有麟：《南京的颜面》，《中国游记传》，亚细亚书局1934年版。

的苦，只论虫豸一种也已尽够了"。① 这种蚊虫肆虐的卫生状况自然不符合现代生活卫生标准，臭虫虽被称为南京虫，但并不是南京特产。作家之所以花费许多笔墨来控诉，多半是因为旅人对首都南京抱有卫生、整洁的现代都市的想象，一旦不符，便大大失望起来。此外新来居民与南京房东的不断斗争使得他们对南京人的品性非常鄙夷，认为他们愚昧保守、贪婪无知、懒散而不图上进，"住在这样的泥房草舍里，几乎连生活必需的供给都还没有充分，却也与都市中的人同样下流，终日玩骨牌过活"②。整个城市面貌陈旧，房屋质量恶劣，南京之大无处可居，南京人的保守和人类得陇望蜀的天性简直是中国国民性中无以克服的陋习。"南京自成新都，一切都改了旧观；唯有这两条长街，因为南京土著的住户。特别是占有最多的数目，所以依然保持着南京原有的古风，他们都不肯把这些古风跟随着外来的习尚轻易改动了一点，即使是一句极简单的说话，他们都非常吝惜从老祖宗所传习下来的语根，房子的款式，当然也不会例外的。""在我们的经验中，总觉得大部分的南京人，假使给予人家十分之一的薄薄的好感时，就得责望人家交付百分之百的酬报的。"③

　　新文学作家将南京与上海、北京相比，认为这座城市缺乏现代娱乐，"南京的缺点，我一天的勾留发现出来，在少一个电影院和一个戏馆"。④ 袁昌英干脆痛骂南京："新都，你的旧名胜困于沉愁之中，你的新名胜尽量发挥光大着。可是你此刻的本身咧，却只是一个没有灵魂的城池罢了。"挂着政治中心的牌子，实际上是个空城，政府重要人员贪图物质享受，多在上海或其他地方居住，缺少现代都市文化，"象你这般空虚的都城？你是个政治的所在地，但是政府人员多半不以你为家，即或每周或每月来看你一次，也无非是为着点卯或取薪水的缘故。新都，此岂非君之辱，君之耻吗？试问在这种散漫空虚的生活里，你如何能产生、营养、发挥一种固定的、有个性的、光荣的文化出来？你若没有这种文化，你的城格从何而来，从何而高尚？你被立为都城已经不少

①　孙伏园：《浦镇十三日之勾留（1920、9）》，《伏园游记》，北新出版社1926年版。

②　同上。

③　王平陵：《房客太太》，《文艺月刊》7卷5期（雨果专号），1935年5月1日。

④　陈西滢：《南京》，《西滢闲话》，新月书店1928年版。

的时间了，然而全城不见一个可观的图书馆、一个博物馆、一个艺术院、一个音乐馆、一座国家戏院！你这种只有躯壳而不顾精神生活的存在，实在是一种莫大的没面子！"① 这种说法有谬误之处，南京有柳诒徵掌管的国学图书馆，还有江苏省立图书馆，具有悠久的文化传统和新兴的文学氛围。这种判断是根据西方城市的基本组成部分来衡量南京的，不符合二三十年代中国的社会状况。如果以这种标准来限定现代都市的话，这一时期中国没有一所城市符合要求。但是总体看来，南京城市面貌混杂，的确缺乏现代文明，"马路上的乞丐之多，夫子庙的摆卦摊之多，茶馆里提鸟笼之多，街道上的垃圾之多，在都足以表示南京之伟大；而况还有机关里的汽车，里边坐着花枝招展的女郎，驰骋于中山路上，那气派，更是十足的威严，教一个初到南京的人看了，一定觉得'首都'女权之发展。机关里的要人，全部是女子，岂不懿钦？"② 南京完全没达到现代都市的卫生标准，难以成为中国城市之表率，政治气息浓厚，公职、军职人员只要佩戴证章，就可以大摇大摆地出入，以致南京出现了新的景观："南京有新三多：一、武装同志；二、挂证章的朋友；三、坐汽车的要人。"③

通俗小说家张恨水笔下的南京兼具新旧文学作品中对南京的描述特点，既欣赏自然美景，又批驳粗劣的生活环境和南京人的品性。他说："南京是个城市山林，所以袁子才有'爱住金陵为六朝'的句子。若说住金陵为的是六朝那种江南靡靡不振的风气，那我们自然是未敢苟同，但说此地龙盘虎踞之下，还依然秀丽可爱，却实在还不愧是世界上一个名都。"他公允地评价了北京和南京，"北平以人为胜，金陵以天然胜；北平以壮丽胜，金陵以纤秀胜，各有千秋"④。最欣赏南京的清凉古道，"最让人不胜徘徊的，要算是汉中门到仪凤门去的那条清凉古道"。这人迹稀疏的荒凉山丘边，让人"想不到是繁华的首都所在"。⑤ 在《燕

---

① 袁昌英：《再游新都的感想》，载丁帆选编《江城子——名人笔下的南京》，北京出版社 1999 年版，第 93 页。

② 荆有麟：《南京的颜面》，《中国游记传》，亚细亚书局 1934 年版。

③ 独清：《南京闲话》，《时代公论》第 3 卷第 22 号、第 126 号，1934 年 8 月 24 日。

④ 张恨水：《窥窗山是画》，重庆《新民报》1944 年 2 月 5 日。

⑤ 张恨水：《清凉古道》，重庆《新民报》1945 年 1 月 23 日。

归来》中他描写了雨后的玄武湖的美景，感慨这"六朝金粉之地"是一个文化内涵丰厚蕴藉的城市，正如《儒林外史》中所展示的市井走卒都颇有仙风道骨，带着"领略六朝烟水气，莫愁湖畔结茅居"的悠闲雅趣。①

> 　　大雨之后，湖水涨得满满的，差不多和岸一般的平；只看那岸沿上的绿草，浸在水里面，这就有一种诗情画意。太阳照着这荡漾生光的湖水，人的眼光，似乎就另有一种变化，自然的精神就振兴起来。对面的钟山，格外的绿的了，两三高低不平的峰，斜立在湖的东南角上；于是一堆巍巍的苍绿影子，上齐着白云，下抵平白水。在水里的倒影子，还隐隐约约地看得出来，随着水浪，有些晃动。②

《满江红》中张恨水对紫金山赞不绝口，"远望着紫金山，如一座高大的翠屏，环抱着南京城。山的旁支，微微凸出一座小小的翠峦，好象是有点遗世独立的样子。峦头上面，远远望着一座白石墙琉璃瓦的飞角墓殿，亭亭高耸，直入半空，尤觉得紫金山外，另辟一个世界"。对于秦淮河，张恨水倒与现代作家的看法一致，从茶楼的窗子看出去，"窗子外一条大阳沟。这阳沟却非平常，有四五丈宽，沟里的水，犹如墨子汤一样"③，这便是声名远播的秦淮河。"南京的玩意儿在秦淮河上，秦淮河的玩意儿在船上。"④ 夫子庙是南京城内最为繁华的休闲场所，"顺着街向前，又经过了四五处清唱的地方，便走到了空场。这空场上，左一个布棚，右一把大伞，在这伞下，全是些摊子。有卖瓜子花生糖的，许多玻璃格子，装了吃的。有补牙带卖药草的，有小藤筐子装了许多牙齿，有大牙，有板牙，有门牙。有卖雨花石小玩石的，用清花缸储满清水，里面浸着。花生糖，板鸭，小石头子，一连三个摊子，倒也映带生姿。此外卖蒸糕的，卖化妆品的，卖膏药的，各种不同类的摊

---

① 张恨水：《丹凤街》，中国文联出版社 2004 年版，第 1 页。
② 张恨水：《燕归来》，中国文联出版社 2004 年版，第 65 页。
③ 张恨水：《满江红》，安徽文艺出版社 1985 年版，第 13 页。
④ 张恨水：《如此江山》，中国文联出版社 2004 年版，第 17 页。

子，分着几排，在三座庙门外排着"①。夏天晚上人们在秦淮河边乘凉，"夜花园象茶馆里一样桌子挤着桌子的，排上了许多茶座。茶座的尽头有一所柜房式的平房，除了摆着那应用的货物，在那屋檐下，悬着一个广播无线电的放声器，有时碰咚碰咚放着大队音乐。在那船外边，便是那黑黑的一条河水，水上有那大小的游船，四围都去了船篷，敞开了舱位，让游人在里面坐着"②。夫子庙之吸引人处从古到今都在于秦淮河的脂粉气，茶馆兼营特殊行业服务，夫子庙的"大世界"、"好莱坞小食堂"等都是南京歌女的舞台，"在南京请歌女谈话是极普通的"③。这种情形在张恨水的长篇小说《秦淮世家》中有详细的描述。张恨水毫不客气地说："十个上夫子庙的人，至少有七八个与歌女为友。"④ 张恨水关注市井风情，喜欢观察街上的贩夫走卒，零碎的金钱往来，市民气的算计和不受时代影响的民间伦理规范。在《丹凤街》中他说："唱经楼是条纯南方式的旧街。青石板铺的路面，不到一丈五尺宽，两旁店铺的屋檐，只露了一线天空。现代化的商品也袭进了这老街，矮小的店面，加上大玻璃窗，已不调和。而两旁玻璃窗里猩红惨绿的陈列品，再加上屋檐外布制的红白大小市招，人在这里走象卷入颜料堆。街头一幢三方砖墙的小楼，已改成布店的庙宇，那是唱经楼。"⑤

张恨水对南京炎热的夏天印象深刻，多部小说中极力铺陈，《如此江山》中说："五月尾的天气，已经把黄梅时节，闷了过去。但是太阳出来了，满地晒得象火烧一样，江南一带的城市人民，都开始走入了火炉的命运。"并认为南京的酷热因人口众多而加剧，"到了最近几年，因为南京改做了首都，猛可地添了几十万人口，这城里户口，拥挤起来，到了夏季，也成为火炉的第四位"。"那地上的热气，犹如火焰向上燃烧着一样。只看那大太阳地里，来往的人，草帽子下面的脸色，全是红红的。尤其是街头指挥交通的警察，身上穿这制服，腰上还系着一根带子，而且是在烈日下站着，面皮象猪肝一样的颜色，倒令人随着起

---

① 张恨水：《满江红》，安徽文艺出版社 1985 年版，第 17 页。
② 张恨水：《如此江山》，中国文联出版社 2004 年版，第 12 页。
③ 何德明：《二歌女》，《文艺月刊》7 卷 6 期，1935 年 6 月 1 日。
④ 张恨水：《日暮过秦淮》，重庆《新民报》1944 年 8 月 15 日。
⑤ 张恨水：《丹凤街》，中国文联出版社 2004 年版，第 1 页。

了一种责任心。"①《石头城外》提到六月三伏天，"旧式的房屋，天井小，地基低，住在里面的人，感到闷热难受。而且地面潮湿过甚，把房间里地毯都霉烂了。新式的房子呢，是弄堂式的，四边是顶厚的砖墙。虽然屋子外面，有一道矮墙围了个丈来宽的小院子，可是对面就是三层楼的高洋房子，把风挡得丝毫也吹不过来。太阳在长条儿的弄堂上空照下来，象炭火一般。在屋子里的人，可又感到一种燥热"②。除了对恶劣自然气候的反复描述外，张恨水对南京政治壁垒森严的状况也多讽刺，"南京到处都是警察，稍微形迹有点不对，巡警就要来盘问"③。社会控制严密的必然结果是思想单一，张恨水作品中所讥讽的正是南京特有的官场、军事领域的紧张气息和这种气氛下导致的文化荒漠。

在新、旧和通俗文学三种文学形态中，南京都呈现出优美的自然风貌和丰厚的历史底蕴。在旧文学作品中文人以简练的字句概述南京历经沧桑存留下来的历史遗迹，从中引申出"士"对于天下兴亡、民族危机的强烈忧患意识。其中记游诗多带有旧式文人的闲情逸趣，借景抒情是诗人常用的手法。旧体诗词风格多变，如唐诗般圆润蕴藉，似宋诗般枯硬冷直，这是古典文学创作不断延续的流脉，也是二三十年代南京文化保守主义传统的具体展示。新文学作品和通俗文学作品中的南京具有两面性，作者以现代文明来规范南京文化，既有思想意识的前卫性，又不得不忍受南京的保守观念。在新文学作家倪贻德笔下，在秀丽的南京山水之间，他想要得到与景致相配的绮丽爱情，这是新文化运动提倡的"个人解放"带来的青春期萌动。对于《玄武湖之秋》中的主人公来说，即便爱情不被祝福、违背人伦，他也依旧渴望得到心灵和身体的抚慰。这是人性的自然体现，也是对南京保守观念的大胆突破。王平陵将玄武湖的雾称为太阳和湖水亲吻后的余沫，这种比拟类似30年代新感觉派新奇大胆的手法。由此可见南京的新文学发展是带有探索意味的挑战。由于南京具有的政治文化意义，南京一直被新文学阵营视为次战场，未能全部攻克却也存有相当的影响。南京的城市文化气质导致南京

---

① 张恨水：《如此江山》，中国文联出版社2004年版，第1、4页。
② 张恨水：《石头城外》，中国文联出版社2004年版，第5页。
③ 张恨水：《燕归来》，中国文联出版社2004年版，第49页。

的市民阶层不象上海一样人数众多。所以深受南京读者欢迎的不是鸳蝴派的通俗言情小说，而是张恨水这种带有浓郁文化运思的通俗小说。在其小说中，南京的政治意味淡化，他琐碎地罗列着南京的好处和缺点：风光秀美、富有文化底蕴、民心质朴耿直；气候不好、管制严格、具有城市所共有的缺点。在张恨水以南京为背景的小说中，常能看到他对南京人朴实热情的天性的赞美：秦淮河的歌妓对爱情的憧憬，市井中的混混比"大人先生"们还通情达理，普通百姓也懂得享受生活中微小的乐趣。这种赞美吸收借鉴了中国传统小说中对传奇人物、事迹的加工技巧，是以前现代民间伦理观念作为衡量的尺度。

总而言之，无论在哪种文学形式中，南京的自然形象都是富有魅力的，在历史长河中沉淀下来的四季山水，不仅带有自然风味，更容易让赏鉴者联想到其背后的历史意味。而社会环境则不尽然，新文学作家笔下的南京生活表明了他们对南京城市公共设施落后的失望和对南京人根深蒂固的保守品性的厌弃。旧文学作家们感时忧国，在旧时宫廷楼阁面前寄托自己的儒家理想和政治理念，作品具有较阔大的意境，新旧文学家们面对自然山水、田园抒情写意，作品中展现出隐逸与超越的意境，这两类作品让人得到阅读趣味。当作品主题集中在现实生活和物质欲望上时，以市井里巷和粗粝人生为场景，虽存留了这一时期社会生活面貌，却让人难以感受到其在文学上的价值。

第三节　南京文学与"京派"、"海派"之间的差异

西方城市文学研究往往强调"文学中的城市"，关注的是在文学作品中城市究竟是什么形象，以想象、再现、表述等方式对现实城市进行重新塑造，并试图在现实城市和话语中的城市之间建立统一关系。文学作品中的城市是人类借助历史留下的蛛丝马迹和断章残简修补、恢复、想象出来的对城市的表述，通过对城市历史轮廓、城市文化形象的再造，揭示了人类关于城市、关于自己的生存空间、关于自己的创造物的种种矛盾和困惑。"文学城市"参与了历史、现在和未来人类对其生存城市的认识、想象和重新构建，并参与实在的城市规划和构造。中国的城市文学研究深受西方研究的影响，但更强调"城市中的文学"。中国

学者善于从城市的地理位置、人文历史中来研磨这座城市的文化传统、城市文化的地位和作用以及现代都市文化对于文学的影响，同时把"城市文学"当作城市文化的反映和组成部分，通过文学来印证、丰富城市文化。这种做法虽较细致地展示了城市文学的背景以及文学的外部影响因素，却导致对文学作品的细致分析的缺乏。本书试图将城市对文学的影响和文学中的城市结合起来，组成完整的城市文学风貌。"文学南京"既包括文学中的南京形象，也包括南京这座古都对文学的影响。南京的文学特征没有京派、海派那么鲜明，文学形式偏保守，文学观念较沉稳，新旧文学的交锋融合始终是这一阶段南京文坛的主要内容。这既是对传统文化精髓的继承，也是吸纳西方文明的过程。1927 年后南京作为首都的政治身份，压倒了其他城市功能以及城市文化传统的展现。

二三十年代南京人口激增，城市规模膨胀，聂绀弩曾回忆道："初到南京的时候，城内还没有一条宽阔平坦的马路，街面上尽是破旧低矮的瓦屋。从北门桥到唱经楼那一条又窄又短的小街，在那时候还是南北交通的要道，汽车、马车、人力车和步行的人们，每天都挤得水泄不通，每天都会有几件为了拥挤而发生的争吵，撞伤而至撞死人的事情。至于路边的建筑，更是什么都没有，古拙的鼓楼算是这城里唯一的壮观。一年两年，五年十年，南京完全改换了面目，有了全国最好的柏油路，有了富丽雄伟的会堂、官廨、学校、戏院、商号、饭店、菜馆、咖啡店乃至私人住宅，不说别的，只说那荒凉空寂的玄武湖，在最近一两年去的时候，都几乎认不出是什么地方了。"① 南京这座城市从传统的、稳定的、熟知的世界转变为文学表现中的城市，作者的主观感情渗透进城市形象，使城市成为个人意识不稳定的折射，外在世界被内在化，文学中的城市越来越表现出躁动不安。因此二三十年代的现代文学中对南京的再现是传统思想体系与现代启蒙思想风潮的产物。

城市往往被看做文明的象征和物质财富的储藏所，在这一学术平台上学者们将众多城市及其相关的城市文学进行比较。正如绪论中所说，中国城市文学研究的热点集中在北京和上海两大城市，"北京给人的'印象'始终是它'坚固的传统'，上海却因为它曾经的'西化'的历

---

① 聂绀弩：《失掉南京得到无穷》，《历史的奥秘》，桂林文献出版社 1941 年版。

史而被看做了中国现代化的代表"①。30 年代文学领域曾发起京海之争，沈从文率先挑起了论争，文坛一片动荡，鲁迅、曹聚仁、苏衡、杨晦等纷纷加入，南京作家庄心在也发表言论：

> 中国自有新文学以来，起初吹声吹形，嚣然于浪漫，自然，写实之争。继乃以人为准，各立门户，互相标榜，于是××社啊，××会啊，乌烟瘴气，自鸣得意，近且有以地域相分，有所谓海派京派之争。……所谓京派海派，已出于文艺写作本身之范围，而涉及于登龙手段，原已尽失衡文本旨。而况作者读者断断于某派某派之争；反置作品本身之形质于罔顾，作家不事忠实的努力，读者缺乏正确的眼光，将见派别之争日甚，而有力有意义的作品日减，这不能不说是不幸的现象。②

无论作家们当时如何看待这两种文学取向，京海之争已经是现代文学史上的重大课题之一。那么民国时期政治文化中心南京与老牌帝都北京、经济中心上海有何差别，南京文学与京派、海派之间又有何关联呢？

一　南京文学与"京派"的异同

中国城市的主要起源是世俗政治权力对其发生及组织中心地位的占据。这种特性也表现在城市的物质空间布局上。都城以帝王宫殿为中心，其他城市以行政机构为中心，这些宫殿和衙门是权力的辐射中心，在中国城市史中占据主体地位。南京和北京在历史上相继成为中华帝国时代的政治文化中心，"南京在明太祖改制后的十年左右，赶上开罗成为世界最大城市，至十五世纪某一时期为北京所接替"③。民国阶段南京与北京也不断交换首都地位，就政治局势看来，民国初期北京执政府的权力影响局限于黄河中上游，军阀各自为政，国库亏空，民不聊生，

---

① 陈惠芬：《想象上海的 N 种方法》，上海人民出版社 2006 年版，第 26 页。
② 庄心在：《派及其史的发展》，《矛盾》第 3 卷第 1 期，1934 年 3 月 15 日。
③ 施坚雅：《中华帝国晚期的城市》，中华书局 2000 年版，第 32 页。

当权者忙于维护军事、经济利益，无暇顾及思想控制，北京成为新文化运动的大本营，促进了新思潮的传播和发展。但由于军阀混战不息，军费开支巨大，长期拖欠学校经费，导致教育难以维持正常运作。军阀对于新闻自由的戕害及对著名报人的残酷杀害，使新文化运动的中心很快从北京转移到上海。民初的北京作为首都，并非经济繁荣和权力集中的政治中心，反而是执政府重点盘剥的对象，各地军阀虎视眈眈、寻机攻入的危城。北京延续了封建帝都的沉闷衰颓，文化遗产遭到执政府的劫掠破坏，是一座相对封闭的古城。广义上文学"京派"不仅指 30 年代定居北京，主要活动在大学中的自由知识分子，也指北京文学的主要创作者。1926 年前后，大批文人纷纷从北京书斋南下走进媒体，文化领域相对萧条。30 年代文人回归北京，尤其"新月派"文人的重归北京，是"京派"形成的重要因素。"京派作家以大学融会着渊深的文化传统，以报刊呼吸着清新的文化思潮空气。在某种意义上，他们是学院派，对中外古今的文学能超越具体派别之争取宽容的态度，选择他们所认为精华的东西加以融合，把浪漫激情消融在古典法则中，于写实之处焕发出抒情的神韵，讲究文风的浑融、和谐和节制。"①

　　二三十年代的南京相较而言更活跃。20 年代北京受到相对严密的政治控制；南京则是直系军阀控制下的城市，没有江南所常有的富庶资源，军事上有重要战略意义，因不是军阀重点盘剥的对象。另外南京作为十朝古都，有较好的城市建筑基础，遗留下来的众多文化遗迹和传说足以让军阀相信南京残留的王气能够帮助他们在混战中取得胜利，因此对南京采取相对优待的态度。由于江苏经济的整体优势，南京在教育文化方面一直比较突出。东南大学的成立和发展，是 20 年代中国现代教育发展的奇迹。在教育经费严重匮乏的年代，东南大学以优厚的待遇、自由的学风延揽了大批美国留学生归国任教，还在南京高等师范学院校舍的基础上进行了大规模的翻修建设，购买了当时先进的科学设备、图书，使东南大学迅速崛起为中国著名大学之一。1925 年江苏教育经费实现独立，高等教育、初中等教育、职业教育和各种社会教育得到了发展的机遇。1927 年后国民政府定都南京，最初影响力集中在长江中下

---

① 杨义：《京派海派综论》，中国社会科学出版社 2003 年版，第 30 页。

游，1931 年政治上基本实现统一，政府加强对教育文化的控制，将教育权收归国有，大力提倡三民主义文化，实行新的文化专制。这一方面促进了南京教育的发展，延续了南京文学中的文化保守主义传统；一方面则导致了南京文学思潮在政治文化的操控下发展，性灵自由的层面大大削弱。

南京文学与"京派"的异同之处表现在：

1. 与校园文化的密切关系。南京的文学一直与大学保持着密切联系，在第二章中已经详细陈述二者的关联。概括地说，20 年代以来南京知识分子的主要活动领域是大学与媒体，大学不仅是知识分子安身立命之处，也是他们传道授业、传播自身文学理念和学术精神的场所。在东南大学—中央大学、金陵大学等学校中，师生结社唱和，传统文学能够存留并在 30 年代再度兴盛，同时新文学也占有一席之地，新旧并存发展的局面离不开南京高校校园文化的庇护。自国民党政府盘踞南京之后，北平就开始以中国文化古城的形象出现在世人面前。30 年代国民政府基本扫除异己，巩固了统治，为教育发展提供了较充沛的经费和较安定的社会环境，高等教育进入了黄金时代。北京大学、清华大学、燕京大学、辅仁大学、北京师范大学等许多著名大学，云集了全国最优秀的学者和学子。在这些学校知识分子既可以"讲学"、"治学"，又可以借大学所特有的自由的学术氛围从容"议政"。30 年代初，一批从欧美留学归来的学者，陆续聚集在北平高校或其他学术机关任职，成为"京派"的主要力量。这些文人大部分祖籍南方，而对北京感情格外深厚，钱钟书在《猫》中调侃："京派差不多全是南方人。那些南方人对于他们侨居的北京的得意，恰象犹太人爱他们所入籍归化的国家，不住的挂在口头上。""京派"是以学院派文人为主体的文学流派，一方面校园文化环境使得作家有条件崇尚学理，进行高蹈的创作和研究，作家们大多受过比较正规系统的教育，对于学术的信仰和执着一以贯之，创作与研究并重。另一方面校园环境的封闭性，也进一步培植或强化了他们主观的心理倾向和人生观点，他们所试图构建、推广或拥有的文化及体验方式，是以特定政治、经济结构为支持的，也是以现代教育为知识来源基础的。这种文学生产过程使"京派"文学具有精英文化的自我封闭性，并使其文化意图受到了极大的阻遏，而他们对群众性社会运动的远离与拒斥往往加强了这种封闭性，使得他们的文化诉求始终缺乏一种与全民大众的文化生活状况实现沟通乃至互动的能力。"京派"队伍中一批重要的力量如林徽因、梁思成、梁宗岱、朱光潜、李健吾等人，在多年国外留学生涯中培养了深厚的西方文化素养，浸染了西方近代知识分子的传统，这成为"京派"文人进行人生选择的思想背景。南京文学与"京派"的发展都与大学有密切关系，这表明其文学形态和文学观念的精英化倾向，二者与中国现代化进程的疏离。

虽然南京文学与"京派"都与现代教育的发展密切相关，但是通过大学继承传播的文学理念不同。对于传统文化的维护和弘扬，是南京文学中的基本文化取向，当然这种文化保守主义不是封建保守思想，而是在传统的基础上继往开来。这一点在第一章中有详细论述。而"京派"对于传统文化资源的利用是以对文化传统实行裂解，将之降格为资源作为先决条件的。朱光潜所谓"运用过去的丰富的储蓄"常通过两种方式：一是出于当下的现实动机，以现代的眼光，引入西方理论观念与思维对传统话语进行阐释，以此实现中西精神传统在现代时空语境中的对接，将古代文化精神传统重新激活成具有当代生存价值的活的思想，成为可资利用的精神资源；二是本土传统文化精神成为对多种西方理论观念进行吸纳与调和的动因与依据，成为创构新学理的隐在的内部逻辑框架。通过对自成系统并形成一定话语权威的中国文化传统的裂解与降格，"京派"批评家们从不同角度、范围以及不同层面重新批判、整合与利用传统。

2. 从文学与政治的关系来看，都呈现出多元形态。二三十年代的南京文学中，根据文学与政治之间的关系可以划分为三类：第一类主要集中在校园和民办媒体中，第二类主要指民办报刊，而第三类则是"三民主义"影响下的国民党右翼文学团体。这三个阵营基本没有交集，虽然大学校园内的教授、青年学生面对政治腐败和封建流毒，也进行书面抗争或街头抗议，但文学创作基本上不明显表示政治倾向，以此来维持教育独立和学术独立。从"京派"看来，他们"不仅是因为文学观的相同或相近，也不仅是因为地域的关系，乃至工作上的联系和个人情感与私谊，才使'京派'文人最终成为一个文学集体，相同或相近的人生选择、政治态度和生活状态，也是十分重要的原因"①。传统知识分子"学而优则仕",以学术谋政治地位的路径,对"京派"文人集团来说此路不通。"京派"文人所走的则是"行有余力,则致以学文"的人生道路,他们分化为两个阵营:一个是"新月派"为主的"参政"、"议政"的亚政治文化团体,以罗隆基、胡适等为主要代表,他们具有明确的政治观念,也有从政的可能,在传统的"兼济天下"的政治理想和西方民主政治观的影响下,希望能以民间立场从学理角度评判当前政治体系、政治制度和政治观念,促进中国政治现代化进程;另一个阵营则坚定地选择了"独善其身"的人生道路,甘于从事寂寞的学术研究和严肃文学创作,认为政治局面不会因知识分子的只言片语而有所改变,自己力所能及的是促进中国现代文化建设,不愿使学术和文学沦为某种政治目的的工具。二三十年代文化理念和文学规范被打破,而新规范尚未建立,社会中没有哪种思想能够完全占据权威地位。在内忧外患面前谈文化建设、谈"纯文学"创作,显得十分不合时宜,但他们所作出的努力在 30 年代文化建设方面和文学实绩上留下了相对可观的一笔。京派文学家把自己的社会关怀意向全部寄托在文化甚至是知识分子文化的建设与改造之上,从某种程度上来说,他们陷入了狭义文化所规约的局限,为自己建立了独一无二的文学梦境。

3. 与左翼文学的矛盾。30 年代南京文学深受国民党文艺政策影响,政治文化熏陶下的右翼党派文学与左翼文学针锋相对。其斗争实质上是两个党派权力的争夺,本质上都是将文学当作政治宣传的工具。南京文学的传统文学流脉与左翼文学的矛盾应该归结为从 20年代延续下来的新旧文学形式和内容的矛盾。"京派"从文学观念到文学手法都与左翼文学有差别。30 年代初"新月派"从上海回归北京的主要原因是在上海深受左右两边的打压,因为上海既是"革命文学"的发源地,左翼文人的大本营;又是国民党政府压制"异端"的主要防范地区。左翼文学攻击"新月派"为精英文学,贵族意识浓厚;右翼文学则压制他们自由民主的政治理念。从某种意义

①　高恒文:《京派文人:学院派的风采》,上海教育出版社 2000 年版,第 3 页。

上说，"京派"的生成是对 20 年代末、30 年代初政治革命及革命文化潮流的一种应激性反应。"京派"不满于当时的社会现实，并为中华民族的前途命运忧心忡忡，但是他们又对正在崛起的左翼革命力量不了解、不信任，对于左翼文化阵营的某些"左"倾激进表现怀有抵触情绪。加之这些人大多深受中西传统文化的熏陶，传统士大夫的精英意识与西方民主精神已深深浸入他们的骨髓，在政治上持超然于左、右两翼的自由主义立场，对于国民党政权的高压统治手段极其不满，在当局对左翼文化人士进行迫害的时候，有些"京派"人物敢于挺身而出撰文抨击；同时他们对左翼阵营的推翻国民党政权的革命目标以及暴力革命手段也不能赞同。他们将塑造国民人格精神的重大使命交给文化与文学，极力反对左翼文学作家将文学作为政治革命的工具的企图，更反对文学的商业化，强调文学自身具有艺术规律，重视对文学的审美风格与艺术技巧的研讨，强调对个人情感与体验的艺术化的塑造与升华。① 京派文学建筑在"士大夫"的"乌托邦"式的文学理想上，这种重造文化的自觉表现在执着的文化批判姿态，包括严厉的对城市文化的批判，特别是用重笔描写城市文明侵入内陆后投下的巨大阴影和孜孜不息的对健全的民族新文化的追索。

综合看来，南京文学与"京派"都与现代大学教育相关，但南京文学通过大学传承其文化保守主义理念，而"京派"则通过大学传播其对传统文化的重新建构。二者与政治之间的关系，导致了文学阵营的分化，南京因是国民政府的政治中心，政治文化是 30 年代文化的主潮，而北京相对疏离政治，自由知识分子参政议政的主要方式是创办刊物、发表言论。南京、北京的知识分子对于在上海勃兴的左翼文学都持抵触态度，南京文学对其态度一方面延续了新旧文学道路的矛盾，一方面则是政治利益集团斗争的折射。"京派"与左翼文学的矛盾则主要体现在文学观念的不同，一方珍视文学自身的审美价值，另一方则将文学视为宣传的工具。

二　南京文学与"海派"的异同

迄今为止，多数研究者认为城市文学以社会学、历史学、人文地

---

① 参见黄键《京派文学批评研究》，上海三联书店 2002 年版，第 46 页。

理学和新闻学理论为基础，从地域特征、创作题材、空间景观等方面表现了城市社会与城市文化形态。作家以城市意识包括城市中的价值观念、思维方式与审美准则，去描述城市生活，由此创作的城市文学作品被认为是城市生活的客观再现。实际上在现代城市文学作品中，即使是对同一时期城市社会的表现，也会因作家流派的不同而表现出巨大的差异。中国现代最典型的城市文学恰恰并非写实作品，而是现代主义创作，对城市外在形态的展现似乎并不比对城市作用于作家内心领域感受的描摹更多。如"新感觉派"，通常以强烈的主观性渗透进都市生活，感觉成分明显多于"经验"成分。城市生活作为人类基本生存方式对人类精神的影响能力，往往超越了城市地域、心理、情感与认知。它给予人们以不同的精神塑造、影响甚至改变着人们对城市的认知与叙述。从城市给予人类的精神影响这一角度来说，"文学中的城市"这一概念，要比"城市的文学"更能揭示城市对文学的作用与两者的关联。后者立足于文学形态自身，揭示城市文学形态的发生、发展、流变过程以及其内在构成规律，基本上属于传统的文学研究或文学史研究；而前者更关心城市影响下人的精神状态，以想象性理论来研究城市所特有的文学现象、文学流脉，是现代都市文学研究的新表述。

上海是清末民初中国最早出现的现代化都市之一，其出现历程容易让人联想到中国近现代历史上任何一种"文化"产生的情况：不是从本土文化的主流顺理成章地发展出来的，而是受到外来强制性甚至病态的逼迫挤压下引发的歧变。它是西方列强在掠夺中国的同时，把19世纪全盛时期的资本主义的管理方法、组织制度、生产技术，包括对待各种价值准则的态度和规范移植进来，促成了上海与中国传统社会的分离，使上海在经济上迅速崛起，成为中国的经济中心和当时世界主要工业制造中心之一、最主要的金融中心之一、最繁荣的港口之一，被西方历史学家称为一个"经济奇迹"。租界是帝国主义强加于上海的空间形态，既是中国丧失国家权力和尊严的象征，也是中国现代城市文明的肇源。历史学家承认："在清代社会还处于中世纪状态时，当清朝统治系统内还没有出现近代城市的管理体系时，上海城市的近代化，就从租界移植西方近代城市的发展模式开始，逐渐完备起来。随着上海城市近代化的拓展，由租界肇始的这套近代化城市模式的影响不断地延伸。"① 租界是一个特殊的政治、经济、文化实体，它所实行的政策法规与当时政府的政策之间存在着罅隙，既能避开中国频仍的战乱，又不为政府权力完全控制。作为一个相对自由的政治领域，租界在重大政治、文化事件中往往是必不可少的活动区域，为在野时期的维新派、革命党人、国民党以及共产党提供庇护。

　　传统观点认为，人们与其生活的城市环境之间的关系是负面对立的，彼此敌视的。伊丽莎白·威尔逊认为："在当今的许多城市中集中了世界上最差的东西：危险而没有快乐，安全而没有刺激，无选择的消费主义，庞大而缺乏多样性。"② 出于这种观点以及中国传统的"重农轻商"的观念，上海的工商业产生、发展史，民居、市民的生存空间、生活状况和精神状态，在 90 年代前很少受到学者的关注。直至李欧梵的著作出现后，对于上海都市文化、都市文学研究才形成热点。上海先于中国的许多城市拥有了"城市文化资本"，因而获得了参与、制定和修改"游戏规则"的权利。③ 这不仅使上海自身的文化资本增值，也展示了中国现代都市文化的现代性。学者们逐渐认识到上海发展过程中"政治与商业，殖民势力与国族主义，现代性与传统性等力量交相冲击"。④ 上海文化变迁非常复杂，中西文化不断融合和冲撞，有人称之为"西方的制度，中国的文化"。随着上海成为全国的政治、经济中心，上海现代文化和现代文学也逐渐摆脱了区域性文化和文学的格局，20 年代末 30 年代初，上海已经成为全国传媒和出版中心。"'文学上海'是中国现当代作家季候性的灵魂骛趋的热土。"⑤ 作为新兴的经济、文化中心，上海文学率先完成了文学商业化的转型，形成了中国现代文学史上特殊的"海派"文学集团，包括清末"鸳鸯蝴蝶派"为代表的

---

① 唐振常：《近代上海探索录》，上海书店出版社 1994 年版，第 138 页。

② Wilson，E.：*The Sphinx in the City：Urban Life，The Control of Disorder and Women*，University of California Press，Berkeley.

③ 潘允康主编：《城市社会学新论——城市人与区位的结合与互动》，天津社会科学院出版社 2003 年版，第 206 页。

④ 王德威：《如此繁华》，上海书店出版社 2006 年版，第 146 页。

⑤ 《文学评论·编后记》，2003 年第 2 期。

"老海派"，30 年代的"海派"以张资平为代表的三角恋爱小说和"新感觉派"为代表的现代主义探索性文学为代表。40 年代的"海派"以张爱玲、无名氏新颖诡异、充满现代主义气息的作品为代表。不同时段及同一时段不同取向的"海派"的文化品位有天壤之别。南京文学与"海派"有密切联系，两地相隔不远，文人经常频繁来往于两地，文学活动分散于南京、上海两地间进行，研究者为了得到整体的印象，经常需要将两地的文学状况放在一起观察。1927 年后国民政府建都南京主要是为了便于掌握经济中心上海，南京与上海都被视为政治控制的重点，两个城市都有深受政治文化影响的文学形态。由于上海一方面是帝国主义侵略的重点和国民党政府统治的中心；另一方面，它又是产业工人为主体的工业城市，有强大的无产阶级队伍，因而成为当时中国政治革命的前沿阵地，构成上海文学的多元状况。南京文学与"海派"的异同表现在：

1. 与政治文化的契合。1927 年后南京作为中国的政治中心，也就成为官方的文化中心，30 年代南京文学的显性潮流是与国民党文化政策相呼应的右翼党派文学。从"三民主义"文学到民族主义文学等文艺理论和创作实践的提出，都证实了南京文学部分的成为官方文化的傀儡。而上海在近现代中国史上都是中国乃至世界上各种政治力量、政治派别亮相的舞台，它具有特别巨大的凝聚力和向心力，城市设有外国租界，行政长期处于分割状态，使上海产生了不少有利于政治活动的空间，上海曾经是代表不同阶级、阶层、团体、派别的 30 多个党派团体的根据地。同时租界奉行的政治制度、政治观念给政治家提供了提参照，激发起他们的政治想象，中国现代史上影响较大的政党、政派，几乎无一不与上海有关。在各种政治力量的影响下，上海的文学面貌复杂多变。随着国民政府的定都，上海受到更加严密的政治控制，政治压力与日俱增，出现了投合官方政治文化的文学形态，民族主义文艺理论中心在上海，以《前锋》、《前锋周报》等刊物为主要阵地，进行政治理念的宣传。30 年代南京文学中的政治社团都与上海联系密切，并且由于南京传媒不及上海发达，许多刊物为了达到更好的宣传效果而转到上海出版，如南京的《矛盾》月刊 1933 年从第 2 卷开始转到上海出版。

20 年代末大量知识精英向上海汇集，包括北京南下的、国外归国的、北伐前线下来的、从东北沦陷区或内陆省市进入上海的，大量不同政治派别、不同文学信仰的知识分子的涌入，使得上海各种文学流派、文学形式并存。出版机构和报刊繁多且优质，形成了良性的竞争机制。官方政治势力还不能完全渗透、控制。尤其是 30 年代上海租界所留出的相对自由的政治空间和上海的繁荣经济，都给文学提供了发展的机会、坚实的经济基础和广阔的文学市场。

2. 与现代商业文化的关系。南京保守主义文学从 20 年代作为新文学的对立面饱受打压，始终没能走入文学市场，《学衡》、《国风》依靠同人捐款或学校资金拨付，主要大学及学院派文人范围内流通外，社会影响较小。《学衡》后期经济窘困，不能为继，遭中华书局的拒绝出版的主要原因在于它没有进入市场，由于刊物性质和内容局限不可能成为畅销书，甚至无法保持收支平衡。南京新文学作家没有形成有力的社团，主要依托于北京、上海的重要报刊发表作品。30 年代南京官方文学则主要依靠政府资金，以优厚稿酬征集相关宣传文学作品，刊物销量惨淡。"海派"则完全不同。受上海城市文化的影响，"那里的（姑且说）文化是买办流氓与妓女的文化，压根儿没有一点理性与风致"。"上海文化以财色为中心，而一般社会上又充满着饱满颓废的空气，看不出饥渴似的热烈的追求。结果自然是一个满足了欲望的犬儒之玩世的态度。"[1]"海派"文学具有鲜明的商业化特质，"在现代的中国，可说是与商业社会最至关密切的一种文化现象"[2]。其本质是趋时务实、重功利、重物质，精神和行为方式是入世的。这种性质一部分来源于它立身于新旧两种文学夹缝中的两难处境，另外它与现代商业文明割不断的联系，使其不可避免地物化和市场化。这使它呈现出新兴文化与大众文化的两面调和性。

"海派"文学中有吴越文化的痕迹，内部交融着苏浙的各种文化，是南方文化经过内部杂交后变形的发展。这种文化是纯个人化的，以个人的兴感怡悦为目的，与正统意识形态相悖离，对个人生命的珍重和关怀始终停留在自我欣赏，自我怜惜，自我满足的小境界上，所以对文学

---

① 周作人：《上海气》，《谈龙集》，岳麓出版社 1989 年版，第 90 页。
② 吴福辉：《都市漩流中的海派小说》，湖南教育出版社 1995 年版，第 20 页。

的把玩气很重。吴越文化影响下的文学形式独特，原因在于江南文人的心理气质，他们的感受力细腻敏锐，对形式有精致的分辨能力。另外他们的生存受到压抑，智慧只能放在形式创造上。① 海派对文学的社会责任相对漠视，对文学形式如何能推陈出新格外在意，施蛰存指出："倘若全中国的文艺读者只要求着一种文艺，那是我唯有搁笔不写，否则，我只能写我的。"② 海派文学是源于上海新型文化人的文学意识的转变的新兴文化，它是近代上海独特的文化环境和知识分子传统的产物。上海的知识分子首先是具有现代意义的大众传播媒介报纸刊物的雇佣者，随着报刊出版业的发展而不断集结成群，力图将文人的关注点引向市民层面，既带来现代文学的另一种文学表述，又可能导致封建性的再次泛起或现代文明的庸俗化。1933 年 10 月，沈从文在《大公报》文学副刊上发表了《文学者的态度》，引发了一场关于"京派"、"海派"的论争，使南北文学中不同性质与形式的存在彼此相对、"相轻"。他们争执的根本问题是文学以纯文学还是商业文学方式进行建设。杜衡在1933 年 12 月的上海《现代》杂志上写了《文人在上海》予以反驳："新文学界中的'海派文人'这个名词，其恶意的程度，大概也不下于在评剧界所流行的。它的涵意方面极多，大概地讲，是有着爱钱，商业化，以至于作品的低劣，人格的卑下这种意味。"他承认了上海的商品经济对文学作品的渗透和作用，并进一步解释这种作用是通过商品经济中文人生活不稳定，由此影响到文化心态不稳定所造成的："文人在上海，上海社会的支持生活的困难，自然不能不影响到文人，于是在上海的文人，也象其他各种人一样，要钱。再一层，在上海的文人不容易找副业（也许应该说'正业'）。不但教授没份，甚至再起码的事情都不容易找，于是上海的文人更迫的要钱。这结果自然是多产，迅速的著书，一完稿便急于送出，没有闲暇在抽斗里横一遍竖一遍的修改。这种不幸的情形诚然是有，但我不觉得这是可耻的事情。"30 年代中国文坛京、海对峙的格局形成之后，扩展到南与北，海与陆，乡与城，中与西，现代与传统等基本命题上。仅从审美的尺度看，二者是无所谓优劣

---

① 参见费振钟《江南士风与江苏文学》，湖南教育出版社 1995 年版，第 345 页。
② 施蛰存：《我的创作生活之历程》，《创作的经验》，天马书店 1933 年版。

的，只看哪一方能更极致地表达美，又与现代性的传达直接关联到何种程度。

综合看来，南京文学与"海派"都有与政治文化相契合的一面，但上海所受到的政治控制没有南京严密，内部存在租界这样特殊的政治实体，拥有相对自由的政治空间，因而上海是各种政治力量、政治集团活动的区域。20 年代以来上海成为经济中心和全国出版中心后，为文学的发展提供了雄厚的经济支持和多元的媒介渠道。这使上海文学不仅具有与政治文化合谋的一面，还具有复杂多变的文学形态。"海派"所具有的浓厚的商业文化气息，是南京文学所没有的。这一方面源于城市文化传统，上海不仅集中了现代建筑、出版业、娱乐业、消费业等现代大都市的物质文明和精神文明，各国家、各民族、各地方的文化引发了激烈的文化冲突，城市本身的吸引力和排斥力都为文学提供了现代的主题和观点，"海派正是又一种实现现代文化的模式，是舶来的，以恶开道的，急进的，突发的，甚至是狂轰乱炸，是外部向内部的侵袭，进攻"[①]。另一方面是由于海派注重市民日常生活、行为方式、人际关系的文化表达，也重视探讨人的内部心灵冲突。在大众趣味中，同时加入文人趣味，把某种先锋文学引入大众层面，并试图以此获得商业性。这既是市场对文学的客观要求，也是海派文人的自觉努力。

---

① 吴福辉：《京海远眺》，江苏人民出版社 1997 年版，第 6 页。

结　论

　　"文学南京"之所以呈现出与中国其他城市文学不同的风貌，主要源于南京所特有的文化保守主义传统。这种城市文化传统既有中国传统文化的精粹，又包含当时西方保守主义精神的内核，是摆脱了晚清"中体西用"的功利主义观念后，对中学、西学的公允考量，带有非常鲜明的"以学救国"的意识。同时文化保守主义者并没有将学术和现实政治完全分隔，他们带有强烈的民族主义情绪，试图用中西文化对决中的中国文化的胜利祛除物质文明交锋的挫败所引起的民族自卑情绪。"学衡派"致力于引介"新人文主义"，希望能找到一条中西文化融合的道路，即以儒学与希腊精神结合后生成带有古典意味的，饱含人文情怀和严谨制衡规则的文化。

　　现代教育与大众传媒是塑造"文学南京"的重要力量。在传统向现代转型的社会变迁中，教育无疑是重要的组成部分，教育作为社会的文化系统，承载着守成延续和开拓创新的双重使命。作为新文明的重要传输途径，教育改革是每次社会变革的前奏和当务之急，作为旧文明的载体，教育往往具有内在保守性，成为社会变革的首要目标。同时"教育是社会政治、经济制度的组成部分。教育改革是涉及文化变迁、社会变迁和制度变迁的复杂系统工程，是在国家能力和社会力量消长、中央与地方关系、国家意识形态变化、政治权力与教育、学术的关系，教育现代化的动力集团和动力结构、外来文化与民族文化等格局的变动中，诸多因素的互动和合力的结果"[①]。二三十年代南京教育的复杂变迁既是南京文化保守主义传统的体现和推动力量，也是民国政治变迁的部分内容。它是政治影响文化、文学的明确途径，也是有时代特征的政治文化

---

　　① 杨东平：《艰难的日出：中国现代教育的20世纪》，文汇出版社2003年版，第3页。

生成的重要动力。通过大学教育的发展与变革，旧文学传统在南京广为传承，新文学理念得以传播，形成了新旧文学并存的局面，并促使新旧文学在语体形式、诗歌审美标准、文学社团活动等方面不断进行论争。总体看来，二三十年代的南京文坛旧文学传统始终绵延不断，新文学意识逐步扩大影响。

现代传媒的出现和中国文学现代化的过程是一致的，现代传媒出现并推动了中国社会思想文化的过渡和发展。报刊的兴盛加强了文坛的活跃性，推动了作家之间的联系，使文学与社会、政治等因素联系紧密，加强了社会认同，又推动了文学风格的不断翻新。

南京作为民国时期的政治、教育、文化中心，在文学方面继承发扬了传统文学精粹，在旧文学作品中南京呈现出十朝古都所特有的沧桑感，文人们在自然景物或历史遗迹面前低吟浅唱，勾勒出南京曾有过的辉煌，比照当下，更有兴亡之叹。新文学阵营虽然对南京的自然风物进行了类似的赞美，对二三十年代南京的城市建筑、现代卫生设备和南京人的国民意识却抱怨多多。总体看来，南京文学既不同于京派的学院化，也不同于海派的商业化，它是南京这座现代城市和传统乡村相结合的独特都市形态下形成的，兼具传统文学美感和现代文学意识的复杂文学形态。

参 考 文 献

一 刊物

1. 《晨报副镌》（北京），影印本。

2. 《长风》（南京）。

3. 《大公报·文学副刊》（天津），影印本。

4. 《橄榄》（南京）。

5. 《国粹学报》（上海）。

6. 《国风》（南京：中央大学）。

7. 《国立中央大学日刊》（南京）。

8. 《国立中央大学半月刊》（南京）。

9. 《国学丛刊》（南京：东南大学）。

10. 《金陵大学文学院季刊》（南京）。

11. 《金陵大学校刊》（南京）。

12. 《金陵光》（南京：金陵大学）。

13. 《金陵周刊》（南京：金陵大学）。

14. 《金陵半月刊》（南京：金陵大学）。

15. 《金陵月刊》（南京：金陵大学）。

16. 《金陵学报》（南京：金陵大学）。

17. 《京报副刊》（北京）。

18. 《流露》（南京）。

19. 《开展》（南京）。

20. 《矛盾月刊》（南京—上海）。

21. 《南社丛刻》（苏州—上海）。

22. 《南京文献》（南京）。

23. 《前途》（南京）。

24. 《诗帆》（南京：土星笔会）。

25. 《时代公论》（南京：中央大学）。

26. 《时事新报·文学旬刊—文学》（上海），影印本。

27. 《社会新闻》（上海）。

28. 《文艺先锋》（上海）。

29. 《文艺月刊》（南京）。

30. 《线路》（南京）。

31. 《新垒》（南京）。

32. 《现代评论》（北京），影印本。

33. 《新月》（上海），影印本。

34. 《新民报》，（南京—重庆）。

35. 《学衡》（南京—北京），影印本。

36. 《艺林》（南京：中央大学中国文学系）。

37. 《制言》（苏州）。

38. 《中央日报》（南京）。

二　著作

1. ［英］阿伦·布洛克：《西方人文主义传统》，董乐山译，生活·读书·新知三联书店 1997 年版。

2. ［美］艾恺：《世界范围内的反现代化思潮——论文化守成主义》，贵州人民出版社 1991 年版。

3. ［英］埃里·凯杜里：《民族主义》，张明明译，中央编译出版社 2002 年版。

4. ［英］安东尼·吉登斯：《民族—国家与暴力》，胡宗泽、赵力涛译，生活·读书·新知三联书店 1998 年版。

5. ［美］阿尔蒙德：《比较政治学：体系、过程、政策》，上海译文出版社 1987 年版。

6. ［德］奥斯瓦尔德·斯宾格勒：《西方的没落》（上），齐世荣译，商务印书馆 1991 年版。

7. 柏维春：《政治文化传统：中国和西方对比分析》，东北师范大学出版社 2001 年版。

8. ［英］柏克：《自由与传统》，商务印书馆 2001 年版。

9. ［美］保罗·诺克斯、史蒂文·平奇：《城市社会地理学导论》，柴彦威、张景秋译，商务印书馆 2005 年版。

10. ［法］布迪厄：《实践与反思》，李猛等译，中央编译出版社 1998 年版。

11. 曹经沅编：《癸酉九日扫叶楼登高诗集》，民国甲戌年（1934）铅印本（南京大学图书馆藏）。

12. 曹经沅编：《甲戌玄武湖修禊蓊蒙楼登高诗集》，民国乙亥年（1935）铅印本（南京大学图书馆藏）。

13. 曹经沅遗稿、王仲镛编校：《借槐庐诗集》，巴蜀书社 1997 年版。

14. 常任侠：《常任侠文集》第 6 卷，安徽教育出版社 2002 年版。

15. 蔡尚伟：《百年"双城记"：成都·重庆的城市文化与传媒》，四川大学出版社 2005 年版。

16. 成仿吾：《创造社与文学研究会》，《成仿吾文集》，山东大学出版社 1985 年版。

17. 陈青之：《中国教育史》，商务印书馆 1936 年版。

18. 陈金川主编：《地缘中国——区域文化精神与国民地域性格》，中国档案出版社 1998 年版。

19. 陈旭麓、李华兴主编：《中华民国史辞典》，上海人民出版社 1991 年版。

20. 陈哲三：《中华民国大学院之研究》，（台湾）商务印书馆 1976 年版。

21. 陈子展：《中国近代文学之变迁：最近三十年中文学史》，上海古籍出版社 2000 年版。

22. 陈天华：《猛回头》，华夏出版社 2002 年版。

23. 陈思和：《陈思和自选集》，广西师范大学出版社 1997 年版。

24. 陈平原：《中国大学十讲》，复旦大学出版社 2002 年版。

25. 陈平原：《北京：都市想象与文化记忆》，北京大学出版社 2005 年版。

26. 陈平原：《现代中国》第 5 辑，湖北教育出版社 2004 年版。

27. 陈万雄：《五四新文化的源流》，三联书店（香港）有限公司 1992 年版。

28. 陈以爱：《中国现代学术研究机构的兴起——以北大研究所国学门为中心的探讨》，江西教育出版社 2002 年版。

29. 陈中凡：《陈中凡论文集》，上海古籍出版社 1993 年版。

30. 陈铭德，邓季惺等著：《〈新民报〉春秋》，重庆出版社 1987 年版。

31. 陈昌凤：《蜂飞蝶舞——旧中国著名报纸副刊》，福建人民出版社 1999 年版。

32. 程章灿：《旧时燕——一座城市的传奇》，凤凰出版社 2006 年版。

33. 程千帆：《程千帆全集》第 15 卷，河北教育出版社 2000 年版。

34. 程千帆、唐文编：《量守庐学记——黄侃的生平和学术》，生活·读书·新知三联书店 1985 年版。

35. 程光炜主编：《都市文化与中国现当代文学》，人民文学出版社 2005 年版。

36. 程光炜主编：《文人集团与中国现当代文学》，人民文学出版社 2005 年版。

37. 程光炜主编：《大众传媒与中国现当代文学》，人民文学出版社 2005 年版。

38. 陈晓兰：《文学中的巴黎与上海：以左拉和茅盾为例》，广西师范大学出版社 2006 年版。

39. 陈惠芬：《想象上海的 N 种方法——20 世纪 90 年代“文学上海”与城市文化身份建构》，上海人民出版社 2006 年版。

40. 戴望舒：《望舒草》，上海书店出版社 1933 年版。

41. ［美］杜赞奇：《从民族国家拯救历史：民族主义话语与中国现代史研究》，王宪明译，社会科学文献出版社 2003 年版。

42. 丁守和等编：《五四时期期刊介绍》（一），生活·读书·新知三联书店 1958 年版。

43. 丁守和等编：《五四时期期刊介绍》（二、三），生活·读书·新知三联书店 1959 年版。

44. 丁帆选编：《江城子——名人笔下的老南京》，北京出版社 1999 年版。

45. 傅乐诗：《近代中国思想人物论——保守主义》，时报出版公司 1985 年版。

46. 费振钟：《江南士风与江苏文学》，湖南教育出版社 1995 年版。

47. 方汉奇主编：《中国新闻事业通史》第二卷，人民大学出版社 1996 年版。

48. 顾树新，张士郎主编：《南京大学校友英华》，南京大学出版社 1992 年版。

49. 高恒文：《东南大学与"学衡派"》，广西师范大学出版社 2002 年版。

50. 高恒文：《京派文人：学院派的风采》，上海教育出版社 2000 年版。

51. 高毅：《法兰西风格：大革命的政治文化》，浙江人民出版社 1991 年版。

52. 龚放等编著：《南大逸事》，辽海出版社 1999 年版。

53. 郭秉文：《中国教育制度沿革史》，商务印书馆 1916 年版。

54. 郭延礼：《中国近代文学发展史》，高等教育出版社 2001 年版。

55. 戈公振：《中国报学史》，上海古籍出版社 2003 年版。初版于 1927 年上海商务印书馆。

56. 贺麟：《五十年来的中国哲学》，商务印书馆 2002 年版。

57. ［德］哈贝马斯：《公共领域的结构转型》，曹卫东等译，学林出版社 1999 年版。

58. 湖北大学中国思想文化史研究所主编：《中国文化的现代转型》，湖北教育出版社 1995 年版。

59. 胡金平：《学术与政治之间的角色困顿——大学教师的社会学研究》，南京师范大学出版社 2005 年版。

60. 胡逢祥：《社会变革与文化传统——中国近代文化保守主义思潮研究》，上海人民出版社 2000 年版。

61. 胡建雄主编：《浙大逸事》，辽海出版社 1998 年版。

62. 胡梦华、吴淑贞：《表现的鉴赏》，台北，1984 年（非卖品）。

63. 胡适：《胡适全集》，安徽教育出版社 2003 年版。

64. 胡先骕：《胡先骕文存》（上、下），江西高校出版社 1995、1996 年版。

65. 胡迎建：《一代宗师陈三立》，江西高校出版社 2005 年版。

66. 黄延复：《二三十年代清华校园文化》，广西师范大学出版社 2000 年版。

67. 黄裳：《黄裳说南京》，四川文艺出版社 2001 年版。

68. 黄侃：《黄侃日记》，江苏教育出版社 2001 年版。

69. 黄键：《京派文学批评研究》，上海三联书店 2002 年版。

70. 胡朴安选录：《南社丛选》，解放军文艺出版社 2000 年版。

71. 贾植芳、俞元桂主编：《中国现代文学总书目》，福建教育出版社 1993 年版。

72. 蒋晓丽：《中国近代大众传媒与中国近代文学》，巴蜀书社 2005 年版。

73. 蒋赞初：《南京史话》，南京出版社 1995 年版。

74. 蒋述卓等著：《城市的想象与呈现：城市文学的文化审视》，中国社会科学出版社 2003 年版。

75. 蒋丽萍、林伟平著：《民间的回声——〈新民报〉创始人陈铭德邓季惺伉俪传》，上海文艺出版社 1998 年版。

76. 姜涛：《"新诗集"与中国新诗的发生》，北京大学出版社 2005 年版。

77. 金耀基：《大学之理念》，生活·读书·新知三联书店 2001 年版。

78. 金以林：《近代中国大学研究：1895—1949》，中国文献出版社 2000 年版。

79. ［德］卡尔·曼海姆：《保守主义》，李朝晖、牟建君译，译林出版社 2002 年版。

80. 栾梅健：《民间的文人雅集：南社研究》，东方出版中心 2006 年版。

81. 黎锦熙：《国语运动史纲》，商务印书馆 1943 年版。

82. 柳亚子：《柳亚子文集：自传·年谱·日记》，上海人民出版社

1986 年版。

83. 陆志韦：《渡河》，亚东图书馆 1923 年版。

84. 柳无忌编：《南社纪略》，上海人民出版社 1983 年版。

85. 柳无忌，殷安如编：《南社人物传》，社会科学文献出版社 2002 年版。

86. 卢前：《冶城话旧》，万象周刊社 1944 年版。

87. 卢前：《冀野选集》，中国文化服务社 1947 年版。

88. 卢前：《卢前诗词曲选》，中华书局 2006 年版。

89. 卢前：《卢前笔记杂钞》，中华书局 2006 年版。

90. 林茂生、王维礼、王桧林：《中国现代政治思想史》，黑龙江人民出版社 1984 年版。

91. 林毓生：《中国意识的危机——"五四"时期激烈的反传统主义》，贵州人民出版社 1988 年版。

92. ［美］林达·约翰逊主编：《帝国晚期的江南城市》，成一农译，上海人民出版社 2005 年版。

93. 李天纲：《文化上海》，上海教育出版社 1998 年版。

94. 李仲明：《报刊史话》，社会科学文献出版社 2000 年版。

95. 李华兴主编：《民国教育史》，上海教育出版社 1997 年版。

96. 李飞，王步高主编：《中大校友百年诗词选》，东南大学出版社 2002 年版。

97. 李继凯、刘瑞春选编：《追忆吴宓》、《解析吴宓》，社会科学文献出版社 2001 年版。

98. 李盛平：《中国近现代人名大辞典》，中国国际广播出版社 1989 年版。

99. 李欧梵：《上海摩登——一种新都市文化在中国 1930—1945》，毛尖译，北京大学出版社 2001 年版。

100. 李海荣、金承平主编：《南京稀见文献丛刊》，南京出版社 2006 年版。

101. 刘黎红：《五四文化保守主义思潮研究》，中国社会科学出版社 2006 年版。

102. 刘宝存：《大学理念的传统与变革》，教育科学出版社 2004

年版。

103. 刘军宁：《保守主义》，中国社会科学出版社 1998 年版。

104. 鲁迅：《鲁迅全集》，人民文学出版社 1981 年版。

105. 陆耀东编：《沈祖棻程千帆新诗集》，武汉大学出版社 1992 年版。

106. 陆耀东：《中国现代文学大辞典》，高等教育出版社 1998 年版。

107. 罗岗、陈春艳编：《梅光迪文录》，辽宁教育出版社 2001 年版。

108. 罗岗：《想象城市的方式》，江苏人民出版社 2006 年版。

109. 罗志田：《裂变中的传承：20 世纪前期的中国文化与学术》，中华书局 2003 年版。

110. 罗志田：《国家与学术：清季民初关于“国学”的思想论争》，生活·读书·新知三联书店 2003 年版。

111. 马光仁主编：《上海新闻史（1850—1949）》，复旦大学出版社 1996 年版。

112. 马永强：《文化传播与现代中国文学》，安徽大学出版社 2003 年版。

113. 冒荣、王运来主编：《南京大学的办学理念与治校方略》，南京大学出版社 2002 年版。

114. 冒荣：《至平至善 鸿声东南——东南大学校长郭秉文》，山东教育出版社 2004 年版。

115. 莫砺锋主编：《薪火九秩：南京大学中文系九十周年系庆纪念文集》南京大学出版社 2004 年版。

116. 《南大百年实录》编辑组：《南大百年实录》（上、中、下），南京大学出版社 2002 年版。

117. 倪贻德：《玄武湖之秋》，泰东图书馆 1924 年版。

118. 倪伟：《“民族”想象与国家统制——1928～1949 年南京政府文艺政策及文学运动》，上海教育出版社 2003 年版。

119. ［美］欧文·白璧德：《卢梭与浪漫主义》，孙宜学译，河北教育出版社 2003 年版。

120. ［美］欧文·白璧德：《文学与美国的大学》，张沛、张源译，北京大学出版社 2004 年版。

121. 潘允康主编：《城市社会学新论——城市人与区位的结合与互动》，天津社会科学院出版社 2003 年版。

122. 钱仲联编校：《陈衍诗论合集》上册，福建人民出版社 1999 年版。

123. 钱理群：《学魂重铸》，文汇出版社 1999 年版。

124. 任时先：《中国教育思想史》，商务印书馆 1937 年版。上海书店出版社 1984 年再版。

125. 舒新城编：《近代中国留学史》，中华书局 1927 年版。

126. 孙之梅：《南社研究》，人民文学出版社 2003 年版。

127. 孙尚扬、郭兰芳编：《国故新知论——学衡派文化论著辑要》，中国广播电视出版社 1995 年版。

128. 覃召文、刘晟：《中国文学的政治情结》，广东人民出版社 2006 年版。

129. ［英］特里·伊格尔顿：《当代西方文学理论》，王逢振译，中国社会科学出版社 1988 年版。

130. 唐振常：《近代上海探索录》，上海书店出版社 1994 年版。

131. 沈卫威：《回眸学衡派》，人民文学出版社 1999 年版。

132. 沈卫威：《吴宓与〈学衡〉》，河南大学出版社 2000 年版。

133. 沈卫威：《学衡派谱系研究——历史与叙事》，江西教育出版社 2007 年版。

134. 尚海等主编：《民国史大辞典》，中央广播电视出版社 1991 年版。

135. 史仲文、胡晓林：《中国全史·中国民国教育史》，人民出版社 1994 年版。

136. 申晓云主编：《动荡转型中的民国教育》，河南人民出版社 1994 年版。

137. ［美］施坚雅主编：《中华帝国晚期的城市》，叶光庭等译，中华书局 2000 年版。

138. 魏定熙：《北京大学与中国政治文化（1898—1920）》，金安平、张毅译，北京大学出版社 1998 年版。

139. 王季思：《击鬼集》，青年读书通讯社 1941 年版。

140. 王德威：《如此繁华》，上海书店出版社 2006 年版。

141. 王焕镳：《因巢轩诗文录存》，上海古籍出版社 2005 年版。

142. 王卫民编：《吴梅和他的世界》，河北教育出版社 2002 年版。

143. 王卫民：《吴梅评传》，河北教育出版社 2002 年版。

144. 王章维等著：《"五四"与中国现代化》，北京师范大学出版社 1999 年版。

145. 王一川：《中国现代性经验的发生：清末民初文化转型与文学》，北京师范大学出版社 2001 年版。

146. 王桧林、朱汉国主编：《中国报刊辞典（1815—1949）》，书海出版社 1992 年版。

147. 王训昭选编：《湖畔诗社评论资料选》，华东师范大学出版社 1986 年版。

148. 王娟、张遇主编：《老南京写照》，安徽文艺出版社 1999 年版。

149. 王晓华：《江苏旧影往事：杏花烟雨》，山西人民出版社 2005 年版。

150. 王干主编：《城市批评·南京卷》，文化艺术出版社 2002 年版。

151. 王运来：《诚真勤仁 光裕金陵——金陵大学校长陈裕光》，山东教育出版社 2003 年版。

152. 王德滋主编：《南京大学百年史》，南京大学出版社 2002 年版。

153. 汪静之：《汪静之的情书：漪漪讯》，浙江文艺出版社 2002 年版。

154. 吴原编：《民族文艺论文集》，正中书局 1934 年版。上海书店出版社 1984 年重印。

155. 《吴江文史资料》第九辑，《纪念成立南社 80 周年》1989 年版。

156. 吴宓：《吴宓自编年谱》，生活·读书·新知三联书店 1995

年版。

157. 吴宓：《吴宓诗集》，吴学昭整理，商务印书馆 2004 年版。

158. 吴宓：《吴宓诗话》，商务印书馆 2005 年版。

159. 吴宓：《吴宓日记》，生活·读书·新知三联书店 1998 年版。

160. 吴梅：《吴梅全集》，河北教育出版社 2002 年版。

161. 吴福辉：《都市漩流中的海派小说》，湖南教育出版社 1995 年版。

162. 吴福辉：《京海远眺》，江苏人民出版社 1997 年版。

163. 吴新雷编：《学林清晖——文学史家陈中凡》，南京大学出版社 2003 年版。

164. 宣浩平编：《大众语文论战》，启智书局 1934 年版。

165. 项文惠：《广博之师——陆志韦传》，杭州出版社 2004 年版。

166. 薛冰：《家住六朝烟水间——南京》，上海古籍出版社 2000 年版。

167. 熊明安：《中华民国教育史》，重庆出版社 1997 年版。

168. 徐耀新主编：《南京文化志》（上、下），中国书籍出版社 2002 年版。

169. 徐中玉主编：《中国近代文学大系》第 1 卷，上海书店出版社 1994 年版。

170. ［加］许美德：《中国大学 1895—1995：一个文化冲突的世纪》，许洁英译，教育科学出版社 1999 年版。

171. 杨东平：《艰难的日出：中国现代教育的 20 世纪》，文汇出版社 2003 年版。

172. 杨天石、王学庄编著：《南社史长编》，社会科学文献出版社 1995 年版。

173. 杨心佛：《金陵十记》，古吴轩出版社 2003 年版。

174. 杨义：《京派海派综论》，中国社会科学出版社 2003 年版。

175. 杨西平：《20 世纪中国新诗主流》，安徽教育出版社 2004 年版。

176. 喻大华：《晚清文化保守思潮》，人民出版社 2001 年版。

177. 袁伟时：《中国现代思想散论》，广东教育出版社 1998 年版。

178. 袁进:《中国文学的近代变革》,广西师范大学出版社2006年版。

179. 余英时:《现代学人与学术》,广西师范大学出版社2006年版。

180. 叶兆言:《老南京》,江苏美术出版社1998年版。

181. 叶楚伧、柳诒徵、王焕镳主编:《首都志》,正中书局1935年版。

182. 叶灵凤:《能不忆江南》,江苏古籍出版社2000年版。

183 章太炎:《章太炎国学讲演录》,广陵书社2003年版。

184. 朱晓进:《非文学的世纪——20世纪中国文学与政治文化关系史论》,南京师范大学出版社2004年版。

185. 朱寿桐:《中国现代社团文学史》,人民文学出版社2004年版。

186. 朱义禄、张劲:《中国近现代政治思潮研究》,上海社会科学院出版社1998年版。

187. 朱汉国主编:《南京国民政府纪实》,安徽人民出版社1993年版。

188. 朱禧:《卢冀野评传》,江苏古籍出版社1994年版。

189. 朱国华:《文学与权力——文学合法性的批判性考察》,华东师范大学出版社2006年版。

190. 朱偰:《金陵古迹图考》,中华书局2006年版。

191. 庄锡华:《斜阳旧影》,文化艺术出版社1999年版。

192. 郑逸梅编著:《南社丛谈》,上海人民出版社1981年版。

193. 赵园:《北京:城与人》,北京大学出版社2002年版。

194. 周葱秀,涂明:《中国近现代文化期刊史》,山西教育出版社1999年版。

195. 周作人:《苦茶随笔·现代散文选序》,北新书局1936年版。

196. 周作人:《苦茶——周作人回想录》,敦煌文艺出版社1995年版。

197. 左惟等编:《大学之道:东南大学的一个世纪》,东南大学出版社2002年版。

198. 钟叔河、朱纯主编：《过去的大学》，长江文艺出版社 2005 年版。

199. 张宪文主编：《金陵大学史》，南京大学出版社 2002 年版。

200. 张连红主编：《金陵女子大学校史》，江苏人民出版社 2005 年版。

201. 张宏生、丁帆主编：《中华学府随笔·走近南大》，四川人民出版社 2000 年版。

202. 张宏生主编：《南大，南大》，南京大学出版社 2002 年版。

203. 张友鸾：《张友鸾纪念文集》，文汇出版社 2000 年版。

204. 张恨水：《写作生涯回忆录》，中国文联出版社 2005 年版。

205. 张恨水：《满江红》，安徽文艺出版社 1985 年版。

206. 张恨水：《秦淮世家》，贵州人民出版社 1986 年版。

207. 张恨水：《如此江山》，中国文联出版社 2004 年版。

208. 张恨水：《丹凤街》，中国文联出版社 2004 年版。

209. 张恨水：《石头城外》，中国文联出版社 2004 年版。

210. 张恨水：《燕归来》，中国文联出版社 2004 年版。

211. 张寅彭主编：《民国诗话丛编》，上海书店出版社 2002 年版。

212. 《中华民国教育法规选编（1912—1949）》，江苏教育出版社 1990 年版。

213. 中国国民党中央执行委员会宣传部编印：《审查全国报纸杂志刊物总报告（十九年七八九月份）》，1930 年版。

214. 《中国近代教育史资料汇编·留学教育》，上海教育出版社 1991 年版。

215. 中国国民党中央宣传委员会编印：《文艺宣传会议录》，1934 年版。

216. 中国国民党中央执行委员会宣传部编印：《文艺宣传要旨》，1936 年版。

217. 中国文化建设协会编：《十年来的中国》，商务印书馆 1937、1938 年版。

218. 中国第二历史档案馆编：《中华民国史档案资料汇编》第五辑第一编文化，江苏古籍出版社 1994 年版。

219. 中国现代文学馆主编：《中国现代作家大辞典》，新世界出版社 1992 年版。

220. 中国社会科学院的近代史研究所中华民国史组编：《胡适来往书信选》上册，中华书局 1979 年版。

221. 中央大学七十周年特刊委员会：《中大七十年》，1985 年版。

222. 中央大学八十年校庆特刊编辑委员会：《中大八十年》，1995 年版。

三　论文

1. 陈俐：《南社及其主导的"宗唐文学观"》，《淮北煤师院学报》2002 年第 4 期。

2. 陈平原：《作为文学想象的北京——"五方杂处"说北京之五》，《北京观察》2004 年第 5 期。

3. 陈利权：《清末国粹主义思潮百年再认识》，《浙江学刊》2005 年第 4 期。

4. 常任侠：《土星笔会和诗帆社》，《新文学史料》1993 年第 1 期。

5. 柴文华：《论中国近现代的文化保守主义》，《天府新论》2004 年第 2 期。

6. 飞白，方素平：《重现汪静之的本来面貌》，《黄山学院学报》2006 年第 8 期。

7. 何晓明：《近代中国文化保守主义论述》，《近代史研究》1996 年第 5 期。

8. 何晓明：《文化保守主义的历史必然性平议》，《天津社会科学》2001 年第 6 期。

9. 蒋书丽：《白璧德人文主义在中国的宿命》，《人文杂志》2006 年第 6 期。

10. 李毅：《中国现代文化保守主义的理想回应——〈学衡〉派文化观辑释》，《哲学研究》1997 年第 7 期。

11. 李喜所：《略论辛亥革命时期的国粹主义思潮》，《理论与现代化》1991 年第 11 期。

12. 栾梅健：《文学常态与先锋性的融合——以南社为例》，《中国现代文学研究丛刊》2006 年第 6 期。

　　13. 刘小新：《白璧德与 20 世纪初留美学生文化守成思想的形成》，《华侨大学学报》2006 年第 2 期。

　　14. 钱振纲：《论三民主义文艺政策与民族主义文艺运动的矛盾及其政治原因》，《文学研究》2003 年第 4 期。

　　15. 苏桂宁：《学衡的文化立场——关于 20 世纪初中国的文化选择的一种考察》，《文艺理论研究》2006 年第 1 期。

　　16. 桑兵：《晚清民国时期的国学研究与西学》，《历史研究》1996 年第 5 期。

　　17. 沈卫威：《文化保守主义的语境错位——以梅光迪为例》，《郑州大学学报》2002 年第 1 期。

　　18. 沈卫威：《民族危机与文化认同——从〈国风〉看中央大学的教授群体》，《安徽大学学报》2005 年第 3 期。

　　19. 汪静之：《回忆湖畔诗社》，《诗刊》1979 年 7 月号。

　　20. 汪亚明：《现代主义的本土化——论"诗帆"诗群》，《文学评论》2002 年第 6 期。

　　21. 王继平：《论近代中国的文化传统主义》，《贵州社会科学》1996 年第 4 期。

　　22. 王鸣剑：《汪静之〈蕙的风〉的版本变迁及得失》，《求索》2003 年第 3 期。

　　23. 许小青：《从"国学研究会"到"国学院"——东南大学与 20 年代早期南北学术的地缘与派分》，《历史学研究》2006 年第 2 期。

　　24. 郑师渠：《晚清国粹派的文化观》，《历史研究》1992 年第 6 期。

　　25. 郑师渠：《近代中国的文化民族主义》，《历史研究》1995 年第 5 期。

　　26. 郑大华：《中国文化保守主义研究的几个问题》，《天津社会科学》2005 年第 2 期。

　　27. 朱寿桐：《欧文·白璧德在中国现代文化建构中的宿命角色》，《外国文学评论》2003 年第 2 期。

后　记

本书是在我的博士论文"文学南京——论二三十年代南京文学与政治文化的关系"的基础上扩充和修改而成的。原论文以"政治文化"为理论视角，通过考察 20 世纪二三十年代的南京文学状况及文学作品中的南京风貌，试图总结出民国时期南京文学研究特征，并对政治文化与南京文学之间的关系进行论述。2007 年 6 月我从南京大学获得文学博士学位后，到南京信息工程大学中文系任教，从事中国现当代文学教学和研究工作。这 5 年间，我重新阅读了大量民国期刊和报纸，并对原来的理论框架进行思考和修整，对论文加以修改和扩充，使之最终呈现为现在的书稿。

选择"文学南京"这一命题作为自己的博士毕业论文和自己第一本专著的命题，首先源于我对南京这座城市怀有的深厚感情。我自 2001 年考入南京大学中文系攻读硕士学位至今已有 11 年，底蕴深厚、宽博广大的南京对我而言如同第二故乡，在这里我经历了生命的转折期和发展期，我由衷地感谢这座城市待我如此温情、宽容。其次，这一命题的建立深受我的导师沈卫威先生的影响。"文学南京"最早是沈老师提出的一个小论文的题目，之后在我迷途于当代中国自由主义的理论，无法确立自己的研究方向时，沈老师将我从理论沼泽中解救出来，建议我从民国时期的南京入手，以史料为基础，研究民国时期南京的文学状况。在南京大学图书馆和南京图书馆苦读了数月之后，我试着将这个题目进一步扩展开来，从"民国时期南京的文学状况"和"民国时期文学作品中的南京"两个层面来进行论述，指出"文学南京"不仅是文学作品中呈现的南京这座城市的风貌，更是一种深入宽泛的文学努力：试图沟通时间与空间、物质文化与精神文化、口头传说与书面记载、历史地理与文学想象。我甚至理想主义地希望能通过这本书来重建对 20 世二三十年代的南京的历史想象，描述南京的文化情怀与文学特质，加深对这一时期的南京的日常生活形态，文人社团组织、文学的生产与知识的传播，以及文学与政治之间的关系的了解，从而建立起一个既有田园风光又有都市情怀，在政治文化浸染下的充实丰满的南京形象。

众多原始资料显示 1927 年国民党力排众议定都南京后，南京成为民国时期最为重要的政治文化中心，聚集了众多文化精英，南京成为新旧文学中的主题或发生场域，形成文学上的繁荣局面。最初在探讨这一文学现象时，我偏重于以"政治文化"为理论基础和切入视角，从与政治文化相关的南京的文化保守主义传统、反政治文化的南京的文学社团与传媒、政治文化催生的南京的文学社团与媒体几个部分着重论述"政治文化"在民国时期南京文学发展过程中的重要作用。但在修订的过程中，我却发现自己对于"政治文化"理论的过分依赖，遮蔽了"文学南京"的独特性，塑造这种独特的城市文学思潮和文学想象的更为重要的力量应是现代教育与大众传媒。因此在本书中，政治文化已不再是主要关键词，文化保守主义理念和大众媒体成为该书主要的理论支撑。本书研究内容限定在 1920-1937 年间，这并不是因为此前或此后的南京文学不足挂齿，主要是由于自 1920 年起南京文学开始出现新旧并存、不断论争的局面，教育从传统书院发展为现代大学，知识分子在高校和媒体中的活动，彰显出南京文化保守主义传统的特质。1937 年 12 月 13 日南京沦陷于日寇，政治中心转移，文化力量向西部及海外分散，文学现象不够集中、突出。期望将来能够进一步扩展深入，建立完整的民国时期的"文学南京"。另因本人才疏学浅，虽几易书稿，恐怕仍无法避免出现错讹和不足之处，恳请各位专家和读者指正！

历时 8 年，终于完成了本书的选题、写作和修改。在这一过程中，得到了师友的许多支持和帮助，在此略表谢意。感谢我的博士导师沈卫威先生对我的悉心指教，他无私地与我共享大量的民国第一手资料，督促我以史实为基础踏实治学。他对学术的执着追求和勤勉敏锐激励我不断钻研，他的宽容开明的学术态度给了我自由言说的勇气，他帮我奠定了学术的根基，替我打开了学问的第一层境界。感谢我的硕士导师潘志强先生，他的严格要求和耐心指导引领我走进现代文学研究的路径。感谢我的本科导师张光芒先生，他的鼓励和帮助是我前进的动力和坚实的后盾。感谢丁帆教授，他帮助我搭建了文章框架，并多次指出我在理论上的缺陷。感谢参加我的博士论文评阅和答辩的老师们：陈思和教授、孔范今教授、朱晓进教授和王彬彬教授，他们既肯定了本书中体现出的新旧文学并存的"大文学观"，又提出了"文学南京"应深化研究的问题。他们的指导是我修订本书的主要参考。

感谢我任职的南京信息工程大学语言文化学院及社科处的领导。本书能得到 2010 年江苏省社会基金、2009 年江苏省高校哲学社会科学项目和 2010 年南京信息工程大学科研基金项目的资助，离不开他们的大力支持。

感谢我的家人和朋友的无私付出和帮助。感谢为出版此书付出辛劳的中国社会科学出版社曲弘梅女士和其他工作人员，在此一并致谢。

张　勇

2012 年 12 月 1 日